Cathleen Schine

Eine Liebe in Manhattan

Cathleen Schine

EINE LIEBE IN MANHATTAN

Roman

Aus dem Amerikanischen von
Giovanni und Ditte Bandini

Ullstein

Die Originalausgabe erschien 2007 unter dem Titel
The New Yorkers
bei Sarah Crichton Books;
Farrar, Straus and Giroux, New York.

ISBN 978-3-550-08708-3

Gesetzt aus der Bembo bei
Pinkuin Satz und Datentechnik, Berlin
Druck und Bindung: GGP Media GmbH, Pößneck
Printed in Germany

Dieses Buch
ist dem Andenken

BUSTERS

gewidmet,
der mich in achtzehn Monaten mehr über die Stadt lehrte,
als ich im Laufe von dreißig Jahren selbst entdeckt hatte,

und

JANET,

die ihn ebenfalls
geliebt hat.

Inhalt

Prolog

Es ist schon ein paar Jahre her, dass ich in der Straße gewohnt habe, von der in dieser Geschichte die Rede ist. Sie hat nie zu New York Citys schicken Blocks gezählt. Es gibt da keine Patrizierhäuser, keine historisch bedeutsamen Gebäude, keine Tafeln, die an prominente ehemalige Bewohner erinnern würden. Es ist nicht einmal ein besonders schöner Straßenabschnitt. Die Apartmenthäuser waren zwar alt, aber architektonisch eher unauffällig. Läden und Lokale existierten Seite an Seite mit reinen Wohngebäuden. Die Brownstones, die die Straße säumten, jene typischen Neuengland-Häuser aus rotem Sandstein, waren größtenteils in Mietwohnungen aufgeteilt. Durch die gesetzlich gebundenen Mieten war die Straße von dem ringsum zu beobachtenden Ansturm Neureicher weitgehend verschont geblieben. Vor sich hin wurstelnde Musiker und Schauspieler, Sekretärinnen und Fensterputzer konnten es sich noch immer leisten, dort zu wohnen, und taten es auch; manche von ihnen wurden mit der Zeit erfolgreich, andere lediglich älter. Ein von der Stadt subventioniertes Seniorenheim, in dem die Anonymen Alkoholiker jeden Donnerstagabend ihre Treffen abhielten, trug zur leicht verlotterten Atmosphäre dieses Straßenabschnitts bei – genauso wie die zwei Kirchen, deren Portale allnächtlich von Obdachlosen besiedelt wurden: einem unförmigen, aber ordentlichen Bärtigen vor der lutherischen, einer verwirrten Frau auf den Stufen der katholischen Kirche. Eine Bar an dem einen Ende des Blocks sorgte für einen maßvollen, aber stetigen Nachschub an leeren Bierflaschen auf den Bürgersteigen. Die Nähe zum Central Park lockte viele professionelle Hundeausführer an, von denen kaum erwartet werden konnte, dass sie einen Überblick über die Hinterlassenschaften der jeweils sieben bis acht Vierbeiner behielten, die sie zu bändigen versuchten. Und so war die Straße, von vornherein nicht gerade durch besondere Schönheit ausgezeichnet, auch nicht besonders sauber. Und dennoch war sie die liebenswerteste Straße, in der ich je gewohnt habe. Und die interessanteste.

1

»Ich wohne hier! Ich wohne hier!«

Wir werden unsere Geschichte mit Jody beginnen. Sie wohnte seit der Collegezeit in unserer Straße, immer in demselben Studio-Apartment – das damals sicher verglichen mit dem Wohnheimzimmer, aus dem sie auszog, eine luxuriöse Unterkunft gewesen war. Nach zwanzig Jahren kam ihr dieser eine Raum zwar nicht mehr luxuriös vor, aber das Morgenlicht war noch immer wunderschön, die Miete blieb erfreulich niedrig, und das große Zimmer mit seinem schönen Erkerfenster, der hohen Decke und der Stuckverzierung in Form eines Zopfes war nach wie vor ihr Zuhause.

Nach hinten raus führte eine Stufe in eine Puppenküche und von dieser aus eine weitere Stufe ins Bad. Jody hatte die Wohnung vor kurzem selbst gestrichen – in einem sanften Gelb, das sich »Nigerian Peony« nannte. Die Stuckumrandung und die Decke – auf die war sie besonders stolz – waren glänzend weiß lackiert. Jedes Mal, wenn das Zimmer im Sonnenlicht erstrahlte, das durch das große Erkerfenster hereinfiel, gratulierte sich Jody zur stillen Heiterkeit ihres wohlgeordneten Daseins und wusste, dass die Wochenenden, die sie auf der obersten Stufe einer langen Leiter zugebracht hatte, eine lohnende Investition gewesen waren. Die Leiter bewahrte sie im Wäscheschrank auf, zusammen mit ihrer penibel gefalteten teuren Bettwäsche. Jody war im Allgemeinen genügsam und kleidete sich in preisgünstigen

Ladenketten ein, aber Laken waren eine Sache für sich. Laken waren Opfergaben, die voll Furcht und Demut den Göttern der Nacht dargebracht wurden. Nicht als Sybaritin streckte sich Jody allnächtlich unter der glatten ägyptischen Baumwolle aus, sondern als Büßerin, als Pilgerin, als Suchende – und was sie suchte, war Schlaf.

Mitten in der Nacht, in der unsere Geschichte beginnt, lag Jody, wie mitten in den meisten Nächten, im Bett und grämte sich. Tagsüber war sie ein fröhlicher, ja fast schon exzessiv fröhlicher Mensch, aber nachts litt sie. Die Fragmente ihres geschäftigen Lebens hingen dann bedrohlich über ihr wie Gespenster, wie das Finanzamt, wie eine Schwiegermutter. Sie starrte in die Dunkelheit und stellte sich ihren Fehlern und Unterlassungen. Es war eine schwere Dunkelheit, die sie zu diesen Gelegenheiten umgab, drückend und dicht, der Hauch der Reue, und gleichzeitig überwältigend, eisig und gleichgültig. Sie versuchte es natürlich mit Zählen, und auch mit Rückwärtszählen, als läge sie auf dem OP-Tisch und hätte gerade die Narkose bekommen. Sie probierte es mit Singen – manchmal die Melodie eines Stückes, das sie gerade einübte, manchmal Gilbert-und-Sullivan-Songs, Sachen, mit denen sie groß geworden war und von denen sie sämtliche Texte kannte. Manchmal verspürte sie den Drang, die melodischsten Passagen laut und klar hinauszusingen, ihre Stimme im dunklen Schlafzimmer erschallen zu lassen. Aber sie riss sich dann immer zusammen. Selbst wenn niemand neben ihr lag, und es war eigentlich die Regel, dass niemand neben ihr lag, hätte ihre Stimme inmitten der Dämonen ihrer Schlaflosigkeit schrill und lächerlich geklungen.

Am nächsten Tag erzählte sie dann allen in der Schule, dass sie kein Auge zugetan hatte. Das war eine der wenigen Entschädigungen für ihre Schlaflosigkeit: Ihre Kollegen nickten – nicht direkt mitleidig, aber doch verständnisvoll und, was das Wichtigste war, mit Respekt. Sie hatten alle schon schlaflose Nächte erlebt, aber zuletzt hatten sie alle einräumen müssen, dass Jody sie in Sachen Schlaflosigkeit um Längen schlug. Dies verlieh ihr einen gewissen Status, den sie inzwischen fast nicht mehr hätte missen mögen.

Wenn Jody ihren Kampf ums Einschlafen schilderte, lächelte sie immer. Ihre sonstige Bescheidenheit fiel dann von ihr ab, und sie wurde richtiggehend selbstgefällig. Vielleicht hätte sie sich anders verhalten, wenn sie so übernächtigt ausgesehen hätte, wie sie wirklich war. Aber Jodys Augen leuchteten hell und klar, und es waren auch keine dunklen Ringe darunter auszumachen. Mit ihrem kurzen blonden Haar und in ihren adrett gebügelten Blusen und eng anliegenden Hosen war sie auf eine offene, sonnige Weise hübsch. Sie roch frisch und sauber und bewegte sich mit einer energischen Geschmeidigkeit. Die Kinder liebten sie, sie arbeitete hart, und die Kollegen waren ihr dankbar. Wenn sie Hilfe oder Ratschläge zum Unterricht brauchten, wandten sie sich immer an sie, und obwohl sie erst neununddreißig war und jünger aussah, nannten sie alle liebevoll »die gute alte Jody«.

Ihre Kollegen respektierten sie und waren freundlich zu ihr, aber befreundet war sie mit keinem von ihnen. Jody fragte sich manchmal, ob das ihre Schuld war. Wessen Schuld hätte es sonst sein können? Der Postbote, sagte sie sich, war nicht schuld. Der stellvertretende Schulleiter war nicht schuld. Nicht mal die Republikaner waren schuld. Worin bestand nun aber ihre Schuld? Das war Jody ein Rätsel, und darüber zerbrach sie sich allnächtlich den Kopf.

Natürlich hatte sie sich einen Hund zugelegt. Ursprünglich hatte sie an eine Katze gedacht: Da sie sich mit voller Kraft voraus zur exzentrischen alten Jungfer zu entwickeln schien, konnte sie – so ihre Überlegung – auch genauso gut anfangen, sich die dazugehörigen Requisiten anzuschaffen. Aber als sie im Tierheim ankam, sah sie einen betagten Hund, einen übergroßen Pitbullmischling, so weiß, dass er schon beinah rosa war, ein Weibchen, das mit solch würdevollem Pessimismus mit dem Schwanz wedelte, dass Jody das Untier sofort mitnahm. Sie taufte die Hündin Beatrice, obwohl sie sich geschworen hatte, ihrem neuen Haustier keinen menschlichen Namen zu geben, da sie es irgendwie albern fand und gerade bei einer kinderlosen Frau Mitleid hervorrufen könnte. Aber die Hündin schien ihr einen richtigen Namen zu verdienen. Beatrice war keine junge Dame mehr. Der Tierschutzverein hatte sie streunend auf den Straßen der Bronx aufgelesen. Halb verhungert und mit Zecken übersät, hatte sie sichtlich schwere Zeiten hinter sich. Der Name Beatrice strahlte Würde aus. Jody war der Ansicht, dass die alte Hündin ihn verdiente.

Mittlerweile wieder aufgepäppelt, gestriegelt und entzeckt, war Beatrice ein stattliches Tier mit unergründlichen blauen Augen, die stets mit bedachtsamer Entschlossenheit Jodys Blick suchten. Sie bewegte sich langsam, und obwohl nicht verspielt, war sie doch liebenswürdig und schien eine besondere Schwäche für Fremde zu haben, denen sie sich zur Begrüßung mit ihrem gewaltigen Gewicht freudig an die Brust warf – vermutlich nicht bedenkend, dass solch ein Willkommen nicht unbedingt immer willkommen sein würde. Dass sie jedem vertraute, bezeugte ihre sanftmütige Natur, da bislang noch niemand ihr Vertrauen verdient hatte. Doch Beatrice schien über den Unzulänglichkeiten der Welt zu stehen, und diese weit unter ihr. Sie hatte schon viel erlebt, und so konnte sie wohl nichts mehr überraschen, nichts erschrecken und nichts aus der Fassung bringen. Sie konnte von Glück sagen, dass sie noch am Leben war, und das schien ihr durchaus bewusst zu sein.

Jody schaltete das Licht ein und sah auf Beatrice hinunter, die neben dem Bett hingefläzt auf dem Teppich lag. Sie streichelte die breite Stirn der Hündin. Beatrices Schädel war groß und wuchtig, ein Hundekopf wie von einem Kind gezeichnet. Mit ihrem breiten Maul und Unterkiefer schien sie fortwährend zu grinsen. Ihre Zunge hing wie ein großer pinkfarbener Waschlappen heraus. Dann hob Beatrice ihren kantigen Schädel und leckte Jodys Hand. Jody kraulte die Hündin an den zerfetzten Ohren und dachte: Statt zu einer exzentrischen Musiklehrerin mit Katze bin ich zu einer exzentrischen Musiklehrerin mit Hündin geworden. Ich gehe im Regen zügig mit meiner Hündin spazieren, statt es mir mit einer Tasse Tee und meiner Katze auf dem Schoß vor dem Heizstrahler gemütlich zu machen. Obwohl, dachte sie, als Beatrice ihre bleiche Masse auf das Bett wuchtete, so groß ist der Unterschied vielleicht gar nicht. Und sie lächelte über ihr Schicksal. Sie hatte Beatrice seit acht Monaten bei sich – acht Monate selig erfüllter gegenseitiger Anbetung und Freundschaft. Wenn sie sich einsam fühlte, warf sie einen Blick auf Beatrice. Wenn sie das Bedürfnis hatte, mit jemandem zu reden, redete sie mit Beatrice. Jody fand, dass ihr Leben, so wenig ausgefüllt es nach landläufigen Maßstäben auch sein mochte, durchaus in Ordnung war.

Dann lernte Jody Everett kennen und verliebte sich. Dies ereignete sich genau zwei Tage nach der geschilderten schlaflosen Nacht. Nach einer arbeitsreichen Woche, in der sie sich bemüht hatte, kleinen Kindern beizubringen, mehrstimmig zu singen und im Dreivierteltakt auf Holzklötzchen zu klopfen, war Jody zu einem entspannten Wochenendspaziergang mit Beatrice aufgebrochen. Es war Februar, und der Himmel wurde mit jedem Abend heller, aber an diesem bestimmten Nachmittag schneite es leicht, und die ganze Welt war in Grau getönt. Im Park war Beatrice so aufgeregt wie ein Kind, pflügte mit ihrer Nase durch die dünne weiße Schicht auf dem Rasen, wälzte sich wie wild herum und strampelte dazu mit ihren muskulösen Beinen in der Luft. Amüsiert und gerührt, blieb Jody noch länger als gewöhnlich draußen, obwohl es richtig zu schneien angefangen hatte und sie, ehe sie sich auf den Heimweg machten, schon völlig durchnässt war. Auf der Columbus Avenue warteten sie an einer roten Ampel, und als es Grün wurde und sie die Straße überquerten, sah Jody Everett. Sie wusste nicht, wie er hieß. Aber als er ihr durch den Schleier von Schnee zulächelte, meinte sie, in ihrem ganzen Leben noch keinen so schönen Mann gesehen zu haben. Sie drehte sich um und sah, wie er in den kleinen Eckladen ging. Er muss hier in der Nähe wohnen, dachte sie sich. Er ist nur kurz aus dem Haus, um Milch zu kaufen. Sie wäre da stehen geblieben und hätte gewartet und wäre ihm nach Haus gefolgt, wären nicht die Kälte, das Schamgefühl und der große Pitbull gewesen, der an der Leine zerrte.

Ich bin jetzt wirklich eine alte Jungfer, dachte sie – verlieb mich auf offener Straße in einen zerstreut wirkenden, gut aussehenden wildfremden Mann. Und wie um das unter Beweis zu stellen, setzte sie, zu Hause angekommen, sofort den Teekessel auf.

* * *

Dass es überhaupt schneite, hatte Everett erst bemerkt, als er aus dem Haus gegangen war. Er drückte die Tür auf, und stiebende Kristalle stachen ihm in die Augen. Auf einem an ein Verkehrsschild geketteten Fahrrad wölbten sich Schneepolster: auf dem Lenker, dem Sattel, den Rädern.

Everett war ein ganz gewöhnlich aussehender Mann – bis er lächelte. Dann wurde er hübsch, ja sogar schön, und auffällig, wie eine große, duftende preisgekrönte Rose. Mit seinem leicht rundlichen Kopf und den regelmäßigen Gesichtszügen wirkte er jungenhaft – wie ein missmutiger Junge zwar, aber nichtsdestoweniger jungenhaft. Sein Haar war braun, weder hell noch dunkel, mit einem Hauch von Grau darin. Nur wenn er lächelte und schön wurde, bemerkten die Leute, als sähen sie es zum ersten Mal, dass seine Augen strahlend blau waren, dass seine Wangen die blühende Farbe von Kinderbacken hatten, obwohl er bereits fünfzig war.

In letzter Zeit hatte er nicht viel gelächelt. Er hatte die Depris, wie seine Mutter es formuliert hätte. Er hatte sein Leben lang hart gearbeitet und arbeitete weiterhin hart, und er langweilte sich. Er schüchterte die jungen Chemiker ein, die für ihn arbeiteten, und freute sich darüber: Es linderte seine Langeweile zu sehen, wie sie den Kopf einzogen und ihre Ergebnisse, ihre Fragen, selbst ihre Namen mit zittrig verunsicherter Stimme vor sich hin murmelten. Wenn ein fünfzigjähriger Mann sich langweilt, sagt man, dass er eine Midlife-Crisis hat. Leslie, Everetts Freundin, hatte ihn auf diese Tatsache hingewiesen.

»Nein«, hatte Everett gesagt. »Langeweile ist schlicht ein Nachlassen der Phantasie.«

Und kaum waren die Worte aus seinem Mund gekommen, hatte er erkannt, dass sie stimmten, seine Phantasie ließ tatsächlich nach. Zusätzlich dazu, dass er sich langweilte, war er auch noch deprimiert.

»Du brauchst Prozac oder was in der Art«, sagte Leslie.

Aber Everett nahm bereits Prozac.

»Oh«, sagte Leslie. »Tja. Dann eine Reise.«

»Ich fahr nirgendwohin«, sagte Everett. Sein Ton war brüsker als beabsichtigt. Schließlich versuchte Leslie ja bloß, ihm zu helfen. Aber ihm wurde bewusst, dass Leslie, obwohl sie erst seit einem Monat liiert waren, zu den Dingen gehörte, die ihn langweilten.

»Das geht auch mal vorbei«, sagte sie und küsste ihn auf die Wange.

Sie waren die Central Park West entlanggegangen. Der graue Abend hatte sich um das Naturkundemuseum geschmiegt. Der blaue Schimmer des Planetariums ruhte zwanglos zwischen dem Nachthimmel, den kahlen Bäumen und dem Backstein aus dem neunzehnten Jahrhundert. Everett bemerkte die seltsame Harmonie dieses Anblicks und empfand sie als tröstlich.

»Ja«, sagte er.

»So ähnlich wie Herpes«, sagte Leslie. »Oder Gürtelrose.«

* * *

Everett vermisste seine Tochter. Als Kind hätte sie sich über den Schnee unbändig gefreut. Jetzt würde sie lediglich die Augen gegen den Wind zusammenkneifen und sich bemühen, auf dem Weg zur U-Bahn nicht auszurutschen. Everett spürte das Fehlen ihrer kleinen Hand in der seinen. Als sie von zu Hause ausgezogen war, um aufs College zu gehen, war die Wohnung mit einem Mal leer geworden, und Everett und seine Frau, Alison, hatten sich über ihr Bett wie über eine gewaltige, wüste Einöde hinweg angesehen. Ihre Tochter hatte auf ihre Scheidung mit Verblüffung und Wut reagiert. Sie wollte zum selben Zuhause heimkommen können, das sie schon immer gehabt hatte. Sie begriff nicht, dass sie bei ihrem Auszug dieses Zuhause mitgenommen hatte, für immer.

Everett wusste, dass er kein besonders aufmerksamer Vater gewesen war, insofern kam seine Untröstlichkeit für ihn recht überraschend. Er hatte Spaß an Emily gehabt, das sicher, hatte sie beobachtet, als wäre sie eine Ameise in einem Terrarium, und war auch stolz auf sie gewesen. Sie war immer so geschäftig, hatte so viele Projekte und Sorgen und Pläne und Forderungen. Sie war so laut. Jetzt war sein Leben still, gedämpft, wie die verschneiten Straßen.

Er stand an der Ecke und wartete an der Ampel. Als aus dem verwischten roten Tupfer ein verwischter grüner Tupfer wurde, tauchten eine muntere kleine Frau und ein Riesenhund wie Erscheinungen aus dem silbrigen Gestöber auf. Der Hund starrte ihn aus schmalen Schlitzaugen an. Sie gingen aufeinander zu. Der Hund war so weiß, dass seine rosa Haut durchschimmerte. Er sah wie eine gigantische Laborratte aus. Mit blauen Schlitzaugen. Everett überlegte sich, dass der Hund im eisigen Schnee unheimlich frieren musste. Als sie aneinander vorbeigingen, wedelte das rosa Vieh mit dem Schwanz und stieß ihm die Schnauze gegen den Oberschenkel, wobei es eine dünne Sabberspur hinterließ.

»Beatrice!«, sagte die Frau.

Es war Everett ein Rätsel, warum Hunde ihn mochten. Auf Gegenseitigkeit beruhte das jedenfalls nicht.

»Nicht der Rede wert«, sagte er, denn die Frau schien wirklich beunruhigt zu sein. Sie war klein und hatte große Augen; er fand sie ziemlich hübsch, auf eine irgendwie gehetzte, atemlose Weise hübsch. Er zwang sich, dem Hund die behandschuhte Hand auf den Kopf zu legen. »Nicht der Rede wert«, sagte er noch einmal und lächelte, erst zu Beatrice und dann zu der Frau gewandt.

»Oh!«, sagte sie. Sie sah ihn aufmerksam an.

Everett ging weiter. Was verlangte die Etikette im Falle einer zufälligen Besabberung durch einen Hund in einem Schneesturm? Er hatte jedenfalls sein Bestes getan.

Er schob sich durch die schweren Plastikvorhänge, die die Orangen und Erdbeeren und Äpfel und Tulpen vor dem kalten Schneewind schützten, und betrat das koreanische

Lebensmittelgeschäft. Er wusste nicht, ob das wirklich Koreaner waren. Zumindest diejenigen, die miteinander Spanisch sprachen, vermutlich nicht. Er kaufte Milch und machte sich auf den Heimweg, seine Schuhe durchweicht und weiß von der kurzlebigen Reinheit des Schnees. Er kam an dem schwulen Besitzer des Restaurants nebenan vorbei, der sich, seine Hunde je unter einem Arm, den rutschigen Bürgersteig entlangkämpfte. Er nickte, aber der Mann, der übrigens Jimmy oder so ähnlich hieß, schien ihn nicht zu bemerken, und Everett war ein bisschen enttäuscht.

Als er das pulsierende rote Licht, von einem Halo umgeben, im Schneesturm leuchten sah, blieb er auf dem Bürgersteig stehen und wartete, während eine Rollbahre mühsam durch die Verwehungen zur offenen Hecktür eines Rettungswagens geschoben wurde. Er beglückwünschte sich dazu, dass er nicht auf die in Decken gewickelte Gestalt starrte, sondern einer fremden menschlichen Tragödie Respekt zollte. Dann aber rief er, von plötzlicher Panik erfasst: »Ich wohne hier! Ich wohne hier!« Ein Polizist fasste ihn am Arm und sagte: »Es hat einen Unfall gegeben. Apartment 3F.« Everett dachte: 3F. Der mürrische ältere Mann unter ihm. Er hatte immer einen Schirm dabei. Everett wartete auf den Fahrstuhl. Auf der Konsole im Hausflur standen zwei Dosen Katzenfutter Marke Fancy Feast. Die Hausbewohner stellten dort oft Dinge hin, die sie nicht brauchten, aber einfach wegzuwerfen offenbar nicht über sich brachten. Das regte Everett fürchterlich auf: War das hier die Heilsarmee oder was? Er wohnte im vierten Stock, stieg aber im dritten aus und blieb vor der Tür des Mannes stehen, der immer einen Regenschirm dabeihatte.

»Er ist tot!«, sagte eine Nachbarin aufgeregt. Sie stand, orangefarbene Plüschpantoffeln an den Füßen, zusammen mit anderen entsprechend sonntagnachmittäglich nachlässig gekleideten Nachbarinnen sowie mehreren Polizeibeamten vor Apartment 3F herum. »Ich weiß nicht mal, wie er heißt«, sagte sie. Sie packte Everett am Arm. »Er hat sich umgebracht«, flüsterte sie.

»Ich weiß auch nicht, wie er heißt«, sagte Everett nach einer peinlichen Stille, und er fühlte sich schuldig, als wäre das der Grund, warum der Mann sich umgebracht hatte. Er stellte sich den Mann vor, im Rettungswagen auf seiner Bahre ausgestreckt, das lange Gesicht zugedeckt, den Regenschirm neben sich.

»Was ist mit dem Hund?«, fragte die Nachbarin mit den Plüschpantoffeln, noch immer an Everett geklammert, aber jetzt zu einem Polizisten gewandt. Everett nahm ihre Fußbekleidung, ihre insgesamt schlampige Aufmachung – Sweatshirt und Leggings – mit Widerwillen zur Kenntnis. Ihm wurde bewusst, dass er keinen seiner Nachbarn mit Namen kannte, obwohl er schon seit zwei Jahren hier wohnte. Er rückte von der Frau ab.

»Sollten wir den Tierschutzverein anrufen?«, fragte die namenlose Person.

»Da ist kein Hund«, sagte einer der Polizeibeamten.

»So ein kleiner Welpe«, beharrte die Frau. »Er hat ihn sich letzte Woche geholt.«

Warum in aller Welt, fragte sich Everett, legt sich jemand einen Hund zu und bringt sich anschließend um? Und er ging hinauf in seine Wohnung, um seinen Liter Milch in den Kühlschrank zu stellen, erfrischt fast, und längst nicht mehr so gelangweilt wie noch vorhin, als er aus dem Haus gegangen war.

★ ★ ★

Der Schneesturm wütete vierundzwanzig Stunden lang, beruhigte sich dann zu einem sanften Geriesel von dicken pappigen Flocken und hörte schließlich, als die Temperatur auf minus sechzehn Grad fiel, vollends auf. Hündchen kletterten auf eingeschneite Autos, um triumphierend auf die Schneeberge zu pinkeln. Die Straßen waren still und unbefahrbar. Für die Kinder war es zum Rodeln zu kalt. Um fünf Uhr nachmittags ging Jody mit Beatrice in den Park. Die alte Hündin sprang in einem dicken rosafarbenen Pullover durch den Schnee, während Jody sich alle Mühe gab, mit ihr Schritt zu halten. Äste knarrten, glasig, vereist. Die Luft war reglos und kalt wie der Tod, lebte dann wieder auf in bitterbösen Windböen. Der Sand, mit dem man die Wege im Central Park gestreut hatte, war bereits im schmutzigen Eis festgetreten. Jody setzte vorsichtig Schritt vor Schritt, um nicht auszurutschen. Sie hatte sich einen Schal um den Kopf gewickelt und über Mund und Nase gezogen. Sie atmete die Wärme ihres eigenen Atems ein. Die Kopfbedeckung engte ihr Gesichtsfeld ein, wie die Scheuklappen eines Kutschpferdes.

Sie schloss die Augen vor der beißenden Kälte, öffnete sie dann aber sofort wieder, um nicht das Gleichgewicht zu verlieren. Die Straßenlaternen leiteten sie durch die einsetzende Dunkelheit. Wie die Brotkrumen bei Hänsel und Gretel, dachte sie, eine nach der anderen, gelbe Pfützen von Licht. Sie blieb auf dem oberen Absatz der Treppe zum Bethesda Fountain stehen und sah hinunter auf den zugefrorenen See. Die Eisfläche lag ungestört, makellos und dunkel da. Ich bin hier allein, dachte Jody. Sie spürte eine Woge der Freude in sich aufwallen. In New York City, mitten in Manhattan, war sie allein. Es erschien unmöglich, aber wohin sie sich auch wendete, sah sie nichts als Schnee und Eis und kahle Bäume vor dem undurchdringlichen schwarzen Himmel. Es war sonst niemand da. Nicht mal ein Eichhörnchen. Jodys Stimme wurde durch den Schal gedämpft. Beatrice sah zu ihr auf. Jody zog sich den Schal vom Gesicht und atmete die eisige Luft ein.

»Wir sind allein«, sagte sie noch einmal.

Als sie ein paar Minuten später in ihre Straße einbog, war sie von Einsamkeit durchdrungen. Nicht einmal der Skilangläufer, der ihr die Straße entlang entgegenkam, konnte ihr Gefühl von Freiheit und grenzenloser Melancholie dämpfen.

* * *

Die ganze nächste Woche lang lag der Schnee tief, und das Wetter blieb betäubend kalt. Jody beneidete ihre Nachbarn von nebenan, zwei Männer mit einer großen Anzahl kleiner Kinder, die ihre zwei Cairn-Terrier einfach auf den Hof lassen konnten. Ihr Badezimmerfenster ging nach hinten raus, und sie konnte hinunterschauen und die Hunde sehen, die wie Delphine durch die tiefen Verwehungen sprangen. Sie hatte vorgehabt, mit der Kunstlehrerin, Franny, einer struwwelhaarigen Fünfzigerin, die an die heilende Kraft von Kristallen glaubte, ins Kino zu gehen. Aber das Wetter war zu ungemütlich, und Franny hatte ihr mitgeteilt, sie zöge es vor, einen Joint zu rauchen und sich in der Geborgenheit ihrer Wohnung Videos anzuschauen.

Vor Jodys Haus verlief da, wo einst der Bürgersteig gewesen war, eine schmale Furche zwischen zwei Schneedämmen. Trampelpfade von gefrorenen Fußspuren zweigten davon ab und führten zu spiegelglatt vereisten Hauseingängen. Jody folgte Beatrice, die wieder den rosa Pulli trug, den Jody ihr gestrickt hatte. Sie bewunderte den eigenartigen krummbeinigen Gang der Hündin und fragte sich, welcher Trampelpfad wohl zu dem Mann führen mochte, der gelächelt hatte. Sie hatte ihn seit dem Tag des Schneesturms nicht mehr gesehen.

Beatrice ging vor der lutherischen Kirche anmutig in die Hocke und hinterließ ein tiefes, vollgesogenes gelbes Loch. Jody starrte darauf. Was würden die Kirchgänger sagen? Sie schob mit dem Fuß frischen Schnee auf die Stelle und schlich sich zu ihrem Haus zurück.

2

»Heute sieht alles anders aus!«

Als es endlich taute, taute es schnell. Der Schnee verschwand und hinterließ große Flächen von durchweichtem Dreck, ozeangleiche Pfützen an jeder Ecke, Moränen von Müll. Wie sich zeigte, hatten unter der weißen Winterdecke wahre Schätze gelegen. Bananenschalen, Fritten und Schnellimbissschachteln trieben, endlich vom Eis befreit, munter die Gossen entlang. Hundescheiße, die hoch oben auf den Schneedämmen hinterlassen worden war, schmolz auf dem nassen Bürgersteig vor sich hin.

Jody, die mit Beatrice Gassi gehen wollte, stand gerade vor einem rauschenden Rinnstein und versuchte die sicherste Stelle zum Passieren ausfindig zu machen, als ein Mann neben ihr stehen blieb. »Farbenprächtig, nicht?«

»Als ob kleine Leichen an die Oberfläche treiben würden«, sagte Jody.

Der Mann stieß ein schnaubendes Lachen aus und sprang dann über den Schmelzbach, während Jody in stummem Erstaunen erkannte, dass dies der Mann gewesen war, nach dem sie gesucht hatte, der Mann, der gelächelt hatte. Sie sah ihm hilflos zu, wie er ein Taxi heranwinkte und entschwand.

»Farbenprächtig, nicht?«, wiederholte sie leise, von der Formulierung entzückt.

An diesem Samstagnachmittag sah Jody, als sie an ihrem Fenster saß und hinausschaute, den Mann noch einmal. Sie hatte vor einiger Zeit fast aus Jux zu stricken angefangen, da sie fand, dass es zu ihrem altjüngferlichen Leben passte, aber dann hatte sie zu ihrer eigenen Überraschung festgestellt, dass sie die sanfte Eintönigkeit dieser Arbeit genoss und sie außerordentlich gut darin war. Sie saß schon eine ganze Weile in ihrem Erker und wartete, während die Stricknadeln leise, aber mit einer fast mörderischen Geschwindigkeit vor sich hin klapperten. Vielleicht stricke ich ihm, wer immer er sein mag, einen Schal, überlegte sie sich und sah hinunter auf das Knäuel auberginefarbener Wolle, die eigentlich für einen weiteren Pullover für Beatrice gedacht gewesen war. Ob sie sich für einen Männerschal eignen würde? Dann hob sie den Blick und sah ihn in einen der Eingänge auf der anderen Straßenseite einbiegen. Jetzt hatte der Mann mit dem Lächeln endlich ein Zuhause.

In den nächsten Wochen führte Jody Beatrice auf der Straßenseite Gassi, auf der, wie sie jetzt wusste, Everett wohnte. Besonders gern blieb sie in der Nähe seines Hauses stehen, um mit Heidi, ebenfalls Hundebesitzerin, einen netten Schwatz zu halten. Heidi war über achtzig, eine Überlebende des Holocausts, die unerklärlicherweise von einem lebhaften und überraschenden Optimismus erfüllt war. Sie hatte kürzlich bei einem Sturz einen Zahn verloren, und da er erst im folgenden Monat gerichtet werden konnte, hatte sie seither, mit geringem Erfolg, versucht, nicht zu lächeln. Ihr Hund, ein dicker Mops namens Hobart, saß zu ihren Füßen und gab leise gurgelnde Geräusche von sich. Sie ging mit ihm viermal am Tag um den Block, ohne Rücksicht auf die Witterung. Selbst während der Kälteperiode waren Heidi und Hobart die eisigen Schluchten des Bürgersteigs entlanggetrippelt. Früher hatte sie auch mal einen Pitbull gehabt, deswegen hatte sie Beatrice ins Herz geschlossen. Sie brauchte jemanden, mit dem sie sich unterhalten konnte, und deswegen hatte sie Jody ins Herz geschlossen. Sie war interessant, sprudelte über von Geschichten – über den Krieg, über Israel in der Zeit danach, über ihr altes Haus in ihrer Heimatstadt in Deutschland, das sie erst vor fünf Jahren wieder besucht hatte, über einen geschiedenen Ehemann und einen liebenden Sohn in New Jersey, über Eltern, die sie während des Holocausts verloren hatte, und über eine Stockentenfamilie, die eine Zeit lang im Garten des Hauses ihrer Kindheit gewohnt hatte – und deswegen hatte Jody *sie* ins Herz geschlossen.

Am ersten sonnigen Morgen seit Wochen stieg Jody zusammen mit Beatrice die Stufen vor ihrer Haustür hinunter und blieb auf dem Bürgersteig stehen, um den strahlend blauen Himmel zu bewundern. Sie sah Heidi und ihren kleinen Hund, der in einen Argyle-Pullover eingepackt war, langsam die Straße entlangkommen und ging ihnen entgegen.

»Heute sieht alles anders aus!«, sagte sie.

»Mit Farbe gesättigt«, sagte Heidi.

Eine andere ältere Frau, klein und bunt gekleidet, winkte, als sie an ihnen vorbeihetzte. »*Muchacho, muchacho*«, rief sie Hobart zu, der sich nicht mal nach ihr umdrehte.

Heidi trug eine Hose und eine schön geschnittene Wolljacke, und selbst in ihren klobigen wetterfesten Stiefeln schaffte sie es, wie immer, europäisch und elegant auszusehen. »Sie schauen so elegant aus«, sagte Jody, und Heidi konnte sich ein zahnlückiges Lächeln nicht verkneifen.

In diesem Moment kam Everett vorbei, und gefangen in Heidis dankbarem Blick sah Jody ihn bloß aus dem Augenwinkel. Sie wandte sich – ziemlich brüsk, wie ihr bewusst wurde – von Heidi ab, in der Hoffnung, dass Everett sie sah, aber er war schon weitergegangen.

Es war zehn nach acht an einem Dienstagmorgen, und die auf der Downtown-Seite der Straße geparkten Autos waren alle wegen des alternierenden Parkverbots auf die Uptown-Seite gefahren worden und standen nun in zweiter Reihe. Jody hatte sich dieses Ritual in ihrer ersten Zeit in New York immer gern angesehen. Es war ein ruhiger, anmutiger, synchroner Straßentanz. Schlag 10:15 Uhr würden die Besitzer zu ihren Autos zurückkommen und sie wieder in die leeren Parklücken fahren, die auf der Südseite der Straße warteten. Dann blieben die Fahrer in ihren Autos sitzen, bis es halb zehn war und an der Zeit, die Tanzfläche zu verlassen. Als Heidi mit den Stockenten (eine von Jodys Lieblingsgeschichten) fertig war, führte Jody Beatrice auf die Straße, und sie schlenderten an der zweiten Reihe parkender Autos entlang, vorbei an einem limonengrünen Prius und einem mit beklagenswert unwitzigen Witz-Aufklebern übersäten uralten VW-Bus. Jody war auf dem Weg zu einem großen sandgefüllten Schlagloch unweit des koreanischen Ladens, in dem Beatrice manchmal ein bisschen scharrte und im Kreis ging und schließlich kackte. Bevor sie das Schlagloch erreicht hatten, blieb Beatrice neben einem weißen SUV stehen, ging in die Hocke und fing an zu pinkeln.

Jody sah woandershin, in die Ferne – teils aus Feingefühl Beatrice gegenüber, teils aus schlichter Zerstreutheit –, als plötzlich ein donnerndes Geräusch sie ins Hier und Jetzt zurückholte.

»Schaffen Sie Ihren gottverdammten Köter von meinem Wagen weg!«

Eine Frau kreischte aus dem SUV heraus und hämmerte dazu mit ihrer aus dem Fenster hängenden Hand von außen gegen die Autotür. Jody stand dicht neben dem Auto, fast dagegengelehnt, aber wegen des riesigen Außenspiegels und der Reflexe auf der getönten Frontscheibe hatte sie die Fahrerin nicht gesehen. Sie geriet für einen Augenblick in Panik.

»Verschwinden Sie!«, schrie die Frau.

Jody trat den Rückzug an und zog Beatrice mit sich. Die Frau, die ein seltsam orangefarbenes Gesicht hatte, drohte ihnen mit dem Finger.

»Ich behalt Sie beide im Auge!«, fauchte sie.

Jody fühlte sich ein bisschen wackelig auf den Beinen, als sie sich vom SUV entfernte. Die Frau hatte sie erschreckt, sicher, aber vor allem hatte sie ihr Heimatgefühl verletzt. Sie drehte sich plötzlich um und sagte in die ungefähre Richtung des SUV: »Wir wohnen auch hier.« Aber sie sagte es leise und war sofort danach irgendwie betreten, als ob sie und Beatrice in Wirklichkeit ganz und gar nicht auch da wohnen würden.

Everett schmollte, weil er an dem Morgen ins Labor musste. Er sah in den frischen blauen Februarhimmel. Was nützte der ihm? Er würde den ganzen herrlichen Tag in seinem ganz und gar nicht herrlichen Labor verbringen. Er ging kurz in den koreanischen Laden, um sich einen Muffin zu kaufen. Dann ertappte er sich dabei, wie er, fast ohne nachzudenken, auch ein paar Tulpen kaufte. Das ist lächerlich, dachte er ziemlich verlegen, als er mit den knallgelben Blumen in der Hand in Richtung U-Bahn-Station ging. Er konnte sie sich auf den Schreibtisch stellen und dadurch seine Kollegen verdutzen, sie verunsichern. Vielleicht würde ihn das etwas aufbauen. Dann sah er diese kleine blonde Frau mit ihrem großen weißen Hund auf dem Bürgersteig stehen, und sie machte einen seltsam verlorenen Eindruck. Diese Frau, die im Sonnenlicht stand und so verlassen aussah, hatte etwas Rührendes an sich, und er ging auf sie zu.

»Beatrice!«, sagte er zu der Frau, als ihm plötzlich der Name einfiel.

Der Hund wedelte mit dem Schwanz.

»Sie sehen so bedrückt aus«, sagte er.

»Tut mir leid«, sagte die Frau und sah noch bedrückter aus.

»Nein, was ich meine, ist, ich habe diese Blumen gekauft. Ich wusste nicht, warum, aber als ich Sie gesehen habe, ist mir klar geworden …«

Gütiger Gott, dachte Everett und unterbrach seine kleine Ansprache. Werde ich wirklich diesen Spruch bringen? *Da ist mir klar geworden, dass ich sie für Sie gekauft habe?*

»Da ist mir klar geworden …« Wieder stockte er. »Na ja, bitte schön, Beatrice«, sagte er, reichte ihr die Blumen und entfernte sich hastig.

»Danke«, rief sie ihm hinterher. »Aber …«

Er drehte sich um und winkte und ging mit seinem Muffin zur Arbeit, und seine impulsive Tat erfüllte ihn mit einem feierlichen Stolz.

Jody stellte die Blumen in eine Vase. Jetzt sah sie nicht mehr bedrückt oder verloren aus. Sie hatte ihn gesehen und mit ihm gesprochen, und er hatte mit ihr gesprochen und ihr Blumen geschenkt, auch wenn er glaubte, dass sie Beatrice hieß.

* * *

Die Tage vergingen, und die Stängel der Tulpen bogen sich abwärts, und die gelben Blütenblätter fielen nach und nach auf den Tisch, und Jody ging jeden Morgen in die Schule und unterrichtete kleine unkonzentrierte Kinder in Musik. Jeden Nachmittag kam sie nach Haus und übte auf ihrer Geige. An manchen Abenden machte sie mit einem kleinen Ensemble Kammermusik. Gelegentlich sprang sie für eine Freundin im Orchestergraben irgendeines Broadway-Musicals ein. Der Schal für den Mann, dessen Namen sie nicht kannte, war fertig, und sie hatte einen kompliziert gemusterten rundgestrickten Pullover in Angriff genommen, dessen Blau, wie sie hoffte, mit seinen Augen harmonieren würde. Damit vertrieb sich Jody die langen schlaflosen Nächte, während Beatrice, die Hinterbeine nach hinten, die Vorderpfoten nach vorne ausgestreckt, wie ein rosa-weißer Superman mit einem langen dünnen Schwanz auf dem Teppich neben dem Bett lag. Der Mann brauchte natürlich nie was von seinem blauen Pullover zu erfahren. Sie versicherte sich, dass der Pullover genauso gut für ihren Vater sein konnte, auch wenn er dafür in Florida eher wenig Verwendung haben würde.

* * *

Aus Februar wurde auf diese ereignislose Weise März. In einer stürmischen Nacht schloss Everett den Bericht ab, an dem er gearbeitet hatte. Als er auf die Uhr sah, war er überrascht. Er hatte überhaupt kein Zeitgefühl mehr. Manchmal arbeitete er bis drei Uhr nachts, ohne es zu merken. Meine Wohnung steht mit nichts mehr in Verbindung, dachte er bitter, nicht mal mit der Zeit. Er checkte seine E-Mails in der Hoffnung, Emily hätte ein paar Zeilen geschrieben. Es gab aber lediglich einen politischen Kettenbrief von Alison, seiner Exfrau. Sie schickte ihm fast täglich Petitionen oder Spendenaufrufe. Seit Emily auf dem College war, war das praktisch der einzige Kontakt, der noch zwischen ihnen bestand. Natürlich gab es finanzielle Angelegenheiten und Regelungen für die Ferien zu besprechen. Aber ansonsten war der Mensch, mit dem er bis vor zwei Jahren sein ganzes Erwachsenenleben verbracht hatte, zu einer Fremden geworden. Eine unerwartete Fremde, dachte er und fand, dass es irgendwie gut klang. In seinem Herzen und seinen Gedanken und seiner Erinnerung nahm sie in etwa die gleiche Stellung und den gleichen Raum ein wie sein Cousin Richard. Als Kinder die besten Freunde. Hatten sich als Teenager aus den

Augen verloren. Seitdem Fremde. Als Everett daran dachte, fehlte ihm Richard. Sie waren zusammen Rad gefahren und hatten sich die Doors angehört und mit Richards 8-mm-Kamera Zeitrafferfilme gedreht, in denen sie beide in einem imaginären Auto Everetts Straße entlangfuhren. Sie schwammen im Meer und gingen angeln. Sie zerquetschten Ameisen und saßen stundenlang abgestumpft und gelangweilt vor dem Fernseher. Everett fühlte sich alt und erschrak beim Gedanken, dass er bis ein Uhr nachts gearbeitet hatte, ohne es zu merken. Bald würde er einer von diesen Leuten sein, die überhaupt nicht mehr schliefen, ein einsamer alter Mann, der um zwei Uhr nachts ins Bett ging und drei Stunden später aufwachte und erst am nächsten Tag nach dem Abendessen vor dem Fernseher wieder einschlief.

Alisons E-Mail machte ihn auf die Tatsache aufmerksam, dass ein Arzt in den Ethikausschuss für Reproduktionsmedizin der Bundes-Arzneimittelbehörde berufen werden sollte, der ein Buch mit dem Titel *As Jesus Cared for Women: Restoring Women Then and Now* geschrieben hatte, sich weigerte, Verhütungsmittel zu verschreiben, und Frauen, die unter dem prämenstruellen Syndrom litten, empfahl, die Bibel zu lesen. Die Empfänger der Mitteilung sollten unterschreiben, und jeder fünfundzwanzigste sollte eine vorformulierte Protest-E-Mail an das Weiße Haus weiterleiten.

Everett verabscheute Kettenbriefe. Er verabscheute Politik. Am schlimmsten war ein politischer Kettenbrief, und noch schlimmer war ein schlecht recherchierter politischer Kettenbrief. Der gefürchtete Arzt – der tatsächlich eine Zumutung war – war bereits vor Jahren ernannt und in seinem Amt bestätigt worden.

»Liebe Alison«, schrieb Everett zurück. »Das Kind ist schon längst in den Brunnen gefallen. Deine Petition ist Spam. Herzlich, Everett.«

Er wünschte sich augenblicklich, er hätte überhaupt nicht geantwortet. Was für ein verbitterter alter Mann aus ihm doch allmählich wurde! Alison heiratete wieder, und aus ihrem neuen Gatten würde bestimmt kein verbitterter alter Mann werden, der vor einem plärrenden postabendbrotlichen Fernseher eindöste. Eher ein tyrannisierter alter Mann, der auf vom Smithsonian organisierte Kulturwanderungen durch die Weinanbaugebiete Chiles geschleppt wurde. Everett hatte den Mann, den Alison heiraten wollte, nie kennengelernt, aber Emily hatte ihm erzählt, Walt sei Anwalt. Der Rechtsan-Walt, hatte Everett gekalauert, und Emily hatte halb angewidert, halb amüsiert gefeixt.

Er schrieb Emily ein paar Zeilen. Er atmete die Luft in seinem Wohnzimmer ein und befand sie für nicht zum Atmen geeignet. Er öffnete das Fenster und ließ sich von der Kälte durchpusten. Er sah diese Frau mit ihrem großen Hund unten auf dem Bürgersteig vorbeigehen. Plötzlich, fast ohne sich dessen bewusst zu werden, rief Everett zu ihr hinunter. Sie sah erschrocken auf, lächelte dann.

»Warten Sie!«, sagte Everett und schoss aus der Wohnung, ließ deren bedrückende Leere vorübergehend hinter sich. Es hatte ihn mit Stolz erfüllt, dass er ihr die Tulpen geschenkt hatte – vielleicht war er letzten Endes doch nicht so alt, nicht so festgefahren und berechenbar, wie er dachte. Seine Exfrau mochte wieder heiraten, aber er konnte einer Frau spontan Blumen schenken. Er hatte oft an die Tulpen gedacht, hatte sich an den leuchtenden verschwommenen Farbklecks erinnert, den er Jody überreicht hatte. Was er getan hatte – völlig ohne Grund Blumen zu kaufen und sie einer Unbekannten aufzudrängen –, faszinierte ihn. Als er gerade eben von seinem Fenster aus hinuntergeschaut und sie wiedererkannt hatte, war ihm ihre Existenz wie etwas zugleich Entzückendes und Unpersönliches erschienen, wie die Geranien, die im Sommer aus ihrem Kasten durch die schmiedeeisernen Gitterstäbe des Kirchenfensters wuchsen, oder die Katze, die in der Erdgeschosswohnung an der Ecke an die Fensterscheibe geschmiegt schlief, oder die leuchtend rote Zimmerwand der Wohnung im ersten Stock gegenüber – denn Everett hatte weit weniger an Jody gedacht als an sein eigenes bemerkenswertes Verhalten.

Jody hatte ihn schon am Fenster stehen sehen, bevor er zu ihr hinuntergerufen hatte. Sie hatte sich müßig gefragt, ob er wohl nach ihr Ausschau hielt, so wie sie oft an ihrem Fenster saß und nach ihm ausschaute. Natürlich tat er nichts dergleichen, das war ihr völlig klar, aber ein bisschen Träumen war ja wohl erlaubt. Einen Augenblick lang hatte sie mit dem Gedanken gespielt, ihm zuzuwinken, aber dann hatte sie sich doch nicht getraut.

Jetzt ging Jody neben ihm her die Central Park West entlang. Sie konnte es kaum glauben. Als Beatrice ihn gesehen hatte, war sie an ihm hochgesprungen, hatte ihm die klobigen Pfoten auf die Schultern gelegt, ihm in die Augen gesehen und das Ohr abgeleckt, vor Aufregung winselnd.

Everett hatte den massigen Hund von sich geschoben und sich gefragt, ob der Preis für menschliche Gesellschaft um zwei Uhr nachts nicht vielleicht doch ein bisschen zu hoch war. Hunde waren ihm einfach lästig. Sämtliche Redensarten, in denen das Wort Hund vorkam, waren negativ besetzt: Jemand lief einem nach wie ein Hund, oder man führte ein Hundeleben und war deswegen ständig hundemüde. Man stand wie ein geprügelter Hund da. Man legte sich mit Hunden schlafen und wachte mit Flöhen auf, woraufhin man vor die Hunde ging.

»Wie lang wohnen Sie schon in dem Block?«, fragte Jody ihn, nachdem er sich vorgestellt hatte.

»Etwas mehr als zwei Jahre. Seit meiner Scheidung. Ich

habe eine Tochter, und die wohnt manchmal bei mir. Momentan ist sie auf dem College. Die Wohnung fühlt sich furchtbar leer an.«

»Laufen Sie deswegen zu nachtschlafender Zeit durch die Straßen?«

»Vermutlich. Und was ist Ihre Entschuldigung?«

»Rastlosigkeit? Ich weiß nicht. Ich schlafe nie besonders gut.«

Dann erfuhr Everett, dass sie Geigerin und Musiklehrerin an der Trumbo School war, unter den guten Privatschulen Manhattans eine der fortschrittlicheren. Alison hatte nicht gewollt, dass sie Emily auf sie schickten. Die Kinder trugen dort keine Uniform und verwilderten, hatte sie gesagt. Kinder, dachte Everett. Kinder und Tiere. Das war Jodys Umgang. Er mochte keine Tiere, und das einzige Kind, das er ertrug, war sein eigenes, und das war inzwischen gar keines mehr. Aber Jody schien ganz in Ordnung zu sein. Sie war so lebhaft, so niedlich, ganz das blonde Mädchen von nebenan. Und es war schwer in Ordnung von ihr, um zwei Uhr nachts mit einem Nachbarn spazieren zu gehen – einem kuriosen Nachbarn, der ihr Blumen schenkte und sie vom vierten Stock aus anquatschte. Es war ein Wunder, dass sie ihn nicht für einen Stalker gehalten hatte.

»Ich frag mich, ob mein Vater mich vermisst hat, als ich von zu Hause ausgezogen bin«, sagte sie in seine Gedanken hinein. »Ich jedenfalls hab ihn ganz bestimmt nicht vermisst.«

»Nicht?« Das hörte Everett gar nicht gern.

»Nein. Jetzt vermisse ich ihn allerdings.«

Everett versuchte sich daran zu erinnern, ob er auf dem College seine Eltern vermisst hatte. Es gelang ihm nicht.

»Er wohnt in Florida. Meine beiden Eltern wohnen in Florida«, sagte Jody. »Zusammen«, fügte sie hastig hinzu.

Sie schlenderten am Museum vorbei, machten dann kehrt und gingen über die Columbus nach Hause zurück.

»Meine Frau heiratet«, sagte er.

Sie lächelte.

»Absurder Satz, nicht? Exfrau, natürlich«, sagte er.

»Ist das gut oder schlecht? Oder ein bisschen von beidem?«

»Wenn sie dann aufhört, mir politische Kettenbriefe zu schicken, wird es uneingeschränkt gut sein.«

Jody nickte mitfühlend, und Everett fragte sich, wie er dazu kam, sich zu dieser seltsamen Uhrzeit einer nicht minder seltsamen wildfremden Frau anzuvertrauen – so sehr, wie er sich überhaupt niemals jemandem anvertraut hatte. Der Hund stapfte zwischen ihnen einher, und es war so still, dass er die verschiedenen Geräusche der Nacht ausmachen konnte. Das Radio eines vorbeifahrenden Autos. Das frenetische Japsen offenbar mehrerer kleiner Hunde, das aus einem Brownstone drang. Der Piepton, mit dem eine Autotür geöffnet wurde. Das Scheppern des Deckels einer Metallmülltonne, in die ein Mann mit Pferdeschwanz seine Abfälle stopfte.

»Komische Uhrzeit, um seinen Müll rauszutragen«, sagte Everett.

»Komische Uhrzeit, um unterwegs zu sein und Leute zu bemerken, die ihren Müll raustragen«, sagte Jody.

Everett runzelte die Stirn. »Er sollte sich jedenfalls die Haare schneiden lassen«, sagte er.

Jody lachte bloß, und Everett, dem der alberne Mann mit seiner nächtlichen Müllaktion wie ein unverfängliches Small-Talk-Thema erschienen war, schwieg eingeschnappt.

»Am schlimmsten sind Pferdeschwänze bei glatzköpfigen Männern, finden Sie nicht?«, sagte Jody.

Besänftigt pflichtete Everett ihr bei und verabschiedete sich von seiner neuen Bekanntschaft an deren Haustür.

Jody lag im Bett und haderte, wütend und gequält, mit sich und ihrer unberechenbaren und unzuverlässigen Sozialkompetenz. Wochenlang hatte sie von Everett und seinem wunderschönen Lächeln geträumt, und heute Nacht hatte er ihr von oben, buchstäblich vom Himmel aus, zugerufen. Er hatte sich ihr anvertraut, hatte bei ihr Mitgefühl gesucht. Und wie hatte sie auf seine Offenheit reagiert? Mit derselben munter-beiläufigen Gleichgültigkeit, mit der sie allem begegnete. Sie hätte genauso gut in der Schule sein können. »Die Gurken in der Salatbar sind immer fürchterlich trocken«, sagte vielleicht eine Kollegin zu ihr. »Ach nun«, würde sie mit einem fröhlichen Lächeln erwidern, »auch nicht trockener als die Radieschen.« Hatte sie Everett das Mitgefühl geschenkt, nach dem er sich so offensichtlich sehnte? Nein. Sie hatte ihm gesagt, dass ihr Vater ihr nicht gefehlt hatte, als sie auf dem College gewesen war – das Allerletzte, was er hatte hören wollen. Sie hatte ihn wegen seiner spießigen Reaktion auf den Mann mit dem unglückseligen Pferdeschwanz und nachmitternächtlichen Müll aufgezogen. Sie hatte sich als die unromantische, unflexible, unliebenswürdige alte Jungfer entlarvt, die sie nun einmal war. Als er gesagt hatte, dass seine Frau heiratete, hatte sie ihn ausgelacht. Ihn ausgelacht! Es war unglaublich. Er würde ihr nie wieder von seinem Fenster aus zurufen. Er war – wie ein Gott – in kalter Nacht zu ihr herabgestiegen, und sie hatte geschmunzelt. Götter waren es nicht gewohnt, dass man auf ihre Kosten schmunzelte. Überhaupt hatten Götter allgemein nicht viel Sinn für Humor.

»Warum sollte ich mich für einen Mann ohne Sinn für Humor interessieren?«, fragte sie laut.

Beatrice, die neben ihr ausgestreckt lag, hob den Kopf.

»Die Welt steckt voller Geheimnisse, Beatrice«, sagte Jody, und die Hündin schloss beruhigt die Augen.

3

A deux

Ich glaube, es ist an der Zeit, unsere Aufmerksamkeit George zuzuwenden, obwohl er noch gar nicht in der Straße wohnt. George, mittlerweile achtundzwanzig, war ein Wunderkind. Niemand wusste das. Außer George. Er war nicht sicher gewesen, auf was für einem Gebiet genau er ein Wunderkind war, aber die unbestimmbare Natur seiner Begabung hatte weder deren Last gemildert noch seine Gewissheit über sie ins Wanken gebracht.

Er war ein schlaksiger kleiner Junge gewesen, mager, schüchtern, dekoriert mit Spielzeugmännchen, deren Arme und Beine bündelweise aus seinen Taschen ragten. Er legte Wert auf Kleidung und bestand darauf, sich morgens seine Sachen selbst auszusuchen und ohne fremde Hilfe anzuziehen, weshalb er der Erwachsenenwelt wie ein unordentlicher Lumpensack erschien. Georges Status als Wunderkind war ein Geheimnis, und das Geheimnis war bei ihm sicher aufgehoben.

Er wuchs zu einem – auf eine bleiche, romantische, ungesunde, dunkelhaarige Weise – gut aussehenden jungen Mann heran. Er trug zwar immer noch Sachen, die nicht zusammenpassten, aber da er inzwischen eine gewisse Geschicklichkeit in der Auswahl erworben hatte, war das, was ursprünglich schlicht wie schlechter Geschmack ausgesehen hatte, zu so etwas wie einem persönlichen Stil geworden. Seine Taschen quollen nicht länger über, denn sie enthielten nur noch ein paar zerknüllte Kassenbons, vielleicht eine abgelaufene MetroCard und eine abgewetzte Brieftasche, die er zu seinem Collegeabschluss geschenkt bekommen hatte. Er arbeitete inzwischen als Kellner, aber gelegentlich überfiel ihn sein Geheimnis noch immer, wie das Kribbeln eines eingeschlafenen Fußes.

George hatte eine Schwester namens Polly, eine Schwester, die von klein auf mit einem ausgeprägten Beschützerinstinkt zu ihm aufgesehen hatte. Er war ihr älterer Bruder und natürlich allein aufgrund seiner Größe der Stärkere. Mit acht war er der Sechsjährigen haushoch überlegen gewesen, und er hatte sie aus seinem Zimmer ausgesperrt und von seinen Spielen ausgeschlossen, was ihm ihre grenzenlose, hingebungsvolle Liebe eingebracht hatte. Doch Polly war eine kleine, aber scharfsichtige Schwester. Sie betete George an und beobachtete ihn fortwährend, und was sie sah, ließ ihr kindliches Herz nicht nur vor Liebe, sondern auch vor zärtlich gereizter Herrschsucht schwellen. George brauchte sie. Wenn er bloß gewusst hätte, wie sehr! Sie verspürte eine große Verantwortung ihm gegenüber – wie gegenüber dem größten Teil ihrer Umwelt.

Sie war nach außen hin ein robustes Mädchen gewesen, rotbackig, laut und fordernd, aber innerlich ein Sensibelchen. Schon als Kind hatte sie sich manchmal über den Klang ihrer eigenen Stimme gewundert. Sie schien vor Autorität zu dröhnen, während sie selbst sich dahinter versteckte. In Notzeiten wandte sich ihr Bruder an sie. Selbst ihre Eltern baten sie häufig um Rat und beugten sich ihrem Urteil. So weit sie zurückdenken konnte, war sie sich dieser großen Verantwortung stets bewusst gewesen. Sie besaß Macht, was sie selbst verblüffte, und sie hatte Jahre gebraucht, sich an ihre eigene Art zu gewöhnen. Jetzt nutzte sie sie natürlich aus, als sei sie so etwas wie ein Geist aus der Flasche, etwas, das sie sich nicht verdient hatte, worauf sie sich also nichts einbilden konnte, das aber trotzdem von Nutzen war. Polly hatte gelernt, sich in der Welt durchzuschlagen, als ob sie wüsste, dass sie es schaffen würde. Sicher hatte die Sache einen kleinen Haken: Wenn jeder in der eigenen Umgebung auf einen hört, könnte man irgendwann anfangen, das selbst auch zu tun. Polly war – geben wir es der Einfachheit halber gleich zu – ebenso impulsiv wie herrisch. Aber was ihr an analytischer Tiefe oder geduldigem Nachdenken mangelte, machte sie durch Großzügigkeit und atemlosen Enthusiasmus mehr denn wett.

Am Tag des Februarschneesturms stieg Polly eine dunkle, schmale Treppe in einem gleichermaßen dunklen und schmalen Haus hinauf – der Mietskaserne im East Village, in der ihr Bruder damals daheim war. Sie ging die eine Treppe hoch, dann eine zweite. Es war ein vierstöckiges Haus, und George wohnte ganz oben. Polly war klein und gut in Form, und sie war stolz auf das Tempo ihres Aufstiegs. Sie stellte sich vor, sie würde ein Rennen laufen und vorne liegen.

Ein Junge, mit dem sie einmal ausgegangen war, hatte gemeint, ihr Kopf wäre im Verhältnis zu ihrem Körper ziemlich groß, und viele mächtige Menschen hätten einen großen Kopf, wie etwa Bill Clinton. Er hatte es als Kompliment gemeint, aber sie hasste ihn augenblicklich, denn es stimmte. Sie hatte in den Spiegel geschaut und eine Polly-Puppe mit einem Dickschädel gesehen. Trotzdem, sagte sie sich manchmal, *Bill Clinton* …

Die gewaltige Papiermasse der Sonntags-*Times* ruhte in ihrer hohlen Hand und schmiegte sich schwer und schlüpfrig an ihre Taille. Der aus dem Katzenklo von Georges Nachbarin unter ihm aufsteigende Ammoniakgeruch brannte ihr in den Augen. An der Tür der Frau pappte ein Aufkleber, der die Feuerwehr aufforderte, im Falle eines Falles an die Katzen zu denken. Sechs an der Zahl, wie da ausdrücklich stand. Polly klopfte an Georges Tür.

»Ich bin's«, sagte sie.

Als die Tür aufging und ihr Bruder lächelnd vor ihr stand, ergoss sich Winterlicht in das Treppenhaus. Trotz des Katzengeruchs und des Katzenjammers, der sie dorthin geführt hatte, spürte Polly die wohlige Wärme und blinzelte im Glanz von Georges Erscheinung und des Lichtes und dachte: Ist es überhaupt möglich, nicht glücklich zu sein? Dann fiel ihr wieder ein, dass es das durchaus war, und sie lehnte die Stirn gegen Georges Schulter.

»Männer sind Schweine«, sagte er. Er nahm ihr die Zeitung ab.

»Nein«, sagte sie. »Das kann nicht die Antwort sein.«

»Nicht?«

Sie zuckte die Achseln und setzte sich auf die Couch. Andererseits – was war an Schweinen auszusetzen? Sie waren intelligent. Und sie produzierten Bacon. Georges Fernseher lief ohne Ton. Eine Reisesendung? Man sah Luftaufnahmen von einer Küste. Er nahm ihr die Tüte ab, die sie noch immer im Arm hielt. Bagels mit Räucherlachs und Frischkäse. Er reichte ihr eine Tasse Kaffee. In der Hinsicht war er ein aufmerksamer Bruder, er machte es ihr gemütlich, brachte ihr Geschenke.

»Ich bin traurig«, sagte sie.

George guckte verwirrt, tätschelte sie, erzählte ihr dann eine lustige Geschichte aus dem Restaurant, in dem er arbeitete, denn in dieser anderen Hinsicht war er kein aufmerksamer Bruder: In den seltenen Fällen, in denen Polly sich gestattete, irgendeine Kümmernis anzusprechen oder sonst wie Schwäche zu zeigen, wechselte George augenblicklich das Thema. Ab und an, so wie heute Morgen, tat

Polly ihre Traurigkeit kund, bloß um ihn auf die Probe zu stellen.

Tatsächlich war seine Geschichte bloß ein alter Witz über einen Mann, der so tut, als sei er blind, damit der Barkeeper ihm erlaubt, seinen Chihuahua mit in die Bar zu nehmen.

»Ich hab noch nie einen Chihuahua-Blindenhund gesehen«, sagt der Barkeeper, der bei George Keith hieß.

»*Was*?«, sagt der Mann-der-so-tut-als-sei-er-blind. »Die haben mir einen Chihuahua angedreht?«

»Du schaffst es doch immer wieder, mich zu enttäuschen«, sagte Polly freundlich.

»Da!«, flüsterte George und zeigte von Ehrfurcht ergriffen auf die Wand. Als wären sie im Wald. Als ob das, was sie sahen, ein Fuchs wäre. Aber es war kein Fuchs. Es war eine Küchenschabe. Eine weiße Küchenschabe, bleich und krabbelig. »Albino!«

Für einen Moment war Polly vom Anblick der Albinoschabe wie gebannt. Sie wollte aufstehen und sie mit der Zeitung plattmachen. Aber die Seltsamkeit des kreideweißen Insekts, das sich mit Hochgeschwindigkeit quer über die kreideweiße Wand bewegte, lenkte sie von ihrer eigenen Motorik ab. Sie wollte aufstehen und die Küchenschabe totschlagen, aber sie blieb sitzen und sah ihr fasziniert zu, wie sie hinter dem Fernseher verschwand.

»Unglaublich«, sagte George. Er grinste.

Polly und George gluckten schon seit frühester Kindheit zusammen. Ihre Eltern hatten sich scheiden lassen, als George fünf und Polly drei war, und die Kinder waren seitdem zwischen den zwei Haushalten à deux, wie Polly das nannte, wie Balletttänzer, hin und her gereist. So weit sie zurückdenken konnte, war George ihr Partner in diesem Tanz gewesen, die Konstante in ihrem Leben. Sie konnte sich nicht vorstellen, dass eine Woche verging, ohne ihn gesehen zu haben, ein Tag, ohne dass sie ihn am Telefon gesprochen hätte. Egal, ob sie sich schon im Laufe der Woche getroffen hatten, sahen sie sich an fast jedem Wochenende. Manchmal verabredeten sie sich zum Brunch mit Freunden. Manchmal kehrte George um vier oder fünf nach einer langen Nacht in ihrer Wohnung ein, und sie wachte dann am Morgen auf und fand ihn wie einen spillerigen Straßenköter auf ihrem Sessel zusammengekringelt vor, und dann briet sie ihm Eier. Und ab und an stapfte sie, wie heute, zu seiner grauenhaften Wohnung in der Lower East Side und brachte ihm Bagels und Lachs vorbei. Sie betete ihn an.

»Das war das Widerwärtigste, was ich jemals, *je-mals*, gesehen habe. Ich komm nie wieder her«, sagte sie.

George erwiderte nichts. Er hatte jetzt einen vollen Mund. Er verspürte den Drang zu sprechen, von Frischkäse und halb gekautem Bagel pappige Sätze von sich zu geben, und wenn auch nur, um Polly zu ärgern. Er sah sie mit erhobenen Augenbrauen an, öffnete die Lippen.

»Untersteh dich«, sagte sie.

Das Winterlicht war silbern, wellig dank der Fensterscheibe, durch die es drang, ein schwacher, ungleichmäßiger rechteckiger Fleck, in dem seine Schwester saß, wie eine Katze, die sich für was Besseres hielt. Aber sie *ist* was Besseres, dachte er. Sie trug ihre persönliche Version eines zwanglosen Outfits, die zu seinem Outfit in einem eher losen Verwandtschaftsverhältnis stand, etwa so wie, sagen wir, Schimpansen und Menschen miteinander verwandt sind. Sie trug Jeans, aber wo hatte sie die her? Aus einer Modezeitschrift? Sie waren perfekt, das Gewebe wie aus dem Bilderbuch, das Jeansblau in exakt dem richtigen Ton, der Schnitt die verkörperte Intuition, ja fast Prophetie dessen, wie der modische Schnitt zu sein hatte. Ihr Pullover war meisterhaft gestrickt, edel. George streckte die Hand aus und tätschelte ihr die flauschige Schulter. Sie legte die Wange an seinen Arm.

»Ach, George«, sagte sie, und er hörte – nein, *spürte* – einen verzweifelten Seufzer heraus. Er sprang auf und fing an, im kleinen Wohnzimmer auf und ab zu gehen, wobei er fast schon nach dem ersten Schritt kehrtmachte und dann sogleich wieder. Er konnte es nicht ausstehen, wenn sie traurig war. Er empfand es als eine Art Verrat.

»Was ist los?«, fragte Polly. Aber sie wusste es schon.

»Gehen wir ins Kino«, sagte George.

»Ich hab keine Bleibe«, sagte Polly, während sie sich den Mantel anzog.

»Bleib hier bei mir.«

Polly fixierte die Stelle an der Wand, über die erst kürzlich die Albinoschabe gepilgert war. »Lieber nicht.«

George reichte ihr den langen Schal, den sie auf sein wackliges Futon-Sofa hatte fallen lassen. »Es ist ganz schön grauslich hier«, sagte er. »Hey, kriegt normalerweise nicht die Frau das Haus?«

Polly ignorierte die Bemerkung. Sie war mit Chris nicht verheiratet, es war schon Chris' Wohnung gewesen, Jahre bevor sie bei ihm eingezogen war, und sie konnte sie noch weniger ausstehen, als sie Chris ausstehen konnte. Tatsächlich schien ihr die Wohnung in diesem Augenblick das genaue Ebenbild von Chris zu sein: eine nichtssagende Single-Angelegenheit in einem unnahbaren, glatten Wohnturm. Das beschrieb Chris bis aufs i-Tüpfelchen, keine Frage, obwohl es eine Zeit gegeben hatte, da sie seine glatte Verbindlichkeit gemocht hatte, da sie diesen Charakterzug ganz und gar nicht als glatte Verbindlichkeit, sondern als Verlässlichkeit angesehen hatte. Als sie in das windgepeitschte Hochhaus am Hudson River gezogen war, hatte Polly das Gefühl gehabt, dem mächtigen Manhattan den Rücken zu kehren und sich den ähnlichen Türmen jenseits des Wassers, in New Jersey, zuzuwenden. Es lag so abseits von seiner eigenen Stadt, dass die Hausverwaltung einen Shuttle-Bus anbot, der die Bewohner zur nächstgelegenen U-Bahn-Station beförderte.

»Heute Nacht kannst du auf jeden Fall hier schlafen«, sagte George. »Auf dem Futon.«

Polly zuckte zusammen.

»Ich hab eine Woche Zeit«, sagte sie. Chris war Ski laufen, und sie hatten ursprünglich zusammen fahren wollen, aber jetzt würde sie die Zeit nutzen, um sich eine Wohnung zu suchen.

Sie gingen die Treppe hinunter und hinaus in den Schnee, der sich in der Stunde, seitdem Polly gekommen war, von einem lichten Getaumel heller windiger Flocken zu einer allumfassenden, dichten, wirbelnden Wolke gesteigert hatte. Mein Freund macht mit mir Schluss, dachte sie. *Hat* mit mir Schluss gemacht, korrigierte sie sich. Hat mich abserviert. Wobei erschwerend hinzukommt, dass ich es nie im Leben schaffen werde, in einer Woche eine Wohnung zu finden. Ich werde mich bei meinem Bruder und seinen Albinoinsekten einquartieren müssen. Sie sah hinunter auf ihre Füße und den verschneiten Bürgersteig. Sie würde sich ihre Stiefel ruinieren.

* * *

Während George und Polly Richtung Downtown durch den Schnee stapften, saß Simon behaglich in einem Ledersessel, die Füße auf einer lederbezogenen gepolsterten Bank – womit das Mobiliar seines winzigen Wohnzimmers auch schon benannt wäre. Anders als George wohnte Simon bereits in unserer Straße, und zwar seitdem er vor achtzehn Jahren, frisch von der Uni, dort eingezogen war – wenngleich selbst damals nur wenige Simon als »frisch« charakterisiert hätten. Er war ein älterer junger Mann gewesen, der seine Einsamkeit, wenn irgend möglich, in seinem Bademantel genoss. Er arbeitete mit Menschen, aber er hatte keinerlei Bezug zu ihnen, und wenn er mit sich allein war, bezeichnete er sich nicht als Sozial-, sondern als Asozialarbeiter. Jetzt, mit sechsundvierzig, wohnte er noch immer in dem Zweizimmerapartment in Nummer 232, einem hohen, düsteren Brownstone auf der Südseite der Straße. Simon genoss seine Wochenenden, und an diesem Sonntag hatte er wie gewohnt die Zeitung gründlich und geruhsam durchgelesen, eine Kanne Kaffee getrunken und ein einstündiges Nickerchen gemacht, wie er es oft tat, nachdem er Kaffee getrunken hatte. Jetzt starrte Simon durch sein Fenster auf den kleinen verschneiten Garten. Wochentags konnte man ihn jeden Morgen Schlag 7:45 Uhr in Richtung U-Bahn-Station 72nd Street und irgendwann – je nachdem, wie seine Termine lagen – zwischen vier und sieben wieder heimwärts schlendern sehen. Er plagte sich als asozialer Sozialarbeiter in den entlegenen Gefilden von Riverdale ab, und seine Tasche war zum Bersten gefüllt mit den Akten der – wie er sie bei sich nannte – Glücklosen, Unglücklichen und Ungewaschenen. Die einzige Veränderung in Simons Alltagstrott trat im Herbst auf, wenn er plötzlich und spurlos verschwand. Dies geschah jedes Jahr, und zwar schon so lange, wie jemand überhaupt hätte zurückdenken können, vorausgesetzt, jemand hätte darauf geachtet. Doch Simon war lediglich eine der vielen Gestalten, die den Bürgersteig entlanghasteten, und seine Nachbarn, die ebenfalls den Bürgersteig entlanghasteten, waren kaum dazu verpflichtet, über jeden aktentascheschwingenden Passanten Buch zu führen. Und dennoch, die Pförtner, denen er allmorgendlich zunickte, der elegant gekleidete Schwarze im Rollstuhl, der ihm von seinem angestammten Platz auf dem Bürgersteig aus ein höfliches Guten Morgen zurief, der halbwüchsige Junge, der im koreanischen Minimarkt zwecks Abschreckung potenzieller Ladendiebe neben den Blumen postiert war – sie alle würden, sobald der Sommer vorüber war, das unbestimmte Gefühl haben, dass ihr Morgen nicht mehr ganz derselbe war; dann würden sie die Achseln zucken und es auf die veränderte Wetterlage, die mit einem Mal herbstliche Frische schieben. Und tatsächlich fiel Simons Abwesenheit exakt mit dem Rotwerden der Bäume zusammen. Sobald der November kam, schloss Simon seine Akten, ließ seinen Aktenkoffer stehen und wälzte die Glücklosen, Unglücklichen und Ungewaschenen auf seine Kollegen ab. November war Fuchsjagdzeit, und im November war Simon in den welligen Weiten von Virginia anzutreffen, in blanken schwarzen Stiefeln, einer schwarzen Jacke und mit einer schwarzsamtenen Reitkappe auf dem Rücken eines riesigen braunen Wallachs.

In der übrigen Zeit des Jahres wohnte er allein im Erdgeschoss des Brownstone mit Blick auf den schönen Garten. Er selbst hatte keinen Zutritt zum Garten – dieses Privileg war ausschließlich der Familie in den zwei Stockwerken über ihm vorbehalten, deren eines Mitglied sich seinen Lebensunterhalt mit sich wiederholenden und widerhallenden Klavierstunden verdiente. Immerhin konnte er jeden Frühling aus seinen Fenstern schauen und vom letzten, unerwarteten Schneesturm überzuckerte Osterglocken sehen. Er konnte die vier schlanken weißen Stämme der Birken und den Waldlaubsänger im jungen, zarten grünen Laub betrachten, und später das graue Augustgras und das graue Augustlaub, das reglos vor dem grauen Augusthimmel hing. Im August verließen alle seine Freunde wenigstens für ein paar Wochen die Stadt. Sie flohen nach Cape Cod oder Maine oder manchmal auch nach Paris oder Venedig. Simon aber blieb und wartete geduldig auf den Herbst. Hin und wieder spielte er mit dem Gedanken, aus seiner kleinen, dunklen, feuchten Wohnung auszuziehen. Nur zwei Dinge hielten ihn davon ab: der Garten, den er nach all den Jahren so gut kannte, und die Miete. Simons Wohnung war mietpreisgebunden, die Fuchsjagd ein kostspieliges Vergnügen. Simon würde für immer dableiben, um jeden Herbst verschwinden zu können.

Er war groß und kräftig, und er hatte das zerknitterte Gesicht eines Mannes, der gerade aus dem Bett gestiegen war. Dies machte ihn den meisten Leuten sympathisch, noch ehe er auch nur ein Wort gesagt hatte, was ein Glück war, da er nur selten sprach und auch dann nicht besonders gut. Er hatte eine leise und undeutliche Stimme, weswegen die Leute sich immer vorbeugen mussten, um ihn zu verstehen. Er war allerdings ein guter Zuhörer. Bei seiner Arbeit effizient und diszipliniert, war Simon außerhalb seines beruflichen Umfeldes äußerst schüchtern. Insofern war es nur gut, dass er ein so selbstgenügsamer Mensch war. An diesem verschneiten Tag hatte er es genossen, allein und ungestört in seinem Sessel zu sitzen, aber um zwei hatte sich der Hunger gemeldet. Er hatte nichts zu essen im Haus, da er es vorzog, seine Mahlzeiten in einem Restaurant am Tresen zu sich zu nehmen und dabei einen Roman zu lesen. Aber welches Restaurant würde an so einem Tag schon offen haben? Er zog Mantel und Stiefel an, schnappte sich Anthony Trollopes *The American Senator*, setzte sich eine lächerliche Strickmütze auf, die ihm seine Tante zu Weihnachten geschickt hatte, und trat hinaus in den Sturm. Simon war immer sehr sorgfältig gekleidet, aber manchmal schweifte seine Aufmerksamkeit im letzten Augenblick ein bisschen ab. Die bunte Bommelmütze auf dem Kopf, schlurfte er den kaum begehbaren Bürgersteig entlang hinter einer schmalen

Gestalt in einem langen Nerzmantel her, die er anhand des Pelzes als eine Frau wiedererkannte, die er schon einmal auf der Straße gesehen hatte, allerdings nicht kannte.

Die Frau im Nerz wohnte auf der anderen Straßenseite, in einem großen Apartment in einem kleinen Wohnhaus, und zwar schon so lange, wie sie verheiratet war, inzwischen schon fast vierzig Jahre. Sie war eine magere nervöse Person, deren niemals verblassende Sonnenbräune eine Tönung aufwies, die man in der Natur nur selten beobachtet – und noch seltener in einem Schneesturm. Sie war älter, als sie aussah, aber das lag nur daran, dass man ihr überhaupt nicht ansah, wie alt sie war. Manche Leute wirken gut erhalten. Doris wirkte eher konserviert. Im Allgemeinen mochten die Leute Doris nicht, und Doris war das herzlich egal. Sie war pädagogische Beraterin in einer exklusiven Jungenschule, einer von der Sorte, in der die Kinder selbstverständlich Uniformen trugen, und sie betrachtete die ganze Welt wie einen verzogenen, aufsässigen Halbwüchsigen, randvoll mit Gefahren und Hormonen, einen Born der Unkultur und Leistungsschwäche. Das – die Welt – war ihre Bürde. Und so schwer sie an dieser Last trug, drückte sie sich doch nicht vor ihrer Pflicht. Sie handelte die Schüler, die Beratungsstunden und das Leben im Allgemeinen mit einer grimmigen Überheblichkeit ab, die mit einem fast hysterischen Pessimismus einherging. Sie war jetzt auf dem Weg zum Restaurant an der Ecke, wo sie Suppe zum Mitnehmen zu kaufen beabsichtigte. Zumindest hoffte sie, dass sie Suppe bekommen würde, aber sie ging gleichzeitig davon aus, dass sie enttäuscht werden würde. Denn so war die Welt nun einmal – enttäuschend. So viel Mühe man sich auch gab, die Welt machte einem grundsätzlich einen Strich durch die Rechnung. Doris marschierte durch den unwirtlichen Tag, während sie problemlos eine Dose Linsensuppe zum

Mittagessen hätte aufmachen können. Sie hatte sich dafür entschieden, ihr Stammlokal zu fördern und zwei große Schüsseln Erbsensuppe zu holen – was nicht nur ihre Lieblingssuppe, sondern sonntags auch die Tagessuppe war, und zufällig war heute, Schneesturm hin oder her, Sonntag –, und dennoch war sie sich völlig sicher, dass das Restaurant geschlossen haben und erst wieder rechtzeitig zur montäglichen Endiviensuppe öffnen würde: einer bitteren, wässrigen Angelegenheit, die ihr Mann unerklärlicherweise liebte, sie selbst aber für ungenießbar hielt. Also, so viel war mal sicher – wegen einer Suppe würde sie morgen bestimmt nicht wieder aus dem Haus gehen! Nicht bei *dem* Wetter. Da würde Harvey sich schon selbst bequemen müssen. Sie war schließlich auch nur ein Mensch.

Zu Doris' Überraschung hatte der Go Go Grill doch offen, und der Geschäftsführer saß an seinem gewohnten Tisch vor seinem gewohnten Glas Wein, als ob es draußen nicht stürmte und schneite. Er begrüßte Doris mit derselben Wärme wie immer, der Wärme, die er allen seinen Gästen mit so unparteiischer Gerechtigkeit angedeihen ließ, dass keiner sich beschweren konnte, aber auch niemand je ganz zufrieden war. Dies war einer der Gründe, warum die Leute in sein Restaurant kamen – die Hoffnung, dieses eine Mal durch einen besonderen Gunstbeweis ausgezeichnet zu werden.

»Es wundert mich, dass Sie aufhaben«, sagte Doris, und sie klang enttäuscht, was sie auch tatsächlich war. Sie hatte erwartet, dass sich ihre Hoffnung auf Erbsensuppe zerschlagen würde, und diese Erwartung war nicht erfüllt worden.

»Ich hab sonst nichts zu tun«, sagte Jamie. Seine zwei Cairn-Terrier lagen schlafend zu seinen Füßen. Hunde waren in seinem Restaurant willkommen, was gegen die städtischen Verordnungen verstieß, und seit fünf Jahren zahlte er gelegentlich eine Geldbuße und kam im Übrigen ungeschoren davon. Seine Laisser-faire-Haltung gegenüber den allzeit feindlichen Kräften der Welt – wie Wetter, Stadtverwaltung, ja seinen eigenen Gästen – war für Doris ein Grund zur Besorgnis und ein ständiges Ärgernis. Jamie schien nie irgendetwas zu tun, und trotzdem war sein Restaurant immer voll. Stürme wüteten, Hunde dösten, und es gab immer genug Essen und Kellner, die es servierten. Geschirr wurde gespült und Fisch filetiert. Es gab Töpfe und Tortellini, um diese zu füllen.

Jamie wandte sich ab, um den groß gewachsenen Mann mit der knalligen Strickmütze zu begrüßen, der unmittelbar nach Doris ins Restaurant gekommen war. Doris schätzte es nicht, wenn man sich von ihr abwandte. Jamie, sagte sie sich, durchdrungen von der behaglichen, vertrauten Wärme ihrer Missbilligung, war ein ichbezogener und selbstgerechter Mensch – nicht viel anders als der Junge, den man ihr am Donnerstag ins Büro geschickt hatte. Nathan Ehrenwerth. Sie würde sich noch einmal mit den Eltern unterhalten müssen. Die Mutter schaffte es gerade eben, sich an ihren eigenen Namen zu erinnern. Margaret Nathan, dachte Doris leicht angewidert. Vielleicht hatten sie den Jungen deswegen Nathan genannt – als Gedächtnisstütze für die schusselige Mutter. Wie die Frau es geschafft hatte, ein Buch – ja sogar mehrere Bücher, oder? – zu schreiben, war Doris absolut schleierhaft. Kein Wunder, dass der Junge so unkonzentriert war. Der Vater andererseits – ein charmanter Engländer. Wunderbare Aussprache. Doris konnte sich beim besten Willen nicht vorstellen, was dieser eloquente, hochgebildete Mann von seinem Sohn halten mochte, einem zerstreuten, einsilbigen, leistungsschwachen Versager mit zusammengewachsenen Augenbrauen, nie zugebundenen Turnschuhen und einem iPod, der ihm ständig vom chronisch tief hängenden Hosenbund baumelte. Nun, Jamies Augenbrauen waren nicht zusammengewachsen. Und er schwänzte wahrscheinlich auch nicht den Matheunterricht, um sich in der Bibliothek zu verstecken und Comics zu lesen, was der Grund dafür war, dass man den Schüler zu ihr geschickt hatte. Aber wie gern hätte Doris ihn zu einer schriftlichen Entschuldigung und einer Woche gemeinnütziger Arbeit verdonnert! Natürlich käme so einer wie Jamie nie auf die Idee, gemeinnützige Arbeit zu leisten – bestenfalls spendete der ein paar Dollar an irgendeine Aids-Hilfe. Schwule, fand Doris, waren so entsetzlich narzisstisch! Stimmt schon, Jamie wirkte auf den ersten Blick nicht narzisstisch. Zumindest war sein Kleidungsstil nicht so, wie man hätte erwarten dürfen. Ebenso wenig verriet er den Körperkult, den man bei seinesgleichen gewöhnlich beobachtete. Ja, genau genommen machte er einen eher zerzausten, selbstzufriedenen Eindruck. Auf Jamie, schloss sie, war in keinerlei Hinsicht Verlass.

Sie saß schweigend am Tresen, während sie auf ihre Suppe wartete.

»Darf ich Ihnen was zu trinken anbieten?«, fragte Jamie und setzte sich neben sie.

Doris sah ihn argwöhnisch an. Zu trinken? Am frühen Nachmittag?

Er tätschelte ihr die Hand. »Einen Tee? Zum Aufwärmen? Einen Cappuccino zum Dank dafür, dass Sie sich an so einem Tag aus dem Haus gewagt haben?«

Sie nahm eine Tasse Tee an und sagte sich – ob unter dem Einfluss des heißen Getränks oder der herzerwärmenden Aufmerksamkeit, vermag ich nicht zu sagen –, dass der arme Jamie trotz seiner Fehler und seiner Veranlagung dennoch ein vielversprechender junger Mann war. Und dazu noch ein häuslich veranlagter, wie sie sich in den Sinn rief. Im jetzt waltenden Geiste der Aussöhnung erkundigte sie sich nach seinen Kindern. Sie hatte bereits aus früheren Gesprächen und Beobachtungen auf der Straße erfahren, dass er fünf davon hatte. Zwei Zwillingspaare – einmal zwei Jungen im Alter von zwei, ein weiteres Paar von fünf – sowie ein siebenjähriges Mädchen. Sein Freund oder Lover, oder eingetragener Lebensgefährte, oder am Ende sogar Ehemann, was wusste man schon? – sie könnten ohne weiteres nach Vancouver oder Provincetown, oder sonst einer Homohochburg gefahren sein; so weit war's inzwischen gekommen, nicht? –, sein Partner also war Investmentbanker. Deshalb konnten sie sich das leisten, keine Frage, aber gleich *fünf* Kinder, in der heutigen Zeit? Kein Wunder, dass er immer so zerknittert aussah, selbst bei den zwei Kindermädchen, die sie hatten.

Jamie versicherte Doris, seinen Kindern ginge es prima – ein Reizthema offenbar, entschied Doris, gar keine Frage –, und wandte sich Simon zu, der noch immer seine alberne Mütze aufhatte, obwohl er inzwischen am Tresen saß und ein Omelette aß. »Warum ziehen Sie nicht nach Virginia und überlassen mir Ihre Wohnung?«, fragte Jamie in klagendem Ton.

Simon machte ein erschrockenes Gesicht. Woher wusste Jamie, dass er regelmäßig nach Virginia fuhr? Er aß fast jeden Abend in dem Restaurant, aber über seinen kostbaren Monat Urlaub in den südlichen Jagdgründen pflegte er mit niemandem zu sprechen. »Wahrscheinlich ...« Simon verstummte. Ja, warum eigentlich?, fragte er sich. Er starrte auf seinen Teller. Neben dem Omelette glänzte der Brokkoli im Licht einer kleinen Votivkerze. »Wahrscheinlich, weil ich hier wohne«, murmelte er.

Obwohl Jamie in einem großen Brownstone wohnte, gerade zwei Häuser von Simon entfernt, war er ständig auf der Suche nach leer stehenden Objekten. Zusätzlich zu seinen fünf Kindern schien er eine kleine Horde gut aussehender Exlover zu unterstützen. Manchmal erinnerte er Doris an eine Entenmutter, der, wohin sie auch ging, eine lange Reihe von Entchen nachwatschelte. Die Exlover arbeiteten im Restaurant als Kellner, Köche und Buchhalter. Manche von ihnen waren mal jung gewesen, andere waren es immer noch. Sie sahen verdattert und verdrießlich aus und als wären sie nicht ganz auf dem Posten. Sie kamen aus den verschiedensten Ländern und sprachen in vielerlei Zungen. Jamie hatte ein paar ansehnliche Brocken Schwedisch und Russisch gelernt. Sein Spanisch und sein Deutsch waren perfekt, sein Portugiesisch passabel. Go Go, der Name des Restaurants, bedeutete auf Chinesisch »Hund«.

»Sie sollten mit diesen ganzen Sprachen etwas anfangen«, sagte Doris, aber als er fragte, *was* er damit anfangen sollte, konnte sie es ihm auch nicht sagen und trug ihre Suppe durch den heulenden Sturm heim zu Harvey. Der hatte sich die unangenehme Angewohnheit zugelegt, im Fernsehen Pokerturniere anzuschauen, und würdigte die Suppe weit weniger, als Doris streng genommen hätte erwarten dürfen.

Auch Simon nahm Suppe mit nach Haus, die er sich später zum Abendessen aufwärmte. Anschließend packte er resigniert seine Aktentasche für den nächsten Morgen und ging dann ins Bett, wie immer zutiefst zufrieden mit dem geruhsamen Wochenende.

* * *

Mittlerweile wieder in dem Hochhaus, aus dem sie würde ausziehen müssen, saß Polly, entkleidet und bettfertig, im Wohnzimmer und sah hinaus auf das nur schwache Geglitzer der Stadt, das durch das Grau des Sturms zu dringen vermochte. Die Wohnung lag im zwanzigsten Stock, und sie konnte das Empire State Building sehen, dessen rote Spitze einen milden Schimmer verbreitete, so rosig wie die Morgenröte. Im Gebäude gegenüber war undeutlich eine Gruppe von Tanzschülern auszumachen – oder eher Kung-Fu-Kämpfer? –, Leute in Weiß, die mit weit ausholenden Bewegungen an den Fenstern eines studioähnlichen Raums vorbeizogen. Es ist grauenhaft hier, dachte sie. Aber sie weinte und wollte nicht gehen. Ich hasse Chris, dachte sie. Aber sie hielt sich ein altes Hemd von ihm an die Wange. Er hatte eine leere Bierflasche auf dem Couchtisch stehen lassen, was typisch war. Er fehlte ihr. Sie waren zwei Jahre zusammen gewesen und hatten das zweite davon zusammengewohnt. Er verließ sie wegen eines Mädchens, das er auf der Arbeit kennengelernt hatte. Anwältin, wie er. Wenn Chris und seine neue Freundin sich trennten, dachte Polly, konnten sie sich gegenseitig auf Alimente verklagen und brauchten kein Geld für Anwälte auszugeben. Bloß dass sie beide ausschließlich in Immobilienrecht machten, weswegen sie beide keine Ahnung hatten und beide den Prozess verlieren würden. Diesen Gedanken fand Polly ein wenig tröstlich, und sie stand auf, spülte die Bierflasche aus und tat sie in den Wertstoffmüll. Sie verpasste dem Müllbehälter einen Tritt und lauschte befriedigt dem klimpernden Geschepper.

* * *

Trotz der Kälte und des Schnees fing Polly am nächsten Morgen sofort an, Wohnungsmakler anzurufen. Nach einigen vergeblichen Bemühungen erreichte sie endlich einen jungen Mann, der ihr, nachdem er es ins Büro geschafft hatte, eifrig anbot, ihr noch am selben Nachmittag ein neues Objekt zu zeigen. Also schnallte sie sich die Langlaufskier an und schnaufte, unentwegt heulend, durch das Winterdunkel die West End Avenue entlang, um sich zur vereinbarten Zeit mit ihm zu treffen. Sie hatte eine Stunde gebraucht, um ihr Ziel zu erreichen, aber jetzt, vom Hals abwärts nassgeschwitzt, das Gesicht taub vor Kälte, sauste sie endlich an einer in allerlei Halstücher gewickelten Gestalt mit einem großen weißen Hund vorbei und entdeckte an einer unter der Schneelast schier zusammenbrechenden Markise die angegebene Hausnummer.

Der Makler war jünger als Polly, was wenig vertrauenerweckend war, aber die Miete war niedrig, was es wieder wettmachte. Unter seinem dicken Parka trug er Schlips und Anzug. Sie stiegen im dritten Stock aus und standen vor einer mit gelbem Polizeiband malerisch versperrten Tür.

»Machen Sie sich keine Gedanken darüber«, sagte der Makler und zog das Band beiseite.

»Okay«, sagte Polly. Sie dachte gerade an Chris, und vom plötzlich aufwallenden Zorn und Jammer bekam sie Ohrensausen. Der Makler reichte ihr höflich ein Papiertaschentuch, das sie zwar nötig hatte, ihm aber übel nahm. Obwohl sie sich am kältesten Tag des Jahres tapfer auf Skiern durch halb New York gekämpft hatte, spürte dieser Maklertyp, der mit Halbschuhen durch den Schnee lief, ihre Hilflosigkeit. Das war ein ungewohntes und unwillkommenes Gefühl. Hilflos fühlte sie sich oft, aber es kam selten vor, dass ihr das jemand anmerkte. Sie straffte die Schultern.

»Danke«, sagte sie mit ihrer dröhnenden Stimme. Sie sah ihm in die Augen.

Sie nahm befriedigt zur Kenntnis, dass der Makler den Blick respektvoll senkte. Warum nicht gleich so. Dann spürte sie, dass ihr wieder Tränen die Wangen herunterkullerten. Sie wandte sich ab, vorgeblich um die elende kleine Nische zu betrachten, die der Makler als »Kombüsenküche« bezeichnet hatte, wischte sich die Augen und putzte sich so leise wie möglich die Nase. *Kombüsenküche*, dachte sie. Das ist redundant. Eine Kombüse *ist* eine Küche. Auf einem Schiff. »Kombüsenartige Küche« sollte man so was eher nennen. Oder warum nicht einfach nur »Kombüse«? Der Rest der Information wäre auch so zu verstehen gewesen, da sie sich doch ganz offensichtlich nicht auf einem Schiff befanden. Oder einfach »winzige Kochecke«? Sie ging hinter dem Makler her und versuchte, alles mitzubekommen. Das Haus war von außen völlig nichtssagend, obwohl der rote Backstein im Schnee ganz hübsch ausgesehen hatte, aber die Wohnung selbst war schäbig und dunkel, größer, als sie sie eigentlich brauchte, und teurer, als sie sich eigentlich leisten konnte. Sie fragte sich, wozu sie überhaupt hergekommen war.

Der Makler schaltete eine grelle Deckenlampe ein. Sie standen darunter, jeder in seiner eigenen Pfütze von schmelzendem Schnee. »Der Vermieter ist ein Freund von mir«, sagte er.

Ihre Skier an die Brust gedrückt und schweißgebadet, starrte Polly ihn an und verstand kaum, was er sagte, geschweige denn meinte. Sie wollte nach Hause, aber sie hatte kein Zuhause.

»Na ja, okay, er ist mein Onkel – deswegen weiß ich von der Wohnung. Der, äh, vorige Mieter hat sie gerade erst geräumt. Hat alle seine Möbel dagelassen. Ist ein richtiges Schnäppchen.«

»Er hat seine Möbel dagelassen?«

Der Makler sah zu Boden.

»Er ist irgendwie gestorben.«

»Ach«, sagte Polly.

Sie sah sich mit größerem Interesse um.

»Wollen die Verwandten seine Sachen denn nicht?«

»Würden Sie sie wollen?«, fragte der Makler.

Die Couch war billig, alt und durchgesessen. Es gab ein kleines Bücherregal in abblätternder Eichenoptik, das vollgestopft mit vergilbten Zeitungen war. Der mit der gleichen hier und da abplatzenden Plastikeiche furnierte Couchtisch besaß nur noch drei von seinen ehemals vier Beinen. Auf dem Boden des einen Schlafzimmers konnte Polly eine Matratze mit schmuddeligen Laken sehen. Das andere war mit weiteren alten Zeitungen vollgestapelt.

»Sie brauchen sie nicht möbliert zu nehmen«, fügte der Makler schnell hinzu.

Polly sah aus dem Schlafzimmerfenster hinaus. Sie befand sich im dritten Stock. Die obersten Äste eines schneebeladenen Baums breiteten sich vor ihr aus. Am tiefblauen Samthimmel leuchtete ein scharfes weißes Scheibchen Mond. Die Fenster auf der anderen Straßenseite glommen in einem warmen gelben Licht.

»Wann ist er denn gestorben?«, fragte sie.

»Äh, vor … -gestern.«

»Wie ist er gestorben?«

»Äh, er, hm, hat sich erhängt.«

»Er hat sich hier erhängt? Vor zwei Tagen? Und da führen Sie hier Interessenten herum? Sind Sie wahnsinnig?«

Der Makler wurde rot.

»Das ist mein erster Auftrag«, flüsterte er.

»Ach Gott«, sagte Polly und fragte sich, ob sie sich vielleicht durch ihre bloße Anwesenheit hier bereits strafbar machten. »Ich meine, also wirklich!«

Sie standen da und starrten, der Jungmakler auf den Boden, Polly aus dem Fenster. Sie hoffte bloß, dass sie das gelbe Band wieder festbekommen würden.

»Die Miete ist preislich gebunden«, fügte er hinzu.

»Ihr Onkel sollte sich was schämen«, sagte Polly. »Herrgott!« Sie sah zu, wie unten vor dem Haus ein eingeschneites Auto mit durchdrehenden Rädern versuchte, aus seiner Parklücke herauszukommen. Sie hörte das Gewinsel des Motors. Der Fahrer stieg aus, knallte die Tür zu und schlitterte davon. Polly hörte noch einmal das Gewinsel. Jetzt aber erkannte sie, dass es von irgendwo in der Wohnung kam.

»Haben Sie das gehört?«, fragte sie.

Der beschämte Makler zuckte die Achseln. »Es ist *wirklich* ein Schnäppchen«, sagte er.

Polly folgte dem Geräusch bis zu einem Wandschrank. Sie öffnete die Tür und sah in einem Nest aus Kleidungsstücken auf dem Boden ein winziges Hundekind.

»Ups!«, sagte der Makler.

Polly schaufelte das Hundekind mit der Hand hoch. Es wimmerte.

Sie wandte sich zum Makler, der sofort sein Handy herausgeholt hatte.

»Onkel Irv?«, sagte er. »Du wirst es nicht für möglich halten, aber …«

Polly sagte: »Sagen Sie Onkel Irv, ich nehm die Wohnung.«

4

»George! Wach auf!«

Wer von Ihnen jemals nach einer Wohnung gesucht hat, wird zugeben müssen, dass Wohnungssuchende ihren Vorgängern gegenüber nicht allzu viel Feingefühl an den Tag legen. Sobald der Makler die Tür aufgeschlossen hat und die wildfremden Leute hereinmarschiert kommen, um die Wandschränke zu inspizieren, verlieren die Vormieter jegliche Bedeutung – mögen sie nun nach Süddakota verzogen sein oder voll banger Nervosität mitten im Flur stehen. Ich selbst bin schon über anderer Leute kleine und möglicherweise entzückende Kinder gestiegen und habe lediglich den Zustand des Teppichs, auf dem sie spielten, und die unzureichenden Ausmaße des Schranks, in dem ihre Spielsachen verwahrt wurden, zur Kenntnis genommen. Ich habe mich auch schon auf der anderen Seite befunden, unsichtbar für Fremde, die lautstark Pläne machten, wie sie mein Zuhause auseinandernehmen würden, Bücherregale mit gefühllosen Blicken und der offensichtlichen Absicht begutachteten, sie von der Wand zu reißen, und die sich entsetzt über den Grünton äußerten, auf den ich so stolz gewesen war. Auf dem Wohnungsmarkt herrscht wenig Höflichkeit. Das Vorleben einer Wohnung interessiert nicht. Aber selbst vom verzweifeltsten, vom begierigsten Wohnungssuchenden könnten gewisse Skrupel erwartet werden, wenn das fragliche Objekt nicht wegen eines neuen Jobs in Memphis oder unerwarteter Drillinge frei geworden ist, sondern wegen eines Selbstmords, der im Wohnzimmer stattgefunden hat. Wie niedrig die Miete, wie angespannt die Marktlage auch sein mochten, man könnte Pollys Entscheidung, Apartment 3F zu nehmen, durchaus als geschmacklos betrachten.

Was für Sie oder mich indiskutabel sein könnte, war für Polly jedoch zwingend notwendig, und ich muss gestehen, dass ich sie deswegen umso mehr mag. Ein Hundekind war verlassen worden, eine Wohnung war verlassen worden – ein ganzes Leben war weggeworfen worden. Für das Leben konnte sie zwar nichts mehr tun, für das Hündchen aber eine ganze Menge. Das Hündchen war da, und es brauchte sie. Die Wohnung war da und brauchte sie nicht minder, fand Polly jedenfalls. Polly hatte den Ruf gehört, und wann immer Polly einen Ruf hörte – und manchmal sogar, wenn sie *keinen* hörte –, antwortete Polly.

Kaum waren die Straßen also schneefrei, wurden die Sachen des Toten weggeschafft, Männer in Overalls kamen mit Schrubbern und Putzeimern, um den Geruch nach Tod zu beseitigen, und die Wohnung bekam einen neuen Anstrich in mattem Vermieterweiß, während die Fußböden mit Polyurethan versiegelt wurden. Die Badewanne schrubbte Polly eigenhändig, und bereits zwei Wochen nachdem sie die Wohnung zum ersten Mal gesehen hatte, mietete sie sich einen Kleinlaster, lud ihre paar Sachen aus Chris' Apartment ein und fuhr dann zusammen mit Geneva, ihrer besten Freundin, raus zu IKEA, wo sie ein Wohnzimmer, ein Schlafzimmer, Geschirr, Gläser und Besteck, einen Toaster, einen Kochtopf, zwei Bratpfannen und einen Wasserkocher kauften.

»Alles in einem Abwasch«, sagte Polly zu Geneva, als sie vor ihrem neuen Zuhause hielten. Geneva kletterte hinten rein und fing an, Kartons runterzuschieben, die Polly in Empfang nahm und dann den steilen Hang des Schneewalls hoch und wieder hinunter auf den schmalen zertretenen Trampelpfad wuchten musste.

Am Tag von Pollys Einzug gingen Jody und Beatrice denselben Trampelpfad entlang. Er war rutschig, und Jody hielt den Kopf gesenkt und konzentrierte sich auf jeden einzelnen Schritt, während Beatrice sie hinter sich herzog. Der lange Schwanz der Hündin wedelte hin und her, schnell und fest wie eine Peitsche. Beatrice ist so stark!, dachte Jody stolz. Herrlich stark, wie eine Athletin. Selbst in ihrem dicken rosafarbenen Pulli. Vielleicht kamen die Leute *deshalb* auf die Idee, Pitbulls als Kampfhunde abzurichten: wegen ihrer Schönheit und athletischen Anmut.

Jody schüttelte den Kopf. Manchmal ging ihre chronisch positive Weltsicht sogar ihr selbst auf den Geist.

»Verzeihung«, sagte eine laute Stimme.

Jody schaute hoch und sah eine kleine hübsche junge Frau in einem schicken Mantel mit pelzgesäumter Kapuze. Sie war gerade dabei, einen Pappkarton über den Schneewall auf den Bürgersteig zu zerren.

»Tut mir leid«, sagte Jody und versuchte, Beatrice beiseitezuziehen. »Wir blockieren den ganzen Bürgersteig.«

»Nein, ich hatte Sie eigentlich fragen wollen, ob Sie einen guten Tierarzt kennen, einen Tierarzt, den Sie mögen.«

Jody dachte nach. Mochte sie ihren Tierarzt? Er war okay. Geschäftstüchtig, aber freundlich und kompetent. Sie nannte der Frau den Namen des Mannes und sah dann zu, wie diese den Karton wieder auf die Straße hinunterrutschen ließ und die Information in einen Palm Pilot eingab.

»Ich hab seit kurzem ein Hundebaby«, sagte das Mädchen, das sich als Polly vorstellte.

Was für eine gebieterische Stimme Polly hatte! Jody war von Ehrfurcht erfüllt. Und was für schöne Stiefel! »Glückwunsch«, sagte sie.

Jody meinte eine nörglige, gar nicht gebieterische Stimme aus dem Mietlaster um Hilfe rufen zu hören. Sie drehte sich danach um, aber da Polly keinerlei Reaktion zeigte, entschied sie, dass sie sich verhört haben musste. Polly kauerte im Schnee, das Gesicht an Beatrices Schnauze, was sie Jody sofort sympathisch machte. Beatrice schleckte dem Mädchen die Wange ab, schnüffelte an ihren Manteltaschen und blieb dann stoisch in der betäubenden, stechenden Kälte stehen.

»Ich zieh hier ein«, sagte Polly, als sie wieder aufgestanden war. »Heute. Und da war ein Welpe in der Wohnung. Ich hab ihn im Wandschrank entdeckt.« Sie machte unbewusst eine hohle Hand und hielt sie ihrer neuen Nachbarin hin, so als zeige sie ihr das Hündchen.

»Raus aus dem Schrank und auf die Straßen!«, rief Jody unvermittelt. »Oder ist er zu jung, um schon auf die Straße zu gehen?«, fügte sie in ernsthafterem Ton hinzu.

»Keine Ahnung. Ich weiß nicht genau, wie alt er ist. Mein Bruder ist mit ihm ins Tierheim, und die haben gemeint, er wär ungefähr sechs Wochen alt. Und er hat eine Spritze bekommen. Aber ich weiß nicht, was ich ihm am besten zu fressen geben sollte. Ich hab gegoogelt und eine Zoohandlung angerufen und so weiter, aber wenn's in der Nähe eine Tierarztpraxis gibt, dann wär das auf jeden Fall die bessere Lösung …«

Die gebieterische Stimme passte nicht so recht zu den unsicheren Worten, wodurch sie zu einer Stimme aus einer ganz anderen Zeit wurde – der eines High-Society-Mädchens in einem Film aus den Dreißigerjahren. Sie hatte außerdem ein schüchternes Lächeln, was irgendwie noch weiter zu ihrem unerwarteten Charme beitrug. Jody gab ihr darin recht, dass eine Tierarztpraxis in der Nähe tatsächlich eine gute Sache war. Die junge Polly war, so viel erkannte Jody, die Sorte Mädchen, mit dem man, wenn irgend möglich, einer Meinung sein wollte. Polly wirkte zugleich verletzlich und stark. Für Jody, die in ihrem Selbstverständnis als alternde Jungfer glaubte, die Leute müssten sie eher für verhärtet als für stark und eher für lächerlich als für verletzlich halten, war Polly ein mittleres Naturwunder.

Die Stimme aus dem Lastwagen war jetzt deutlich zu hören, und dringlicher diesmal.

»Okay, okay«, sagte Polly.

»Viel Glück mit Ihrem Hundekind«, sagte Jody, als sie und Beatrice sich auf dem verschneiten Pfad an ihr vorbeiquetschten.

»Der Vormieter hat sich erhängt«, rief ihr Polly hinterher.

Jody blieb stehen. Der Vormieter hat sich erhängt? Am Tag des Schneesturms hatte sie etwas davon gehört. Als sie von ihrem Spaziergang mit Beatrice heimgekommen war, hatten da ein Rettungswagen und eine ganze Menge Schaulustige gestanden. Dieses junge Ding war in die Wohnung des Toten eingezogen. Sie fragte sich, ob auch in ihrer Wohnung jemand gestorben war, bevor sie, vor so vielen Jahren, da eingezogen war. Der Gedanke war ihr noch nie gekommen, lag aber durchaus nahe, denn das Gebäude war über hundert Jahre alt. Sie warf einen Blick über die Straße, dorthin, wo ihr Hauseingang gerade eben über den Schneewall lugte.

»Herrje!«, sagte sie.

Aber es ging sie nichts an, und Beatrice hatte angefangen zu zittern. Jody winkte zum Zeichen, dass das gesellige Beisammensein vorüber war, und ging weiter.

Und außerdem hat mich mein Freund abserviert, hätte Polly der sich entfernenden Gestalt am liebsten nachgeschrien, als ob die zwei Ereignisse irgendwie miteinander zusammenhingen, miteinander vergleichbar wären. Sie seufzte und ging dann zum Lastwagen zurück, um Geneva zu helfen, der kalt war und die keinerlei Interesse an Pollys neuer Nachbarin oder deren großem weißem Hund in seinem pinkfarbenen Wollpulli bekundete.

»Diese ganze Sache mit der Wohnung ist makaber«, sagte Geneva zu ihr. »Und total schlechtes Karma.«

»Aber *mein* Karma!«

Ihre Eltern hatten angerufen und ihr verboten, die Wohnung zu nehmen. »Es gibt *so* viele Wohnungen in New York, Polly!«

»Aber in den anderen gibt's keine verlassenen Hündchen«, erklärte Polly so ruhig, wie sie nur konnte.

George wartete oben mit dem Hündchen, und Polly drückte stolz auf ihren neuen Klingelknopf, neben dem auf einem Stück Isolierband, das den Namen des Toten abdeckte, ihr Name prangte.

George hatte, auf dem Fußboden sitzend, in der kahlen Wohnung auf sie gewartet und dabei das schlafende Hundekind geknuddelt. Es war ein weiches Bündel Hündchen, honigfarben, mit weißen Pfoten und einem weißen Ohr. Er war mit ihm ins Tierheim gegangen, um zu erfahren, was für Impfungen es brauchen würde, und der dortige Tierarzt hatte ihm gesagt, dass es ungefähr sechs Wochen alt wäre – eigentlich zu jung, um schon von der Mutter getrennt zu werden. Danach hatte George das Hündchen so oft wie möglich an sein Herz gehalten und gehofft, das würde es trösten. Die Türklingel ließ sie beide hochschrecken.

Im Fahrstuhl sah ein Mann mittleren Alters George argwöhnisch an.

»Meine Schwester zieht in 3F ein«, sagte George. Er streckte die Hand aus. »Ich bin George.«

»3F?« Der Mann runzelte die Stirn. »Aber …«

»Ich weiß«, sagte George. Als der Mann keine Anstalten machte, ihm die Hand zu geben, zog George die seine wieder zurück. »Wohnungsknappheit«, sagte er, ein halbherziger Versuch, seine Schwester in Schutz zu nehmen. »Und sie hat da dieses Hündchen gefunden.« Er hielt das Hundekind, das er sich mit der freien Hand an den Bauch gedrückt hatte, in die Höhe.

»Gütiger Himmel«, sagte der Mann. »Da war also *doch* ein Hund!«

Langsam wurde der Mann George unsympathisch.

»Meine Schwester heißt Polly«, unternahm er einen letzten Versuch, höflich zu sein. »Da ist sie.« Die Fahrstuhltür öffnete sich, und sie konnten Polly sehen, die, auf ihren hochhackigen Stiefeln taumelnd, einen großen Karton über den gigantischen Schneewall und dann auf die Haustür zu schob.

Der unfreundliche Mann hielt Polly die Tür auf und deutete ein Nicken an. »4D«, sagte er und ließ die beiden stehen.

Polly nahm ihn kaum wahr. In Chris' Haus hatte sie keinen einzigen Nachbarn gekannt, und überhaupt interessierte sie sich mehr für das Hündchen, das sie George umgehend abnahm, und für den Flur ihres neuen Hauses.

»Howdy«, sagte sie leise. So hatte sie das Hündchen getauft.

»Warum nennst du ihn nicht einfach Hallo?«, hatte ihr Vater gefragt.

»Guck!«, sagte Polly jetzt, als sie über den Kopf des Hündchens hinweg auf den kleinen Empfangstisch sah, der im Flur stand. »Willkommensgeschenke!« Jemand hatte die *Vogue* vom vorigen Monat, ein veraltetes Videospiel und ein Nudelholz mit roten Griffen ausgesetzt. Sie nahm das Nudelholz in die Hand. Vielleicht würde sie eine Torte backen oder damit jemandem auf den Schädel hauen, wie eine Ehefrau in einem Cartoon. Dann legte sie es wieder hin.

»Ich will nicht gierig sein«, sagte sie. »Nicht gleich am ersten Tag.«

Polly war Redakteurin bei einer Zeitschrift für schöneres Wohnen, ein Job, den sie liebte und auf ihre auf der Highschool erworbenen Lateinkenntnisse zurückführte. Und obwohl sich die Zeitschrift mit Raumausstattung und Innendesign befasste, interessierte Polly sich weit mehr für Nebensätze als für Tapeten oder Fensterstoffe. Als mit Georges und Genevas Unterstützung die Kartons ausgepackt und die Möbel zusammengebaut worden waren, spiegelte die Wohnung Pollys Geschmack wider. Eher karg als minimalistisch, die Farben eher trostlos als gedeckt, strahlte das Ganze die Atmosphäre eines sauberen neuen Studentenwohnheimzimmers aus, und Polly war begeistert.

Am Abend, nachdem George und Geneva gegangen waren, verstaute Polly die klebrigen Behälter vom China-Imbiss im Kühlschrank und setzte sich auf ihr neues Sofa in ihrer neuen Wohnung. Sie sah dem Hündchen zu, wie es über den blanken Holzfußboden schlitterte. Sie sah ihm zu, wie es zwei Handbreit neben der Zeitung, die sie ihm als Klo ausgebreitet hatte, auf den Boden pinkelte. Sobald sie das Pfützchen aufgewischt hatte, warf sie ihm eine Gummifrikadelle hin, die quietschen konnte, und sah ihm dann zu, wie es mit seinen dicken Pfoten gegen einen Tennisball patschte. Unterdessen musste sie an ihren Vormieter denken. Es war fast so, als hätte er nie wirklich existiert. Polly hatte das Gefühl, dass sie eine Art Gedenkstätte für ihn errichten sollte. Sie zündete eine ihrer neuen IKEA-Kerzen an und stellte sie ins Fenster.

»Es war eine Frage der Chemie, stimmt's?«, sagte sie zum Hündchen. »Manchmal kann man einfach nichts machen.« Sie musste an die riesige Aufschrift denken, schwarz auf gelb, hoch oben an der Seitenwand eines Hauses auf der 72nd Street: DEPRESSION IST KEIN CHARAKTERFEHLER, SONDERN EINE CHEMISCHE STÖRUNG.

Howdy kaute mit seinen nadelspitzen Babyzähnchen an ihrer Socke.

»Es ist bestimmt was Chemisches«, sagte sie noch einmal. »Oder Genetisches.« Aber dennoch verspürte sie ein vages, vertrautes Gefühl der Verantwortung.

»Ich werde für dich sorgen«, sagte sie zu dem Hündchen.

Wenn George noch da gewesen wäre, hätte er ihr jetzt Selbstherrlichkeit vorgeworfen. Meistens, hätte er hinzugefügt, sorgen die Dinge für sich selbst.

»Du bist der Einzige, der mich versteht«, sagte sie zum Hundekind gewandt. Sie lag auf dem Boden und brütete vor sich hin, während Howdy mit ihren Haaren spielte. Was machte Chris wohl gerade? Saß bei laufendem Fernseher, ein Bier griffbereit, auf der Couch und sah sich auf dem Laptop an, was sein virtuelles Football-Team machte? Die unberechtigte Freundin saß bestimmt mit ihrem eigenen Laptop neben ihm. Es war unfair, dass Polly sich in einen so oberflächlichen Mann verliebt hatte. Sie versicherte sich jedenfalls, dass er oberflächlich war, und sie vermutete, dass das auch stimmte. Aber wie wenig hatte das für sie gezählt, solange sie zusammen gewesen waren, und wie viel weniger jetzt, da sie von ihm getrennt war! Sie hatte ihn geliebt, und er fehlte ihr. Er hätte so oberflächlich wie ein Pappkamerad sein können, und es hätte nichts daran geändert, besonders jetzt, wo er für sie unerreichbar war. Polly stieß einen kleinen Schluchzer aus. Sie drehte sich auf den Bauch, vergrub das Gesicht in den Armen und weinte, halb in Erwartung, dass der Hund ihren Jammer spüren und tröstend mit seiner weichen Schnauze gegen ihre tränennassen Wangen stupsen würde. Sie wartete, gestattete sich sogar ein verzweifeltes Aufstöhnen, das lauter ausfiel, als es unter anderen Umständen der Fall gewesen wäre, und so traurig klang, dass sie augenblicklich in hysterische Schluchzer ausbrach. Howdy spielte weiter, ohne auf ihr Elend zu achten, und als sie sich restlos ausgeheult hatte, setzte sich Polly beschämt auf, wusch sich das Gesicht und tröstete sich, so gut es ging, mit den Resten einer Frühlingsrolle.

★ ★ ★

Am frühen Nachmittag desselben Tages waren Doris und Simon, beide im Begriff, den Go Go Grill zu verlassen, kurz am großen Fenster des Restaurants stehen geblieben und hatten auf den Laster hinausgestarrt, der die Straße blockierte. Bereits verärgert darüber, dass der groß gewachsene Mann mit der albernen Strickmütze schon wieder ihren Weg gekreuzt hatte, konnte Doris dem Anblick des IKEA-Lasters und der vielen flachen Kartons nicht das Mindeste abgewinnen.

»Junge Leute«, sagte sie bitter. Und Migranten, dachte sie, behielt das aber für sich. Das waren doch die Leute, die bei IKEA einkauften. Und sowohl von jungen Leuten als auch von Migranten konnte man erwarten, dass sie überall Schmutz machen und ihre Autoradios viel zu laut aufdrehen würden.

»Das muss die Selbstmörderwohnung sein«, sagte Simon. Auch er hatte während des Schneesturms den Rettungswagen und die Trage gesehen. »Das ging ja flott.«

Jamie kam von hinten heran. »Ich würde sagen, da hat es jemand ungebührlich eilig gehabt.«

»Er hat sich erhängt«, sagte Doris. »Der Portier von 213 hat es mir gesagt.«

»Zwei Schlafzimmer«, sagte Jamie, und er schüttelte traurig den Kopf und deutete unbestimmt auf ein paar gut aussehende Kellner, die zusammen an einem Tisch saßen und zu Mittag aßen.

»Er war ein griesgrämiger Mann, und nach dem, was ich gehört habe, sah es in der Wohnung wie auf einer mexikanischen Müllkippe aus«, sagte Doris.

»Ich könnte da nicht wohnen, das kann ich Ihnen sagen. Zu unheimlich«, sagte Simon. »Und außerdem gibt's keinen Garten …« Er schwieg kurz, nachdenklich, fügte dann hinzu: »Oder doch?«

Doris sah ihn mit offener Missbilligung an.

»Na dann …«, murmelte Simon, öffnete die Tür und verschwand.

»Wollen wir hoffen, dass sie diese ganzen Kartons zum Wertstoffmüll geben«, sagte Doris mit einem Kopfnicken in Richtung des Lasters, und dann verließ auch sie das Restaurant.

Jamie seufzte und kehrte zu der Tischrunde von Exlovern in ihren schwarzen Hosen und weißen Hemden zurück und schenkte ihnen, seinen Angestellten, Wein nach.

* * *

An diesem Abend stapfte George von der U-Bahn rüber in die Mott Street zur Arbeit. Eine Zeit lang war er nachts Taxi gefahren. Aber dann hatte er durch einen Freund diesen Job als Kellner bekommen. Es war kein sehr gutes Restaurant: teuer, prätentiös, überladen mit Hippie-Dekor; in Georges Augen ein Schandfleck im einst gemütlich heruntergekommenen Viertel, aber es hatte den Vorteil, nur drei Blocks von seiner Wohnung entfernt zu liegen. Manchmal war die Arbeit hektisch und anstrengend, ein großes Durcheinander aus Gästen und Tagesgerichten und schmutzigem Geschirr. Aber dann kamen auch wieder ruhige Phasen, in denen er vor sich hin träumen konnte. Zu Hause träumte er auch vor sich hin. Er wusste, dass er mit der Träumerei aufhören und seine Freizeit sinnvoller nutzen sollte. Aber wenn er zu Hause war und nicht vor sich hin träumte, spielte er Computerspiele oder sah sich Filme an, oder hörte mit seinem iPod Musik.

Seine Träumereien wandten sich jetzt seiner Schwester zu. Was sollte er wegen Polly unternehmen? Er war es nicht gewohnt, sich ihretwegen Sorgen machen zu müssen. Sich Sorgen machen war *ihr* Job. Mein Job ist vor mich hin träumen, dachte er leicht angewidert. Er hatte Polly auf ihrem neuen Sofa zurückgelassen, erschöpft, aber größtenteils fertig mit Auspacken und anscheinend stolz auf ihre neue Wohnung. George konnte sich nicht vorstellen, selbst da zu wohnen. Wozu brauchte sie zwei Schlafzimmer? Sie hatte gerade eben genug Möbel für das Wohnzimmer und ihr eigenes Schlafzimmer. Im anderen stapelten sich jetzt die paar Kartons, zu denen sie nicht mehr gekommen waren. Und wie konnte man bloß irgendwo einziehen, wo erst vor so kurzer Zeit ein Selbstmord begangen worden war? Er war nicht abergläubisch, aber *das* fand er denn doch morbide. Und außerdem war Polly momentan ganz offensichtlich unglücklich. Es erschien ihm für seine depressive Schwester sehr ungesund, in die Wohnung eines Depressiven einzuziehen, der sich erhängt hatte. Aber Polly hatte nicht auf ihn gehört. Polly hörte auf niemanden. Nie.

Auch George hatte Pollys Trennung von Chris mitgenommen. Polly zuliebe hatte er sich bemüht, die ganze Sache runterzuspielen, aber die Wahrheit war, dass er Chris irgendwie mochte. Chris war sicher nicht der faszinierendste Mann auf der Welt, er war gelegentlich rechthaberisch, und obwohl seine Arbeit als Anwalt für Immobilienrecht das Langweiligste war, was George jemals untergekommen war, redete er unablässig darüber. Aber Chris machte auch gern einen drauf, und häufig zusammen mit George. Sie gingen in Klubs und Bars und tranken, flirteten und tanzten. Polly kam auch oft mit, aber dann wurde sie meist schnell müde und musste früher heim. Wenn George und Chris genug hatten, setzten sie sich in irgendeiner Spelunke in eine Nische und tranken schweigend Bier. Das waren gesellige, männliche Momente. Würde George diese langen Nächte mit Chris aufgeben müssen, jetzt wo Chris und seine Schwester auseinander waren? Natürlich würde er müssen, dachte George bekümmert, und in diesem Moment war er sich sicher, dass er Chris' Verlust ebenso stark empfand wie Polly.

»Was ist mit Ihnen los?«, fragte die Restaurant-Hostess. Sie hieß Alexandra, war wahrscheinlich nicht älter als er und schimpfte ihn zu jeder Gelegenheit aus. Sie hatte schon zweimal versucht, ihn feuern zu lassen. Beide Male war es ihm gelungen, sich herauszureden und der drohenden Arbeitslosigkeit zu entkommen, aber nur mit Müh und Not.

»Nichts«, sagte er. Er hatte entspannt mit dem Rücken am Tresen gestanden. Er nahm augenblicklich Haltung an und sah sich dienstbeflissen nach Gästen um, die möglicherweise bestellen, bedient werden oder bezahlen wollten.

»Also bitte, ja?«, sagte sie.

»Warum haben Sie mich ständig auf dem Kieker?«

Sie zeigte auf einen Mann und eine Frau in der Nähe des Fensters. »Sie haben vergessen, ihre Bestellung durchzugeben, George.« Dann deutete sie mit einem Nicken auf sechs Schwule, die ausgelassen an einem runden Tisch saßen. »Sie haben die nicht gefragt, ob sie die nächste Runde bestellen wollen, George. Auf die Art verdienen wir unser Geld, George.«

George spürte, wie ihm die Farbe ins Gesicht stieg. Er war wütend und beschämt.

»Sie haben das Lauchpüree verschlabbert und …«

Und ich hab in die Lammkasserolle gespuckt, aber das hast du nicht mitgekriegt.

»Tut mir leid«, sagte er.

Alexandra schnaubte verächtlich. »Was haben Sie hier eigentlich verloren?«, fragte sie.

Und George musste sich, nicht zum ersten Mal, genau dieselbe Frage stellen.

»George! Wachen Sie auf!«

Sie klopfte ihm mit ihrem Kuli auf den Kopf und stelzte davon.

George erinnerte sich an ein kleines Mädchen, das ihn in der zweiten Klasse immer quer über den Schulhof gejagt hatte, um ihn mit einem Bleistift zu hauen und anschließend zu versuchen, ihn zu küssen. Er verbrachte den Rest des Abends damit, sich einzureden, er könnte Alexandra wegen sexueller Belästigung verklagen. Nach Geschäftsschluss kündigte er.

5

Ein Gentleman

Für Simon war das Tauwetter, als es endlich kam, eine Erinnerung an den Frühling, und der Frühling ließ an den Sommer denken, was bedeutete, dass es bis zum Herbst nicht mehr lang hin sein konnte. Es gibt in dieser Welt vom Glück gesegnete Menschen, die den Augenblick genießen, die mit dem absoluten zeitlichen Gehör ausgezeichnet sind, für die der schöne klingende Ton, den sie jederzeit zu finden vermögen, direkt bei ihnen ist, in der Gegenwart. Simon gehörte nicht zu diesen Auserwählten. Für ihn erklang die einzige Musik im Monat November und an jedem Wochenende danach, an dem er es sich leisten konnte, nach Virginia runterzufahren. Alles andere war lediglich ein Echo. Doch er genoss das Echo, wie leise es auch sein mochte, und träumte davon, seine Stiefel anzuziehen und die raumgreifenden Galoppsprünge des riesigen Pferdes, das er jedes Jahr ritt, unter sich zu spüren. Simons College-Zimmergenosse und engster Freund hatte ein Haus und einen Reitstall und ein Leben geerbt, und jeden November wurde Simon eingeladen, ein paar Wochen im Gästehäuschen zu wohnen und dieses Leben zu teilen. Nach zwanzig Jahren war es das einzige Leben, das ihm wirklich etwas bedeutete.

Die Stiefel, die Simon jetzt anhatte, waren wasserdicht, und er stapfte die Treppe aus der U-Bahn hinauf und weiter, durch die ausufernden Pfützen watend, heimwärts. Es war noch nicht sechs, aber der Himmel war bereits dunkel. Ein

Rettungswagen mit Sirene kreischte vorüber und spritzte ihn mit kaltem schwarzem Wasser voll. Zu solchen und ähnlichen Gelegenheiten gestattete er sich zuzugeben, dass er New York hasste, und nicht zum ersten Mal spielte er mit dem Gedanken, sich einen Job in Virginia zu suchen. Doch wie üblich nahmen Simons Gedanken, just an dem Punkt angelangt, an dem eine konkrete Veränderung vorstellbar wurde, Kurs auf einen anderen Gegenstand. Er mochte mit seinem Leben nicht restlos zufrieden sein, aber er steckte nun einmal darin fest. Als ihm also auffiel, dass ein großer weißer Hund, der neben ihm herlief, ebenfalls mit Matsch vollgespritzt worden war, wandte er seine Aufmerksamkeit diesem zu.

»Du wirst ein Bad brauchen«, sagte er zu dem Hund. »Ich auch.« Es fiel ihm leichter, mit Hunden zu reden als mit deren Besitzern, und er sah weiter auf den Hund hinunter. Aber die Besitzerin, eine ziemlich attraktive Frau, war ganz fahrig geworden und zog eine Packung Kleenex aus ihrer Handtasche. »Hier«, sagte sie und reichte ihm ein Papiertuch. »Nützt das was? Schauen Sie sich nur Ihren schönen Mantel an! Ich hoffe bloß, dass derjenige, der im Krankenwagen lag, wenigstens wirklich *ernsthaft* krank war.« Dann wurde ihr bewusst, was sie gesagt hatte, und sie lachte. Simon, der das Kleenex aus Höflichkeit angenommen hatte, obwohl er wusste, dass es in Fetzen gehen und nichts nützen, ja alles nur noch schlimmer machen würde, sobald er anfing, damit an seinem Kamelhaarmantel herumzureiben, versuchte den Hund davon abzuhalten, diejenigen Teile seines Mantels, die von den Schlammspritzern verschont geblieben waren, mit den Pfoten zu bearbeiten.

»Beatrice!«, sagte die Frau in ziemlich scharfem Ton, und die Hündin hörte prompt auf und setzte sich mit einem dermaßen betretenen Gesicht hin, dass Simon wünschte, er hätte ihr gestattet, sich die dreckigen Füße an seinem Mantel abzutreten, den er ja ohnehin in die Reinigung geben würde. Er streichelte die Hündin.

»Arme Beatrice«, sagte er. »Guck nicht so traurig.« Und Beatrice gehorchte, sprang an ihm hoch und stemmte ihm die Pfoten gegen die Brust. Sie leckte ihm das Kinn ab, während ihre Besitzerin an der Leine zerrte.

Als Beatrice endlich wieder mit allen vieren auf der Erde stand, bemühte sich Simon eine ganze Zeit lang, die Besitzerin, die sich in Grund und Boden zu schämen schien, zu beruhigen.

»Es tut mir so leid«, sagte die Frau immer wieder. »Ihr ist nicht klar, wie groß sie ist … Sie ist sehr lieb … Es tut mir so leid … Ich hoffe, Sie hat Ihnen keine Angst gemacht …«

Um die Frau zu beruhigen, ging Simon in die Hocke und ließ sich von Beatrice das Gesicht abküssen, nur damit die Frau und die Hündin sahen, dass er ihnen nichts nachtrug.

»Sie sind ein richtiger Gentleman!«, sagte die Besitzerin.

Das ging Simon runter wie Öl. Er hatte sich stets bemüht, genau das zu sein, ein Gentleman, und zu seiner maßlosen Überraschung lud er die Frau – die, wie er erfuhr, Jody hieß – auf einen Drink ins Go Go ein.

Obwohl der Go Go Grill an der Südwestecke unseres Blocks liegt, nur ein paar Schritte von der Stelle entfernt, wo sie miteinander ins Gespräch gekommen waren, hatte Jody den Laden noch nie betreten.

»Ich war hier noch nie«, sagte Jody. »Komisch, oder? Dabei wohn ich grad mal zwei Türen weiter. Hausnummer 236.«

»Ich 232!«, sagte Simon, als ob das eine tiefere Bedeutung hätte, als ob ihre Haustüren, beide auf der Südseite der Straße, sie miteinander verbinden würden. »Sie können den

Hund mit reinnehmen«, sagte er und deutete auf das Restaurant. »Jedenfalls hat der Besitzer seine immer dabei.«

Jody stand dicht bei ihm, das Gesicht zu ihm hochgewandt, um das gleichförmige Gemurmel seiner Stimme zu verstehen. »In manchen Lokalen dürfen wir im Sommer draußen an einem Extratisch sitzen«, sagte sie. »Aber nicht so oft. Beatrice macht den Leuten Angst.« Sie sprach laut, als ob er schwerhörig wäre.

Simon rückte ein wenig von ihr ab, sagte, Beatrice mache ihm keine Angst. Dann setzten sie sich an den Tresen, tranken gemütlich ein paar Gläser miteinander und teilten sich einen Teller frittierte Calamares, während Beatrice ihnen zu Füßen auf dem Boden schlief.

Das Restaurant war klein, die Theke zog sich über ihre gesamte Längsseite hin. Eine in einem modischen Braunton gepolsterte Sitzbank mit davor aufgestellten Tischen säumte die andere Seite, und in der Mitte des Raums standen sieben oder achte weitere kleine Tische. Es war ein hübscher Raum, schlicht und fast spartanisch, in dem die einzigen Farbakzente durch extragroße, von der Decke herabhängende rote Lampenschirme gesetzt wurden. Jody wusste, dass es das einzige wirklich gute Restaurant in der näheren Umgebung war, und sie fragte sich, warum sie da bislang nie hineingegangen war. Sie bestellte, ohne zu überlegen, Weißwein, und als Simon einen Bourbon verlangte, wurde ihr bewusst, dass sie eigentlich auch viel lieber einen getrunken hätte. Sie sagte aber nichts, nahm ihren Wein entgegen und nippte daran auf eine, wie sie hoffte, dezente, aber zugleich elegante Weise.

Was für ein reizender Mann, dachte sie und fragte sich dann, wie es wohl wäre, neben Everett zu sitzen. Seit ihrem nächtlichen Spaziergang hatte sie ihn nicht mehr gesehen, obwohl sie streng darauf geachtet hatte, Beatrice immer auf seiner Straßenseite Gassi zu führen. Wenn der Krankenwagen nicht Simon, sondern *ihn* nassgespritzt hätte – hätte er sie auf einen Drink eingeladen?

»Ja, natürlich«, sagte sie, als zu ihr durchdrang, was Simon gerade gefragt hatte: Ob er das letzte Stück Calamares haben könnte?

Sie fragte sich, ob die beiden Männer sich wohl kannten. Vielleicht waren sie Freunde. Die Vorstellung veranlasste sie, Simon anzulächeln, worauf dieser errötete und ein ganzes Glas Wasser in einem Zug austrank, während Jody an ihrem Wein nippte und geistesabwesend aus dem Fenster starrte.

Simon sah zu, wie der Kellner ihm nachschenkte.

»Danke«, sagte er.

Der Kellner schien ihn nicht zu hören, aber Simon war daran gewöhnt. Er beugte sich hinunter und streichelte die schlafende Hündin. Beatrice klopfte lautstark mit dem Schwanz auf den Holzfußboden, und Jody wandte sich vom Fenster ab und sah ihn wieder an. Sie hat ihr Angesicht leuchten lassen über mir, dachte Simon. Er fragte sich, ob sie sich wohl wiedersehen, irgendwann miteinander zu Abend essen oder sich an einem Sonntag zum Brunch treffen würden. Wenn sie das nicht taten und er ihr auf der Straße über den Weg lief, könnte es irgendwie peinlich werden. Er schätzte, er würde sie anrufen. Es war so nett, so unkompliziert mit ihr. Vielleicht deswegen, sagte er sich, weil sie nicht so ganz bei der Sache war. Er bestellte mehr Wein, diesmal eine ganze Flasche, und bat um ein weiteres Glas. Er war in leutseliger Stimmung.

Als Doris und ihr Mann, Harvey, um Viertel nach sechs, rechtzeitig zur Happy Hour vor Beginn der Theatervorstellungen, das Lokal betraten, war Simon ein bisschen beschwipst. Trotzdem erkannte er die Frau mit der unheimlichen Sonnenbräune und dem Nerzmantel wieder. Er nickte ihr zu, und sie nickte, ohne zu lächeln, zurück. Ich lebe in einer Gemeinschaft, dachte Simon. Einer Nachbarschaftsgemeinschaft. Ohne sich dessen bewusst zu sein, fing er an, das Lied aus *Mister Rogers' Neighborhood* zu summen: »Won't you be my neighbor?«

»Ja«, sagte Jody leise. »Es ist sehr traurig, dass er gestorben ist.«

Dann sah sie Everett und ein Mädchen, das ihm so ähnlich war, dass es nur seine Tochter sein konnte, vor dem Fenster vorbeischlendern.

»Da ist ein Nachbar«, sagte sie.

Simon warf einen Blick auf die zwei Gestalten, die sich draußen bereits entfernten. »Wirklich?«, sagte er. »Sie kennen sie?«

»Na ja, nein«, gab Jody zu und kam sich jetzt albern vor. Wie hätte sie erklären können, dass er ihr vom Himmel aus zugerufen und ihr gelbe Tulpen geschenkt hatte? »Ich meine, nicht richtig.«

Dann bemerkte sie in einer Ecke des Restaurants das Mädchen, das sie auf der verschneiten Straße angesprochen und nach einem Tierarzt gefragt hatte, das Mädchen, das in die Selbstmörderwohnung eingezogen war. Ihr erster Gedanke war, sie Simon als eine weitere Nachbarin vorzustellen, ihm zu sagen, dass sie die Wohnung des Toten gemietet hatte, aber nach der Sache eben mit Everett war sie befangen und verunsichert. Sie sah, wie ein junger Mann, ein sehr blasser junger Mann mit schwarzem Haar und einer seltsam ansprechenden unpassenden Kombination aus unterschiedlich nadelgestreifter Jacke und Hose, sich zu dem Mädchen setzte.

Polly hatte auf George gewartet und Jody gar nicht bemerkt, geschweige denn wiedererkannt. Sie war zu sehr damit beschäftigt gewesen, über George nachzudenken, und über ihren Plan, ihn bei sich einziehen zu lassen. Die Wohnung war für sie allein zu teuer, und zu groß war sie auch. Die Vorstellung, sich einen richtigen Mitmieter suchen zu müssen, machte sie wütend – auf Chris und auf die Welt im Allgemeinen. Aber George? Er war ihr Bruder. Und er brauchte sie.

»Du hast dann ein Schlafzimmer und ein eigenes Bad«, hatte sie zu ihm gesagt. »Es wäre absurd, ganz allein in so einer großen Wohnung zu hausen.«

Er hatte ihr gerade geholfen, mehrere Bücherkartons auszupacken, die noch immer im zweiten, überzähligen Schlafzimmer herumstanden. Er hatte sie sprachlos angestarrt. George hatte sich schon oft gesagt, dass er für Polly alles tun würde. Und er betrachtete sich überhaupt als einen hilfsbereiten Menschen. Er hielt zum Beispiel Leuten gern die Tür auf oder trat im Bus anderen seinen Platz ab, oder half jemandem auf der Straße über eisglatte Stellen. Manchmal betrachtete er sich gern als einen anonymen guten Samariter, eine Art Superhelden der kleinen, zufälligen Gesten maßvollen guten Willens. Aber bei seiner Schwester einziehen? In die Upper West Side mit ihren Flaneuren und Schickimicki-Supermärkten? Wäre das eine Geste guten Willens – oder eher ein Zeichen völligen Mangels an Willen? So oder so schien das eine viel, *viel* zu große Geste für George zu sein. Er sortierte gerade Pollys Bücher, wie gewünscht, alphabetisch ein. War das nicht genug?

»Du machst wohl Witze«, sagte George.

Polly hatte keine Witze gemacht, und als sie im Restaurant saß und auf George wartete und über mögliche Strategien nachdachte, das Thema erneut anzuschneiden, wurde sie von einem Streit zwischen dem Besitzer und dem Barkeeper abgelenkt.

»Du bist gefeuert!«, sagte der Besitzer, offensichtlich entnervt. Dann schien er diese Information auf – dem Klang nach – Portugiesisch zu wiederholen. Der Barkeeper war empört, zumindest schlug er mit der Faust auf die Theke und marschierte davon. An der Tür zögerte er allerdings und rief irgendwas in weinerlichem Ton zurück. Jamie bedachte ihn mit einem vernichtenden Blick, worauf sich der Barkeeper endgültig davonschlich.

Polly sah ihm nachdenklich nach. Georges Entscheidung, seinen Kellnerjob aufzugeben – falls man dabei von einer Entscheidung sprechen konnte, was Polly nicht glaubte –, schien ihr mehr Sorgen zu bereiten als ihm. Sie hatte versucht, sich an die Tatsache zu gewöhnen, einen älteren Bruder ohne jegliches Lebensziel zu haben. Sie wusste, dass er ein geheimes Reservoir an Selbstsicherheit besaß, das sie ebenso wenig verstand wie der Zweifler den wahren Gläubigen, aber Georges heitere Gelassenheit war unerträglich. Er hatte seinen Eltern gegenüber mit keinem Wort seine Arbeitslosigkeit erwähnt – wenngleich dies weniger Ausdruck von heiterer Gelassenheit als vielmehr einer verständlichen Abneigung gegen transkontinentale Standpauken gewesen sein dürfte. Aber die Folge war, dass Polly, wie so oft, das Gefühl hatte, ganz allein die Verantwortung für ihren Bruder übernehmen zu müssen. Er ließ sich treiben. Ihr missfiel diese Vorstellung, ging damit doch die andere, halb bewusste Vorstellung einher, dass ein Sich-treiben-Lassen unweigerlich zum Stranden oder sogar zum Zerschellen führte. »Sich-treiben-Lassen«. Bei dem Wort musste sie an Flüsse denken, und bei Flüssen musste sie an steile felsige Wasserfälle denken. Polly ließ sich niemals treiben. Vielleicht *kroch* sie nur vorwärts, aber das entscheidende Wort war hier »vorwärts«. George war anders, er trieb, wie Polly fand, völlig richtungslos, mal hierhin, mal dorthin, und sie war der festen Überzeugung, dass es an der Zeit sei, ins Wasser zu waten und ihn wieder an Land zu ziehen. Als sie sah, wie der Barkeeper hinausstürmte, erkannte sie ihre Chance.

»George«, flüsterte sie, als er hereinkam, durch diese dringlichere Angelegenheit von sämtlichen Gedanken an seinen möglichen Einzug abgelenkt. »Der Barkeeper ist gerade rausgeflogen. Kannst du barkeepen?«

»Hier?«

»Spielt das irgendeine Rolle? Kannst du oder kannst du nicht?«

George zuckte auf eine Weise die Achseln, die sie seit vielen Jahren an ihm kannte und seit ebenso vielen Jahren hasste.

»Du kannst«, entschied Polly und erteilte ihm detaillierte Instruktionen bezüglich seiner angeblichen Berufserfahrung als Barkeeper.

»Jetzt geh und red mit ihm«, sagte sie, und George schraubte sich aus seinem Stuhl und gehorchte.

Wie sich herausstellte, brauchte er hinsichtlich seiner Berufserfahrung oder seiner Fähigkeiten nicht zu übertreiben.

»Haben Sie eine Bleibe?« war die einzige Frage, die Jamie stellte.

»Was? Na ja, schon.«

»Sie haben den Job.«

»Wirklich?«

Dann erklärte Jamie mit gereizter Stimme, er kenne seine übrigen Mitarbeiter einfach zu gut, sie seien viel zu sehr von ihm abhängig, er habe schon eigene Kinder zu Haus, er könne sein Restaurant nicht auch noch Kindern überlassen, keiner von ihnen halte es für nötig, Englisch zu lernen, irgendwo habe schließlich alles seine Grenzen, Loyalität sei eine feine Sache, und niemand könne ihm nachsagen, er sei nicht loyal, aber niemand würde sich gefallen lassen, was er sich gefallen ließ, und was immer George nicht wüsste oder könnte, würde er, Jamie, ihm beibringen, solange er direkt heute Abend anfangen könnte.

»Wenn er zurückkommt«, sagte Jamie und funkelte die Tür an, durch die der Exbarkeeper von dannen geschlichen war, »kann er Teller waschen!«

Jody verfolgte fasziniert den Vorgang. Der Restaurantbesitzer war eindeutig einer der Männer, deren großen Garten sie von ihrem Badezimmerfenster aus sehen konnte. Sie erkannte die zwei Hunde wieder, die sich an seine Fersen hefteten, als er den Jungen in Nadelstreifen hinter den Tresen führte. Das Mädchen, das Jody wiedererkannt hatte, setzte sich gegenüber dem Nadelstreifenjungen an die Bar und machte ein äußerst selbstzufriedenes Gesicht. Wenn jetzt bloß Mr. Rogers hereinkäme und seine alte Strickjacke anziehen würde!, dachte Jody, gleichermaßen erfreut über die vertrauten Gesichter wie über die Tatsache, dass sie die Leute nicht gut genug kannte, um mit ihnen reden zu müssen. Sie hätte zwar gern gewusst, wie es dem Hundekind ging, vermied es aber, das Mädchen anzusehen, als sie und Simon das Lokal verließen. Ein neues gutnachbarliches Kennenlernen pro Abend reichte ihr voll und ganz. Simon bezahlte trotz ihrer Proteste die Rechnung und begleitete sie nach Haus. Als sie oben vor ihrer Wohnungstür stand, wurde ihr bewusst, dass es fast ein richtiges Date gewesen war – ein altmodisches Date. Sie sagte sich, dass er wirklich ein sehr netter Mann war, und setzte sich dann ans Fenster, um darauf zu warten, dass Everett und seine Tochter von wo auch immer wieder zurückkämen und auf dem Weg nach Haus unter ihrem Fenster vorbeigingen.

Sie, Everett und Emily, waren in ein japanisches Restaurant auf der Seventy-second Street gegangen. Sie bestellten eine Platte Sushi für zwei und bekamen ein so langes Tablett (es ragte an beiden Seiten einen guten Viertelmeter über den Tischrand hinaus), dass sich Emily, als es serviert wurde, verlegen im Lokal umsah.

»Leslie tat es leid, dass sie nicht mitkommen konnte«, sagte Everett.

Emily warf ihm einen raschen, unwillkürlich bösen Blick zu und senkte dann den Kopf im offensichtlichen Versuch, ihn zu verbergen.

»Aha«, sagte sie.

Everett wusste, dass sie seine Freundin Leslie nicht mochte. Warum hätte sie das auch tun sollen? Nicht mal er mochte Leslie sonderlich. Warum hatte er sie überhaupt erwähnt, zumal sie in Wirklichkeit keinerlei Betrübnis darüber geäußert hatte, sich ihnen nicht anschließen zu können – was vielleicht damit zusammenhing, dass er sie gar nicht erst dazu aufgefordert hatte?

»Schau, Schätzchen, ich habe ein Recht auf ein eigenes Leben.«

»Ich hindere dich nicht daran. Ich hab kein Wort gesagt.«

Aber genau das war das Problem. Sie hatte kein Wort gesagt.

»Schon gut«, sagte er, und sie wandten sich dem unverfänglicheren Thema zu, was Emily sich für ihre Italienreise im Sommer alles würde anschaffen müssen.

Als sie endlich unter Jodys Fenster vorbeikamen, waren sie untergehakt, und Jody lächelte zu ihnen hinab, während ihre Stricknadeln in der Stille der Nacht vor sich hin klapperten.

* * *

Als die Wochen vergingen und die Tage weniger grau, der Spätmärzwind weniger schneidend wurden, betrachtete Polly George bei der Ausübung seiner neuen Arbeit mit einem Gefühl der Befriedigung und der wachsenden Zuversicht, dass auch ihr anderer Plan – George als Mitbewohner zu gewinnen – glücken würde. Polly war eine Enthusiastin, und der jüngste Gegenstand ihres Enthusiasmus war George. Sie würde ihn unter ihre Fittiche nehmen, das heißt, in ihre Wohnung. Sie liebte ihre Wohnung. Sie liebte George. George brauchte jemanden, der ihn beschützte. Sie brauchte jemanden, der bei ihr wohnte. Nach Pollys privater Logik ging das alles perfekt auf. Sie hatte abgewartet und an ihren Plänen gefeilt. Mittlerweile lief es ohnehin schon darauf hinaus, dass George, wenn er bis spät in die Nacht arbeitete, in ihrer Wohnung schlief. Um das zu unterstützen, bestellte sie ein Bett für das zweite Schlafzimmer und empfahl George, ein paar von seinen Klamotten ständig bei ihr zu lassen. Sie kaufte ihm sogar eine elektrische Zahnbürste. Aber die größte Verlockung war Howdy.

Howdy war ziemlich groß geworden, aber auf den Bürgersteig durfte er seine dicken weißen Pfoten immer noch nicht setzen. Auf die Straße oder in den Park würde man ihn erst lassen können, wenn er vier Monate alt wäre und seine letzte Impfung bekommen hätte. Er hatte endlich gelernt, in seiner Plastikkiste mit der Flauschdecke zu warten, bis man ihn ins Bad brachte, wo für ihn eine Ecke mit besonders saugfähigen Unterlagen ausgebreitet war. Polly hatte die Unterlagen in der Zoohandlung gekauft, allerdings sahen sie haargenau wie die Unterlagen aus, auf denen ihre Großmutter nach ihrer Hüftoperation im Krankenhaus hatte liegen müssen. Und dort pinkelte er dann pflichtbewusst. Er hatte sogar gelernt, wenn er frei durch die Wohnung lief, zum Pinkeln von sich aus ins Bad und in seine Ecke zu gehen. Das war nicht einfach gewesen, wenngleich für Howdy vielleicht einfacher als für Polly. Die erste Woche lang hatte er in der Kiste, in die Polly ihn einsperrte, nachts immer geweint, und wenn er weinte, dann weinte auch Polly und rief George an und riss ihn aus dem Schlaf. Das war zehn Nächte lang so gegangen, zehn schlaflose Nächte lang, in denen Polly sich das herzzerreißende Gejaule und George ihre verzweifelte Stimme anhören musste, zehn Morgen, an denen Polly um fünf aufstehen musste, um Howdy zu den zerknitterten, missachteten Unterlagen zu tragen, dann wieder zurück in sein Zwingerchen, dann zehn Minuten später wieder ins Bad, und zehn Minuten später noch einmal, bis er sich endlich bequemte, sein Pfützchen zu machen. Polly hörte sich das jammervolle Gejaule und Gefiepe eine Zeit lang an, holte dann das Hündchen aus seiner Kiste und manövrierte es wieder hinein, immer und immer wieder, bis – gerade als sie kurz davor war, sich gegen alle Bücher, die sie gelesen, und alle Artikel, die sie runtergeladen hatte, aufzulehnen und dem Hündchen in der ganzen Wohnung freie Bahn zu lassen, damit es pinkelte, wo immer es ihm behagte – Howdy den Dreh rauszukriegen schien, anfing, die Unterlagen regelmäßig zu benutzen und, sobald die Gittertür seiner Kiste einschnappte, sich auf seine Decke plumpsen zu lassen und augenblicklich einzuschlafen. Und so freundete sich das Hündchen mit seiner Kiste und seinen Pinkelunterlagen an, und Polly hörte auf zu weinen und George mitten in der Nacht anzurufen. Aber ein Hundekind kann man nicht den ganzen Tag allein lassen, und Polly hatte George dazu überredet, jeden Nachmittag ein paar Stunden bei Howdy zu verbringen, ihn zum Pinkeln aus seiner Kiste zu heben und ansonsten mit ihm zu spielen, während Polly auf der Arbeit war. So kam es, dass George wegen seines neuen Jobs und seiner Hundesittertätigkeit bald den größten Teil seiner Zeit in unserem Block verbrachte, und Polly sah keinen Grund, diesen Zustand nicht zu einer Dauerlösung zu machen. Jedes Mal, wenn sie das Thema anschnitt, lachte George allerdings nur. Manchmal, das wusste sie, musste man ihn mit Samthandschuhen anfassen. Er konnte so stur sein! Allein, wie er sich anzog. Jeder, aber auch wirklich jeder fand seinen Kleidungsstil völlig grotesk, er aber fand ihn absolut überzeugend, und so konnte man ihm den einfach nicht ausreden. Sie würde behutsam vorgehen müssen.

Fürs Erste hatte sie andere, gleichermaßen wichtige Ideen, die ihren Bruder betrafen. Eine davon war Geneva. Von allen ihren Freundinnen war Geneva die beste, und nach und nach hatte sich in Polly die Hoffnung festgesetzt, sie könnte auch die beste Freundin ihres Bruders werden. Manchmal betrachtete Polly ihren Bruder, seine komische Kleidung und seinen zur Schau gestellten Mangel an Ehrgeiz, und sah eine ungeheure, lockende Weite, eine unberührte Prärie, die nur ihrer scharfen, tiefen Pflugschar harrte.

6

»Die Blumen, die blühen im Mai«

Der tagein, tagaus unaufhörlich niederströmende Frühlingsregen war schon langweilig genug, aber das ständige Gerede darüber brachte Everett schier auf die Palme. Jede Verkäuferin im Drugstore, jeder Liftboy, jeder Kollege und jeder Mensch, mit dem er am Telefon redete – gleichgültig, in welchem Teil des Landes dieser sich auch befinden mochte –, sprach von den sintflutartigen Regenfällen.

»Ja«, antwortete Everett dann immer. »Es regnet.«

Aber so ungern er auch über das Wetter sprach, gegen seine Unbilden war er nicht immun. Er verabscheute das Herumgemurkse beim Aufspannen und Zuklappen seines großes Regenschirms. Er verabscheute den tief hängenden schiefergrauen Himmel. Er verabscheute seine nassen Schuhe und feuchten Socken. Taxis und Busse spritzten ihn nass. Leute guckten ihn finster an, und er guckte finster zurück. In ebendieser vom deprimierenden Wetter gedrückten Stimmung beschloss er endlich, mit Leslie Schluss zu machen. Sie hatten bereits vereinbart, »sich auch mit anderen Leuten zu treffen« – was immer *sie* darunter verstehen mochte. Er jedenfalls verstand es so, dass sie beide zu höflich waren, Knall auf Fall Schluss zu machen, wobei der Ausdruck »Schluss machen« für jemanden seines Alters lächerlich klang – ebenso lächerlich wie »Freundin« und »Freund«. Und trotzdem, Schluss machen musste er am Ende doch.

»Ich hab dich nie glücklich gemacht«, wehklagte sie.

»Doch, doch, natürlich hast du. Du bist wunderbar«, erwiderte er. »Wunderbar. Aber …«

»Aber dich kann niemand glücklich machen«, fügte sie hinzu und stand theatralisch auf. Everett sah in hilfloser Bestürzung zu, wie der Tisch wackelte und ihr Weinglas auf den Boden fiel und dabei einen exquisiten Gavi über seine Hose verschüttete.

Ehe sie aus dem Restaurant rauschte, warf Leslie einen letzten Blick zurück auf ihn und seine nasse Hose. »Ich wusste doch, dass ich besser einen Roten bestellt hätte«, sagte sie.

Bei seiner Heimkehr nach diesem Treffen, am achten Regentag, sah Everett Jody und Beatrice. Er hatte die Rechnung bezahlt – das Abendessen war ganz und gar nicht schlecht gewesen, er würde mit Sicherheit wiederkommen –, und als er in den plötzlich noch heftigeren Regen hinaustrat, wurde ihm bewusst, dass er seinen Schirm im Taxi vergessen hatte, mit dem er nach Downtown gekommen war. Wütend musste er fast zwanzig Minuten lang warten, bevor ein leeres Taxi vorbeikam. Als er einstieg, besänftigte es ihn ein bisschen festzustellen, dass ein anderer Fahrgast ebenfalls seinen Schirm hatte liegen lassen. Er fand, das sei ein gutes Omen, auch wenn er nicht an Omina glaubte.

Gerade als er aus dem Taxi stieg, gingen Jody und Beatrice an seiner Haustür vorbei. Sie trugen beide knallgelbe Regenumhänge, wie zwei seltsam verkleidete Schulkinder. Everett zögerte einen Moment und fragte sich, ob Jody ihn sehen würde. Das »Schlussmachen« mit seiner »Freundin« hatte ihn ermüdet. Und er war nass. Aber dann sah sie ihn doch und lächelte auf eine so ungezwungene, freundliche Weise, dass sein ganzer Ärger verflog.

Sobald sie zu reden anfingen, spannte Everett seinen neuen Schirm auf und war schon beinah stolz auf sich – als hätte er ihn sich, in weiser Voraussicht, für genau diesen Anlass beschafft –, doch da musste er feststellen, dass er knallpink und mit grünen Froschgesichtern gemustert war. Aber er hätte ihn kaum wieder zuklappen können, ohne erst recht auf ihn aufmerksam zu machen, und so standen er und Jody fast eine Stunde lang plaudernd unter der pinkfarbenen Kuppel. Dann wünschte ihr Everett einen guten Abend, streichelte dem Hund den Kopf und ging nach oben, wo er sich als Erstes die Hände wusch. Jody hatte unter dem Regenschirm eine Zigarette geraucht, was ihn überrascht hatte. Anders als viele Raucher roch sie gar nicht nach abgestandenem Zigarettenrauch. Sie wirkte so gesund. Wie ein bunter Salatteller. Und intelligent: Sie mochte Gilbert und Sullivan, genau wie er.

Er mixte sich einen Martini in dem Bewusstsein, ihn sich redlich verdient zu haben: Schließlich hatte er endlich seine vor sich hin plätschernde Beziehung zu Leslie beendet. Er lauschte dem Geklimper der Eiswürfel im Shaker. Er hatte seine nassen Schuhe und seine Socken ausgezogen, aber er steckte noch immer im klammen Anzug. Er ging mit dem Glas ins Bad, streifte seine Sachen ab und legte sie über den Rand der Badewanne. Dann zog er einen hellblauen Pyjama an, frisch aus der Reinigung, gewaschen und gebügelt, setzte sich auf die Kante seines Bettes und schaltete die Nachrichten ein. Dann vermisste er seine Tochter. Seine Tochter vermissen war zu einer Beschäftigung geworden. Nicht länger nur ein Gefühl, sondern ein körperlicher Akt, der Zeit und Raum erforderte.

Er trank aus und sah auf die Oliven. Emily hatte immer die Oliven aus seinen Martinis gegessen. Ohne sie war die Wohnung still und matt, so groß wie ein ganzes Haus, so unnütz wie ein fremdes Haus. Während er in sich zusammengesackt auf der Bettkante saß und auf den Fernseher starrte, hallte ihm ihre Abwesenheit in den Ohren. Der Rest der Wohnung – alles, was über die Bettkante hinausging – war absurd. Er brauchte es nicht. Er hatte nichts darin verloren. Everett sagte sich, diese bizarre Melancholie sei völlig unbegründet. Seine Tochter war ja nicht weg, nicht richtig – sie war auf dem College. Sie kam in den Ferien heim. Sie schlief in ihrem Bett, ließ das Badezimmerlicht an, knallte mit der Kühlschranktür. Plötzlich, als passierte es genau in dem Moment, spürte Everett das Nachgeben von Emilys winzigem Gummistiefel, als er endlich von ihrem zweijährigen Füßchen glitt.

Sie achtete gewissenhaft darauf, ihre Zeit gerecht zwischen ihren Eltern aufzuteilen, und Everett nahm ihr die Tage, die sie bei ihrer Mutter verbrachte, herzlich übel. Das hatte er nie getan, solange sie ein Teenager war, ebenso wenig im ersten Jahr, nachdem er und Alison sich getrennt hatten. Das passierte ihm erst jetzt, wo es galt mit so wenigen Tagen über die Runden zu kommen.

Vielleicht sollten Alison und ich wieder heiraten, dachte er. Dadurch würde sich mein Anteil verdoppeln.

Aber die Vorstellung, seine Exfrau zu heiraten, war nicht verlockend. Kinder, die das Licht im Bad anließen, waren eine Sache. Eine Ehefrau eine ganz andere. Sah man von seiner Tochter ab, die schlichtweg nichts falsch machen konnte, war Everett ein unduldsamer Mensch. Er hatte Leslie nie dazu ermuntert, über Nacht zu bleiben. Sie war völlig eigenmächtig in sein Alleinsein, in seine Einsamkeit eingedrungen.

Am Abend rief Emily an. Sie hatte ihr Handy verloren, und er sollte sich keine Sorgen machen, wenn er sie nicht erreichen konnte.

»Das ist sehr aufmerksam von dir«, sagte er. Er lächelte. Er wartete. Er wusste, was als Nächstes kommen würde.

»Äh …«

Er wartete weiter, immer noch lächelnd. Selbst ihre Bitten um Geld waren kostbar.

Natürlich hielt er ihr gelegentlich Vorträge über Verantwortungsbewusstsein in finanziellen Dingen, über die Wichtigkeit, sich sein Geld einzuteilen, vorauszuplanen, über die revolutionäre Idee, für Notfälle etwas auf die hohe Kante zu legen. Aber natürlich gab er ihr das zusätzliche Geld, das sie für den Skiurlaub brauchte, für Bücher, für Schuhe, Kissen, Knöllchen, Mahngebühren der Unibibliothek – was immer es in dem Monat, in der Woche, an dem Tag auch gerade sein mochte. Sie war ein anspruchsvoller, misslauniger Teenager gewesen. Misslaunig war sie nicht mehr. Sie schämte sich ihrer Ansprüche. Das waren immerhin Fortschritte, und Everett nahm sie mit Genugtuung zur Kenntnis.

Während er sich die Zähne putzte, dachte er an Jody. Er hätte sie auf einen Drink heraufbitten sollen. Das hätte er auch getan, wenn sie nicht diesen großen, nassen Hund in seinem lächerlichen Regenumhang dabeigehabt hätte. Aber sie hatten verabredet, sich am nächsten Abend im Go Go zum Essen zu treffen. Vermutlich würde sie den Hund zu Haus lassen. Er legte sich mit Schuldgefühlen wegen Leslie schlafen. Ich bin ein Schwein, dachte er. Aber er schlief den Schlaf des Gerechten.

Jody hingegen war hellwach. Sie hielt ihre Violine in der Hand und griff lautlos eine schwierige Sibelius-Passage, immer und immer wieder, während sie mit einem imaginären Bogen über die Saiten strich. Als sie davon genug hatte, setzte sie sich mit ihrer Strickarbeit ans Erkerfenster. Sie hatte seinen überraschten Blick bemerkt, als sie sich eine Zigarette ansteckte. War das unbedingt nötig gewesen? Sie hatte erst vor kurzem wieder angefangen zu rauchen, und viel rauchte sie wirklich nicht. Warum hatte sie sich ausgerechnet diese Situation dafür ausgesucht?

»Ach, was soll's!«, sagte sie laut.

Aber sie merkte, dass es ihr doch etwas ausmachte. Sie hatte so wenig Zeit mit Everett verbracht, dass ihr jeder Augenblick, jeder flüchtige Ausdruck seines Gesichts im Gedächtnis geblieben war. Sie überlegte, was sie morgen anziehen würde. Sie hatte seine Hände an dem Knauf dieses bizarren Regenschirms gesehen. Da hatte sie sich nervös die Zigarette angezündet. Schöne Hände. Ein schöner Mann. Vielleicht gehörte der Schirm seiner Tochter. Er hatte eine etwas steife Art, aber er war unheimlich selbstsicher. Nur ein selbstsicherer Mann würde mit einem pinkfarbenen Schirm mit Fröschlein herumlaufen. Solche Selbstsicherheit ließ unweigerlich an Kraft denken! Oft war es gar keine richtige Kraft, das war ihr schon klar, aber sie empfand sie trotzdem als beruhigend. Und sie würde mit ihm zu Abend essen, sie, Jody, die selbsternannte alternde Jungfer. Sie stand auf und legte ihre Strickarbeit in den Korb, dann ging sie zum Bücherregal, in dem die Telefonbücher lagen. Sie schlug ihn nach. Seinen Namen auf dem hauchdünnen Papier zu sehen war richtig aufregend. Sie schaltete alle Lichter aus, legte sich ins Bett und hörte der Hündin beim Schnarchen zu, bis das Licht der Frühe durch die hohen Fenster hereinkam und die goldgelben Wände im Morgenrot erstrahlten. Der Regen hatte aufgehört. Dann weckte sie Beatrice auf und ging mit ihr in den Central Park, zum Boat Lake, und betrachtete das Wasser, das sich im Wind kräuselte.

* * *

George hatte bei Polly übernachtet, wie er es gelegentlich tat, wenn es im Restaurant spät wurde. Aber er hatte vergessen, das Rollo runterzuziehen, und das ungewohnte Morgenlicht weckte ihn viel früher, als ihm lieb war. Er stand auf und ging zum Fenster, um die Situation zu korrigieren, als Jody und Beatrice gerade vom Park zurückkamen. George erkannte Jody aus dem Restaurant wieder, oder besser gesagt, er erkannte den Hund wieder. Gesichter konnte er sich schlecht merken, was ihm seine Arbeit als Barkeeper ein bisschen erschwerte. Aber er kriegte das schon irgendwie hin. Und es war ihm auch egal. Es war ja nur eine vorübergehende Lösung. Eines Tages würde er … irgendwas machen.

Er schlief weiter bis Mittag, dann holte er das Hundekind aus seiner Kiste und ließ es auf eine Unterlage pinkeln. Er warf Howdy ein Spielzeug hin und schaute zu, wie er es in Fetzen riss. Dann rannte George im Kreis durch das Zimmer und ließ sich von dem Hündchen jagen, hob ab und zu den Fuß und schlenkerte Howdy herum, der sich in seine Socke verbissen hatte. Er schaute zu, wie Howdy sich putzte. Das Hündchen fing immer mit seiner linken Pfote an, leckte sie sich ab und fuhr sich damit dann über das rechte Ohr, wie eine Katze. Er fragte sich, ob Hunde linkshändig sein konnten.

Als Polly von der Arbeit heimkam, war George immer noch da. Es wäre zu viel Umstand gewesen, bis zu sich nach Haus zu fahren, bloß um sofort wieder kehrtzumachen und zurückzukommen.

»Glaubst du, dass Hunde Linkshänder sein können?«, fragte er.

»Hunde haben keine Hände«, sagte Polly mit ihrer nervigen Redakteurinnenstimme. Dann fing sie sofort an, ihm wegen seines Einzugs zuzusetzen. »Schau dich doch an. Du bist hier. Du könntest genauso gut ja sagen. Du wohnst doch schon hier.«

»Genieße deine Privatsphäre, Polly. Eine Privatsphäre ist was Feines.«

»Nein. Ich steiger mich garantiert in eine Post-Trennungs-Depression hinein.« Sie sagte es so, dass es wie eine

Drohung oder wie Prahlerei klang, mit schmollend vorgeschobener Unterlippe, und dann fügte sie hinzu: »Es geht mir dabei doch nur um dich.«

George seufzte. Es fiel ihm schwer, nicht zu tun, was er tun musste, damit Polly das Gefühl haben konnte, etwas für ihn zu tun. Er nahm Howdy auf den Schoß, griff ihm unter die Achseln und hob ihn so weit hoch, dass der Hund ihm direkt ins Gesicht sah, Hinterpfoten auf Georges Oberschenkel, Vorderpfoten schlapp herabhängend wie die Arme einer Handpuppe. Howdy stieß sich mit den Füßen ab, leckte ihn und quiekte. George stellte sich vor, wie es wäre, bei Polly zu wohnen. Es war eine entsetzliche Vorstellung. Er stellte sich vor, wie es wäre, bei Howdy zu wohnen. Das war schon weit verlockender. Howdy würde jede Nacht da sein, wenn er einschlief, jeden Morgen, wenn er aufwachte. Er hatte Howdy bereits beigebracht, »Platz« zu machen, sich hinzulegen, zu warten, wenn er ins Nebenzimmer ging, und erst zu kommen, wenn er ihn rief.

Polly sagte: »Dein Mietvertrag für diese trostlose beschissene Bruchbude läuft doch sowieso bald ab …«

»Polly, jetzt halt endlich den Mund.«

Das ging schon seit Wochen so. George fragte sich manchmal, ob es nicht weniger anstrengend gewesen wäre, mit Polly zusammenzuwohnen, als mit Polly zu diskutieren.

»Halt *du* den Mund«, sagte Polly.

George dachte an seine trostlose beschissene Bruchbude. Die Kakerlaken wurden immer dreister. Der Abfluss in der Dusche war verstopft.

»Ist schon elend lang bis zum Restaurant«, sagte er zu sich, aber offenbar sagte er es laut, denn Polly kam zu ihm herüber, nahm ihm das Hündchen ab und sagte: »Dann ist es also abgemacht.« Daraufhin setzte sie sich mit Howdy aufs Sofa und schaltete den Fernseher ein.

George sah seine Schwester an; sie hatte noch immer ihre Bürosachen an. Die Entscheidung war gefallen, er war nicht derjenige gewesen, der sie gefällt hatte, er wusste nicht mal genau, woher er wusste, dass die Sache endlich geklärt war – mochte Polly sagen, was sie wollte –, aber geklärt war sie irgendwie. Er verspürte ein Gefühl der Erleichterung. Er hasste Diskussionen. Er hasste Entscheidungen. Beides blieb ihm durch sein Nachgeben erspart. Trotzdem war es demütigend, und er fühlte sich genötigt zu sagen: »Aber Polly, du weißt doch, wie gern ich nackt rumlaufe.«

Polly runzelte die Stirn.

Jetzt fühlte sich George ein bisschen besser und ging zum Kühlschrank, ein Bier holen. In Pollys Kühlschrank gab es immer Bier: ein weiteres Trostpflaster. Und Milch und Brot und Ziegenkäse und Joghurt. Oliven waren auch da und Äpfel und eine Schachtel Kekse, Marke Petit Écolier. Auf der Arbeitsfläche lag eine ungeöffnete Tüte blaue Kartoffelchips.

Dann sagte Polly, mit weiterhin gerunzelter Stirn: »Nein, tust du nicht.«

»Na ja. Ich hab mal mit einem zusammengewohnt, der ist nackt herumgelaufen«, antwortete er und setzte sich neben sie, jetzt – mit seinem Bier, der Tüte blaue Kartoffelchips und der Schachtel Kekse auf dem Schoß – restlos glücklich. »Manchmal hat er nackt auf dem Küchentresen gesessen.«

Doch stolz auf ihren Triumph biss Polly nicht an.

* * *

An diesem Abend wurde Jody, während George Drinks ausschenkte und Polly an der Theke saß und ihren Bruder mit scharfem, aber wohlwollendem Blick beobachtete, an einen Tisch geführt, an dem Everett schon wartend saß. Als sie näher kam, stand er auf, was sie reizend und rührend fand, auch wenn er ein angespanntes Gesicht machte – das Gesicht eines pünktlichen Menschen, den man hat warten lassen. Jody warf unwillkürlich einen Blick auf ihre Uhr. Sie hatte sich um nicht mal fünf Minuten verspätet, nicht mal genug, um sich entschuldigen zu müssen.

»›Mit strengem Blick und Düsterkeit …‹«, sang sie, völlig unbeabsichtigt.

Everett erstrahlte in seinem spontanen, göttlichen Lächeln. »*Der Mikado*«, sagte er. »Nun, ich hoffe, dieses Abendessen ist kein ›grausig Los‹ …«

Jody setzte sich erleichtert hin, schimpfte aber gleichzeitig mit sich. Benimm dich, Jody!, sagte sie zu sich. Was ist bloß los mit dir? Beleidige nicht, necke nicht den Mann, den du beeindrucken willst. Über die Neckerei war er kommentarlos hinweggegangen, ja schien es fürs Erste gar nicht mitbekommen zu haben, sondern hatte den Gilbert-und-Sullivan-Text als etwas sie beide Verbindendes aufgefasst statt als zarten Hinweis auf seine knurrige Miene. Aber sie konnte sich auf ihr Glück nicht verlassen. Sie hatte mit dem Gedanken gespielt, Beatrice mit ins Restaurant zu nehmen, da sie Everett doch so ins Herz geschlossen zu haben schien – und umgekehrt, sagte sie sich, als sie sich daran erinnerte, wie freundlich er letzten Abend den nassen Hundekopf gestreichelt hatte –, aber jetzt war sie doch froh, dass sie es nicht getan hatte. Heute Abend würde sie schon mehr als genug damit zu tun haben, sich selbst bei Fuß zu halten.

Als Everett die Rechnung beglich, fiel es ihr ein bisschen schwer, nicht »Die Blumen, die blühen im Mai« zu schmettern. Das machte ihr Vater jedes Mal, wenn er im Restaurant seine Brieftasche hervorholte und Geldscheine oder die Kreditkarte vergnügt auf den Tisch warf. Aber sie schaffte es, ihren musikalischen Ausbruch auf ein schlichtes »Tra la!« zu beschränken, was Everett nicht zu stören schien, und als sie sich an diesem Abend in ihr schlafloses Bett legte, war sie rastlos, aber zufrieden.

⋆ ⋆ ⋆

Nachdem er sich an ihrer Haustür von ihr verabschiedet hatte, stand Everett in seinem Flur und wartete auf den Fahrstuhl. Die Knallköpfe in seinem Haus hatten auf der Konsole einen Puppenwagen und ein zerlesenes Taschenbuch hingelegt, einen Krimi mit dem Titel *Return to Sender* von Violet Shawn Dunston. Warum sich jemand die Mühe machen sollte, einen zerfledderten Krimi auszulegen, war ihm schleierhaft. Und wer in aller Welt würde einen gebrauchten Puppenwagen wollen? Eine gebrauchte Puppe vermutlich. Plötzlich vermisste er sein altes Haus, seinen Portier und seinen Fahrstuhlführer. Er hatte seit dem Ende seines Studiums dort gewohnt, erst mit wechselnden Mitbewohnern, dann, als das Gebäude in Eigentumswohnungen aufgeteilt worden war und sie sich als Mieter zu einem lächerlich niedrigen Preis eingekauft hatten, zusammen mit Alison. Jetzt war die Wohnung, die schöne große Fünfzimmerwohnung, verkauft und der Erlös unter ihnen aufgeteilt worden. Sie hatten beide einen netten Gewinn gemacht, aber Geld war nicht alles im Leben, dachte er, und die Banalität dieser Weisheit ließ den Verlust seiner Eigentumswohnung noch deprimierender erscheinen. Everett vermisste die Wohnung. Und plötzlich vermisste er es auch, verheiratet zu sein. Es war unnatürlich, dass ein Mann seines Alters allein lebte.

Aber als er oben ankam, die Tür aufschloss und seine ruhige, ordentliche Wohnung betrachtete, fühlte er sich schon ein ganzes Stück besser. Er legte sich ins Bett und las einen Hochglanzprospekt, den er von einem Immobilienmakler zugeschickt bekommen hatte. Dann sah er wie jeden Abend die Immobilienannoncen in der Zeitung durch. Ewig würde er nicht zur Miete wohnen, so viel war mal sicher. Er dachte an Jody. Wie ihre Wohnung wohl aussah? Er mochte sie. Sie war auf eine unauffällige, unterschwellige Weise witzig. Was ausgezeichnet zu ihrer munteren Art passte. Und sie hatte nicht ein einziges Mal vom Ende des Regens gesprochen. Everett blätterte den Rest der Zeitung durch, aber er hatte schon an diesem Morgen alles Interessante gelesen. Er schaltete das Licht aus und bedauerte im selben Augenblick, den Violet-Shawn-Dunston-Krimi nicht vom Tisch in der Eingangshalle mitgenommen zu haben – wer immer Violet Shawn Dunston auch sein mochte.

7
Der Miezenmagnet

Ist Ihnen noch nie der Gedanke gekommen, dass Herrschsucht bisweilen eine Form von Großzügigkeit ist? Das Bedürfnis, die wunderbaren Gaben, die einem die Götter gewährt haben, mit anderen zu teilen? Ich glaube, das könnte bei Polly der Fall gewesen sein. Das, und ihre Jugend. Schließlich war sie erst sechsundzwanzig. Jeden Morgen wurde sie sich ihres Glücks bewusst und staunte das Blau des Himmels an, oder das Grau – so ein wunderschönes Grau! Während ihrer ersten Monate in New York, sie war dorthin gezogen, um aufs College zu gehen, hatte sich Polly dauernd umgesehen und »Taxis!« ausgerufen, nicht um eines zum Anhalten zu bewegen, sondern aus purem Entzücken über die Tatsache, dass es welche gab. Diese Begeisterung über die Welt, diese Lebensfreude, dieser Ruf »Taxis!« könnte der Grund dafür sein, warum die Trennung von Chris sie so schwer traf.

Polly glaubte fest daran, dass die Welt voller Verheißungen war. Wenn sie gelegentlich durcheinanderkam und meinte, sie sei diejenige, die die Verheißung ausgesprochen, die sich unwissentlich dazu verpflichtet hatte, alles zu richten, was in der Welt schieflief und unrecht war, dann sollten wir es ihr nicht übel nehmen. Es war so, als habe sie ihre eigene dröhnende Stimme gehört, die die Losung ausgab. Und wie ein Kind gehorchte sie. Wenn sie, wie ein Kind, die fragliche Losung nicht näher untersuchte, müssen wir bedenken, dass

Polly andererseits auch imstande war, den Verdienst einer Woche für handgeschöpftes Briefpapier auszugeben, und dass sie manchmal keinen BH trug. Sie war jung, und wenn manche ihrer Entscheidungen gelegentlich wieder vorbeischauten und ihr eine lange Nase machten, war sie immer verblüfft, aber niemals entmutigt.

Ihre Entscheidung beispielsweise, mit George zusammenzuwohnen, zeitigte die böse Überraschung, dass Polly zwangsläufig mit den Dating-Gepflogenheiten ihres Bruders Bekanntschaft machen musste, und wenn er sich tatsächlich nackt auf den Küchentresen gesetzt hätte, wäre sie kaum unangenehmer berührt gewesen.

Anfangs hatte sie nur auf Georges häusliche Angewohnheiten geachtet, die übrigens nicht annähernd so schlimm waren wie befürchtet. George hatte sein Chaos auf seinen persönlichen Wohnbereich begrenzt, und in der Hinsicht hätte sie sich sowieso nicht beklagen dürfen, da sie – sah man von ihren Wandschränken ab, die immer tipptopp aufgeräumt waren – selbst zum Chaos neigte. In der Küche tat George sein Bestes: ließ den Kühlschrank nur ab und an offen, schaltete das Licht meistens aus und brachte den Müll runter, sooft er dazu aufgefordert wurde. Was er als Barkeeper verdiente, reichte für seinen Anteil der Miete. Er war freundlich, fast dienstbeflissen, und im Umgang mit dem Hund einfach wunderbar. Wunderbar, wunderbar … ging mit ihm Gassi, gab ihm zu fressen, spielte mit ihm Frisbee und Tauziehen, brachte ihm »Sitz« bei. Wunderbar, ja, aber wie so viele andere wunderbare Dinge erwies sich Georges wunderbare Art mit dem Hund für Polly als das eigentliche Problem.

Howdy durfte zwar vorerst keine Pfote auf die Straßen New Yorks setzen, dennoch erwarteten die Bücher und die runtergeladenen Artikel von ihm, dass er auf der Straße Menschen begegnete, auf der Straße Geräusche hörte, auf der Straße Autos und Fahrräder und Kinderwagen und Regenschirme und Inlineskater und Feuerwehrwagen sah. Diese Sozialisation sollte dadurch bewerkstelligt werden, dass man das Hundekind in eine extra für Hunde konzipierte Bauchtrage steckte und dann, mit Howdys Kopf unter dem Kinn und mit seinen pelzigen Beinen und riesigen Pfoten, die einem überall vor Brust und Bauch schlenkerten, die Columbus Avenue rauf und runter flanierte. Diese Pflicht fiel meist George zu. Da George tagsüber zu Haus war, lag das irgendwie nahe, aber Polly war ihm trotzdem dankbar, denn ihr Bruder erledigte diese Aufgabe immer sehr bereitwillig und äußerst gewissenhaft. Infolgedessen war Howdy ein äußerst freundlicher, ausgeglichener Hund, der sich vor keinem Menschen oder Tier, gleich welcher Gestalt, Größe oder Veranlagung, fürchtete und angesichts aufheulender Sirenen, röhrender Auspuffrohre, Radios, Hubschrauber, marschierender Blaskapellen, politischer Kundgebungen, krachenden Donners, kreischender Babyzwillinge oder ohrenbetäubender Presslufthämmer stets die Ruhe bewahrte. Polly war stolz auf ihr Hundekind, und auf ihren Bruder war sie – auf diese anhimmelnd-gluckenhafte Art, die sie sich bereits als kleines Mädchen angewöhnt hatte – nicht minder stolz, so als sei er ebenfalls ein Hundekind.

Aber George war kein Hündchen, wie Polly sich selbst eingestehen musste. Er war ein Mann von Ende zwanzig, der keinerlei Absicht erkennen ließ, sich beruflich, menschlich oder sonstwie festzulegen, und sosehr sie sich auch in Georges Erfolg mit Howdy sonnte, konnte sie doch nicht umhin zu bemerken, dass George fast jede Woche eine neue Freundin zu haben schien. Sie kam nicht allzu viel mit diesen Mädchen in Berührung, da Bruder und Schwester jeweils ihr eigenes Reich hatten. Die Wohnung war ursprünglich *zwei* Wohnungen gewesen und hatte noch immer zwei Eingangstüren, deren eine direkt in Georges Zimmer führte. Dieses Zimmer – ehemals ein Studio-Apartment – war groß und hell und besaß ein eigenes Bad. Der einzige Ort, an dem Polly auf die eine oder andere Freundin stieß, war die winzige Kochnische. Dort fand sie morgens häufig ein spärlich bekleidetes Mädchen beim Kaffeekochen vor, und sie lächelten sich dann an und schlossen Freundschaft. Doch früher oder später, gewöhnlich früher, wurde das freundliche Mädchen durch ein neues freundliches Mädchen ersetzt.

Polly missbilligte dies im Namen aller alleinstehenden Frauen. Sie nahm George seine Promiskuität in demselben Maße übel, in dem sie ihn deswegen beneidete. Sie sympathisierte mit den Exen, egal ob sie nun von George oder er von ihnen genug bekommen hatte. Saßen sie zu Hause und trauerten um ihre verlorene Liebe und zerschlagenen Hoffnungen, so wie sie das tat? Sie sagte sich, sie waren gar keine richtigen Freundinnen: *Sie* hatten nicht mit George ein Jahr lang zusammengelebt, ihn an jedem ihrer Gedanken teilhaben lassen, ein richtiges Eheleben geführt, insgeheim ans Heiraten gedacht, so wie sie mit Chris. Trotzdem verspürte sie jedes Mal, wenn sie eine neue Freundin kennenlernte, den Drang, diese zu warnen. So fängt das an, hätte sie am liebsten gesagt. Und dann ist es zu Ende.

Aber was, wenn das der Anfang von etwas gewesen wäre, das *nicht* enden würde? Was, wenn es dieses Mal klappte? Wäre es dann nicht etwas Gutes? Schließlich ging ja nicht jede Beziehung in die Brüche. Das Mädchen wäre so glücklich. George wäre so glücklich. Oder etwa nicht? Auf diese Weise, in einer Endlosschleife, vertrieb sich Polly die Zeit mit Sich-Gedanken-Machen um George. Er war in jeder Hinsicht so ungefestigt. Seit er aus dem College raus war, sechs Jahre waren inzwischen vergangen, hatte er sich so störrisch treiben lassen. Und das Schlimmste war, dass Polly diese Mädchen ins Herz schloss und sie vermisste, sobald sie weg waren. Ihr und ihrem Bruder liefen ständig irgendwelche abgelegten Gespielinnen über den Weg. Wenn sie mit ihm spazieren ging, zog er sich manchmal die Kapuze tief über die Augen oder versuchte hinter seinem hochgeklappten Kragen zu verschwinden, bis eine seiner Exfreundinnen – falls sie je die Bezeichnung »Freundin« verdient haben sollten – vorbeigegangen war.

»Du sollst nicht ficken, wo du isst«, sagte sie zu ihm.

Doch George zuckte bloß mit den Achseln.

»Ich weiß schon, dass du all diese tollen Mädels nicht im Restaurant aufgabelst.« Sie wusste das, weil sie in der Regel selbst dort war, bei ihm am Tresen, während er Drinks mixte und Bier ausschenkte.

»Polly, geh *ich* dir auf den Geist wegen deines Liebeslebens?«

»Nein, aber ich hab ja auch keins.«

George fing augenblicklich an, Witze zu machen und das Gespräch in andere Bahnen zu lenken, möglichst fernab von Pollys trüben romantischen Aussichten und seinen eigenen Triumphen.

Polly wusste, dass sie eifersüchtig war, George wusste, dass sie eifersüchtig war, und beide wussten, dass es das Klügste war, die Eifersucht zu ignorieren, bis es möglich wäre, sie wie eine trockene, nutzlose Schlangenhaut abzuwerfen und hinter sich zu lassen. Trotzdem, wenn sie mit Howdy auf dem Schoß zu Hause saß, versuchte sie sich manchmal vorzustellen, wo George sein mochte. Sie hatte den Verdacht, er traf sich ab und an mit Chris, aber sie hatte Angst, ihn zu fragen, für den Fall, dass sie recht damit hätte. Das wäre sehr treulos gewesen, und sie wollte George nicht für treulos halten müssen. Sie war auf George angewiesen. Er war auf eine distanzierte, mürrische Weise witzig und lustig, und er linderte ihre Einsamkeit.

Denn Polly musste feststellen, dass sie sehr einsam war. Ihre Kolleginnen in der Redaktion schienen ganz okay zu sein, aber sie waren älter als sie und redeten über die Nachhilfestunden ihrer Kinder, während sie selbst noch dabei war, ihr College-Darlehen abzustottern. Sie verbrachte Stunden am Telefon mit Geneva, und wenn sie nicht im Go Go an Georges Tresen saß, traf sie sich mit ihr in einer richtigen Bar in Downtown, aber sie brachte es nicht mal übers Herz, mit jemandem zu flirten, und neigte dazu, zu viel über Chris zu reden. Außerdem hatte sie, wenn sie mit Freunden ausging, immer Angst, Chris über den Weg zu laufen. Mehrere Freundinnen und Freunde aus dem College wohnten in der Stadt, und sie trafen sich immer wieder mal, wenn jemand Geburtstag hatte, oder zum Abendessen, oder auf einen Drink. Manchmal spielten sie Pool. Manchmal gingen sie ins Kino. In den Zeiten vor der Trennung war Polly diejenige gewesen, die *das* neue Restaurant entdeckt, *den* neuen Drink probiert, ihre Freunde in *den* neuen Film geschleppt hatte. Sie hatte ihr eigenes Queue gehabt, mit dazugehörigem Lederfutteral. Aber jetzt stand das Queue im Wandschrank, sie verließ wenn irgend möglich nicht das Viertel, sie trank, was immer gerade griffbereit war, und sah lieber fern, als ins Kino zu gehen. Polly war einsam und sauer, und George, ihr Bruder, war der Einzige, der dieses Gefühl rastloser Leere lindern konnte. Leute treffen war Arbeit, harte, ermüdende Arbeit, und wenn George sie zu dem Zweck in seine Bauchtrage hätte packen können, hätte sie sich liebend gern mit Howdy den Platz geteilt.

Wie herrisch sich Polly ihm gegenüber auch aufführen mochte, George war und blieb doch ihr großer Bruder, derjenige, der ihr früher immer geholfen hatte, ihren kleinen

Koffer zu packen, als sie zweimal die Woche zwischen dem einen und dem anderen Elternteil hin- und hergependelt waren und Polly mit ihrer lauten Stimme allseits respektvolle Aufmerksamkeit heischte und sich dabei an seine Hand klammerte. Jetzt saß sie im Wohnzimmer und wünschte sich, er wäre da. Für jemanden ohne ein echtes Leben schien er unglaublich beschäftigt zu sein. Die zwei Fenster des Wohnzimmers gingen auf eine Lokalität, die der Makler als »Hof« bezeichnet hatte, jeder andere aber »Lichtschacht« genannt hätte. Wie von Pollys Fenstern aus gut zu erkennen war, stapelten sich auf dem Boden des Lichtschachts dutzende Müllsäcke sowie mehrere alte Herde, Matratzen, Türen, zerbrochene Lampen, dreibeinige Stühle, ein schmuddeliges malvenfarbenes Sofa und ein buntes Klettergerüst aus Plastik, an dem, so seltsam zurechtgebogen, wie es war, kein Kind je hätte herumklettern können. Der Lichtschacht – das war Polly kurz nach ihrem Einzug klar geworden, als sie inmitten des Gerümpels das Bücherregal und den Couchtisch des selbstmörderischen Vormieters erkannt hatte – diente als Müllkippe. Sie hatte sich umgehend Bambusrollos gekauft, um dem Anblick des Mülls zu entgehen. Aber Rollos hielten auch das Licht ab, und jetzt, wo es Frühling war, zog sie sie gern hoch und machte die Fenster auf, um das schmale Spältchen Sonne, das sich jeden Morgen ein, zwei Stunden lang blicken ließ, hereinzulassen. Sie tat das für Howdy, der sich zufrieden in jedes matte Pfützchen Stadtlicht legte, das er finden konnte. Wenn die Fenster offen standen, waren die Geräusche aus den anderen Wohnungen, die auf den Lichtschacht gingen, klar und deutlich auszumachen. Die Kinder von gegenüber quengelten. Das Paar von oben zankte sich. Der Sopran und der Tenor, jeweils in verschiedenen Wohnungen, trällerten. Sie gaben beide Gesangsunterricht, und die Tonleitern ihrer Schüler und Schülerinnen kämpften manchmal im Lichtschacht gegeneinander an. An diesem Abend war nur eine Stimme zu hören, die des Soprans, von einem Klavier begleitet. Polly schaltete das Radio ein, um den ewigen Singsang zu übertönen. Howdy leckte sanft ihre Hand. Sie sah zu, wie sich Howdys Augen langsam schlossen, und dachte an ihren Mitbewohner. Was stand als Nächstes auf ihrer George-Agenda? Sie fragte sich, mit wem er wohl momentan zusammen war, und sagte sich erneut, dass George und Geneva, obwohl sie bislang nicht das geringste Interesse aneinander bekundet hatten, dazu bestimmt waren, sich unsterblich ineinander zu verlieben, und dass es lediglich der zartesten Starthilfe bedürfe; und die war sie fest entschlossen zu leisten.

Während Polly Pläne bezüglich seiner romantischen Zukunft schmiedete, radelte George den Hudson River entlang in Richtung Battery Park. Nachts, nach der Arbeit, fuhr er immer Rad. Polly erzählte er nie von diesen Exkursionen. Sie hätte sich bloß Sorgen und ihm das Leben zur Hölle gemacht; und sich selbst dazu. Komische Sache, mit seiner Schwester zusammenzuwohnen. Er wünschte sich so sehr, sie glücklich zu machen, aber bei Licht besehen war er der einzige Mann auf der Welt, der das mit Sicherheit nicht konnte. Dass sie einen Mann brauchte, stand für ihn außer Frage. Sie war mittlerweile ganz versessen auf den Hund, was er verstehen konnte. Er hing ebenfalls an dem Kleinen, und wenn er an ihn dachte, an den Ausdruck in seinen dunklen Augen, und wie er den Kopf fragend schief hielt, und an das seidige goldene Fell, und wie er Wasser aus seiner Schüssel schlapperte … George lachte. Es war wie verliebt sein. Er dachte viel mehr an Howdy als an die Mädchen, mit denen er ging. Ging? Blödes Wort. »Die er fickte« traf's wohl eher. Nein. Da tat er sich selbst Unrecht. Bei jeder neuen Begegnung war er voller Hoffnung. Das Mädchen, mit dem er sich zur

Zeit traf, Sarah, schien perfekt zu sein. Als er sie kennengelernt hatte, war sie auf dem Heimweg von einem Film der Farrelly-Brüder gewesen, und sie hatte die *Gesammelten Gedichte* W. H. Audens, seines Lieblingsdichters, in der Hand gehabt, die sie vor Beginn der Vorstellung bei Barnes & Noble gekauft hatte. Sie war stehen geblieben und hatte, das Gesicht ganz nah an seinem, das Hündchen gestreichelt, das in der Bauchtrage zappelte, und ihm war fast das Herz stehen geblieben, so schön war sie. Seele und Fleisch, lieb und umwerfend. Was konnte er mehr verlangen? Warum war er nicht in sie verliebt? Was stimmte nicht mit ihm?

Dass mit den Mädchen, in die er sich nicht verliebte, etwas nicht stimmen könnte, kam George nie in den Sinn. Er war ehrlich – und eitel – genug, die ganze Bürde der Verantwortung auf sich zu nehmen. Er machte selten Schluss im strengen Sinne des Wortes. Die Mädchen merkten es einfach irgendwie, und dann verzogen sie sich. Er kam sich wie ein offenes Fenster vor. Sie schwebten herein, dann wieder hinaus, und zurück blieb nur ein leichtes Flattern der Gardinen. Ich bin ein sperrangelweit offen stehendes, leeres Fenster, dachte er und genoss fast sein Selbstmitleid, wo es doch jetzt mit einem so schönen Bild aufwartete. Er stellte sich das Gefühl einer sanften Brise vor, die Liebkosung der Gardinen an seinem Gesicht im sanften Sonnenlicht. Aber nein, die Gardine konnte gar nicht sein Gesicht streicheln. Er sah ja nicht aus dem Fenster, er *war* das Fenster.

Aber wenigstens versuchte er es. Polly dagegen dachte sich Ausreden aus, um nicht ausgehen zu müssen. Manchmal hockte sie mit ihren Freundinnen zusammen und guckte sich *Friends* an, was er ganz besonders, ja widerwärtig traurig fand. Während seiner Arbeitszeit saß sie im Go Go herum. Gelegentlich schleppte er sie aus dem Haus, zum Poolspielen oder in eine Bar. Aber da redete sie mit niemandem. Er wusste selbst nicht, warum ihm das so viel ausmachte, aber es machte ihm was aus. Pollys Glück war ihm immer wichtig gewesen. Sie war seine tüchtige, herrschsüchtige kleine Schwester, und bis dahin hatte er, um sie glücklich zu machen, nichts anderes zu tun brauchen als sich von ihr bevormunden lassen. Er war damit ganz zufrieden, und er konnte das auch gut. Polly nahm alles in die Hand. Sie hatte von jeher die Regeln festgelegt, und nicht nur George, sondern auch ihre Mutter und ihr Vater (beide ganz taumelig vor Schuldgefühlen und Wut) hatten sich mit bescheidenem Erfolg bemüht, diese zu befolgen. Wenn die Eltern sündigten – wenn etwa ihr Vater George ein Luftgewehr kaufte, das ihre Mutter verboten hatte, wenn ihre Mutter sich weigerte, den Kindern zu erlauben, an einem ihrer Betreuungstage zur Hochzeit eines Onkels väterlicherseits zu gehen, wenn Böswilligkeit und wechselseitige Missgunst den gesunden Menschenverstand und die Liebe der Eltern zu ihren Kindern überwogen –, war es Polly, die alles wieder ins Lot brachte. Sie war eifrig und laut und stur, und George war nur froh gewesen, alle weltlichen Angelegenheiten in ihre Hände legen und sich behaglich in sein eigenes friedliches, verträumtes Reich zurückziehen zu können. Jetzt aber radelte er, den Wind im Gesicht, am sternenglitzernden Hudson und den skelettartigen Anlegern vorbei, die sich wie Achterbahnen auf und ab wogend ins dunkle Wasser schoben, und er beschloss, dass er Polly einen Freund besorgen musste. Und würde.

* * *

Eine Woche später, an einem Abend im April, als die Tage sich in die Länge zu ziehen begannen und die Luft duftend, feucht und warm war, fand Polly das Geheimnis von Georges Erfolg bei der weiblichen Einwohnerschaft des

Viertels heraus. Da es so ein schöner Tag war, war sie zu Fuß durch den Park nach Haus gegangen. Die Osterglocken leuchteten zu tausenden hell und frisch und blitzten, noch immer nass vom Schauer am Vormittag, in der Sonne. Forsythien ergossen sich über die Brüstungen der steinernen Überführungen. Der Geruch nach feuchter Erde trieb Polly Freudentränen in die Augen. Der Frühling! Er war wieder da! Die Bäume waren noch kahl, aber Vögel machten, auf dem Weg von irgendwo nach irgendwo, Zwischenstation und sangen in den Zweigen. Polly ging heimwärts inmitten von anderen Männern und Frauen in Bürokleidung und Büroschuhen, die, vom duftenden Frühling verführt, allesamt munter ihre Aktenkoffer schwangen.

Polly kaufte in einer Bäckerei auf der Columbus Brot, fühlte sich, als sie den warmen Laib an ihre Brust drückte, privilegiert, in einer Welt zu leben, in der frisches Brot existierte, und ging dann die paar Blocks weiter bis zu ihrer Straße. Und da, auf einer Bank vor einem Café an der vorletzten Ecke, sah sie George sitzen. Howdy baumelte ihm in seiner Trage vor dem Bauch. Howdy schimmerte flauschig im weichen schwindenden Licht. George gurrte das Hündchen lächelnd an und küsste es auf den seidigen Scheitel, und Howdy verdrehte sich und zappelte, um Georges Wange abzulecken. Polly blieb stehen, und ihr platzte schier das Herz vor Stolz und Liebe. Sie meinte noch nie etwas so Süßes gesehen zu haben, und dann merkte sie, dass sie nicht die Einzige war, die das Pärchen anschmachtete. Zwei bildhübsche Mädchen mit großen Lederhandtaschen und teuren Sonnenbrillen blieben ebenfalls stehen, starrten die beiden an und schwatzten eine Weile mit Babystimmen samt französischem Akzent. Als sie weitergingen, blieb ein weiteres Mädchen stehen, eine junge dunkelhaarige Frau von einer blassen, lässigen Schönheit, die durchaus Georges Typ entsprach, und streichelte den Hund. Während Polly von der anderen Straßenseite aus zusah, setzte sich dieses neue Mädchen neben George auf die Bank. Polly ging schnell weiter und machte sich auf den Weg nach Haus.

»Du benutzt den Hund, um Mädchen aufzureißen?«, sagte sie, als George und Howdy heimkamen.

»Er ist voll der Miezenmagnet«, sagte George. »Es ist unglaublich.«

»Du benutzt Howdy, der schon den Selbstmord seines Herrchens miterleben musste, um *Miezen aufzureißen*?«

Polly verbrachte manchmal schlaflose Nächte damit, über den früheren Bewohner des Apartments nachzudenken. Was war er für ein Mensch gewesen? Warum war er so unglücklich gewesen? Sie hoffte, dass das Hundekind ihm vor dem Tod noch einen Augenblick der Freude und Wärme geschenkt hatte. Dann wurde sie wütend auf ihn, dass er das Hündchen allein gelassen hatte, in einem Wandschrank eingesperrt. Dann entschuldigte sie sich bei der Seele des Verstorbenen, der offenkundig unerträglich traurig gewesen war. Dann fragte sie sich, wie er wohl ausgesehen haben und wo er begraben worden sein mochte und wie seine Eltern wohl gewesen waren. Dann schaltete sie den Fernseher ein und sah sich alte Filme an, und ihre Gedanken waren ein trüber Tümpel aus Groll, Verlegenheit und Trauer um den Unbekannten, der sich in ihrer Wohnung erhängt hatte. *In seiner* Wohnung, korrigierte sie sich dann immer und schaltete an dieser Stelle manchmal eine Lampe ein.

Jetzt zog Polly Howdy aus der Bauchtrage und nahm ihn in die Arme.

»Du bist widerlich«, sagte sie zu George.

George lachte bloß, und Polly wusste mehr denn je, dass George eine richtige Freundin brauchte und dass diese Freundin Geneva sein musste.

8

»Kaufen Sie hin und wieder Blumen?«

Ungefähr zu dieser Zeit fing Polly wieder an zu rauchen. Sie rauchte nicht viel. Im Büro war's verboten, in Restaurants war's verboten, sogar in Bars war's verboten. Sie war so sehr daran gewöhnt, zum Rauchen rauszugehen, dass sie selbst bei sich zu Haus, wo Rauchen erlaubt war, nämlich von ihr, immer nach draußen ging und sich gegen die Backsteinwand des Hauses lehnte und die Nachbarn bei ihrem Treiben beobachtete. Jamie schnauzte seinen ungewöhnlich großen Freund an, während sie gemeinsam einen Schwarm Kinder aus einem Minivan zu manövrieren versuchten. Eine massige alte Frau in einem schwarzen Kleid schlich, über einen Stock gebeugt und auf Italienisch vor sich hin murmelnd, langsam vorüber. Drei, vier junge Paare kamen lachend, eng umschlungen, aus dem malaysischen Restaurant. Polly hatte ein paarmal die Frau mit dem großen weißen Pitbull gesehen und hatte ihr für den Namen des Tierarztes gedankt und erfahren, dass der Hund Beatrice hieß. Und als sie an diesem milden Frühlingsabend draußen eine rauchte und versuchte, sich darüber schlüssig zu werden, wie sie ein Treffen zwischen George und Geneva zustande bringen könnte, ohne dass es allzu auffällig würde, und trotzdem auffällig genug, damit die beiden auch aufeinander aufmerksam würden, kamen Beatrice und ihr Frauchen die Straße entlanggeschlendert. Die Frau lächelte Polly freundlich an. Sie trug eine ordentlich in den Rock gesteckte, kurzärmlige gestreifte Bluse, schaffte es aber trotzdem, so fand Polly, wenn schon nicht elegant, dann doch zumindest adrett und attraktiv auszusehen.

»Wann werde ich dieses berühmte Hündchen kennenlernen?«, fragte die Frau. »Dieses virtuelle Hündchen?«

»Sie brauchen bloß an einem beliebigen Nachmittag zum Café einen Block weiter zu gehen«, sagte Polly. »Mein Bruder sitzt da immer mit ihm herum und versucht, Mädchen aufzureißen.«

»Wirklich? Und benutzt das Hündchen als Köder? Das nenne ich kreativ!«

»Wenn George überhaupt etwas ist, dann kreativ. Allerdings kreiert er nichts, was sich irgendwie konkret festmachen ließe …«

Polly war verbittert, und wenn sie auch in irgendeinem Winkel ihres Bewusstseins wusste, dass es sich vielleicht nicht gehörte, vor einer relativ Unbekannten über ihren Bruder herzuziehen, konnte sie nicht umhin. Sie bot ihrer Zuhörerin eine Zigarette an, und zu ihrer Überraschung nahm diese sie an.

»Wirklich? Kein Mensch raucht heutzutage mehr.«

»Ich habe grad erst wieder angefangen«, sagte die Frau.

»Ach? Ich auch«, sagte Polly, und dann schimpfte sie noch ein paar Minuten lang über ihren Bruder, bis sie spürte, dass sich die Tür hinter ihr bewegte, und trat zur Seite. Ein Mann mittleren Alters und ein etwa achtzehnjähriges Mädchen kamen aus dem Haus. Beatrice machte einen Satz auf den Mann zu und stieß die Nase in seine Handfläche.

»Na, Beatrice?«, sagte Everett zu der Hündin. »Ich kenn dich noch.«

»*Sie* kennt dich auch ganz eindeutig noch«, sagte das Mädchen.

»Ja, das stimmt«, sagte Jody. Sie sah Everett an, der sofort den Blick abwandte, sich dann aber zusammenzunehmen schien und Emily und Jody miteinander bekannt machte.

»Und ich bin Polly«, sagte Polly.

Jody musste über das »und« lächeln. Als wäre Polly das Element, das das Ganze erst vervollständigte, dachte sie. So viel Selbstsicherheit bei einem so jungen Menschen. Es war erstaunlich.

»Ich wohne in 3F«, fuhr Polly fort.

»Ah«, sagte Everett und hob eine Augenbraue.

»Genau«, sagte Polly. »*Die* Wohnung.«

Es entstand eine Pause.

»Polly hat ein Hundekind«, sagte Jody schnell, dann wurde ihr bewusst, dass diese Information, da das Hündchen nicht zugegen war, keinerlei Relevanz besaß. Und warum, fragte sie sich, klingt mein einziger Beitrag zu dieser gestelzten Konversation wie Babygebrabbel? Polly hat ein Hundekind! Eideidei! Polly hat ein Hundekind! Sie hatte Everett seit Wochen nicht gesehen. Sie hatte nichts von ihm gehört. Und das war jetzt alles, was sie zustande brachte? Natürlich war seine Leistung auch nicht viel besser.

»Wie geht's?«, fragte sie. »Wie ist es Ihnen so ergangen?«

»Och …« Er zuckte die Achseln. »Ganz okay. Viel zu tun …«

Jody erkannte, dass sie ihn in Verlegenheit gebracht hatte, was nicht ihre Absicht gewesen war. Oder doch?

»Dad?«, sagte Emily. »Es wird langsam spät.«

Und Everett und Emily entfernten sich in Richtung Broadway.

Jody sah ihnen resigniert nach, wandte sich dann langsam wieder Polly zu.

»Es ist komisch, dass ich den Namen Ihres Hundes weiß, aber Ihren nicht«, sagte Polly. »Sie waren für mich einfach nur ›Beatrices Mama‹.«

Jody konnte es nicht leiden, wenn Leute von sich so redeten, als wären sie die Eltern ihrer Hunde. Sie fand Polly ein wenig unreif für ihren Geschmack, was allerdings, wie sie einräumen musste, nicht Pollys Schuld war. Schließlich war Polly nur ein Mädchen: Sie war mit Fug und Recht unreif. Und außerdem hatte sie etwas an sich, was Jody trotz dieser Unreife reizend fand – auf dieselbe Weise, wie sie ihre Schüler reizend fand. Polly wirkte zart und schutzlos und doch zugleich siegreich und unwiderstehlich, etwa wie eine verletzliche Dampfwalze, dachte Jody – eine Mischung, die sie mit fröhlichen, lärmenden kleinen Kindern assoziierte.

Während Jody langsam nach Haus ging, rätselte sie, was mit Everett los sein mochte. Sie hatte nicht gerade erwartet, dass er sich Hals über Kopf in sie verlieben würde. Aber sie hatten so nett miteinander zu Abend gegessen! Sie war natürlich davon ausgegangen, dass sie sich wieder treffen würden. Und ganz gewiss hatte sie im Falle einer zufälligen Begegnung wie heute Abend mit einer herzlicheren Begrüßung gerechnet. Vielleicht war er ja in Anwesenheit seiner Tochter gehemmt. Er hing unheimlich an Emily, das wusste Jody. Das musste es sein. Emily war heimgekommen, und Everett war unsicher und mit seinen Gedanken ganz woanders. Sie wünschte sich von Herzen, Emily würde sich wieder aufs College verziehen, wo sie hingehörte.

Jody lag mit ihrer Vermutung wegen Everett und Emily richtig. In dem Augenblick, in dem seine Tochter durch die Tür gekommen war, hatte er Jody vollkommen vergessen. Seine Nachbarin mit ihrem Hund da vor seiner Haustür zu sehen hatte ihn überrascht, und er war plötzlich verlegen und befangen gewesen. Schlimmer noch – wie ihm bewusst wurde, war er Jody gegenüber kalt, ja unhöflich gewesen. Sie war ein durch und durch reizender Mensch und hatte eine solche Behandlung nicht verdient. Während er sich mit Emily entfernte, schämte er sich; das war ein unangenehmes Gefühl. Everett kickte gegen eine Flasche, die auf dem Bürgersteig lag. Sie landete im Rinnstein und ging zu Bruch.

»*Dad*!«, sagte Emily.

Andererseits – war er Jody gegenüber, bloß weil sie einen wirklich reizenden Abend miteinander verbracht hatten, zu irgendetwas verpflichtet? Er fand nicht. Alleinstehende Frauen waren immer so fordernd, dachte er – so … *bedürftig*. Er richtete sich ein wenig auf. Wo nahm sie das Recht her, ihm Schuldgefühle zu machen? Und als er sich in der U-Bahn neben Emily setzte, war er fast böse auf Jody, was ihm eine große Erleichterung war.

* * *

Polly fragte Jody, woher sie Everett kannte, aber Jody schien nicht daran interessiert zu sein, über Everett zu reden, und schlenderte weiter die Straße entlang, bis die Hündin stehen blieb, um neben dem Reifen eines großen weißen SUV zu pinkeln. Polly war nicht entgangen, wie der große weiße Hund Everett begrüßt hatte. Sie hatte auch gesehen, wie Everett seiner Tochter zugelächelt hatte – ein breites, strahlendes Lächeln. Sie hatte seine schönen blauen Augen gesehen.

Chris begrüßten Hunde nie so, dachte sie. Chris mochte keine Hunde. Und Hunde mochten offenbar instinktiv Chris nicht. Das hätte mir zu denken geben müssen, dachte Polly. Das hätte mir etwas zeigen müssen, und ich werd's *ihm* zeigen. Sie wiederholte sich diese Satzverbindung und fand sie belebend, erfrischend. Die zwei Hauptsätze schienen nicht nur durch das Verb miteinander zusammenzuhängen, sondern auch ethisch, psychologisch, logisch, philosophisch, spirituell … Das hätte mir etwas zeigen müssen, und ich werde es ihm zeigen.

Nachdem für ihr Gefühl so viel Zeit vergangen war, wie zwei Leute brauchen würden, um zu Abend zu essen, trug Polly Howdy zum Ballspielen hinunter in den Hausflur. Sie wusste nicht so genau, warum ihr der Flur plötzlich wie der ideale Ort erschien, um mit dem Hund zu spielen, aber es war so. Sie fragte Howdy mit der bei Hundebesitzern so weit verbreiteten hohen Stimme und in ernsthaftem Tonfall, warum sie beide bislang noch nie auf die Idee gekommen seien, dort zu spielen. Als Antwort darauf flitzte Howdy den langen Flur hin und her, immer dem Tennisball nach, schnappte ihn und brachte ihn, tollpatschig und energisch auf dem blank polierten Marmorboden schlitternd, immer wieder zurück, bis schließlich Everett und Emily erschienen. Dann rannte Howdy zu Everett, legte den Ball zu seinen Füßen ab, sah ihm flehentlich von unten herauf ins Gesicht und war, wie Polly fand, überhaupt der beste, gehorsamste Hund auf der ganzen Welt.

»Okay«, sagte Everett, ohne jemand Bestimmtes anzusprechen. »Zwei Hunde an einem Abend.«

»*You've got the power*«, sagte Emily, halb singend. »*The power of voodoo.*«

»*Who do?*«, sagte Everett lustlos, aber pflichtbewusst. Er war müde. Er wollte nach Haus.

»*You do!*«, sagte Polly, als sie sich plötzlich an die Szene in dem Cary-Grant-Film *So einfach ist die Liebe nicht* erinnerte.

Everett war kein besonders netter Mann. Das hätten alle, die für ihn arbeiteten, bestätigen können. Er war chronisch gelangweilt und deswegen reizbar, streng, perfektionistisch und kalt und nicht sonderlich beliebt. Aber obwohl er nicht das war, was man gemeinhin als nett bezeichnet hätte, war er auch kein schlechter Mensch. Und zu seinem Glück – er selbst hätte vielleicht Unglück gesagt – liebten ihn Hunde, kleine Kinder und Frauen. Dass diese Frau – so jung, dass sie praktisch als Kind durchgehen konnte – und ihr Hund beide völlig offensichtlich in ihn vernarrt waren, überraschte Everett also nicht. Ebenso wenig freute es ihn aber. Das Mädchen stahl ihm kostbare Emily-Zeit. Und sie hatte ihn mit einer ungebührlichen Autorität angesprochen. Sie redete jetzt, als sei sie eine durch und durch selbstsichere und weltgewandte Erwachsene. Sie war bloß ein paar Jahre älter als Emily. Ihr Selbstvertrauen störte ihn. Es wirkte bei ihr lächerlich, wie eine Zigarette im Mund eines Elfjährigen. Und was trieb sie überhaupt im Flur? In seinem früheren Haus in der West End Avenue, mit der großen quadratischen Eingangshalle und dem uniformierten Portier, wäre so was nicht möglich gewesen. Eine Scheidung brachte wahrlich vielfältige Unannehmlichkeiten mit sich.

»Na, dann gute Nacht«, sagte er abrupt und nahm die Treppe, um nicht zusammen mit dem Mädchen und ihrem Hündchen auf den Fahrstuhl warten zu müssen. Emily hörte auf, das Hündchen abzuküssen und zu streicheln, und lief ihm nach, und bald saßen sie in der Wohnung vor dem Fernseher und sahen sich Wiederholungen von *Seinfeld* an, einer Sitcom, die er nie gemocht hatte. Aber er war mit Emily zusammen, und Emily war glücklich, sie lachte und machte ihn auf jede Stelle aufmerksam, die sie witzig fand, und so war auch er glücklich.

Polly ging ebenfalls glücklich zu Bett. George arbeitete unter dem wachsamen Auge Jamies, der seinen Angestellten verbot, mit den Gästen zu flirten, vielleicht weil die meisten seiner Angestellten seine Exlover waren, und so brauchte sich Polly nicht den Kopf darüber zu zerbrechen, mit welcher unpassenden Unbekannten sich George heute Abend verabreden würde. Als ihr wegen Chris wieder wehmütig zumute wurde, rief sie sich ins Gedächtnis, dass er ein nichtswürdiges Wesen und in der Kanidenwelt Persona non grata war. Und Everett war trotz seiner Schroffheit und Distanziertheit eine interessante neue Kuriosität. Und was vielleicht das Schönste von allem war, Howdy, der Hund, der im Wandschrank einzig und allein auf sie gewartet hatte, lag in ihrem Bett, den Kopf auf ihr Kissen geschmissen, und atmete ihr sanft und gleichmäßig ins Gesicht.

* * *

Als es Mai wurde, leuchtete der Park in einem satten Grün. Die Grasflächen glichen dem windgekämmten Rasen eines Herrenhauses in einem englischen Roman, die Baumkronen einem Baldachin aus saftigem jungem Laub. Anstatt nach der Arbeit von der U-Bahn aus direkt den Heimweg anzutreten, ging Simon neuerdings in den Park und setzte sich auf eine Bank, den Aktenkoffer zwischen den Füßen, und betrachtete die anderen Büroangestellten und ihre Aktenkoffer, die Kinder und ihre Kindermädchen, die Hunde und ihre menschlichen Begleiter, die Senioren und ihre Betreuer, die Teenager und ihre Zigaretten. Manchmal schlenderte er den Reitweg entlang in der Hoffnung, einen der Klepper zu sehen, die man im Reitstall uptown mieten konnte. Wenn er an einem Haufen Pferdeäpfel vorbeikam, blieb er ehrfürchtig stehen und atmete seine Erinnerungen ein.

Oft kam er an der Frau mit dem Hund vorbei, Jody und Beatrice. Er fand die Namen der beiden amüsant, ein Männername für die Frau, ein Frauenname für den Hund. An einem dieser Abende endete es damit, dass er mit Jody und Beatrice auf einen Drink in das mexikanische Restaurant ging, das im Frühjahr als erstes Lokal auf der Columbus Tische und Stühle rausstellte.

»Kaufen Sie hin und wieder Blumen?«, fragte Jody, als sie an den blühenden Plastikeimern draußen vor dem Eckladen vorbeikamen.

»Tja, nein«, sagte Simon, von der Frage ein wenig überrascht. Erwartete sie von ihm, dass er ihr einen Strauß kaufte? »Das kommt mir so albern vor. Die sterben doch bloß, oder?«

Jody nickte bestätigend. »Ja«, sagte sie. »Aber das tut Gemüse auch.«

Worauf Simon erwiderte: »Das kauf ich auch nicht.«

Eine Woche später aßen sie in dem Restaurant miteinander zu Abend. Und eine Woche später noch einmal. Es war so einfach, dachte Simon. Dates auszumachen war nie seine Stärke gewesen. Die Aufmerksamkeit zu mobilisieren, die es erforderte, sich für eine einzelne, ganz bestimmte Person zu interessieren, dann dieser Person nachzusteigen, sie anzusprechen, sie anzurufen, sich irgendwelche Dinge auszudenken, die man mit ihr zusammen unternehmen könnte – das ging einfach über seine Kräfte. Aber hier! Er brauchte lediglich auf der Bank zu sitzen, und wenn Jody und der Pitbull vorbeikamen und wenn Jody an dem Abend nichts vorhatte, dann hatte Simon ein Date. Und wenn nicht, dann hatte er sich kein Bein ausgerissen. Er hatte keine Pläne gemacht, die sich hätten zerschlagen können. Er sagte sich, dass dieses beiläufige, spontane Arrangement perfekt war. Er sagte es sich, während er auf der Bank saß und sich nicht rührte, sich zwang, weder nach links noch nach rechts zu gucken, sich nicht gestattete, nach einer kleinen energiegeladenen Frau und einem großen weißen Hund Ausschau zu halten.

Eines Abends, eines schönen Abends, an dem Simon länger als gewöhnlich auf seiner Bank hocken geblieben war, hatte Polly, unfähig, der Lockung des Parks zu widerstehen, beschlossen, zu Fuß nach Haus zu gehen. Als sie losging, wehte eine kühle Brise, aber die Sonne schien noch, doch schon bald wurde der Himmel dunkler und die Brise steifer, und Polly erkannte an der erregten Schwere der Luft, dass es bald regnen würde. Sie ging jetzt schneller, wie alle um sie herum. So hatte sie sich das nicht vorgestellt. Sie war beunruhigt, denn das war ein besonderer Abend, ein strategischer Abend, ein Event, das sie von langer Hand geplant hatte, auf das sie sich seit Wochen freute. Operation George und Geneva. Heute Abend war der Abend, an dem sie alles in die Tat umsetzen würde.

Pollys Plan war einfach. Sie hatte lange gegrübelt und unterschiedliche Szenarien durchgespielt, aber zuletzt kehrte sie doch zu der naheliegendsten und simpelsten Lösung zurück. Sie würde sich einfach mit Geneva in dem Café verabreden, in dem George und Howdy immer rumsaßen, und voilà! Wenn George Howdy als Köder benutzen konnte, dann konnte das Polly erst recht. George und Geneva würden sich sehen, sie würden sich zueinander hingezogen fühlen ... und Pollys Werk würde getan sein. Polly hatte immer großes Vertrauen in das Schicksal – sobald sie ganz genau entschieden hatte, was das Schicksal bringen würde.

Sie hastete durch den windigen Park und betete, dass der Regen so lange warten möge, bis sie ihren Bruder und ihre Freundin zusammengebracht haben würde. Dann, dachte sie, dürfte es ruhig schütten: George würde unwiderstehlich galant sein, die Jacke, ja sogar das Hemd ausziehen, damit Geneva nicht nass würde. Pollys Herz schlug schneller – zum einen aus Vorfreude auf diese mögliche romantische Entwicklung, zum anderen weil sie mittlerweile fast rannte.

Dass sie den Mann mit dem Aktenkoffer auf der Bank bemerkte, lag an seiner auffällig aufrechten Haltung. Er saß ganz still da, völlig regungslos, während die Blätter um ihn herum im Wind schlugen und die Leute sich irgendwo unterzustellen versuchten. Dann sah sie Jody und ihren Hund aus der anderen Richtung auf ihn zukommen. Polly erreichte den statuenhaften Mann gleichzeitig mit den beiden, und sie wusste, dass sie stehen bleiben und rasch hallo sagen musste; anschließend würde sie sicherlich sagen können, dass sie eine Verabredung hatte, und zur Erfüllung ihrer Kupplerinnenpflichten entfleuchen.

»Gleich gießt es!«, sagte sie und erschrak, wie so oft, über das Dröhnen ihrer eigenen Stimme. Auch der Mann guckte ein bisschen erschrocken. Er tat Polly leid. Ich bin's bloß, hätte sie am liebsten gesagt.

»Polly, das ist Simon«, sagte Jody. »Er wohnt in unserem Block.«

Jody war so leicht und so zart, dachte Polly. Warum kann ich nicht auch so sein? So schwierig ist das doch nicht. Dazu braucht man keinen Doktor, wie ihre Großmutter gesagt hätte. Was wäre in dieser speziellen Situation die leichte und zarte Art der Erwiderung gewesen? Es freut mich, Sie kennenzulernen. Nein. Steif und phantasielos. Hallo, Nachbar! Nein. Zu forsch. Was für ein Vergnügen, einen neuen Nachbarn kennenzulernen. Vielleicht. Aber sie hatte in ihrem ganzen Leben noch nie so etwas gesagt. Das brauchte sie nicht. Sie bellte normalerweise nur ein Hallo und streckte die Hand aus, und die Leute kuschten, grüßten respektvoll, waren eingeschüchtert oder – seltener – fühlten sich von ihr abgestoßen.

»Sie warten so geduldig!« Sie bemühte sich, etwas Charmantes zu sagen, und merkte sofort, dass sie danebengegriffen hatte. Dann machte sie es noch schlimmer. »Auf den Regen?«

»So ähnlich«, sagte Simon und machte ein verlegenes Gesicht. Polly fand, dass er gut aussah. Was ist das Gegenteil von »geleckt«?, fragte sie sich. Er wirkte auf sie wie das Gegenteil von geleckt. Sein Haar war verwuschelt und sein Gesichtsausdruck irgendwie auch. Und dennoch war er tadellos gekleidet. Was für schöne Wildlederschuhe er anhatte! Der Regen würde sie völlig ruinieren. Wunderschön angezogen, dachte sie und ließ den Blick noch einmal vom verwuschelten Kopf bis hinab zu den Wildlederschuhen gleiten. Abgesehen von den Strümpfen, stellte sie fest. Die passten nicht so ganz.

Große Tropfen trommelten zunächst auf die Blätter, dann auf das Pflaster, dann auf die drei Leute, die sich unter dem Baum an der Parkbank befanden. Simon stand auf, und sie liefen alle drei los, Beatrice in weiten Sprüngen nebenher – aus dem Park, über die Central Park West und unter das Vordach des ersten Hauses.

Doris blickte von ihrem hohen weißen SUV aus auf sie herab. Sie erkannte die Frau und den Hund, der an ihr Auto gepisst hatte, und kochte vor Wut. Sie war schon stinksauer auf den dreckigen Regen, der auf dem blank polierten Lack ihres Fahrzeugs Rußstreifen hinterließ. Sie war stinksauer, weil sie keinen Parkplatz fand. Natürlich hätte sie auch mit dem Zug zu ihrer Schwester nach Bedford fahren können. Aber genauso natürlich hätte sie das unmöglich tun können. Was hatte es für einen Sinn, in New York dieses Ungetüm von einem Auto zu haben, täglich Stunden damit zuzubringen, auf Parklücken zu warten, wenn sie es dann nicht dazu benutzen konnte, ihre Schwester zu besuchen? Sie verfluchte ihre Schwester, den Regen sowie die Frau und ihren weißen Hund. Sie öffnete das Fenster und drohte dem Pack, das zusammengedrängt unter dem Vordach stand.

»Ich behalt Sie im Auge!«, schrie sie mit vor Wut zitternder Stimme.

Der Blitz prasselte, und der Donner krachte, und Jody hörte nicht, was die Frau mit dem orangegelben Gesicht rief, aber sie sah sie, klein und unheimlich in ihrem hochbeinigen Schützenpanzer von einem Wagen, scharfäugig wie ein Falke auf einem Felssims.

»Ich glaube, die Frau verfolgt mich«, sagte sie.

»Was soll ich bloß tun?«, sagte Polly. »Ich kann nicht hier warten, bis der Regen aufhört. Ich bin verabredet.«

Simon bemerkte, dass Polly ein sehr hübsches Kleid anhatte, und es tat ihm leid, dass sie verabredet war. Er hatte sich schon gefragt, ob nicht auch sie ihm demnächst mal einen Besuch auf seiner Parkbank abstatten würde.

»Verabredet?«, sagte Jody. Sie wusste, dass Polly erst kürzlich von ihrem Freund abserviert worden war. Was für ein tapferes kleines Persönchen! »Freut mich für Sie.«

»Nein, nicht für mich. Für meinen Bruder.«

Sie ließ Jody und Simon stehen und stürzte hinaus in den Regen, im Galopp, als ob sie dadurch weniger nass werden würde. Wie kam es, dass sich Pfützen, riesige Pfützen, so schnell bildeten? Sie platschte auf das Café zu, das Kleid klebte ihr schon am Leib. Ist bloß Wasser, sagte sie sich zur Beruhigung. Sie blieb vor einer roten Ampel stehen, und der Regen trommelte auf sie ein. Sie hatte gelesen, dass in Schweden das rote und grüne Männchen mit der Melone auf den Fußgängerampeln verboten und durch ein barhäuptiges geschlechtsneutrales Strichwesen ersetzt worden war. Sie wünschte sich, sie hätte eine Melone aufgehabt.

Als sie das Café erreichte, waren natürlich weit und breit kein George und kein Howdy zu sehen. Wer würde sich auch bei einem Gewitter in ein Straßencafé setzen? Polly stellte sich unter die Markise und wartete auf Geneva und verfluchte gerade ihr Pech, als Geneva sie auf ihrem Handy anrief und sagte, es wär ihr draußen zu ungemütlich, sie würde lieber ein heißes Bad nehmen, eine Schüssel Cornflakes zu Abend essen und sich ins Bett legen. Polly fand, dass die zwei Liebenden extrem unkooperativ und unromantisch waren. Sie ging nach Haus, wo sie ebenfalls in die Wanne stieg und anschließend ein paar Pizzareste aß.

Soweit sie es mitbekam, kam George an dem Abend überhaupt nicht nach Haus.

Doris schaffte es endlich doch, einen Parkplatz zu finden, auch wenn sie das Auto am nächsten Morgen würde wegfahren müssen. Das nahm sie ihrer Schwester schwer übel, wie so manches andere. Natalie hatte gut geheiratet, sich besser scheiden lassen und sich am allerbesten wiederverheiratet. Sie hatte zeit ihres Lebens nicht einen Tag lang gearbeitet – das heißt für Geld. Wohl aber rackerte sie sich in den Vorständen verschiedener Wohltätigkeitsorganisationen und als ehrenamtliche Museumsführerin im Met ab. Das war irgendwie bewundernswert, schon klar, aber war es etwa nicht bewundernswert, dass *sie* tagein, tagaus in einem Büro saß und sich unterbezahlen ließ? Nein, das war es nicht, und zum Zeichen des Protests überquerte Doris die Straße ganz besonders langsam, majestätisch, hoch erhobenen Regenschirms, und würdigte den ungeduldigen Lastwagenfahrer, der sie durch Hupen zu etwas größerer Eile anzutreiben versuchte, keines Blickes.

Jody wartete, bis der Regen sich ein wenig gelegt hatte, ehe sie mit Beatrice heimging. Heute Abend würden sie nicht draußen vor dem mexikanischen Restaurant sitzen. Sie meinte bei Simon eine gewisse Enttäuschung zu bemerken und stellte sich vor, wie einsam er sein musste, um auf die Gesellschaft einer altjüngferlichen Lehrerin und ihres Pitbull-Terrier-Mischlings Wert zu legen. Altjüngferliche Lehrerin, sagte sie sich noch einmal. Sie bezeichnete sich gern als eine solche, wenn sie allein war. Es verschaffte ihr einen leichten Schauder – es war nicht direkt Freude, auch nicht Schmerz, eher wie die Befriedigung, sich an einer schwer erreichbaren juckenden Stelle zu kratzen. Sie war zwar noch einmal mit Everett essen gegangen, als die Frühlingsferien seiner Tochter vorbei gewesen waren, und jetzt hatte sie das Gleiche mit Simon getan. Aber waren das Dates gewesen? Hörte sie dadurch auf, eine alternde Jungfer zu sein, und wurde sie stattdessen wieder zu einem Single? Sie war sich nicht sicher, ob das zu ihr passte. Single. Das klang so unvollständig. »Jungfer« dagegen besaß eine gewisse teleologische Wucht.

»Gute Nacht«, sagte sie zu Simon, der sie nach Haus begleitet hatte. »Sie sind sehr ritterlich, stimmt's?«

Sie stieg zusammen mit Beatrice die Treppe hinauf und dachte dabei an Everett. Vielleicht würde sie ihn zur Aufführung des *Mikado* einladen, nächsten Monat. Ja, das könnte genau das Richtige sein.

Simon setzte seinen Weg zum Go Go Grill relativ gut gelaunt fort. Er hatte kein Date, aber er war ritterlich. Und was vielleicht das Beste war – er war sowohl ritterlich als auch in der glücklichen Lage, sein Abendessen schweigend und ungestört einnehmen zu können.

9

Hitze

Eine New Yorker Straße im Sommer sieht man sich am besten, wenn überhaupt, am frühen Morgen an. Mit unserer Straße verhielt es sich auch nicht anders. An manchen Tagen war die Sommerhitze so schlimm, dass man sie fast hören konnte. Die mit Hausnummern beschrifteten Mülltonnen quollen von den Abfällen über, die Passanten hineinwarfen. Riesige schwarze Müllsäcke, aufeinandergestapelt wie ungeliebte Leichen, schienen während des Tages die Hitze der Sonne in sich aufzusaugen und sie nachts, zusammen mit dem vagen Gestank nach alten Essensresten, wieder an die feuchte Luft abzugeben. Am frühen Morgen aber, wenn die Sonne eben erst aufgeht, ist auf den Straßen von New York Atempause, herrschten Frische und ein sanftes Klima, eine erwartungsvolle Stille.

Es war erst Anfang Juni, aber Simon hatte angefangen, noch früher als sonst aufzustehen, um einen Spaziergang machen zu können, solange die Hitze noch erträglich war. An einem Sommermorgen, wenn die Portiers und Hausmeister vor ihren jeweiligen Gebäuden stehen und die Bürgersteige abspritzen, entwickelt New York einen ganz bestimmten Geruch. Die schwarzen Müllsäcke sind von lärmenden, ächzenden Müllwagen eingesammelt, und der heiße, dumpfe, vegetative Abfallgeruch ist fortgespült worden. Der Wasserdampf, der vom Bürgersteig aufsteigt, hat dagegen einen feuchten, großstädtischen, mineralischen Geruch. Der Himmel war an dem fraglichen Morgen, einem Samstag, gleißend weiß, und Simon atmete, als er am koreanischen Minimarkt vorbeikam, den Duft von Rosen, Freesien und reifen Nektarinen ein. Er schlenderte an dem geschäftigen Treiben der Ladenbesitzer vorbei, die die Eisengitter vor ihren Läden hochschoben, und der Lieferanten, die vor dem Supermarkt Kisten mit Brokkoli und Erdbeeren abluden, und der Kellner der Straßencafés, die Plastiktische und -stühle hinausstellten. Als er den Central Park erreichte, trat er in die Stille ein, eine Stille, die immer so abrupt einsetzte, als hätte er eine Tür hinter sich zugezogen. Er spazierte durch die schwülen Gerüche von Gras und Laub, durch den tiefen Schatten des Grüns und kehrte dann langsam wieder zurück. Er war klug genug, die Stadt im Sommer nicht einmal für einen Tag zu verlassen. Wenn er in die Hamptons gefahren wäre oder in den Norden des Staates oder an die Küste von Jersey oder nach Connecticut, wäre er anschließend zurückgekommen und hätte eine schmuddelige und völlig entnervte Stadt vorgefunden, von jedem verlassen, der es sich leisten konnte wegzufahren, ein trauriges, dampfendes Labyrinth aus dreckigem Beton. So dagegen blieb die Stadt pulsierend und reich und voller Leben. Er sah es ganz genau. Man brauchte dazu bloß die richtige Perspektive. Die Perspektive der Perspektivlosigkeit.

Als er heimkam, enttäuscht, aber nicht überrascht darüber, dass ihm Jody nicht über den Weg gelaufen war, trank er in einem großen Ledersessel Kaffee, las die Zeitung und machte es sich dann zu seinem Nickerchen bequem. Doch er stellte fest, dass er nicht einschlafen konnte. Er holte seinen Sattel vom obersten Brett des Wandschranks herunter, legte ihn behutsam auf die Rückenlehne seines Sessels und putzte ihn mit einem großen Naturschwamm, duftend und schaumig von Sattelseife.

Er hatte Jody nur um ein paar Minuten verpasst. Auch sie schlich gern aus dem Haus, bevor die Hitze sie ausfindig machen konnte (so stellte sie sich den Sachverhalt vor). Die anderen Leute, die ihre Hunde ausführten, grüßten sie immer und blieben auf einen Schwatz stehen, und auch wenn Jody die meisten von ihnen nicht einmal mit Namen kannte, empfand sie diese anonymen Begegnungen als seltsam intim. Der Mann mit dem alten, zittrigen, blinden Bernhardiner machte sich Sorgen, ob sein Sohn es schaffen würde, auf ein gutes College zu kommen. Die Cellistin mit dem Beagle, dessen Bauch mehr oder weniger aufgebläht war, je nachdem, in welchen Schrank er sich am Abend zuvor Zutritt verschafft hatte, erzählte Jody von einer neuen Aufnahme von Les Arts Florissants. Der gut aussehende junge Niederländer mit seinem frisch angeschafften Keeshond-Welpen strahlte vor Stolz und freudiger Überraschung, als er davon berichtete, dass dessen Erziehung zur Stubenreinheit ein voller Erfolg war. Die exquisit gekleidete Pariser Witwe mit der kleinen, bizarr geformten dreibeinigen Promenadentöle ließ sich über den Aktienmarkt aus. Der Typ mit dem Pferdeschwanz, der radelnd einen russischen Wolfshund, einen Greyhound und einen Afghanischen Windhund an der Leine führte, winkte ihr zu, während seine Tochter, im Kindersitz hinter ihm, mit voller Konzentration ein Obsttörtchen vertilgte. Jodys Morgenspaziergänge waren randvoll mit Geschichten und Ratschlägen und Offenbarungen seitens des älteren Mannes mit seinem älteren Bichon Frisé, des athletischen jungen Paars mit seinem kurzatmigen Mops und natürlich Jamies mit seinen zwei Cairns, die ihm an den Hosenbeinen knabberten.

An diesem Morgen grüßte Jody den Hausmeister der kleinen Backsteinkirche, der gerade Kaffeesatz auf die quadratisch eingefasste Fläche um den kircheneigenen Gingkobaum verteilte. Dann streichelte sie Sofie, eine Terrierdame mit hochstehenden Haarbüscheln, traurigen Augen und langen Ballerinabeinen, die einer Nachbarin gehörte, und schlenderte weiter, das matte weiße Licht auskostend. Sie fragte sich, warum der Boden, aus dem der Kirchenbaum wuchs, so kahl war. Ob das vielleicht theologische Gründe hatte? Die Luft war gnadenlos heiß, aber noch frisch, und entlang der ganzen Straße standen Bäume, die von sorgfältig gepflanzten Blumen umgeben waren. Jody gestattete Beatrice, sich eine kleine Weile am Feuerhydranten aufzuhalten, dann an den grünen Pfählen der Parkverbotsschilder. Sie bewunderte den Teil des Bürgersteigs, der mit Schiefer gepflastert war, und fragte sich, wann der Obdachlose aufstehen mochte, denn bei ihrer täglichen Morgenrunde hatte sie ihn noch nie auf der Freitreppe der Kirche sitzen sehen. Auf diese Weise näherten sie und Beatrice sich langsam dem Park, wo Jody die Hündin von der Leine ließ. Dann schlenderten sie in nördlicher Richtung, am See entlang bis zu einer kleinen Bucht und einer felsigen Landzunge. Im Frühling hatten die dort postierten Hobbyornithologen die beiden mit Argwohn und Feindseligkeit beäugt, aber jetzt war niemand da außer ihnen und den weißen Wolken am Himmel.

Jody hatte eine besonders schlaflose Nacht hinter sich. Sie hatte ein Stück geübt, das sie gerade mit einem Quartett einstudierte, das sich alle paar Monate traf. Dann hatte sie ein bisschen gelesen, das Licht ausgeschaltet und ihr nächtliches Sich-Sorgen-Machen in Angriff genommen. Sie hatte eine ihrer Kreditkarten überzogen. Sie war eine mittelmäßige Musikerin. Sie musste wirklich endlich mal wieder ihre Eltern anrufen. Sie hätte den Bettbezug von Pratesi nicht kaufen dürfen. Sie fuhr zu oft Taxi. Sie hatte kein Talent und kein Geld und würde in bitterster Armut sterben. Sie versuchte sich mit dem Gedanken zu beruhigen, dass ihr, wenn sie einst alt und bitterarm wäre, doch immerhin die staatliche Krankenversicherung und der Pratesi-Bettbezug (der ein Leben lang halten sollte) bleiben würden, aber noch ehe es ihr gelungen war, sich das einzureden, ging sie zum nächsten Sorgen-Thema über: Beatrice. War die alte Hündin glücklich in der Stadt? Bekam sie genug Bewegung? Sollte Jody ihr für tagsüber, wenn sie in der Schule war, einen Hundesitter besorgen? Aber den konnte sie sich nicht leisten, weil sie egoistischerweise ihr ganzes Geld für Bettwäsche ausgegeben hatte. Was würde aus Beatrice werden, wenn Jody starb? Was würde aus Jody werden, wenn Beatrice starb? Wie engherzig, sich wegen eines Hundes zu sorgen, wenn es doch so viel menschliches Leid auf der Welt gab! Also sorgte sie sich wegen des Sudans. Die Sudan-Sorgen gingen dann nahtlos in politische Empörung über, und sie sah sich genötigt, aufzustehen und sich eine Tasse Kamillentee zu machen und ein bisschen zu lesen. Doch das machte ihr eindringlich bewusst, was für eine traurige, einsame alternde Jungfer sie geworden war, und sie ging zurück ins Bett, um sich über das Wiederaufkommen der Polio in Afrika zu sorgen. Und über die quälende Frage, wann Everett ihr endlich wieder zufällig über den Weg laufen würde.

Wie sich herausstellte, ereignete sich die ersehnte Begegnung genau am folgenden Morgen – wenngleich vielleicht nicht ganz in der Form, die sie sich gewünscht hätte. Die Hitze war jetzt wuchtiger, fast beruhigend, wie sie Jody mit Weißglut umhüllte, und Jody kam gerade weggetreten und ausgelaugt vom Park zurück, als sie Polly und George mit ihrem flauschigen goldenen Hundejungen an der Leine aus ihrer Haustür kommen sah.

»Schauen Sie!«, rief Polly zu ihr hinüber. »Das ist Howdys allererster Gassigang!«

Von Pollys lauter, tiefer Stimme sofort zum Gehorsam genötigt, schaute Jody nach links und rechts und überquerte dann die Straße, um Howdys erster Kontaktaufnahme mit der Straße ihren Respekt zu erweisen. Das Hündchen sprang sie hysterisch an, ein Wirbelwind von aufgeregter Verwirrung und Herzlichkeit. Beatrice schob sich zwischen sie, und die zwei Hunde fingen an, sich rituell zu beschnüffeln und zu umkreisen.

Dann, gerade als Jody die Augen und die Ohren und die Nase und das Fell und den Schwanz des Hündchens lobte, und Polly strahlte und ihr recht gab, während George ein gleichzeitig erfreutes und verlegenes Gesicht machte, ging die Tür auf, und Everett erschien.

»Hi!«, sagte Polly und verstellte ihm fast den Weg. »Schauen Sie sich Howdy an!«

Jody stellte fest, dass der gebieterische Unterton in Pollys entschlossener Stimme beim »Schauen Sie sich Howdy an!« alle – sie selbst eingeschlossen – veranlasste, ruckartig den Kopf zu drehen und Howdy anzuschauen. Howdy seinerseits drehte ruckartig den Kopf nach hinten und sah Polly an.

Everett schien nicht die leiseste Ahnung zu haben, warum er das Hündchen anschaute, aber er gab ein höfliches Gemurmel von sich. Er lächelte Jody zu, und sie fühlte, wie ihr das Blut in die Wangen stieg.

»Wie geht's Ihrer Tochter?«, fragte sie, da Emily immer ein todsicheres Thema war, um mit Everett eine Unterhaltung anzufangen.

»Prima, prima … Verbringt den Sommer in Italien«, fügte er zu Polly und George gewandt höflich hinzu. Dann, als hätte er möglicherweise ein falsches Licht auf Emily geworfen, hustete er und sagte: »Studiert dort.«

»Wenn man jung ist, ist es vermutlich ganz in Ordnung,

einen Sommer in Italien zu verbummeln«, sagte Jody. Was? Verbummeln? Wer sagt denn so was? Und wer streicht extra sein Alter heraus?

»Ich hab mal einen Sommer in Italien verbracht«, sagte Polly. »In Florenz.«

Polly stand da in ihrem hübschen pastellfarbenen Sommerkleid – wie die Mädchen in dieser Shortstory, dachte Jody, sie fühlte sich in ihren Khakishorts und dem leuchtend grünen Polohemd plötzlich gar nicht mehr wohl. Im Sonnenlicht sah Polly mit ihrer von der Hitze geröteten blassen Haut und den großen, aufgeregten Augen so jung aus! Jody beobachtete, wie sie sich bewegte, so kompakt und kraftvoll. So jung, so jung, so jung. Normalerweise bewunderte sie Pollys laute, jugendliche, unschuldige Energie. Aber aus irgendeinem Grund war ihr ebendiese Eigenschaft jetzt ein Ärgernis, als ob Polly während eines Konzertes laut spräche und die Musik übertönte.

»Emily *ist* in Florenz!«, sagte Everett. Er sagte das zu Polly. Jody sah das ganz genau, und es passte ihr nicht.

»*Du* hast da ganz bestimmt nicht studiert«, sagte George zu Polly.

»Halt den Mund«, sagte Polly. »Ich würde da furchtbar gern wieder hin! Werden Sie sie da besuchen?«, fragte sie Everett, und ihr Rock wirbelte vergnügt, als sie sich von ihrem Bruder zu dem älteren Mann wandte. »Gott, aus dieser heißen, schwülen Stadt rauszukommen!«

Florenz ist auch eine heiße, schwüle Stadt, hätte Jody am liebsten gesagt. Und es wimmelt dort von amerikanischen Studentinnen. Wie Emily. Und dir, Polly, vor gar nicht langer Zeit. Aber sie blieb stumm, als sie bemerkte, wie Everett Polly ansah.

»Fliegen Sie im Herbst«, sagte George. »Nicht mehr so voll von amerikanischen Studentinnen.«

Jody gelangte zu dem Schluss, dass George ihr sympathisch war.

»Aber damit wäre der Zweck doch irgendwie verfehlt, nicht wahr, junger Mann?«, sagte Everett zu George.

George hob eine Augenbraue. Das muss an dem »junger Mann« liegen, dachte Jody.

»Hm«, sagte George, kehrte Everett den Rücken zu und hockte sich hin, um den Hund zu streicheln.

Betrübt wartete Jody – traurig und müde und in ihrem knallgrünen Shirt – darauf, dass George und Polly ihren Gassigang fortsetzten. Erst dann könnte das Konzert, das Polly mit ihrer lärmenden Stimme gestört hatte, fortgesetzt werden; erst dann würde Jody mit Everett plaudern können. Überhaupt, was trödelten sie hier eigentlich noch rum? Warum führten sie den verdammten Hund nicht endlich Gassi, jetzt wo es endlich ging? Sie hatte vor, Everett wegen eines wirklichen Konzerts zu fragen, eines, das Polly nicht ruinieren konnte. Die *Mikado*-Aufführung war nächste Woche. Sie hatte bereits die Karten gekauft. Sie würde ihm Gilbert und Sullivan anbieten, und als Gegenleistung würde sie seine Stimme hören und sein Lächeln spüren, und die würden beide ausschließlich ihr gelten. Aber nach gut zehn Minuten machten Bruder und Schwester noch immer keine Anstalten weiterzugehen, während Beatrice angefangen hatte, an der Leine zu zerren.

Jody wartete, zunehmend verstimmter, noch ein bisschen länger, während Polly schamlos mit Everett flirtete (»Wie es aussieht, werde ich Sie höchstpersönlich nach Florenz schleifen müssen«, sagte Polly gerade mit einem melodischen Lachen) und George feixte, dann nuschelte Jody endlich ein Auf Wiedersehen und hoffte, vergebens, doch noch Everetts Aufmerksamkeit auf sich zu lenken.

»Ich bezweifle, dass Emily es schätzen würde, wenn ihr

Vater ihr um die halbe Welt nachfliegt«, sagte er stattdessen zu Polly.

Während Jody sich entfernte, hörte sie Pollys mächtige Stimme hinter sich dröhnen. »Nicht? Also *ich* würde es schätzen! Sie könnten mich zu einem richtig guten Abendessen einladen ... wenn ich Emily wäre, meine ich!«

Polly hatte, während sie redete, Everett und seine umwerfend blauen Augen anerkennend angestarrt, doch jetzt verstummte sie, plötzlich verwirrt, als wäre sie aufgewacht und hätte sich in einem unheimlichen Wald wiedergefunden. »Oder auch nicht«, sagte sie.

Später saß Polly in ihrem Schlafzimmer und ließ sich die Unterhaltung noch einmal durch den Kopf gehen. Sie gelangte zu dem Schluss, dass sie sich wie die allerletzte Idiotin benommen hatte – über ein Mädchen, das sie überhaupt nicht kannte, daherzuschwadronieren und sich selbst völlig unpassend wie ein beschwipstes kleines Mädchen aufzuführen! George hatte in der Idiotenkonkurrenz einen hervorragenden zweiten Platz belegt. Und ein missgünstiger Idiot war er außerdem auch noch gewesen, und ganz offensichtlich dagegen. Gegen ... was?

Everett.

Woher wusste George bloß davon? Sie wusste es doch selbst erst seit diesem Augenblick.

Everett?

Everett war ganz schön alt und eigentlich ziemlich langweilig. Zumindest hatte sie das bis jetzt immer gedacht – wenn sie überhaupt an ihn gedacht hatte, was eigentlich nicht der Fall gewesen war. Aber als er heute gelächelt hatte (zu Jody gewandt, stimmt schon, aber immerhin ...), hatte Polly das Lächeln gesehen, und mit einem Mal war er wie verwandelt gewesen, wie ein ganz anderer Mensch. Seine Augen hatten gestrahlt, und sein Gesicht hatte sich gestrafft.

Er hatte jung und einfach wunderschön ausgesehen. Everett.

Sie setzte sich im Bett auf, verwirrt und verlegen. Sie erinnerte sich an die Berührung seiner Hand, als er Howdy getätschelt und ihre Hand gestreift hatte. Oh, Bruder, dachte sie.

Weiß Gott Bruder. Auch Vertrautheit hatte ihre Nachteile. George verstand zu viel. Und er war heute Everett gegenüber unhöflich und peinlich gewesen. Everett hatte von allen noch am besten abgeschnitten, befand sie, als sie sich die Unterhaltung noch einmal durch den Kopf gehen ließ. Er war lediglich ein bisschen aufgeblasen. Vielleicht war er ja auch einfach nur schüchtern. Sie malte sich aus, wie es wäre, mit ihm essen zu gehen, in einem richtigen Restaurant, anschließend ins Ballett. War jetzt Ballettsaison? Sie machte sich nicht allzu viel aus Ballett, aber das schien ihr irgendwie gut ins Szenario zu passen. Irgendwohin mussten sie ja, und zu einem Biersaufwettbewerb etwa – was Chris durchaus für eine angemessene Abendgestaltung gehalten hätte – würden sie ganz bestimmt nicht gehen.

Manchmal ist es unangenehm, glücklich zu sein. Man hat sich an eine gewisse trübe Stimmung gewöhnt, und die Veränderung stört, verunsichert. Als sie an Chris dachte, war Polly – schon gewohnheitsmäßig traurig – einen Moment lang fast böse, als hätte Everett ihr nachgestellt, ihr zugesetzt, sie belästigt. Lass mich in Frieden, dachte sie. Ich liebe Chris, der eine andere liebt. Jeder weiß das.

Dann erinnerte sie sich an Everetts Lächeln und an Chris' letzte Worte an sie – »Ich werde nie vergessen, was … äh … also, alles …« –, und sie gelangte zu dem Schluss, dass es ihr ganz egal war, wie aufgeblasen oder nicht aufgeblasen Everett sein mochte. Sie mochte sich heute wie ein albernes Mädchen, George wie ein nerviger Bruder benommen haben, aber Everett hatte sich wie ein Mann verhalten. Und was Jody anging, wusste Polly schon gar nicht mehr, dass sie überhaupt dabei gewesen war.

Aber Jody *war* dabei gewesen, und sie konnte die Szene ebenfalls nicht vergessen. Sie ging mit Beatrice in den Drugstore und kaufte Feuchtigkeitscreme. Dann holte sie sich einen Eiskaffee und setzte sich damit im Café auf eine Bank. Sie beobachtete die Leute, die Beatrice im Vorbeigehen argwöhnisch beäugten. Polly ist bloß ein Mädchen, sagte sie sich. Aber sie fühlte sich alt und verbraucht und war wütend auf sich selbst. Beatrice legte ihr den Kopf auf das Knie und sah zu ihr auf. Jody streichelte ihr die breite Stirn.

»Dürfen wir uns dazusetzen?«

Es waren George und das Hündchen. Sie setzten sich, noch ehe Jody irgendetwas erwidern konnte. Beatrice legte sich auf die Seite, und das Hündchen kletterte ihr auf den Bauch und spazierte weiter hinauf bis zu ihrem Kopf, worauf Beatrice aufstand und den Kleinen sanft wieder zu Boden rutschen ließ.

»Sie haben ihn unglaublich schnell an die Leine gewöhnt«, sagte Jody.

George lächelte. »Ich hab sonst nichts zu tun.«

»Sind Sie ein verbummelter junger Mann?«, fragte sie.

Er verstand die Anspielung und lachte. »Der Typ ist ein Spießer«, sagte er.

»Finden Sie?«

Er zuckte die Achseln. »Wie auch immer, ja, ich bin ein verbummelter junger Mann.«

»Was ist es denn genau, was Sie nicht tun?«, fragte Jody.

»Das ist ja das Problem. Wenn ich es wüsste, würd ich's tun.«

Als er abends am Fluss entlangradelte und über die Begegnung mit Everett vom Vormittag nachdachte, fällte George eine Entscheidung. Wie der Leser gemerkt haben könnte, gehörte Entscheidungen-Fällen nicht gerade zu Georges Lieblingsbeschäftigungen. Was nützte dieser unnötige Schritt schon? Er zog es vor, das zu tun, was getan werden musste, wenn es sich ihm absolut unausweichlich in den Weg stellte. Wozu sich darüber im Voraus den Kopf zerbrechen? Entscheidungen, so hatte er bei vielen nächtlichen Gesprächen mit vielen alkoholisierten Freunden erklärt, waren redundant. Ja fetischistisch. Und dennoch – voilà – machte er sich Gedanken, plante, entschied! Aber was blieb ihm auch anderes übrig? Seine Schwester war auf dem besten Weg, sich lächerlich zu machen. Er sah es, er spürte es, er roch es. Er musste etwas unternehmen, um sie vor ihrer eigenen Dämlichkeit zu schützen.

Er sauste durch die feuchte Nachtluft, atmete die leichte salzige Brise vom Fluss her ein. Es waren keine Sterne zu sehen, nur die fernen Lichter der Hochhäuser downtown und jenseits des Wassers. Er sah, wie in New Jersey, auf einem Hang, die Ampeln umschalteten, alle gleichzeitig, eine rote Lichterkette, die mit einem Lidschlag zu einer grünen Kette wurde.

Er würde verlangen, dass Polly jetzt anfing, den Hund selbst auszuführen. Das war Georges Entscheidung, und sie würde ihm ein Opfer abverlangen, denn es hatte ihm Freude gemacht, den Hund am anderen Ende der Leine zu spüren, er hatte gespürt, dass da eine neue Beziehung zwischen ihnen entstanden war. Und so viele Leute waren stehen geblieben, um das Kleinchen zu streicheln! George war geradezu lächerlich stolz auf den Hund. In den seltenen Fällen, in denen jemand vorbeigegangen war, ohne Howdy zur Kenntnis zu nehmen, war George fast genauso enttäuscht wie Howdy gewesen. Trotzdem – er hatte gesehen, wie Polly mit Everett geflirtet hatte, diesem selbstgefälligen, selbstzufriedenen, durch und durch unpassenden älteren Mitbürger. George hielt es kaum für möglich, dass Polly sich für ihn interessieren könnte. Aber er wusste, was er gesehen hatte, er kannte Polly, er wusste, wie stur sie sein konnte, wie impulsiv, wenn sie wütend oder verletzt war, und er wusste, er würde ihr helfen müssen, ihrem Eigensinn zu entrinnen.

»Du willst doch bloß, dass ich aus dem Haus komme und Leute kennenlerne«, sagte Polly, als er ihr am nächsten Tag erklärte, sie solle ab jetzt das Gassigehen selbst übernehmen. »Glaub mir, George, *mich* werden keine tollen Typen auf der Straße anhalten, um Howdy zu streicheln! Sollte ich mir stattdessen nicht besser einfach eine Kontaktanzeige um den Hals hängen?«

Allerdings fing sie dann doch an, den Kleinen einige Male am Tag Gassi zu führen. Und sie stellte fest, dass ihr dies eine hervorragende Gelegenheit bot, Tagträume um Everett zu spinnen. Howdy tollte durch den Park, und Polly stellte sich vor, sie würde Hand in Hand mit ihrem neuen Lover, Everett, dem reifen und brillanten Wissenschaftler, spazieren gehen. In der Luft hing eine weiche, frische, ekstatische Wolke von Duft, dem Duft des Frühlings selbst: die Linden, die herrlichen, ausladenden Lindenbäume. Wie kann jemand sich nicht verlieben, wenn die Linden blühen? Polly und Howdy schlenderten entlang des Sees, vorbei an Enten und gelben Schwertlilien und leuchtend grünen, üppigen Algen, und sie spielte im Kopf noch einmal das Gespräch über Florenz ab, das sie mit Everett geführt hatte, vergegenwärtigte sich immer wieder die leichte Berührung seiner Hand, bis es ihr allmählich so vorkam, als hätte Everett absichtlich den Kopf des Hundes berührt, um ihre Hand an der seinen zu spüren.

Im Lauf der nächsten Wochen begegnete sie Everett ein paarmal, einmal beim Müllhinaustragen, wobei sie im Pyjama war, was entsetzlich peinlich war, die anderen Male im Fahrstuhl. Aber am nächsten war er ihr, wenn sie ihre langen Spaziergänge machte, allein mit dem Hund.

Eines Nachts, vor dem Schlafengehen, stand Polly mit Howdy vor dem Haus und hing der vagen Hoffnung nach, auf Everett zu treffen. Howdy wedelte den vorbeigehenden Nachbarn zu. Er hatte zwei Lieblinge: einen jungen Mann, der von oben bis unten mit Tätowierungen bedeckt war, und den Hausmeister der Kirche, der dünn und grau war und den Hund mit einem weichen irischen Akzent lobte. Aber in dieser Nacht ließ sich keiner von beiden blicken.

»Armer Howdy«, sagte sie. »Wo ist unser kirchlicher Freund?«

»Lernst du überhaupt keine normalen Leute kennen?«, fragte George, der mitgezockelt war, wahrscheinlich, um sicherzustellen, dass sie nicht rauchen würde.

»Ich bin nicht auf der Suche nach Kerlen, George.«

»Offensichtlich.«

Er nahm ihr die Leine aus der Hand, und während er Howdy gestattete, an den Reifen eines silberfarbenen Porsche Boxster zu schnüffeln, der vor ihrem Haus parkte, bückte er sich, um sich den Innenraum anzusehen. Er war beeindruckend, und George stellte sich gerade vor, er säße darin, am Lenkrad, als er Pollys robuste Stimme jemanden grüßen und dann sich über Chris beklagen hörte. Polly machte so was ständig, und George fand es unsäglich deprimierend. Wo bleibt deine Diskretion? dachte er.

Dann kam George ein freudiger Gedanke. Bedeutete dieses ständige Herumreiten auf dem armen alten Chris am Ende, dass Polly nicht ernsthaft an dem wahrhaft alten Everett interessiert war? War es möglich, dass George die Zeichen falsch gedeutet hatte? Die Vorstellung, dass sich seine Schwester mit einem Mann einlassen könnte, der ihn »junger Mann« nannte, der ihm das Gefühl gab, bei einem Vorstellungsgespräch in die Mangel genommen zu werden, und dazu wegen eines Jobs, den er nicht einmal haben wollte, der zu grau, zu freudlos, zu *alt* für seine verletzliche kleine Schwester mit ihrer aufgesetzten lauten Art war – diese Vorstellung schwärte noch immer in den dunkleren Winkeln seines Bewusstseins vor sich hin. Konnte es sein, lieber Gott, dass er sich irrte?

Er richtete sich wieder auf und sah, dass Polly mit einer Frau gesetzten Alters redete, deren Haare leuchtend rot und deren Absätze besorgniserregend hoch waren. Einen klitzekleinen Augenblick lang fragte sich George, wie eine Bordsteinschwalbe i.R. zu einem Hausschlüssel für ihr Haus kam, dann erkannte er in ihr die französische Witwe vom sechsten Stock wieder.

»Wenn die Sorgön Sie konfrontier, Sie konfrontier die Sorgön«, sagte sie mit einem starken Akzent. »Mein Gatt stirb, und ich will sterbön, und anstatt ich tanzö.« Sie empfahl Polly, Tango-Unterricht zu nehmen, so wie sie es selbst gemacht hatte.

George grinste, als er sich Polly in einer Tango-Schule vorstellte, und sah der Frau nach, die sich mit einem flotten Klackediklack entfernte.

»Halt die Klappe, George«, sagte Polly, als sie sein Gesicht sah. »Sie nimmt an Turnieren teil, überall auf der Welt.«

»Hey, du kannst von mir aus den Eiertanz lernen. Solang du aus dem Haus und unter die Leute kommst.«

»Ich *bin* aus dem Haus«, sagte sie schmollend. »Ich *bin* unter Leuten.«

George schüttelte den Kopf. »Das Einzige, was du tust, ist den Hund Gassi führen.«

»Aber das war es doch, was du wolltest! Ich bin zufrieden, warum bist du's nicht auch?«

Sie war zufrieden, sie erkannte es in dem Moment, als sie es sagte. Sie konnte von Everett träumen und sich mit ihren Nachbarn und deren Hunden die Zeit vertreiben. Es war ein ruhiges Leben, das keine Anforderungen stellte und voll von interessanten neuen Verhaltensweisen und Begegnungen war. Intro: Hunde erstarren in Drohgebärde oder strecken die Vorderpfoten aus und recken schwänzelnd den Hintern oder beschnüffeln sich schlicht. Hauptteil: Besitzer beginnen enthusiastische, aber ritualisierte verbale Interaktionen. »Wie süüß … darf man streicheln?« Hunde beschnüffeln sich weiter. Besitzer schwatzen.

Polly war derlei weit lieber als der konventionelle, peinliche Small Talk, den die Menschen in den übrigen Bereichen des Lebens so oft über sich ergehen lassen mussten. George jedoch beharrte weiter darauf, sie müsse einen »Burschen« kennenlernen, wie ihre Mutter es formuliert hätte.

»Du musst über Chris hinwegkommen«, sagte er.

»Ich bin über ihn hinweg.«

»Schön. Was hast du dann für ein Problem?«

»Kann man sich nicht mal eine Auszeit gönnen?«

George machte ein nachdenkliches Gesicht. Dann sagte er: »Es ist dieser alte Typ, nicht?«

Polly missfiel diese Charakterisierung Everetts, und so gab sie keine Antwort, aber sie verstanden sich.

»Er könnte Dad sein«, sagte George.

Dann platzten sie beide laut los bei der Vorstellung, ihr Vater, ein aggressiver rotgesichtiger Anwalt, könnte auch nur das Geringste mit dem dunklen verdrießlichen Everett gemein haben.

»Jedenfalls könntest du seine Tochter sein«, sagte George. »Und ich wette, er wünscht sich, du wärst es.«

»Du bist ein fürchterlicher Puritaner«, sagte Polly. »*Und* ein Perverser«, fügte sie sicherheitshalber noch hinzu.

Mochte George die Sache auch missbilligen, und mochte er in ihr lediglich eine schmutzige Mischung aus Trotzreaktion und Lolitakomplex sehen, und mochte er es auch nicht verstehen – und sie verstand es ebenso wenig –, so wusste Polly doch, dass Everett sie faszinierte. Er war das durch und durch Andere, wie eine fremde Sprache mit einem anderen Alphabet oder ein neues, auf Pferdefleischgerichte spezialisiertes Restaurant. Sie musste sich davon abhalten, ihn zu studieren, ihn zu untersuchen, ihn auszuprobieren. Everett konnte durchschnittlich sein, sie war bereit, diese Möglichkeit einzuräumen, aber ihr Interesse an ihm war es nicht, und es war ihr Interesse an ihm, das sie faszinierte, so als sei es ein spannendes Verbrechen. Es gab überhaupt keinen Grund, warum sie sich nicht für jemanden hätte interessieren sollen, der ein bisschen reifer als der unzuverlässige und verantwortungslose Chris war; fand sie zumindest. Hinzu kam die Herausforderung, die Everett darstellte, als wäre er eines ihrer Projekte, die es zu retten galt. Vor dessen eigenen verdrießlichen Ernst zu retten.

Polly sah Everett am nächsten Morgen. Sie wollte gerade eine an den Toten adressierte Sendung auf den Tisch im Hausflur legen. Sie war in ihrem Briefkasten gelandet, und sie hatte sie am vorigen Abend versehentlich mit der übrigen Post raufgenommen.

»Macht Ihnen das nichts aus?«, fragte Everett, als er den Namen auf dem Umschlag sah.

»Ich denke viel über ihn nach.«

»Ich habe nie auch nur ein Wort mit ihm gewechselt. Jetzt tut es mir leid. Na ja, um ehrlich zu sein, tut es mir nicht leid, aber ich habe das Gefühl, dass es mir leidtun müsste.«

»Mir tut es auch nicht so leid, wie es eigentlich sollte«, sagte sie. »Weil ich so froh bin, dass ich die Wohnung bekommen habe. Außerdem, was ist das für ein Mensch, der ein hilfloses Hundekind im Stich lässt?«

»Ein verzweifelter«, sagte Everett, ziemlich streng, wie sie fand. Sie mochte es nicht, von oben herab behandelt zu werden. »Er hatte immer einen Schirm bei sich«, fügte er dann aber hinzu und sah so traurig aus, dass Polly sich gleich besser fühlte und fragte, ob er auf dem Weg zur U-Bahn sei. Das war er, und Polly schloss sich ihm, fast wie im Rausch, an. Er stieg die Treppe zur Uptown-Linie und sie die Treppe zur Downtown-Linie hinunter. Über die Gleise hinweg sah sie ihn düster und distinguiert vor sich hin starren, und sie sagte sich, dass George vielleicht zu viel verstand, und dass er erzählen konnte, sie solle ausgehen und Typen treffen, so viel es ihm passte, er sie aber nicht zwingen konnte, einen ihm genehmen jungen Mann zu daten. Das war Amerika! Das Land der unbegrenzten Möglichkeiten! Das war New York City, die Stadt, die niemals schlief. Polly drängelte sich enthusiastisch in den überfüllten U-Bahn-Waggon, durchdrungen von der Leichtigkeit der Hoffnung.

10
»Das ist Sehnsucht«

Doris hatte im Sommer weniger zu tun. Eigentlich, fand sie, hätte sie den Sommer ganz frei haben müssen, wie die Lehrer auch. Aber es galt Tests auszuwerten und Aufnahmeanträge zu beurteilen, und so musste sie an drei Tagen die Woche in die Schule, was gerade reichte, um es ihr unmöglich zu machen, im Norden des Staates ein Haus zu mieten und aus der Stadt rauszukommen.

»Du könntest die Tage zusammenlegen«, sagte Harvey. »Mittwoch, Donnerstag, Freitag. Dann könnten wir Samstag früh losfahren, wenn kaum Verkehr ist, und Dienstagabend zurückkommen.«

Aber da Harvey in Rente war und überhaupt nicht mehr arbeiten ging, fand Doris, dass er leicht reden hatte.

»Wir können es uns sowieso nicht leisten«, sagte sie.

Denn sie konnten sich nicht leisten, was Doris haben wollte, nämlich was Großes mit Swimmingpool, parkähnlichem Garten und einer unverbauten Fernsicht. Sie konnten sich, mit anderen Worten, kein Haus leisten, in das sie ihre Schwester hätte einladen können.

»Wir könnten ein kleines Cottage mieten«, sagte Harvey.

»Ein kleines Cottage!«, sagte Doris verächtlich. »Mach dich nicht lächerlich!«

»Ich könnte die ganze Zeit dableiben, und du könntest mit deiner spritsaufenden Dreckschleuder pendeln.«

»Natalie hat uns auf ein Wochenende eingeladen«, sagte

sie, wobei Natalie die Schwester war, der man ein Abendessen in einem Cottage nicht hätte zumuten können.

»Na, damit ist unser Problem ja dann gelöst, nicht?«, sagte Harvey. »Unser Sommer ist voll verplant.«

»Das Rentnerdasein macht dich bockig, Harvey«, sagte sie. »Du solltest dich irgendwie beschäftigen.«

Harvey gab ihr recht und schaltete gehorsam das Baseballspiel ein.

Kann man Doris, bei so einem Ehemann, ihre Reizbarkeit und chronische Übellaunigkeit verdenken? Kann man Harvey andererseits, bei so einer Ehefrau, *überhaupt* etwas verdenken? Und trotzdem waren die beiden glücklich miteinander, und das schon seit vielen Jahren. Doris setzte sich neben Harvey auf die Couch, lehnte den Kopf an seine Schulter und sah sich wie schon so oft an, wie die Mets gegen die Atlanta Braves verloren.

»Ich habe wieder diesen wilden weißen Hund gesehen. Und diese nachlässige Frau, die ihn ausführt.«

»Knurrt er?«

»Mit Sicherheit. Das liegt denen im Blut. Die sind auf Aggressivität gezüchtet.«

»Ein weißer Pitbull? Den hab ich noch nie gesehen.«

»Du gehst ja auch nie aus dem Haus.«

»Mit gutem Grund! Wo's draußen von wilden Hunden wimmelt!«

»Ich behalte diesen Hund im Auge«, sagte Doris. »Nur *ein* Fehltritt, und er kann was erleben!«

»Und was machst du dann?«, fragte Harvey. »Den Hund das Jahr wiederholen lassen? Seinen Vertrag für die neunte Klasse nicht verlängern? Auf Mathe-Nachhilfe bestehen?«

»Der Hund uriniert auf die Straße.«

»Solange *du* nicht auf die Straße urinierst, Doris, Liebling, mach ich mir keine Sorgen.«

Während Doris und Harvey die Sommertage auf ihre eigene Weise auskosteten, genoss Simon den Sommer mehr, als er es seit vielen Jahren getan hatte. Die zufälligen Begegnungen mit Jody wurden immer weniger dem Zufall überlassen. Simon setzte sich fast jeden Abend auf seine Parkbank und wartete darauf, dass Jody und Beatrice auf dem staubigen Pfad auftauchten.

Es war allerdings nicht so, dass er den Lockruf des kommenden Herbstes vergessen hätte. An einem dieser Abende, als er nach einem feuchten, aber geruhsamen Essen mit Jody und Beatrice seine Wohnungstür öffnete, erstarrte Simon beim Anblick der Schönheit seiner blanken schwarzen Stiefel im Licht der tief stehenden Sommersonne. Er hatte sie an dem Morgen zum Putzen herausgeholt, und jetzt ragten sie wie zwei schimmernde Mahnmale zum weißglühenden Fenster empor. Über seine Leidenschaft für die Fuchsjagd hatte er Jody gegenüber noch kein Wort fallen lassen. Es war eine private Leidenschaft, so privat und so leidenschaftlich, dass er sich ihrer fast schämte. Und was, wenn Jody diesen Sport für grausam hielt? Es gab viele solche Leute. Jody hing so sehr an diesem Hund. Angenommen, sie betrachtete Füchse als Verwandte der Hunde und missbilligte deswegen, was Simon tat, und würde aufhören, mit ihm zu Abend zu essen?

Wenn er es zuließ, drängte sich ihm allerdings der leise Verdacht auf, dass Jody sich aus Füchsen nicht mehr machte als aus ihm. Während ihrer gemeinsamen Abendessen war sie höflich, ja freundlich, und schwatzte vertraulich über ihre Schüler, deren unmögliche Eltern und die unzumutbare Regierung. Simon wusste, dass sie aus Ohio stammte, dass sie manchmal als Orchestermusikerin bei Broadway-Shows mitwirkte, dass sie in einem Quartett spielte, das manchmal in Kirchen auftrat. Er wusste all diese Dinge, aber gleichzeitig wusste er nichts. Jody war so nett, so anspruchslos, dass sie manchmal hinter ihrem eigenen Lächeln zu verschwinden schien. Sie erzählte Simon weit mehr von sich, als er ihr seinerseits jemals verriet, und dennoch war sie ihm im Grunde noch genauso fremd wie bei ihrer ersten Begegnung. Sie schien seine Anwesenheit zu akzeptieren, ohne sie zu suchen. Er andererseits hatte angefangen, zu seiner Parkbank wie zu einem feststehenden Rendezvous zu gehen, und wenn Jody nicht auftauchte, was sie häufig nicht tat, bereiteten ihm die einsamen Mahlzeiten, zu denen er dann zurückkehrte, immer weniger Vergnügen.

Simon hatte recht, was Jody anging. Sie sah ihn auf der Bank sitzen, aber nicht mit den Gefühlen, die er sich gewünscht hätte. Sie merkte, dass er immer häufiger auftauchte. Sie ging durchaus gern mit ihm essen. Sie war erfreut, als er sie um ihre Telefonnummer bat. Er war sicher einsam, so wie sie, und freute sich wie sie über ein bisschen Gesellschaft. Aber vor allen Dingen merkte sie, dass Simon, der so leicht zu finden war und so gern bereit, einen Sommerabend mit ihr zu verplaudern, nicht Everett war.

Everett war zu dieser Zeit nicht leicht zu finden. Er verbrachte neuerdings die meisten Abende allein zu Haus, und zwar damit, dass er seine Tochter vermisste und sich an der karg eleganten Einrichtung seiner Wohnung erfreute. Nachdem er und Alison sich getrennt hatten und er sich eine eigene Wohnung genommen hatte, war ihm bewusst geworden, dass er Ordnung, Klarheit und Übersichtlichkeit liebte, dass er – und diese Beschreibung gefiel ihm am besten – ein Minimalist war. Er hatte so lange inmitten von Durcheinander und dekorativem Klimbim gelebt, dass er jegliches Gefühl für seine eigenen Vorlieben verloren hatte. Nicht nur hatte Alison Sachen gesammelt, sondern viele der Sachen, die sie sammelte, hatten sich als potenzielle Behältnisse für weitere Sachen erwiesen, die sie ebenfalls sammelte. Körbe zum Beispiel. Everett hatte den Eindruck, dass es in ihrer Wohnung hunderte von Körben gegeben hatte, jeder einzelne von ihnen überquellend von afrikanischen Sammelperlen oder appalachischen Stoffpuppen.

Everett lehnte sich in seinem Eames Lounge Chair zurück. In seiner Wohnung gab es keine Körbe. Die Zeitung lag ordentlich zusammengefaltet neben ihm auf dem Saarinen-Tisch. Er würde die Kolumnen- und Kommentare-Seite zu Ende lesen, und dann würde er die zerknitterte Zeitung wegwerfen. Das einzig Knitterige in seiner Wohnung war seine Noguchi-Lampe. Sein Drink stand auf einem Untersetzer. Seine Füße ruhten auf der Eames-Ottomane. Ja, dachte er, das Haus ist leer ohne Emily, aber wie wenig zugemüllt ist diese Leere!

Er hatte ein paarmal mit dem Gedanken gespielt, Jody anzurufen, aber er war nach der Arbeit immer sehr müde und bezweifelte, dass er zu einer Konversation fähig gewesen wäre, geschweige denn zu einer galanten. Er war gern allein. Das war eines der Dinge, die er über sich herausgefunden hatte. Er war also auch in emotionaler Hinsicht ein Minimalist.

Dann dachte er an Polly, das attraktive und formidable Mädchen unter ihm. Er fragte sich, ob er mit seinem Verdacht tatsächlich richtig liegen könnte. Sie schien sich unerklärlicherweise in ihn verknallt zu haben. Lieber Gott! Er musste sich irren. Obwohl, andererseits, warum eigentlich nicht? Ganz tot war er ja noch nicht.

Er hatte sie ganz gewiss nicht ermutigt. Das konnte ihm niemand vorwerfen. Er redete ja kaum mit ihr. Und dazu dieser schlaksige, schlappe Bruder! Wie auch immer – warum sollte ihm überhaupt irgendjemand irgendetwas vorwerfen wollen? Hier musste er unwillkürlich wieder an

Jody denken. Aber sie hat nichts damit zu tun, sagte er sich. Was Polly anging, stimmt, er war älter als sie, aber es war ja nicht so, dass er ihr Vorgesetzter oder ihr Lehrer gewesen wäre. Polly war volljährig. Er wiederholte sich das. Aber auch wenn Polly volljährig war, musste Everett zugeben, dass man sie kaum als Erwachsene bezeichnen konnte.

Es gab haufenweise Männer seines Alters, die bei einer solchen Chance, was mit einem hübschen jungen Ding wie Polly anzufangen, sofort mit beiden Händen zugegriffen hätten. Everett fragte sich, ob er einer von ihnen war. Er brachte nicht die Energie auf, eine rein freundschaftliche Beziehung zu einer reizenden Frau passenden Alters zu pflegen. Wie konnte er ein Verhältnis zu einem jungen Mädchen auch nur in Betracht ziehen? Das hätte doppelt so viel Arbeit bedeutet. Und zu Kindern und jungen Leuten hatte er ohnehin ein gespaltenes Verhältnis. Junge Leute waren erfrischend und sprühten vor Leben, aber sie waren auch dumm und anstrengend. Und sie konnten gefährlich sein. Sie kannten die Spielregeln nicht. Sie waren sogar für sich selbst eine Gefahr – so leicht verletzbar, wie sie waren. Die – plötzlich übermächtige – Vorstellung, Emily könnte verletzt werden, machte ihm so große Angst, dass ihm fast körperlich schlecht wurde. Polly war nicht so jung wie Emily, rief er sich ins Gedächtnis. Nicht ganz. Andererseits, wie oft passierte es schon einem griesgrämigen Mann mittleren Alters, dass sich ihm ein bildhübsches Mädchen an den Hals warf? Sie wirkte so robust und so energisch mit ihrer lauten, klaren Stimme. Ihr Interesse an ihm wirkte fast wie ein Befehl. Trotzdem entschied er, die Finger von ihr zu lassen. Sie war schlicht und einfach zu jung. Jahre und Jahre und Jahrzehnte zu jung. Das ist so offensichtlich wie ein Pickel auf der Nase, sagte er sich, während er sein erfreulich pickelfreies Gesicht dem Badezimmerspiegel näherte. Mit einiger Genugtuung stellte er fest, dass seine Haut, wenn man von den feinen Fältchen absah, die sich beim Lächeln um die Augen bildeten – Fältchen, die, wenn er die Lesebrille nicht aufhatte, ohnehin praktisch unsichtbar waren –, noch immer bemerkenswert jugendlich aussah.

An diesem selben Abend, einem milden, lichtdurchfluteten Sommerabend, saß Jody auf einem Hügel und bewunderte Beatrice und das grüne üppige Gras im gesprenkelten Schatten einer uralten Eiche. Beatrice lag, die Beine schlapp nach links und rechts gestreckt, wie hingemäht auf dem Rücken, und die rosige Zunge hing ihr die Wange herunter bis fast ins Gras. Ihre Augen waren geschlossen. Alles war bemerkenswert still. Am Fuß des Hügels bewegte sich ein Mann in Tai-Chi-Zeitlupe. Ein Kleinkind saß stolz auf einem großen knallroten Ball. Ein Rotkehlchen stand regungslos da. Jody legte sich rücklings ins Gras. Es war frisch gemäht, und der Duft nach gemähtem Rasen erinnerte sie an daheim. Das Daheim, in dem sie aufgewachsen war: so weit, weit weg – das Haus vor langer Zeit verkauft, ihre Eltern inzwischen in einer Eigentumswohnung an einer Golfanlage in Florida. Ich muss sie mal wieder anrufen, dachte Jody. Dann dachte sie an Simon. Er war so hartnäckig geworden, so hartnäckig wie ein Verehrer, rief sie auf der Arbeit an, passte sie an verschiedenen Punkten ihrer Gassistrecke ab; aber sobald er sie eingeholt hatte, wirkte er zerstreut, vielleicht sogar gelangweilt. Nein, nicht gelangweilt. Besorgt, so als mache er sich schon jetzt Gedanken darüber, wann und wo sie sich das nächste Mal treffen würden. Simon, fand sie, schien konstant unter einer Art topographischem Stress zu stehen, wie jemand, der sich verirrt hatte, jemand, der sich zu orientieren versuchte. Und dabei stimmte an ihm alles: elegant gekleidet und anmutig in seinen Bewegungen, trotz seiner Größe. Er sprach so leise, in diesem übertrieben bescheidenen Gemurmel, dass sie sich, um ihn zu verstehen, ganz dicht zu ihm hinneigen musste. Aber so nah sie ihm während der gedämpften Unterhaltung auch kam, der Abstand blieb. Manchmal, wenn sie den Kopf zu ihm hochwandte, um zu hören, was er sagte, fragte sich Jody, wie es wohl wäre, ihn zu küssen. Er hatte dunkle, dichte Wimpern, die seine Augen wie Eyeliner säumten, sah aber so häufig nach unten, dass man das kaum bemerkte. Als sie einmal an ihrem kleinen Tisch im mexikanischen Restaurant saßen, hatte sie ihm die Hand unters Kinn gelegt und sein Gesicht gehoben und ihm in die Augen gesehen. Sie dachte schon, er würde sie küssen, oder vielleicht sie ihn, als ihr plötzlich Everetts Bild in den Sinn gekommen war, und sie hatte sich in ihren Stuhl zurückgelehnt.

»Einer meiner Nachbarn hat mich gebeten, abends nach neun nicht mehr zu üben«, hatte sie dann gesagt, um ihre Verlegenheit zu überspielen.

»Nachvollziehbar«, hatte Simon genuschelt, »wenn auch nicht gerade schmeichelhaft.«

Jetzt lag Jody mit geschlossenen Augen im Gras, Beatrices Leine in der Hand, und sie dachte wieder an Everett. Das ist Sehnsucht, erkannte sie.

Dieses Gefühl von Hoffnungslosigkeit und Hoffnung, dieser Sommerduft, die Erinnerung an Everett, der ihr von seinem Fenster aus zurief, die Linie seines Nackens, als er sich aus seinem Fenster lehnte, der Gesang eines fernen Vogels.

Was für eines Vogels?

Ich werde es niemals wissen.

Plötzlich blitzte ihr das Sonnenlicht über die Lider, der Boden unter ihr erbebte, und die Luft dehnte sich mit einem langen dröhnenden Krachen aus.

Jody öffnete die Augen und sah den Baum, die hohe

ehrwürdige Eiche mit ihrem Laub und dem gesprenkelten Sommerschatten, sah ihn kippen, krängen, wie ein Schiff kentern, fallen, im Luftmeer versinken, mit einem aufwogenden Donnern ins Gras schlagen.

Der Tai-Chi-Mann stand mit offenem Mund da. Das Kleinkind auf dem roten Ball hopste aufgeregt auf und ab. Beatrice und Jody erhoben sich. Die Äste zitterten noch nach. Ein riesiges Loch brauner Erde zeigte, wo die Wurzeln des alten Baums sich losgerissen hatten.

»O mein Gott«, sagte Jody und kniete sich hin, um die zitternde Hündin zu trösten.

Es war völlig verkehrt, wie der Baum da auf dem Boden lag. Er hatte Jody und Beatrice um rund drei Meter verfehlt. Er war so groß, sein Stamm gigantisch, ein Ungetüm, endlos hingestreckt im Gras. Als Jody und Beatrice am nächsten Tag wieder vorbeikamen, hatte die Parkverwaltung den Baum bereits in Stücke sägen und fortschaffen und das Loch zuschütten lassen. Zurück blieben nur ein paar Holzspäne.

11

Ein Blind Date

Der Juli ging mit Blitz und Donner und kirschengroßen Regentropfen in den August über. Es regnete drei Tage lang, mit kurzen Unterbrechungen, und als die Gewitter weiterzogen, hinterließen sie nicht die kühle Frische, die jeder mit Fug und Recht hätte erwarten dürfen, sondern eine Luft, die noch heißer und drückender war als zuvor. George hatte das Wetter nichts ausgemacht. Er verbrachte die Tage mit Howdy, mit langen Spaziergängen im Regen, wie ein Mann in einer Kontaktanzeige.

An einem dieser Regentage saß George an seinem Computer und sah sich lustlos Stellenangebote auf www.Craigs-List.org an, als der Hund, der aufmerksam neben ihm saß, ihm die Pfote aufs Knie legte.

»Pfötchen geben?«, sagte George und nahm zerstreut die Pfote des Hundes. »Braver Howdy.« Der Hund sah George mit einem Blick in die Augen, den man nur als Ausdruck stummer Anbetung bezeichnen konnte. »Braver Howdy«, sagte George noch einmal, jetzt interessierter, und Howdy wedelte mit dem Schwanz, tollte im Zimmer herum und kehrte dann erwartungsvoll zurück. »Pfötchen geben?«, sagte George. Howdy wiederholte die Geste, hellauf begeistert, und seitdem waren Georges Tage restlos ausgefüllt gewesen.

Als George an diesem Nachmittag mit Howdy ausging, sah er von hinten ein Mädchen, das sich mit einem ungebärdigen Rottweilermischling herumschlug. Der Rottweiler sprang und zerrte, und das Mädchen, das George augenblicklich als eine, wie er es im Geiste formulierte, »heiße Enchilada« identifizierte, wurde hilflos mitgeschleift. Georges mittelmäßige Ritterlichkeit verbündete sich mit seinem gutmütigen Jäger-und-Sammler-Instinkt und ließ ihm keine andere Wahl, als einzuschreiten. Er und Howdy holten die beiden ein, und unter dem Vorwand, die riesige Rottweilerin zu bewundern, beruhigte George die Hündin und verschaffte sich Namen und Telefonnummer von deren Besitzerin.

Die in der Sonne schwarz schimmernde Hündin sah einen Inlineskater und machte einen Satz nach vorn.

George blieb ruhig und ungerührt stehen, bis die Hündin aufhörte zu zerren und sich nach ihm umwandte.

»Braves Mädchen«, sagte er dann.

Die Rottweilerdame schien sich darüber zu freuen und trottete zu ihnen zurück.

»Sind Sie Hundeerzieher?«, fragte das Mädchen.

George lachte. »Warum nicht?«, sagte er.

* * *

George hatte seinen Feldzug zur Ablenkung Pollys von ihrem unbegreiflichen Interesse an Everett keineswegs aufgegeben. Doch er war nicht der Einzige, der in diesem Sommer versuchte, Polly in die Welt des Datings zu dirigieren. Geneva, so bemerkte Polly, war auch ständig hinter ihr her und schaffte es tatsächlich ein paarmal, sie auf eine Party oder in eine Bar zu schleifen. Dort angelangt, hielt sich Polly grundsätzlich an den Alkohol und stellte sich dabei vor, wie schön es doch wäre, wenn irgendein Typ einfach ankäme, so wie die Leute zu Howdy kamen. »Gott, ist *die schön*!«, würde er zu Geneva sagen, und dann würde er fragen, ob er

Polly streicheln dürfte. Geneva würde sagen: »Na ja, sie ist ein bisschen scheu, obwohl man das bei ihrem Bellen nicht annehmen würde, nicht wahr, mein Mädchen?« Und Polly würde ihr dröhnendes Lachen ausstoßen, und der Mann würde anerkennend lachen und nach ihrem Alter fragen, und Geneva würde es ihm sagen, plus/minus ein Jahr, je nachdem, wie alt der Typ selbst wäre, und Polly würde sich auf den Rücken legen und sich den Bauch kraulen lassen.

»Ich werde nie jemanden kennenlernen, der sich für mich interessiert, und ich werde ganz bestimmt nie jemanden finden, der mich interessiert«, sagte Polly und fragte sich, was Everett wohl gerade tun mochte. Ging er auf Partys? Sie fragte sich, was für eine Art Musik auf einer von Everett besuchten Party gespielt werden würde. Die Beatles? Klassik? Nein. Jazz. Eindeutig Jazz. Polly konnte Jazz auf den Tod nicht ausstehen, aber sie hatte schon immer gewusst, dass das falsch von ihr war, und sie war sicher, dass sie mit ein bisschen Anstrengung durchaus lernen könnte, ihn zu mögen.

»Du musst dich bemühen«, sagte Geneva.

»Zu was?«, fragte Polly. »Jazz zu mögen?«

»Was? Nein. Wen schert's, ob du Jazz magst? Du musst dich bemühen, *Männer kennenzulernen.*«

Geneva war groß und blond und schmal und hübsch und hatte seit acht Monaten kein Date mehr gehabt, was sie beide verblüffte. Selbst wenn ich jemanden kennenlernen wollte, dachte Polly, was ich nicht will, wie sollte ich wohl jemanden finden, wenn nicht mal die große blonde Geneva das schafft?

»Ich fühl mich zwergwüchsig und ungeliebt«, sagte Polly.

»Das ist erbärmlich! Da musst du drüber weg.« Geneva arbeitete beim National Public Radio, und jetzt beharrte sie darauf, Polly beizubringen, wie man ein Interview führte und, vor allem, wie man eins gab. »Ganz simpler Trick – wenn du nicht über das reden willst, worüber *die* reden wollen, lenkst du das Gespräch einfach auf das, worüber *du* reden willst.«

»Howdy?«

»Du willst wirklich niemanden kennenlernen, oder?«

»Nein. Das hab ich dir doch gesagt.«

»Ich hatte nicht gedacht, dass du das ernst meinst.«

»Tja, hab ich auch nicht«, sagte Polly. Sie wünschte sich, sie wäre zu Hause. Vielleicht würde sie Everett im Fahrstuhl treffen. Am Morgen hatte sie im Fahrstuhl neben ihm gestanden und sein Aftershave gerochen. Sein Haar war noch nass vom Duschen. Sie hatten beide gleichzeitig den Finger nach dem Tür-zu-Knopf ausgestreckt. Seine Hand hatte die ihre berührt, genau so wie damals, als sie den Hund gestreichelt hatten. Er hat mich berührt, hatte sie sich gesagt. Er wollte mich berühren. Sie hatte auf den rissigen Linoleumfußboden des Fahrstuhls hinuntergesehen, und ihr war plötzlich bewusst geworden, wie klein der Fahrstuhl war, wie nah sie in der warmen, drückenden Luft beieinanderstanden. Everett hustete. Sie sprachen kein Wort. Sie tauschten nicht mal einen Blick, bevor sie in verschiedenen Richtungen davoneilten.

»Zumindest war's mir nicht bewusst«, sagte sie jetzt zu Geneva. »Dass ich's ernst meinte«, fügte sie hinzu.

Geneva starrte sie an, dann sah sie sich im Raum um, dem Wohnzimmer eines Typs, den sie vom College her kannten und der jetzt in Queens wohnte und in einer Band spielte. »Noch immer in einer Band«, wie er es formulierte. In der Ecke kotzte gerade jemand in einen Papierkorb.

»Vielleicht sollte ich mir auch einen Hund zulegen«, sagte Geneva und verzog das Gesicht.

Aber Pollys Plan sah für Geneva keinen Hund vor. Sondern George, und sie war entschlossener denn je, die beiden miteinander zu verbandeln. Sie sah endlich ihre Chance gekommen, als George Polly vorschlug, sie könnte mit einem seiner Freunde ausgehen.

Polly erkannte die Ausbaufähigkeit dieser Idee sofort.

»Einverstanden«, sagte sie zu Georges Überraschung. »Einverstanden, aber nur unter einer Bedingung. Ich gehe mit einer dieser Nullen aus, wenn ich Geneva mitbringen kann, und du musst dann auch mitkommen, damit sie nicht das fünfte Rad am Wagen ist.«

Niemand lässt sich gern für ein Blind Date rekrutieren. Ein Blind Date hat etwas geradezu Pathetisches. Zum Glück wussten weder Geneva noch George, dass sie für ein Blind Date rekrutiert wurden. Zum einen hatten sie sich schon so oft gesehen, dass von »blind« gar keine Rede mehr sein konnte. Außerdem betrachteten sie sich bei der Unternehmung eher als Begleitpersonen denn als Beteiligte, wodurch der »Date«-Aspekt völlig unter den Tisch fiel. In ihren Augen waren weder er noch sie das Opfer, sondern Polly. Ihnen war das so natürlich viel lieber. Auch wenn sie sich noch so große Mühe gegeben hatten, die Sache einzufädeln, empfanden sie für Polly unbewusst Mitleid, ja leichte Verachtung, kurz: die Empfindungen, die denjenigen, die sich auf ein solches Dating einlassen, allgemein entgegenschlagen. Arme Polly.

Aber die arme Polly ahnte nichts vom Mitleid und der Verachtung der beiden. Ihr Blind Date war, wie sie wusste, nicht mehr als ein vorgetäuschtes Blind Date, ein Trick, eine List, die darauf abzielte, die zwei Menschen zusammenzubringen, die sie auf der Welt am meisten mochte. Anstelle der beschämten Resignation des Mädchens, das in seiner Verzweiflung ein Blind Date über sich ergehen lässt, verspürte Polly ein Aufwallen von Stolz. Sie opferte sich auf, um einen unerklärlichen Missstand zu korrigieren. Sie führte Fortuna und Eros wieder auf die rechte Bahn und spannte sie vor denselben Wagen.

⋆ ⋆ ⋆

An dem Abend, an dem Pollys lange aufgeschobener Plan mit George und Geneva endlich in die Tat umgesetzt werden sollte, herrschte eine ungewöhnliche Schwüle, in der sich nur gelegentlich ein matter Schwall heißer Luft für eine Brise ausgab. George war in guter Stimmung. Er hatte Hector und Tillie, Jamies betagten Cairn-Terriern, beigebracht, sich ihren Ball gegenseitig mit der Nase zuzuschieben, immer hin und her. Jamie hatte ihm daraufhin eine Lohnerhöhung gegeben.

Polly wünschte sich, sie hätte keine so hochhackigen Schuhe angezogen, denn George bestand darauf, in einen Klub nahe seiner alten Wohnung in der Lower East Side zu gehen. Von der U-Bahn-Station war es ein ganzes Stück zu laufen, die Bürgersteige waren uneben und rissig, und die Straßen überraschten immer wieder mit jähen Schlaglöchern, die vom vergangenen Winter zurückgeblieben waren. Sie hatten beschlossen, zunächst in einem vietnamesischen Restaurant zu Abend zu essen, und ebendort würden sie sich mit Geneva und Ben treffen, dem College-Freund, den George als »ideal für Polly« bezeichnet hatte.

»Er ist witzig«, sagte George.

Polly zuckte die Achseln.

»Er hat einen richtigen Job. Er arbeitet bei einer Produktionsfirma.«

»George, das ist ein Date«, sagte sie. »Ein Blind Date.«

»Ich will dich nur beruhigen.«

»Ich brauch nicht zu wissen, wie er beim College-Aufnahmetest abgeschnitten hat«, sagte sie unwirsch.

»Okay.«

»Ist er süß?«, fragte Polly endlich, als George eine Zeit lang geschwiegen hatte.

»Nicht mein Typ.«

Aber er *war* süß. Polly sah es in dem Augenblick, in dem sie das Restaurant betraten. Er war so ziemlich das Süßeste, was sie jemals gesehen hatte, und er unterhielt sich äußerst angeregt mit Geneva.

»Fuck«, sagte Polly leise.

»Fuck«, sagte George gleichzeitig.

Denn es war selbst aus der Entfernung offensichtlich, dass das Blind Date bereits in vollem Gange war, dabei allerdings in eine völlig falsche Richtung lief.

»Er *ist* süß«, sagte Polly.

»Zuckersüß«, sagte George, und sie setzten sich zu dem glücklichen Pärchen.

Umso besser für mich, dachte Polly, da sie sich jetzt nicht mit einem wildfremden Typen zu unterhalten brauchte – und für Geneva, die seit Ewigkeiten kein richtiges Date mehr gehabt hatte, war es noch besser –, aber was war mit dem armen George? George würde jetzt gezwungen sein, weiter von Blume zu Blume zu schwirren, wie eine manische Biene. George war ein hoffnungsloser Fall, und Männer waren dumme, rückgratlose Kreaturen, die nicht das taten, was sie ihnen sagte. Dies brachte sie auf Chris. Wäre sie, wenn er und nicht ihr Bruder ihr jetzt gegenübergesessen hätte, glücklicher gewesen? Ein unwahrscheinliches Szenario. Chris hatte Geneva nie gemocht, und aus dem Grund hatte Polly sie in der Regel nur bei Mädelsabenden treffen können. *Warum* mochte ich Chris noch mal …?, fragte sie sich. Kurz vor ihrer Trennung hatte Chris angefangen, fast jeden Tag Hanteln zu stemmen, und er war vor jedem Spiegel stehen geblieben, an dem er vorbeikam, um sich darin zu bewundern. Das hätte sie schon argwöhnisch machen müssen. Sie fragte sich, wie Everett ohne Hemd aussehen mochte. Was, wenn er einer dieser schwabbeligen Männer mit grauer Brustbehaarung war, die sie im Park joggen sah? Sie erschauderte. Aber war es nicht oberflächlich, auf derlei Dinge zu achten – ebenso oberflächlich und narzisstisch wie Chris, wenn er vor dem Spiegel posierte? Sie erinnerte sich an ihr erstes Date mit ihm: ein heißer Sommerabend wie dieser, ein billiges italienisches Restaurant, ein Krug voll Margarita im lärmenden Pavillon am Bootshafen an der Seventy-ninth Street, ein gemütlicher Spaziergang die West End Avenue entlang zu dem Hochhaus und dem Apartment, das schließlich zu ihrem Zuhause werden sollte. Sie erinnerte sich daran, wie sie den Körper, der ihr später so vertraut, der so sehr zu einem Teil von ihr geworden war, zum ersten Mal berührt und gesehen und gerochen hatte. Dann hatte Chris ihr diesen Körper weggenommen, als wäre er gar kein Teil von ihr, hatte ihn mit Muskeln aufgemotzt, hatte ihn im Spiegel angeschmachtet und ihn zu guter Letzt jemand anders überreicht.

Polly beschloss, sich zu betrinken. Als sie am Klub ankamen, den George sich ausgeguckt hatte, konnte sie bereits nicht mehr gerade gehen. Wenn sie sich schon die Nacht um die Ohren schlagen musste, dachte sie, konnte sie genauso gut torkeln. Sie tanzte mit einem Typen mit Stupsnase und Sommersprossen. Sie nannte ihn Karottenkopf, und er kniff die Augen zusammen und ließ sie stehen. Sie tanzte mit einem wunderschönen Schwarzen mit kahlrasiertem Schädel. Sie bewunderte die Lichtstrahlen, die von seinem blanken Kopf reflektiert wurden. Die Füße taten ihr so weh, dass sie erstaunt war, als sie nach unten sah und sie nicht wund und blutig waren. Sie sah, dass George sie beobachtete und über sie lachte. Ihr Plan, ihr schöner, simpler, genialer Plan, hatte sich zerschlagen. George würde in alle Ewigkeit durch die Straßen von New York schweifen, ungezähmt, ein alternder verbummelter Junge. Sie tanzte mit Ben und stellte fest, dass er eine Narbe über der Lippe hatte. Sie fragte, woher er die hätte, aber er hörte sie nicht, und sie ließ es dabei bewenden. Sie tanzte mit Geneva, die einen Kopf größer war als sie, woraufhin sie noch mehr trinken musste. Und dann sah sie Chris.

Er stand plötzlich in der Tür und sah frisch und gesund aus und hatte die Ersatzfreundin am Arm. Sie hat einen sehr kleinen Kopf, dachte Polly wütend. Und warum hat er den Kragen à la Katherine Hepburn hochgeschlagen? Polly war sicher, dass Chris sie nicht gesehen hatte, und sie schlich sich hinüber zu George, um sich hinter ihm in Deckung zu bringen, aber wie sich zeigte, wollte Chris ebenfalls dorthin.

»Amigo«, sagte Chris.

Polly rief sich ins Gedächtnis, wie sehr sie das gehasst hatte, seinen »Amigo«-Gruß. Trotzdem machte sie seine Stimme traurig.

»Amigo, du hast mich letzten Abend versetzt.«

»Was?«, sagte Polly und trat hinter George hervor. »Du hast was?«

»O Gott«, sagte George.

»Oh, hi, Polly«, sagte Chris. Er wurde blass, was ihr eine Befriedigung war.

»Hallo«, sagte sie.

»Kennst du schon Diana?«

»Hallo«, sagte Polly zu Diana.

Diana lächelte schwach, und sie standen alle so herum.

»Du hast ihn ›versetzt‹?«, sagte Polly plötzlich.

»Nicht so wild«, sagte Chris. »Bloß ein Pool-Spiel.«

George sah hinunter in sein Bier.

»Du hast ihn ›versetzt‹«, wiederholte Polly. »Ihn ›versetzt‹ im Sinne von ›bist nicht zu einer Verabredung erschienen‹?«

»Normalerweise ist er zuverlässig«, sagte Chris. George stöhnte. Chris begriff offenbar, dass er das Falsche gesagt hatte, und versuchte zu lächeln. Sein Gesicht verzog sich aber lediglich zu einer seltsamen Grimasse, und er seufzte und schaute hinauf zur Decke.

Polly sah den Typen mit dem rasierten Kopf näher kommen. Sie ging ihm entgegen, tanzte mit ihm und beobachtete dabei ihren Bruder, ihren Exfreund und die widerrechtliche Freundin, die, so wie es aussah, noch immer schweigend herumstanden.

»Ich hasse ihn«, sagte sie.

Der blanke Kopf drehte sich um und warf einen Blick auf George und Chris.

»Welchen?«

Polly dachte einen Augenblick darüber nach, entschied aber, dass sie noch nicht bereit war, sich festzulegen.

* * *

Ein verschwommener Vollmond leuchtete, als Doris und Harvey in dieser Nacht von einer Einladung bei Doris' Schwester in Bedford zurückkamen. Doris fand eine Parklücke direkt vor dem Haus, und der Abend, in dessen Verlauf sie durch ihr leidenschaftliches Plädoyer für Schuluniformen ein Mitglied der Bedforder High Society beeindruckt hatte und der schon deshalb ein Erfolg gewesen war, verwandelte sich dank der Parkmöglichkeit in einen Triumph. Glücklich ließ sie den Wagen in die riesige Lücke gleiten.

»Was für ein Luxus«, sagte sie.

Wirklich ein Hochgenuss, so eine große Parklücke: als schlüpfte man in einen Seidenpyjama. Sie blieb einen Augenblick regungslos sitzen und genoss das Mondlicht, die

Straßenlaternen, die Stille und den Ledergeruch. Sie wusste, dass ihre Kollegen und Freunde, und erst recht ihr Mann, sie als eine Geißel Gottes betrachteten. Dabei verlange ich doch so wenig, dachte sie jetzt. Ich freue mich über ganz schlichte Dinge. Ein erlesenes Mahl. Geistreiche Unterhaltung. Die Schönheiten der Natur. Einen Platz, wo ich mein Haupt betten und mein Auto parken kann.

Harvey schlief. Sie traute Harveys Fahrkünsten nicht mehr, und ihn schien's nicht zu stören. Er saß auf dem Beifahrersitz und las alles laut vor: Verkehrsschilder, Plakate, Aufschriften auf LKWs, Anzeigetafeln. OHRLÄPPCHENREKONSTRUKTION … UNSERE ZENTRALE LAGE ERSPART IHNEN ZEIT UND GELD … BEI NÄSSE RUTSCHGEFAHR … Doris hatte aufgeatmet, als er auf der Heimfahrt endlich eingeschlafen war und sie mit ihrem Auto und ihren Gedanken allein gelassen hatte.

»Raus mit dir. Beweg dich«, sagte sie und schubste Harvey sanft an. Sie empfand plötzlich eine große Zärtlichkeit für ihn, was ihr wiederum ein Gefühl von Großmut und Befriedigung verschaffte.

Vor der Haustür fummelte Harvey mit den Schlüsseln herum, während Doris geduldig wartete.

Ein Vollmond, eine Parklücke, ein Abend mit intelligenten Gesprächen und exzellenten Weinen. Sie zählte sich diese unerwarteten Geschenke noch einmal auf. Sie trug ein kurzes ärmelloses Hemdblusenkleid von Pucci, das vierzig Jahre lang in ihrem Wandschrank auf seine Auferstehung gewartet hatte und an dem Abend sehr bewundert worden war. Ihr Haar – dessen tadelloses, wenngleich etwas zu jugendliches Rotblond sich im Farbton nicht allzu sehr von ihrem Teint unterschied – war zu einem festen Knoten zurückgebunden, und die feuchte Hitze fühlte sich auf ihrem Nacken wie eine sanfte Liebkosung an. Sie bemerkte eine große Plastikflasche, die jemand im Springkraut am Fuß des dürren Baums vor ihrem Haus neben einem großen Haufen Exkremente liegen gelassen hatte. Ein Schauder der Empörung durchfuhr sie. Sie musste wachsamer sein. Die Straße ging buchstäblich vor die Hunde. Und dieses Springkraut – so richtig Achtzigerjahre! Das ist mein Viertel, meine Nachbarschaft, dachte sie. Und sie nahm Haltung an und starrte zornfunkelnd links und rechts die Straße entlang, als sei sie eine ungekämmte und widerspenstige Straße, die sich wand und krümmte und ihrem Blick auswich, während Doris ihr Handy konfiszierte.

Jody sah Doris von der anderen Straßenseite aus. Sie wartete in ihrem Hauseingang, bis Doris und Harvey im Haus verschwunden waren, und führte dann Beatrice zum SUV, der in seiner bequemen Parklücke stand.

»Braves Mädchen«, flüsterte sie, als Beatrice neben den rechten Vorderreifen pinkelte.

Simon sah die beiden. Er kam gerade von seinem Pokerabend heim, an dem er vierzig Dollar gewonnen hatte. Beatrice leuchtete gespenstisch weiß in der mondhellen Gluthitze. Die Hündin ging neben dem schicken weißen SUV behutsam, zierlich, jeder Zoll eine Dame, wie er fand, in die Hocke. Er wartete, ohne sich zu zeigen, da er spürte, dass er Zeuge eines intimen Moments wurde. Eine Störung dieses privaten Akts der Auflehnung wäre fast einem Sakrileg gleichgekommen, einer Entweihung der Reinheit der weißen Hündin im Mondenschein, der still lächelnden Frau und der blanken Pfütze neben dem blanken Wagen.

* * *

George sah Geneva und Ben nach, wie sie gemeinsam den Klub verließen. Sie knutschten und machten rum. Er verspürte einen Stich der Eifersucht, dann versank er wieder in die dumpfe Hoffnungslosigkeit, die er gewöhnlich gegen Ende einer durchgemachten Nacht empfand. All diese zuckenden Körper. Der ganze Lärm. Der ganze Spaß. Und wozu?

Plötzlich stand Polly neben ihm, das Haar feucht und zerzaust.

»Du bist ein Schuft«, sagte sie.

»Es tut mir leid, Polly.«

»Ja, das passt zu einem Schuft.«

»Es tut mir wirklich, wirklich leid. Ich hatte nicht gedacht, dass es dir so viel ausmachen würde.«

»Nun, das tut's.«

Sie standen nebeneinander und sahen auf die Tanzfläche. George hatte gewusst, dass es ihr sogar *sehr* viel ausmachen würde. Sie hatte ein Recht darauf, dass es ihr etwas ausmachte. Er mochte Chris gar nicht mal besonders. Aber er war an ihn gewöhnt. Chris war zur gewohnten Zeit in der gewohnten Bar gewesen. Was sollte er machen?

»Es ist ja nicht so, dass wir miteinander verheiratet wären, Polly.«

Da stampfte Polly tatsächlich mit dem Fuß auf, so wie sie es getan hatte, als sie Kinder waren.

»Okay. Es ist so, als ob wir miteinander verheiratet wären.«

»Hat er irgendwas über mich gesagt?«

George versuchte, sich zu erinnern – an ein Wort, ein Satzfetzchen, das seine Schwester ein bisschen aufgebaut hätte. »Er hat gefragt, ob mit dir alles in Ordnung ist.« Er hätte nicht beschwören können, dass selbst das stimmte.

»Narzisstischer Scheißkerl.«

George hoffte, die Sache sei damit erledigt, und schlug vor zu gehen, aber Polly war noch nicht fertig.

»Ist mit mir alles in Ordnung? Ist mit mir *alles in Ordnung*?

Hat er sich eingebildet, ich würde ohne ihn zusammenbrechen und dahinscheiden? Sieht sie nicht wie eine Idiotin aus? Ich kann Mädchen, die Boleros tragen, auf den Tod nicht ausstehen. Ich wette, die Gucci-Schuhe hat sie ihm auch besorgt. Was ist er doch für ein Trottel! Mit seinem hochgeklappten Kragen.«

»Ich hab ihm von Howdy erzählt.«

»Ach ja?«

»Er hat gesagt, dass er als Kind von einem Hund gebissen wurde. Seitdem hat er eine Heidenangst vor Hunden.«

Polly lächelte.

»Diana hat eine schwere Hundeallergie«, sagte George, der mit Dianas Überempfindlichkeiten nicht im Mindesten vertraut war, aber das Gefühl hatte, auf dem richtigen Weg zu sein.

»Schwere Hundeallergie …«, murmelte Polly selig.

»*Und* Katzen«, fügte er zur Sicherheit noch hinzu.

* * *

George machte sich mit Polly auf den Heimweg und hörte sich an, wie sie Chris fertigmachte. Sie saß in der U-Bahn, in sich zusammengesackt, aber ungebeugt, und zählte in aller Ruhe die vielen Fehler des Mannes auf, mit dem sie einst zusammengelebt hatte. Sie zählte die Vergehen an den Fingern ab und versuchte sie auf einer Skala von eins bis zehn, wobei zehn das Schlimmste war, nach ihrer Abscheulichkeit zu bewerten. Sie fing klein an – Chris gab immer zu wenig Trinkgeld. Sie ging seine politischen Verbrechen durch – er hatte für Ralph Nader gestimmt und dadurch Krieg und Hungersnot verschuldet – und anschließend seine persönlichen Unarten, die von dem üblichen Klobrillenproblem bis hin zu seiner Angewohnheit reichten, gebrauchte Papiertaschentücher auf dem Esstisch liegen zu lassen. George fiel auf, dass manche der Sünden mit dem höchsten Zahlenwert weit weniger schwerwiegend zu sein schienen als manche der zuvor niedriger bewerteten. War Chris' von seinem Vater ererbte Veranlagung zum Doppelkinn wirklich eine Acht, wenn seine mangelnde Bereitschaft, in der U-Bahn seinen Sitzplatz einem gebeugten Mütterchen mit einem tragbaren Sauerstoffgerät zu überlassen, bloß eine Sechs war? Doch George entschied, dass es besser wäre, seine Meinung über ihr Benotungssystem für sich zu behalten, und als sie ihre Haustür erreichten, wirkte Polly gefasster und nüchterner.

»Und du«, sagte sie, indem sie sich abrupt umdrehte und ihn am Kragen packte. »Du schuldest mir schwesterliche Loyalität. Brüderliche Loyalität, meine ich.«

»Ich weiß, was du meinst.«

Und der Streit war erledigt. George sah es in ihrem Gesicht – eine plötzliche Ruhe –, und er empfand die gleiche Ruhe. Er fragte sich, ob allen Brüdern ihre Schwestern so sehr am Herzen lagen. Es war zwischen ihnen schon immer so gewesen. Keine Worte. Nur ein plötzliches Einvernehmen. Was für eine Last, dieses Band, und was für eine Erleichterung! Wo immer er war, was immer er tat, es gab einen Menschen, dem es nicht egal sein würde. Polly streckte die Hand aus. George schlug mit feierlichem Ernst ein.

* * *

Am nächsten Morgen lag Polly im Bett und versuchte zu schlucken, aber ihr Mund war zu trocken. Der Kopf tat ihr weh, und ihre Augen weigerten sich, mehr als einen Spalt weit offen zu bleiben. Sie zwang sich aufzustehen. Howdy lag wahrscheinlich auf Georges Bett. Sie verspürte einen kurzen Anfall von Eifersucht. Sogar der Hund zog ihr jemand anders vor. Dann stellte sie sich unter die Dusche und sagte laut: »Ich werde nie wieder eifersüchtig sein!«, und hob dabei die Arme wie Scarlett O'Hara, als sie gelobte, nie wieder Hunger zu haben. Eifersucht war die am wenigsten zu entschuldigende Empfindung. Sie war engherzig, sie tat weh, und sie nützte überhaupt nichts. »Ich bin froh, dass George so lieb zu dem Hund ist«, sagte sie, um ihre neue Art auszuprobieren. »Chris war nicht der Richtige für mich, also sollen er und Diana …« Sie stockte. »In der Hölle schmoren«, sagte sie schließlich. Ich bin auch nur ein Mensch.

Auf der Straße traf sie Heidi und Hobart. Während sie im grellen Morgenlicht herumstanden und ihre zwei Hunde sich lustlos gegenseitig die südlichen Regionen beschnupperten, erzählte Polly ihr, dass sie vergangenen Abend ihren Exfreund mit seiner neuen Freundin getroffen hatte.

»Hmmm«, sagte Heidi. »Mein erster Mann wollte die Scheidung. Ich habe ihm gesagt, er könnte in Frieden ziehen, solange er mir meinen Sohn ließe.«

»Tja«, sagte Polly, »ich habe keinen Sohn, also ist es wohl in Ordnung so.«

12

»Jemand, der zu Ihnen passen würde«

Emily rief Everett aus Italien an. Sie hatte sich ein Faible für Rotwein sowie eine absolut geniale Sonnenbrille von Dolce & Gabbana zugelegt. Everett war so glücklich, ihre Stimme zu hören, dass er fast befürchtete, in Ohnmacht zu fallen. Dann kam sie auf die Heiratspläne ihrer Mutter zu sprechen.

»Ich kapier nicht, was das soll«, sagte sie. »Die sind doch so alt!«

»Ja«, sagte er, »steinalt. Vielleicht schaffen sie sich für die Hochzeit farblich aufeinander abgestimmte Gehhilfen an.«

»Das ist alles deine Schuld.«

»Emily …«

»Gib dir keine Mühe, Daddy.«

Er tat es aber doch und erklärte ihr zum soundsovielten Male, dass die Menschen sich änderten, dass sie sich auseinanderlebten, dass ihre Gefühle für ihre Kinder sich natürlich nicht ändern konnten, aber … Everett gab sich Mühe und erklärte und hörte sich selbst zu und staunte darüber, wie kläglich, wie dürftig seine Worte klangen. Als er aufgelegt hatte, fragte er sich, was Emily von dieser Sache mit der Veränderung halten mochte. Die Menschen ändern sich, hatte er ihr gesagt. Warum?, fragte er sich. *Warum* änderten sie sich? Es war unfair. Emily würde sich ändern. Sie würde erwachsen werden und woandershin ziehen, elend weit weg, und ihm Besuche von mehr als drei Tagen übel nehmen. »Du weißt ja, was man von Fischen und Gästen sagt«, würde sie müde zu ihrem Mann sagen, so wie er es früher zu seiner Frau gesagt hatte. Und dann würden sich auch Emily und ihr Mann ändern, und sie würden sich scheiden lassen. Die Vorstellung einer geschiedenen Emily ging über seine Kräfte. Sein armes Baby! Er wurde sehr böse auf ihren Mann, der sie offensichtlich nicht verdiente. Wie wagst du es, meine Tochter so zu behandeln? Du bist ein Lump!, dachte er, als ihm das Wort von irgendeiner längst vergessenen Pflichtlektüre her in den Sinn kam. Ein Lump und ein Schurke!

Er öffnete Emily zu Ehren eine Flasche Chianti und spielte mit dem Gedanken, Jody anzurufen und sie zu bitten, sie mit ihm zu trinken. Oder noch besser, er könnte bei seiner jungen Nachbarin, bei Polly, anklopfen. Es war kein besonders guter Chianti, aber das würde *sie* sicher nicht merken. Andererseits war vielleicht ihr Bruder da, und das wäre dann irgendwie peinlich gewesen. Als er sich zu dem Entschluss durchgerungen hatte, es erst bei Jody zu probieren und dann, sollte sie nicht erreichbar sein, an Pollys Tür zu klingeln, stellte er fest, dass er die Flasche schon allein ausgetrunken hatte, wodurch die Frage hinfällig geworden war.

* * *

Nach dem Fiasko mit Geneva und Ben – die beiden waren jetzt ein Paar – beschloss Polly, sich zeitweilig wieder auf sich selbst zu besinnen und sich darauf zu konzentrieren, Howdy auszuführen und zu hoffen, Everett würde ihr über den Weg laufen. Stattdessen war es allerdings Jody, die ihr häufig über den Weg lief, und die beiden gewöhnten sich bald an, zusammen mit ihren zwei Hunden in den Park zu gehen.

Polly mochte Jody. Jody war immer dieselbe, vielleicht war

das der Grund. Sie hatte immer dieses Lächeln, ihr Lachen war ansteckend, und gut roch sie auch noch, stellte Polly fest. Frisch, nach Seife. Außerdem war sie älter, und jetzt, wo Polly beschlossen hatte, ihre Postpubertät hinter sich zu lassen, schien Jody eine gute Trainingspartnerin zu sein.

Jody hatte Polly während dieser Spaziergänge ebenfalls, trotz allem, lieb gewonnen. Polly war so entschlossen, so aufrichtig in ihren Ansagen. »Das ist der schönste Baum im Park, und wir müssen immer hier langgehen«, erklärte sie etwa, also gingen sie immer da lang. Sie fällte politische und modebezogene Urteile. Sie gab Stellungnahmen zu Kleenex mit Aloe (der größten Erfindung seit dem vorgeschnittenen Salat in Beuteln) und Biotomaten (sie waren genauso fad wie die gewöhnlichen, dafür aber hässlicher) ab. Polly verkündete etwas, und jeder im Umkreis von drei Metern hörte zu. Aber Jody erkannte auch, dass Polly bloß ein großes Kind war und dass wie jedes Kind auch sie unsicher und ängstlich war. Sie redete noch immer über die Trennung von ihrem Freund, und Jody empfand das als beruhigend, aber sie merkte auch, dass der Verlust Polly verschreckt und argwöhnisch gemacht hatte. Jody hatte den Eindruck, dass es nicht in Pollys Natur lag, argwöhnisch zu sein: Sie schien sich in ihrer unglücklichen Haut nicht wohl zu fühlen. Jody timte ihre Spaziergänge mit Beatrice manchmal bewusst so, dass sie mit Pollys Ausgängen zusammenfielen. Sie verspürte den instinktiven Wunsch, Pollys kleine Welt wieder in Ordnung zu bringen. Hinzu kam noch, dass Polly Everetts Nachbarin war, und Everett ließ sich in letzter Zeit gar nicht mehr blicken.

»Sehen Sie Everett manchmal?«, fragte sie Polly während eines dieser Spaziergänge.

»Wollen Sie ein Geheimnis über ihn wissen?«

Jody vermutete, dass sie wahrscheinlich kein Geheimnis über ihn wissen wollte, aber sie nickte bloß.

»Finden Sie nicht auch, dass Everett ein ganz schön heißer Typ ist? Für jemanden seines Alters?«

»Ist das das Geheimnis?«

»Nein. Ich weiß, das klingt jetzt furchtbar eingebildet, aber ich muss es jemandem sagen. George gegenüber darf ich nicht mal seinen Namen erwähnen. Also … okay. Manchmal glaube ich, dass Everett mich möglicherweise wirklich mögen könnte. Er hat es nie gesagt, es ist nur so ein Gefühl. Wissen Sie, was ich meine? So ein Gefühl?«

Jody wusste durchaus, was sie meinte, da sie in den dunkelsten Augenblicken ihrer schlaflosen Nächte genau das gleiche Gefühl hatte: dass Everett Polly mochte. Sie sagte: »Beatrice!«, bloß um irgendetwas zu sagen, und die Hündin sah verwirrt zu ihr auf.

»Ich weiß natürlich, dass er zu alt für mich ist«, sagte Polly.

»Und Sie sind zu jung für ihn«, sagte Jody. Sie bereute es sofort. Konnte Polly den Jammer aus ihrer Stimme, die Bitterkeit aus ihren Worten heraushören?

»Kommt aufs Gleiche raus.«

Nein, dachte Jody. Es kommt ganz und gar nicht aufs Gleiche raus. Du nutzt ihn aus. Die Leute glauben, ältere Männer würden Jagd auf junge Frauen machen, aber gefährlich ist die *Jugend*. Und unwiderstehlich. Und unvermeidlicherweise wankelmütig.

»Wahrscheinlich wird nichts passieren«, sagte Polly. »Aber wissen Sie, es … es lenkt mich ab.«

»Von Chris?«

»Dem? Den hasse ich.«

Sie gingen schweigend weiter.

»Wie auch immer – Sie brauchen auch einen Freund«, sagte Polly schließlich.

»Tatsächlich?«

»Ich muss mir überlegen, wer zu Ihnen passen würde.«

Jody wusste ganz genau, wer zu ihr gepasst hätte. Zumindest wusste sie, wen sie wollte. Aber was spielte das schon für eine Rolle, wenn derjenige, den sie wollte, der zu ihr passte – wenn dieser Mann jemand anders wollte, jemand Jüngeres und Charmanteres und Kontaktfreudigeres?

War damit also ihre Affäre zu Ende? War sie dazu bestimmt zu enden, noch bevor sie überhaupt angefangen hatte? Sie warf Polly einen Seitenblick zu. Ja, Polly war jung. Ja, sie war charmant, auf eine überschwängliche, laute Art charmant. Ja, sie war ohne Frage kontaktfreudig. Und war das alles nicht genau das, was sich jeder zur Schwermut neigende Mann mittleren Alters wünschte? Klar, es würde natürlich nicht von Dauer sein. Waren solche Dinge nie. Einen kurzen Moment lang war Jody versucht, sich Polly anzuvertrauen. Für Sie, würde sie sagen, ist es nur ein Zeitvertreib. Für mich ist es Ernst. Und wir müssen bedenken, was für Everett das Beste ist.

»Jemand, der zu Ihnen passen würde …«, wiederholte Polly.

Jody seufzte, dann rang sie sich ein Lächeln ab.

»Das ist sehr aufmerksam von Ihnen, Polly«, brachte sie irgendwie heraus.

Polly war ganz ihrer Meinung. Everett war noch gar nicht mal ihr Freund, und schon bot sie sich an, ihre Mitstreiterin aufzubauen. Jody kam langsam in die Jahre und trug geblümte Socken, aber sie verdiente es wie jeder andere Mensch auch, glücklich zu sein. Polly lächelte, erfreut über den Gedanken an ihre guten Taten.

* * *

Exakt eine Woche später rief Chris an. Polly hörte seine Stimme und war für einen Moment verwirrt, als wäre sie gerade aus einem absurden, aber realistischen Traum erwacht.

»Ich muss dich sehen«, sagte er. »Ich muss mit dir reden.«

»Aber …«

»Es ist irgendwie wichtig.«

Etwas war entweder wichtig oder nicht. Nichts war »irgendwie« wichtig, dachte sie, und um ein Haar hätte sie ihn korrigiert, so wie sie das früher immer getan hatte. Natürlich sagte man manchmal »ziemlich« wichtig oder »äußerst« wichtig. Ein Bestimmungswort war also grundsätzlich schon zulässig, sicher …

»Polly?«

»Oh!« Sie redete mit Chris. Chris musste sie sehen. Er musste sie sehen und mit ihr reden. »Chris!«, sagte sie, als müsste sie sich davon überzeugen, dass er es wirklich war. »Ja, natürlich, wenn es wichtig ist.« Nachdem sie aufgelegt hatte, ging sie runter auf die Straße und rauchte eine. Sie nahm Howdy mit und stand da und rauchte und dachte nach. Sie hoffte ebenso aufrichtig, dass Everett diesmal nicht vorbeikommen würde, wie sie normalerweise hoffte, dass er es täte. Erschüttert und verwirrt stellte sie fest, dass es ihr nicht gelang, ihre Schwärmerei für ihren Nachbarn mit ihrer Aufregung wegen Chris zu vereinbaren. Sie schaute sich schuldbewusst um, aber Everett war zum Glück nirgendwo zu sehen. Sie fühlte sich irgendwie schuldig und beobachtet, als hätte sie eine verbotene Affäre. Aber wen von beiden betrog sie eigentlich, fragte sie sich, da sie doch mit keinem von ihnen etwas hatte? Das hat alles nichts zu bedeuten, sagte sie sich. Chris hat nichts zu bedeuten, und Everett hat weniger als nichts zu bedeuten, und ich hab am allerwenigsten zu bedeuten. Sie lehnte sich gegen die raue Backsteinwand und nickte einem Mann mit einem Dackel namens Sparky zu. Howdy kauerte sich in Demutshaltung nieder, bis der ultraflache Hund vorbeigetrottet war.

Aber trotz all ihrer Bemühungen bekam Polly die Sache mit Chris einfach nicht aus dem Kopf. Was konnte »irgendwie« wichtig sein? Sie rief Chris' Worte, den Ton seiner Stimme noch einmal ab. Vielleicht war er krank. Oder … Aber wir wissen alle, was Polly als Nächstes dachte, was jede und jeder von uns in dieser Situation gedacht hätte: den einen Gedanken, der eigentlich nichts weiter als das Wispern einer Hoffnung ist. Vielleicht war er krank, dachte sie. Oder, oder … er wollte zu ihr zurück. Sie sah auf ihre Füße hinunter und versuchte, den Gedanken zu ignorieren, den sie sich gerade eben gestattet hatte. Dann gestand sie sich ein, dass sie ihn nach wie vor, selbst nach fast sechs Monaten, vermisste. Vielleicht vermisste auch er sie. Die Hoffnung flüsterte ihr ins Ohr: Vielleicht vermisst auch er dich. Dann trat sie ihre Zigarette aus und, blind auf den Bürgersteig starrend, lächelte schüchtern.

* * *

Das Gemeindezentrum auf der Nordseite der Straße, in dem auch die Treffen der Anonymen Alkoholiker stattfanden, veranstaltete einen Flohmarkt. Um auf das Ereignis aufmerksam zu machen, hatte man im Schaufenster kleine Porzellanteile sowie mehrere unglücklich dreinschauende ausgestopfte Tiere zwischen den staubigen Pflanzen aufgereiht. Polly hatte Mitleid mit den ausgestopften Tieren, den Pflanzen und sogar mit der Souvenir-Untertasse aus Seattle, und als sie sich am nächsten Morgen auf den Weg zur Arbeit machte, ging sie hinein, um etwas zu kaufen. Eine voluminöse Frau in einem offiziell aussehenden pinkfarbenen Kittel teilte ihr mit, der Flohmarkt beginne erst um zwölf.

»Keine Ausnahmen.«

Nicht ohne eine gewisse Erleichterung verließ Polly das Gemeindezentrum, in dem sich merkwürdig gekleidete alte Leute bereits zu Fleischwurstsandwiches und einem Glas Saft einfanden. Viele der alten Leute wohnten im selben Haus, in einer Art kleinem städtischem Seniorenheim, dessen separater Eingang sich direkt links von der Schaufensterfront des Gemeindezentrums befand. Unter diesen betagten Bewohnern schien eine ständige und unerbittliche Fluktuation zu herrschen. Was vielleicht nicht verwunderlich war, dachte Polly, in Anbetracht ihres Alters. Sie ging an dem Müllcontainer vorbei, der sich jeden Tag mit einem neuen Schwung ramponierter Kommoden, rostiger Lampen, verfärbter Plastikbettpfannen und verbogener Gehhilfen füllte. Polly hoffte, dass die Frau mit dem pinkfarbenen Kittel etwas vom traurigen Alte-Leute-Sperrmüll für den Flohmarkt retten würde. Vielleicht den Plattenspieler da. Aber wer würde den kaufen? Wenn ihn schon niemand umsonst aus dem Container fischen wollte, warum hätte dann jemand reingehen und dafür bezahlen sollen?

Froh, dass sie keine Zeit hatte, den verlassenen Plattenspieler selbst nach Hause zu tragen, ging Polly in der drückenden Hitze an einem großen braunen Samtsofa vorbei, das seit ein paar Tagen ein Stück weiter auf dem Bürgersteig stand. In New York ist wirklich ständig was los!, dachte sie glücklich. Und sie machte sich auf zur U-Bahn und zu einem Tag voll angespannter Erwartung ihres Treffens mit Chris.

Während Polly die Treppe zur U-Bahn hinunterstieg, tätschelte Doris liebevoll ihren so praktisch eingeparkten Wagen. Dann ging sie weiter in Richtung Broadway, vorbei am unansehnlichen Sofa, doch nicht einmal das konnte ihre Freude trüben. Sie überquerte die Straße und ging wieder zurück in Richtung Columbus und deren Müllcontainer mit der peinlichen Ladung Privatmüll. Doris war auf Streife. Als das erste und einzige Mitglied einer freiwilligen Bürgerwehr, die das – von Doris gesteckte – Ziel verfolgte, die Straße zu schützen, trug sie Latexhandschuhe und war mit einem großen transparenten Müllsack bewaffnet. Da sie nicht für eine Obdachlose gehalten werden wollte, wenn sie sich bückte und weggeworfene Flaschen auflas, trug sie eine Hose von Armani, hinten offene und vorne spitze hochhackige Schuhe und eine ärmellose Seidenstrickweste: eine Aufmachung, die sie eher als Spenderin denn als Empfängerin von Almosen ausweisen sollte, was sie zweifellos tat. Es stimmte zwar, dass sie mit den Flaschen in den Supermarkt ging und sich das Pfand geben ließ, genauso wie es die obdachlosen Frauen taten. Und oft genug musste sie sich mit zerlumpten, ungewaschenen Männern und Frauen anstellen, die ihr Mann als ihre Kollegen bezeichnete. Aber das Kleingeld, das sie für die Flaschen bekam, wanderte sofort in ein Einmachglas mit der Aufschrift »Verschönerung«, dessen Inhalt eines Tages für den Ankauf von Pflanzen und Blumenerde verwendet werden würde – und vielleicht auch für den Druck von Flugblättern, die die übrigen Bewohner ihrer Straße auf ihr Projekt aufmerksam machen sollten. Doris gab sich nicht der falschen Hoffnung hin, dass sich irgendjemand ihren Anstrengungen anschließen würde, und hatte sich deswegen bislang auch nicht die Mühe gemacht, irgendwelche Flugblätter zu entwerfen, wohl aber hatte sie, und zwar mit großer Beharrlichkeit, ihren Stadtverordneten kontaktiert.

»Es ist eine Schande«, hatte sie ihm gesagt.

Er hatte geseufzt, und sie hatte nicht lockergelassen, und

er hatte noch etliche weitere Male geseufzt, und schließlich hatte sie gesiegt. Sie würde ihn an diesem Nachmittag, um 17:30 Uhr, wenn die Hunde und deren Eigner in voller Mannschaftsstärke unterwegs sein würden, bei einer Straßenabschnittsbegehung begleiten.

Als sie ihre morgendliche Streife abgeschlossen hatte, erinnerte sie sich, dass sie dem Stadtverordneten ja vorführen wollte, wie *schmutzig* die Straße war, und fragte sich, ob sie die vier oder fünf Flaschen, die sie eingesammelt hatte, vielleicht besser wieder zurücklegen sollte. Doch sie brachte es nicht über sich, das Verbrechen zu verüben, gegen das sie ja gerade ankämpfte, und beschloss, die Flaschen stattdessen als Corpora Delicti zu verwahren. Sie kehrte nach Haus zurück und erzählte Harvey von ihrem Plan.

»Ob ich die alle auf dem Esstisch aufstelle? Aber dann müsste ich sie vorher auswaschen. Andererseits wären sie dann irgendwie aussagekräftiger, als wenn sie bloß in einem Müllsack liegen …«

»Was wirst du servieren?«, fragte Harvey.

»Daran habe ich gar nicht gedacht …«

»Das war ein Scherz, Doris.«

Aber Doris scherzte nicht. Sie entschied sich für Perrier.

»Im Dienst wird er natürlich keinen Alkohol trinken wollen«, sagte sie. »Und ich glaube, ich werde ihm auch Kaffee und Plätzchen anbieten.«

»Und was, wenn er auf Atkins-Diät ist oder so?«

»Ach, jetzt halt den Mund, Harvey. Er braucht sie ja nicht zu essen. Sie müssen bloß da sein.«

Und wie Polly begab auch sie sich voll Hoffnung und gespannter Erwartung zur Arbeit.

13

»Keine Klagen!«

Polly und Chris hatten sich zum Abendessen im Café Luxembourg verabredet, und Polly fügte in der Redaktion den Manuskripten noch großzügiger als sonst Kommas hinzu. Die Welt steckte voller Möglichkeiten. Ihr Chef bewunderte ihre Handtasche – die sie von einem Straßenhändler gekauft hatte, was sie sich aber nicht traute zuzugeben – und bat sie dann, sich zu überlegen, wann sie ihren zweiwöchigen Jahresurlaub nehmen wollte. Wer weiß?, dachte Polly. Jetzt ist alles möglich. Nach der Arbeit ging sie sich die Haare machen lassen. Der Frisiersalon war im ersten Stock eines Gebäudes an der Ecke 61st Street und Madison, gegenüber Barneys. Sich die Haare machen lassen war eine von Pollys liebsten Freizeitbeschäftigungen, und sie ging vergnügt die heiße Madison Avenue entlang, ließ ihr Büro immer weiter hinter sich zurück und sah sich im Vorbeigehen die Schaufenster an. Ihr Plan war, nach Möglichkeit gerade früh genug anzukommen, um in den sechsten Stock von Barneys raufzufahren, wo die nicht so teuren Sachen waren, und sich dann eine beglückende halbe Stunde an den Sonderangebotsregalen zu genehmigen – mit dem Sicherheitsnetz, nicht genug Zeit zu haben, um irgendetwas anzuprobieren, geschweige denn zu kaufen. Polly liebte das gedämpfte Stimmengewirr, die satte Symmetrie der Kleiderständer, den seltenen, berauschenden Triumph eines Schnäppchens. Aber an diesem Tag konnte es bei Barneys keine Schnäppchen geben, und sie nahm die Rolltreppe nach unten und schlenderte in einem Bewusstsein heiterer Tugendhaftigkeit Etage um todschicke Etage ab, um zuletzt die Straße zu überqueren und sich in einen geräumigen Friseursessel zu setzen, die Augen zu schließen und sich zu entspannen, während sich sanftes warmes Wasser und kundige Hände durch ihr Haar arbeiteten. Während Gian Carlo, ihr Friseur, schnippelte und über das Haus schwatzte, das er sich gerade in Italien gekauft hatte, gab sich Polly dem beruhigenden Summen der Haartrockner und dem Klickediklack der Scheren hin. Draußen war es klebrig und grell, aber hier war die Welt vollklimatisiert, und junge Frauen brachten einem Kaffee oder schoben breite lautlose Besen über den Fußboden.

»Ich will eleganter aussehen«, hatte sie gesagt.

»Womit Sie ›hübscher‹ meinen.«

»Na ja, nicht direkt.«

Er schnitt ihr die Haare haargenau so, wie er es immer tat.

»Keine Klagen!«, sagte er.

»Keine Klagen«, erwiderte Polly.

Wie schön war die gedämpfte Geräuschkulisse im Raum, der feuchte Sommerabend, der sich von draußen sanft gegen die Glaswände lehnte, während die dicke runde Bürste durch ihr Haar glitt, die Scheren leise schnäbelten. Auf dem Bord vor ihr stand eine Schüssel Bonbons. Sie erinnerte sich, wie sie früher, als sie klein war, ihren Vater zum Barbier begleitet hatte. Es hatte ihr gefallen, wie die Kämme in dem Glas mit der aquablauen Flüssigkeit gewässert wurden. Sie versuchte, nicht an ihr Abendessen mit Chris zu denken. Sie war aufgeregter, als sie mit ihrer Selbstachtung vereinbaren konnte.

Gian Carlo begann, ihre Haare zu trocknen, und der

Föhn brauste und sauste um ihren Kopf herum und dämpfte mit seinem heißen Luftstrom die köstliche Kühle des klimatisierten Raums.

»*Bellissima*«, sagte Gian Carlo.

Als wäre das ein Kommando gewesen, blieben in dem Moment alle Haartrockner stehen. Das ganze Gesumm der Haartrockner verstummte. Die Musik war weg. Das Licht ging aus.

Polly spürte, wie sich die schwere, zeitlupenträge Verwirrung einer Ausnahmesituation einstellte. Es entstand ein gedämpftes Gemurmel, das sich zu einem lauten Stimmengewirr steigerte, als Frauen mit aus dem Haar ragenden Alufolienstreifen aufstanden, um aus dem Fenster zu sehen. Polly war eine von ihnen. Die Ampeln unten waren aus. Immer mehr Leute kamen aus anderen Gebäuden heraus und sahen sich auf eine sonderbare, fragende Weise um. Die Frauen zu beiden Seiten Pollys zückten ihre Handys. Nicht schon wieder, dachte Polly verzweifelt. Nicht schon wieder. Sie holte ebenfalls ihr Handy hervor und fragte sich, wo die Terroristen diesmal zugeschlagen haben mochten. Sie wählte Georges Nummer, aber sie bekam kein Netz. Niemand bekam ein Netz. Die Telefone auf dem Empfangstisch waren tot. Der Fahrstuhl fuhr nicht.

Polly stand zusammen mit den Damen und den Coiffeuren da und starrte durch die riesigen Fenster nach draußen. Sie versuchte, normal zu atmen. Ihr noch nasses Haar hatte das Handtuch durchweicht, und ihr Rücken war feucht. Sie fröstelte.

»Vielleicht ist es nur dieser Block«, sagte jemand. Aber sie sahen alle, dass es nicht so war.

»Vielleicht ist es nur die East Side«, sagte jemand anders.

»Vielleicht ist es nichts.«

Die Leute redeten wirr durcheinander. Vielleicht dies,

vielleicht das. Polly sah sich im Spiegel, ein bleiches, ausdrucksloses Gesicht über dem braunen Nylonumhang.

Jemand vom Empfangstisch war nach unten gelaufen. Polly stand wie angewurzelt am Fenster. Sie sah die junge Empfangsdame, die, wie sie sich zu erinnern meinte, Jiffy hieß, ein unvergesslicher Name, zu einem Auto laufen und ein paar Minuten lang an dessen offener Tür stehen bleiben. Vielleicht steigt Jiffy in den Wagen, dachte Polly vage. Und fährt heim.

Jiffy kam wieder hoch und betrat den Salon mit einer Aura von fast frenetischer Bedeutsamkeit. »Das ist kein Terror! Haben die gesagt. Hat das Radio gesagt! Die haben das gesagt!«

Es entstand erneut ein chaotisches Geschnatter unter den nasshaarigen Frauen. Ihre Haarbürsten wie Taktstöcke schwenkend, stellten die Friseure Fragen über Fragen.

»Ich hab's im Radio gehört. Es ist bloß ein Blackout, haben die gesagt.«

»Bloß!«, sagte jemand.

»Es ist die *ganze* Ostküste. Und bis richtig weit nach Westen …«

Ein Stromausfall, dachte Polly. Sie atmete auf. Blackout. Als ob die ganze Ostküste in Ohnmacht gefallen wäre.

»Es tut mir schrecklich leid«, sagte Gian Carlo mit einem Blick auf den nutzlosen Haartrockner, als Polly sich wieder in ihren Stuhl setzte. Er schmierte etwas Gel in ihr Haar und strich es zurück zu einem straffen Pferdeschwanz.

»Danke«, sagte sie. Sie war unheimlich erleichtert. Ihr war schwindlig.

Gian Carlo zuckte die Achseln. »Diese Feuchtigkeit!«, sagte er traurig. »Sie werden ganz krisselig werden.« Aber auch er sah erleichtert aus.

»Keine Klagen«, sagte Polly. Sie bezahlte und wunderte

sich, dass das Kartenlesegerät noch funktionierte, und stieg die Treppe hinunter.

* * *

Simon gelang es, sich in einen überfüllten Bus hineinzuzwängen. Er stand benommen da, schwitzend, den Aktenkoffer zwischen den Füßen. Die Klimaanlage kam gegen die Hitze, die von den nervösen, murmelnden Menschenkörpern erzeugt wurde, nicht an. Als er, mehr als eine Stunde später, zu Hause ankam, klebte ihm das Jackett völlig durchweicht am Körper. Er hatte es eigentlich im Bus sofort ausziehen wollen, aber es wäre ihm peinlich gewesen, die anderen Fahrgäste zu diesem Zweck beiseitezurempeln. Er hielt sich oben an der waagerechten Stange fest, legte den Kopf auf seinen Oberarm und lauschte dem aufgeregten Gebrabbel der Leute. Er stellte sich vor, wie Jody, die den Sommer über Privatunterricht gab, ein verängstigtes kleines Kind bei der Hand hielt und es die düstere Treppe eines Brownstone hinunter auf die chaotische Straße begleitete. Was mussten sich die Eltern für Sorgen machen, jetzt, wo ihre Handys nichts mehr nützten! Er konnte sich das Kind nur als Kind schlechthin vorstellen, weder Junge noch Mädchen, bloß eine kleine Hand, die einen Miniaturgeigenkasten festhielt, während die andere kleine Hand sich an Jodys größere, beruhigende Hand klammerte. Es war ein ergreifendes Bild: Jody, die das gesichtslose unschuldige Wesen die dunkle Treppe hinabführte, während die verzweifelten Eltern ohnmächtig in ihre Handys schrien. Das ganze Gefüge der Ostküste war zerrissen, weil niemand ein altmodisches Telefon mehr besaß, das nicht an das Stromnetz angeschlossen zu werden brauchte. Niemand außer Simon, dessen Büro der Stadtverwaltung gehörte und daher nur mit den ältesten und technisch überholtesten Geräten ausgerüstet war. Aus diesem Grund hatte er seine Eltern in Portland, Oregon, anrufen und ihnen sagen können, sie bräuchten sich keine Sorgen zu machen, wodurch er sich gleichzeitig selbst beruhigt hatte. Jody hatte er ebenfalls angerufen, obwohl er wusste, dass ihr Telefon nicht funktionieren würde, und hatte ihr trotzdem eine, wie er hoffte, ermutigende Nachricht auf der Mailbox hinterlassen.

Ihm stieg der muffige Körpergeruch des Mannes vor ihm in die Nase, dann wurde ihm bewusst, dass es auch der muffige Geruch seines eigenen schweißnassen Körpers sein konnte, der ihm da in die Nase stieg. Er schloss die Augen und spürte, wie der Bus hin und her schwankte. Vielleicht würde er heute mit Jody über Pferde sprechen, über die Jagd, über das Gefühl von Freiheit und die dämonische Geschwindigkeit des dahingaloppierenden Reiterfeldes. Vielleicht würde er sie heute Nacht, in der dunklen, dunklen Stadt küssen. Er würde sie mit in seine Wohnung nehmen und sie aufs Bett werfen und … hier drängte sich ihm die Formulierung auf »sie nach Strich und Faden durchficken«. Simon runzelte die Stirn über seine absurden Phantasien.

Als der Strom ausfiel, lag George gerade, alle viere von sich gestreckt, auf dem Bett und starrte an die Decke. Vielleicht wäre er eingeschlafen, vielleicht auch nicht. Er hätte es nicht sagen können. Es war heiß. Die altersschwache Klimaanlage hatte sich alle Mühe gegeben. Dann war es plötzlich still, und im Zimmer wurde es noch heißer. George probierte alle Lichtschalter durch. Er öffnete den Sicherungskasten. Er öffnete das Fenster und sah hinunter auf die Straße. Fünf, sechs Leute standen um ein Auto mit heruntergelassenen Scheiben herum. Das Radio war so laut, dass er alles verstehen konnte.

Ein Blackout. Er dachte an Polly, die im dreiundzwanzigsten Stock ihres Bürohochhauses saß. Sie würde in den stickigen, dunklen Treppenschacht müssen und zu Fuß hinuntergehen. Beunruhigt nahm er den Hund an die Leine und ging runter, um nachzusehen, was im Restaurant los war.

Doris war zu ungeduldig gewesen, um oben auf den Stadtverordneten zu warten. Sie hatte sich im Hausflur postiert, und als die Lichter ausgingen, verfluchte sie ihren Vermieter und stellte fest, dass dies noch eine Sache war, auf die sie Mel aufmerksam machen könnte (so nannte sie den Stadtverordneten in Gedanken, wenngleich sie noch nicht entschieden hatte, ob es sachdienlicher sein würde, ihn mit Mr. City Councilman anzureden, wenn er ihr gegenüberstünde). Am Telefon hatte er sich eher wie ein legerer Typ angehört, aber sie wollte unter keinen Umständen aufdringlich wirken. Im Flur wurde es allmählich heiß, und Doris ging nach draußen und bemerkte, dass die Ampeln aus waren. Irgendetwas stimmte hier ganz entschieden nicht. Ein Stück weiter die Straße hinauf hatten sich ein paar Leute um einen Wagen geschart und hörten Radio, aber Doris meinte nicht, dass sie ihren Posten verlassen und sich zu ihnen gesellen dürfte. Was immer es sein mochte, sie würde es dann schon von Mel erfahren.

Polly stiefelte durch den Park. Der Himmel war von einem unnachgiebigen Perlgrau. Es gab keine Sonne, also gab es auch keinen Schatten. Die Hitze war schwül und schwer, Pollys Hemd völlig durchgeweicht. An ihrer linken Ferse bildete sich allmählich eine Blase. Im Park herrschte eine aufgeregte Stimmung. Überall Scharen von Menschen mit geröteten, besorgten Gesichtern. Sie versuchte erfolglos bei drei Hot-Dog-Ständen ihr Glück und wollte schon in Panik geraten, als sie endlich einen Eisverkäufer fand, der noch Wasser auf Lager hatte. Dann machte sie sich Gedanken über die Eiscreme, die ganze Eiscreme in der Stadt, die unnütz vor sich hinschmolz und bald weggeschmissen werden müsste. Der Gedanke an die arme Eiscreme machte sie traurig, aber das Blackout selbst versetzte sie, wie sie merkte, allmählich in eine seltsame Hochstimmung, so als sei Schneesturm und sie bräuchte deswegen nicht in die Schule. Sie beobachtete bei den Menschen, an denen sie vorbeikam, eine immer festlichere Stimmung: Es war kein Terroranschlag! Es war heiß, und der Alltag war vergessen! Es war ein Feiertag!

Zu Hause schlüpfte Polly in ein Top, Shorts und Flip-Flops. Als sie feststellte, dass George nicht zu Haus war, schlurfte sie rüber zum Restaurant. Man hatte Tische und Stühle auf den Bürgersteig rausgestellt. Drinnen, hinterm Tresen, mixte George Eisdrinks.

»Hey!«, sagte er und sah erleichtert aus.

Howdy sprang an ihr hoch und stupste ihr mit seiner kalten, feuchten Nase ins Gesicht.

* * *

Jamie tigerte auf dem Bürgersteig vor den Tischen rastlos auf und ab. Noah hatte von der Wall Street ein ganzes Stück zu laufen. Jamie wusste, dass er sich keine Sorgen zu machen brauchte. Aber er machte sich Sorgen. Nein, er würde sich keine Sorgen machen. Sorgen machen nützte nichts. Noah würde wahrscheinlich von einem seiner Kunden eine Limousine gestellt bekommen und standesgemäß angerauscht kommen. Und mit den Kleinen war alles okay. Und die großen Zwillinge tobten unter Aufsicht des Kindermädchens in einem Planschbecken im Garten. Gott sei Dank, dass Isabella sich heute geweigert hatte, ins Tagescamp zu gehen. Am Morgen hatte er sich darüber noch ziemlich aufgeregt. Es war heiß – na und? Im Bus wurde ihr schlecht – na und? Der Sportplatz war eine einzige kahle Staubwüste (wovon sie jeden Tag mehr und mehr mit nach Haus schleppte) – na und? Das war nun mal das Tagescamp: ein entsetzlicher Albtraum, in dem es dir nach Überzeugung deiner Eltern gefällt, auch wenn du ihnen schon tausendmal versichert hast, dass es das nicht tut. Er hatte versucht, ihr das zu erklären, aber sie war hysterisch geworden, und Noah war reingekommen und hatte ihn abgelöst, mit der Folge, dass Isabella zu Haus geblieben war, wenn auch unter der Auflage, dass sie ihr Lanyard fertig knüpfte. Jamie dachte an das Billy-Collins-Gedicht über ein Lanyard. Dies erweckte in ihm den Wunsch, nach Haus zu gehen und Isabella in die Arme zu nehmen. Oder war es eher so, dass er sich wünschte, von Isabella in die Arme genommen zu werden? Vielleicht sollte er ihr ein Lanyard knüpfen – ein nutzloses ungleichmäßiges Ding voll von Liebe. Und natürlich auch eins für seine Mutter. Dann sah er Noah in seinem zerknitterten Anzug die Straße entlangkommen, und er hörte auf, hin und her zu tigern, hörte auf, sich Sorgen zu machen, hörte überhaupt auf zu denken. Er legte die Arme um Noah, und Noah legte die Arme um ihn. »Hast du dir Sorgen gemacht?«, fragte Noah überrascht.

»Ich bin auch nur ein Mensch«, sagte Jamie, und er überlegte sich, dass er, wenn er schon mal dabei war, vielleicht auch ein Lanyard für Billy Collins knüpfen würde, dass er für die ganze Welt Lanyards knüpfen würde.

* * *

Nachdem sie gesehen hatte, dass George nichts passiert war und Howdy sie nicht brauchte, ging Polly zum Laden an der Ecke, um wenigstens einen Teil der koreanischen Eiscreme zu retten. Es gab eine lange Schlange, die bis auf die Straße reichte. Die Hitze war noch intensiver geworden. Ihre Arme glänzten vor Schweiß.

Hinter ihr stand Simon an, um Wasser und Batterien zu

kaufen. Er erkannte sie von hinten nicht – vielleicht, weil ihr Haar zusammengebunden und an den Schädel gepappt war, vielleicht, weil er mit seinen Gedanken woanders war. Er starrte auf ihre Schultern, außerstande, den Blick von den hunderten von Haarschnipseln zu wenden, die an ihrer verschwitzten Haut klebten.

Mel, der Stadtverordnete, erreichte Doris' Haus schweißnass, zerzaust und mit vierzigminütiger Verspätung. Doris erkannte ihn aufgrund eines Interviews über Schwerpunktschulen, das er auf New York 1 gegeben hatte. Sie winkte ihm aufgeregt zu.

»Können Sie sich das vorstellen, Mrs …«

»Doris«, sagte sie und ergriff seine Hand mit beiden Händen, ganz wie ein Politiker, dachte sie stolz. »Ich bin Ihnen dankbar, dass Sie sich trotz Ihrer vielen Verpflichtungen die Zeit nehmen, Mel.« Ja, Mel klang genau richtig. Aber warum lachte Mel und redete gleichzeitig mit so einer hohen, aufgeregten Stimme?

»Möchten Sie eine Erfrischung?«, fragte Doris.

Mel nahm dankbar an, und Doris führte ihn die drei Treppen hoch, nachdem er ihr mitgeteilt hatte, dass die allgemeine Aufregung, die sie bemerkt hatte, durch ein Blackout verursacht worden war. Als es passierte, war er in der U-Bahn gewesen, und er wäre überhaupt nicht gekommen, wenn er es nicht geschafft hätte, an der 72nd Street aus der U-Bahn zu fliehen, und wenn er nicht gedacht hätte, dass sie vielleicht so liebenswürdig sein würde, ihm zu gestatten, ihr Badezimmer zu benutzen. Doris hielt dem Stadtverordneten die Haustür auf und überlegte sich, dass ihre Gastfreundschaft die Chancen, von dieser Seite Hilfe zu erhalten, erheblich steigern würde. Er würde ihre Sammlung von weggeworfenen Flaschen und Dosen sehen, und er würde ihr Perrier trinken.

Jody war ins Cooper-Hewitt gegangen, um sich eine Tapetenausstellung anzusehen und im hübschen Garten des Museums Tee zu trinken. Jetzt schleppte sie sich langsam zurück, erschöpft und genervt vom ziellosen Treiben auf den geschäftigen Straßen. Die Hitze und das Menschengewimmel kamen ihr fast wie ein und dasselbe vor. Die arme Beatrice würde leiden ohne den Ventilator, den Jody für sie angelassen hatte. Sie fragte sich, ob sie zu Hause eine Taschenlampe hatte. Sie würde heute Nacht eine brauchen, wenn sie nicht schlafen konnte und lesen wollte. Die Angst vor der Schlaflosigkeit wallte beklemmend in ihr auf. Sie erinnerte sich daran, dass es noch nicht mal Abendessenszeit war, geschweige denn Schlafenszeit. Aber Schlaflosigkeit ohne Strom würde noch öder werden als gewöhnliche Schlaflosigkeit, also reihte sie sich in die lange Schlange vor dem koreanischen Minimarkt ein, um eine Taschenlampe und rezeptfreie Schlaftabletten zu kaufen.

Erst als Polly sich eine Zigarette anzündete und Simon hustete, bemerkte Polly ihn und sagte hallo. Er sah erschrocken aus.

»Tut mir leid«, sagte sie und machte die Zigarette aus.

»Nein, nein …«

»Kein Problem. Ich bin keine militante Raucherin. Ist mehr so eine Pose.«

Simon fand, dass sie unheimlich hübsch aussah, selbst mit haarigen Schultern und angeklatschtem Haar.

»Eine sehr kleidsame Pose«, sagte er. Er wusste, dass er – im Rahmen seiner Möglichkeiten – flirtete. Und was war mit Jody? Er durfte Jody nicht untreu werden. Er verspürte die Schuldgefühle und das Erregende der Sünde.

Polly lachte. Sie würde mehrere Liter Eiscreme retten und mit nach Haus nehmen und aufessen. Dann würde sie sich mit Chris im Café Luxembourg treffen. Sie wusste, dass er da sein würde, Stromausfall hin oder her. Er hatte es so dringend gemacht.

Von ihrem Platz in der Schlange aus sah Jody Polly aus dem Geschäft kommen, aber sie rief ihr nicht zu. Es war zu heiß. Und Polly sah fast manisch aus, wie sie extrabreit grinste und dabei mit einem Plastiklöffel eine Familienpackung Eis in Angriff nahm. Sie sah Simon hinter ihr herauskommen. Er bemerkte Jody ebenfalls nicht, und sie atmete auf und arbeitete sich weiter schrittchenweise in den dunklen, stickigen Laden vor. Sie war durcheinander, der Panik nahe. Beim bloßen Gedanken daran, Small Talk machen, ihr fröhliches Lächeln einschalten zu müssen, wurde ihr ganz übel. Selbst Frohnaturen haben gelegentlich schlechte Tage, und das war für Jody ein solcher. Erst nachdem sie die Tür zu ihrer schattigen, engen Wohnung aufgeschlossen und von Beatrice frenetisch begrüßt worden war, fing sie an, sich zu beruhigen. Sie küsste das seidige Ohr, das sich gegen ihre Lippen presste. Ein Hund im Dunkeln, dachte sie, ist immer noch ein Hund.

Everett hatte geduscht und lag nackt auf dem Bett. Er ließ das Wasser auf seiner Haut verdunsten und genoss die Kühle. Er war zu Fuß nach Haus gegangen, sechzig Blocks. Das waren drei Meilen. In jüngeren Jahren war er gern in den Bergen gewandert, drüben im Westen, wo er aufs College ging, war manchmal zehn Meilen und mehr gelaufen, ganz gemächlich, hatte hier eine durchscheinende Schlangenhaut gesehen, da ein bisschen Koyotenkot oder das Gewölle eines Habichts, eine filzartige Wurst mit den darin eingebetteten Knöchelchen. Jetzt hatte ihn schon ein Marsch von lediglich drei Meilen auf ebenen, glatten Großstadt-Bürgersteigen geschafft. Er war alt. Jetzt ging seine Tochter aufs College. Jetzt war es an ihr zu wandern. Er kostete den rührseligen Gedanken einen Augenblick lang aus, suhlte sich im Pathos seines Selbstmitleids. Dann stellte er sich vor, er würde zusammen mit Emily wandern, sah schon eine blühende Wiese vor sich, als ihm die ungebetene Vision seiner Exfrau dazwischenkam.

Geh weg, dachte er.

Du bist allergisch gegen Wiesenblumen, erwiderte sie.

Everett setzte sich auf. Die alte Schachtel, dachte er. Dann sah er an sich hinunter. Du bist selbst eine ziemliche alte Schachtel, dachte er. Für einen Mann seines Alters war er gut in Schuss, aber er war eben ein Mann seines Alters. Er zog sich an, öffnete den Kühlschrank und blieb davor stehen. Die kühle Luft hatte schon angefangen zu muffeln, obwohl der Kühlschrank nichts anderes enthielt als zwei Äpfel, einen Laib Brot, ein Glas Oliven, Senf und ein paar Flaschen Bier. Wenn Emily ihn besuchte, waren seine Vorräte üppiger. Ende August würde sie zwei Wochen zu Hause sein, bevor es dann wieder aufs College ging. Everett machte eine Flasche Bier auf, ging ans Fenster und machte es ebenfalls auf. Unten auf dem Bürgersteig taperte die Italienerin ganz in Schwarz, auf ihren Stock gestützt, im Schneckentempo vorüber.

»*Buon giorno*!«, rief er.

Sie sah sich verwirrt um.

Vielleicht würde sich Emily, wenn sie wieder zu Haus wäre, mit dieser Frau auf Italienisch unterhalten. Er konnte es nicht erwarten, dass Emily heimkam, um ihr zu erzählen, was ihre Mutter getan hatte. Ihre Mutter hatte getan, was keine Mutter ungestraft tun kann, und sie hatte es aus Gründen getan, die kein Kind respektieren kann. Sie hatte die fünfzehn Jahre alte Familienkatze weggegeben, weil der Nachfolger, wie Everett ihn zu nennen beliebte, gegen sie allergisch war.

Es war eines, gegen Blumenpollen allergisch zu sein – etwas, das Alison ihm jeden Frühling unter die Nase gerieben hatte und ihm in seiner Vorstellung weiterhin unter die Nase rieb. Aber die Katze? Konnte der Nachfolger keine Pillen schlucken oder sich vom Arzt entsprechende Spritzen geben lassen? Das war egoistisch, und es war unmenschlich.

»Warum nimmst *du* sie nicht, wenn sie dir so am Herzen liegt?«, hatte Alison gefragt.

»Sei nicht albern«, hatte er erwidert.

»Ja, du hast sie noch nie ausstehen können.«

»Ich kann sie durchaus ausstehen. Ich mag es bloß nicht, wenn sie sich auf mich setzt. Und haart. Und die Polstermöbel zerkratzt.«

»Du hast sie von vornherein nicht haben wollen.«

»Du sagst es«, sagte Everett.

Es konnte für eine alte Dame wie die Katze nicht gut sein, ein neues Leben anfangen zu müssen, dachte er, als er sah, wie sich die Italienerin auf ein verlassenes Sofa setzte, um zu verschnaufen. Stimmt schon, die Katze war zu einer Nachbarin gekommen, die ebenfalls eine alte Dame war und kürzlich ihre eigene Katze verloren hatte. Aber man kann kein Familienmitglied einfach so aus dem Haus werfen, dachte er und schüttelte wieder den Kopf, vergnügt über die Vorstellung, wie böse Emily auf ihre Mutter sein würde.

* * *

Im Restaurant war es unerträglich heiß geworden, und obwohl es draußen auch nicht viel besser war, schafften Jamie und George weitere Tische und Stühle auf den Bürgersteig. Um sechs hatte George bereits alle Hände voll zu tun, das vorerst noch kalte Bier aus dem Kühlschrank auszuschenken und Drinks mit dem immer schneller schmelzenden Eis zu mixen. Der Gasherd funktionierte, und der Koch arbeitete bei Kerzenschein. Jamie beschloss, zu den Drinks Essen umsonst anzubieten. Die Lebensmittel würden sowieso verderben, sagte er. Es herrschte eine geräuschvolle, festliche Stimmung. George stand hinter seinem improvisierten Tresen und mixte die Drinks stärker als gewöhnlich, da er sich dachte, dass heute Abend jeder extrastarke Drinks gebrauchen könnte oder zumindest verdient hatte. Er machte sich Sorgen wegen der alten Dame, Heidi, die normalerweise um Punkt halb sechs zusammen mit Hobart, ihrem dicken kleinen Hund, am Restaurant vorbeiging. Und da kam Doris, diese drahtige, cholerische Frau mit dem orangegelben Gesicht, auf spitzen Stöckelschuhen herangetrippelt, einen kleinen, runden, derangierten Mann im Schlepptau. Sie blieben nicht stehen, wenngleich der Mann so aussah, als ob er es gern getan hätte. George mixte seine Drinks immer stärker und stärker und hoffte, das Mehr an Alkohol würde das immer Weniger an Eis kompensieren.

Als schließlich die Dunkelheit kam, war sie fremd und abgründig. Leute aus dem Haus gegenüber hatten einen Grill rausgestellt, und das Feuer loderte grell und grimmig in die blinde Nacht und warf ein flackerndes gelbes Licht auf die Schar von Nachbarn, die auf dem verlassenen braunen Samtsofa, auf der Treppe und auf Klappstühlen, die sie von oben runtergeschleppt hatten, saßen. Die Kerzen auf den Tischen des Restaurants glitzerten mit ihren winzigen einsamen Flämmchen, und ein Stück weiter spielte jemand, in der Dunkelheit nicht auszumachen, Gitarre und sang weinerliche Folksongs, wie sie in den Sechzigerjahren populär gewesen waren.

Polly saß an einem Tisch vor dem Restaurant, umgeben von der undurchdringlichen Dunkelheit einer elektrisierenden Großstadt ohne Elektrizität. Über ihr blinkten inzwischen die Sterne, verblüffend und hell, Sterne, die seit dem letzten Blackout, noch vor Pollys Geburt, am Himmel der Stadt nicht mehr zu sehen gewesen waren. Aber Polly bemerkte die Sterne nicht, und selbst wenn sie sie bemerkt hätte, hätten sie ihr keine Freude bereitet. Sie saß mit hochgezogenen Knien da und starrte, ohne etwas zu sehen, auf den hauchdünnen Rock, den sie nach langen Überlegungen für das Treffen mit Chris ausgesucht hatte. Chris war zum Luxembourg gekommen – wie erwartet, Stromausfall hin oder her –, und bei seinem Anblick hatte ihr Herz schneller geschlagen, und sie hatte gelächelt und war dann gestolpert. Chris streckte die Hand aus und fing sie auf, und sie entschuldigte sich für ihre Tollpatschigkeit, glücklich, von ihm gestützt zu werden. Das Luxembourg hatte geschlossen, also gingen sie zum Go Go und setzten sich an einen der kleinen Tische mit flackernden Kerzen. George brachte ihnen Martinis, und Polly hörte sich zunehmend entspannter an, was Chris über ein Apartment erzählte, das er zu kaufen beabsichtigte. Dann hatte Chris ihre Hand genommen und gesagt, dass er sie schon immer geliebt hätte und immer lieben würde, und ihre Augen hatten sich mit Tränen gefüllt, und er hatte ihre Hand gedrückt, den Blick gesenkt und gesagt, er würde heiraten und sie sollte die Erste sein, die davon erfuhr.

Einen kurzen Moment lang dachte Polly, er würde sie, Polly, heiraten, und sagte sich mit einer Mischung aus Überraschung, Entzücken und Empörung, dass sich das ja wohl von selbst verstand, dass sie das als Erste erfahren sollte. Dann ging ihr auf: Chris heiratete. Jemand anders. Ohne sie.

An einem Tisch auf der anderen Seite des unfreiwilligen Straßenrestaurants trank Jody alles, was George ihr brachte. Die Hündin hechelte hingestreckt zu ihren Füßen und tauchte gelegentlich die Lefzen in eine große Schüssel Wasser, die sie mit ihren Vorderpfoten festzuhalten schien. Jody schlüpfte mit einem Fuß aus der Sandale und stellte ihn in die Schüssel. Das Wasser war lauwarm, fühlte sich aber gut an. Beatrice leckte ihr den Fuß. Jody versuchte, auf das Acht zu geben, was Simon ihr gerade erzählte, aber ihr wurde bewusst, dass sie ein bisschen betrunken war und seinen langen Ausführungen, bei denen es um ein großes Pferd, einen undichten Flachmann und einen von Hunden gehetzten Fuchs ging, nicht recht folgen konnte.

»Gehetzt«, sagte sie träumerisch.

Simon nickte höflich und sagte. »Nun, ja. Wenn Sie ein Fuchs wären …«

»*Fó-xy lày-dy*«, sagte Jody mit übertriebener Jimi-Hendrix-Stimme.

Simon lachte. Er legte ihr einen Finger unter das Kinn, so dass sie zu ihm aufsah. Er beugte sich vor.

Aber als Jody den Kopf hob, sah Simon, dass ihr Blick von ihm abglitt. Er sah sie plötzlich lächeln, die Hand heben und aufgeregt winken.

Everett war gerade in den sanften Kerzenschein getreten, der sie beide umgab. Simon ließ seine Hand wieder zu seinem Glas zurückgleiten.

»Setzen Sie sich doch auf einen Drink zu uns«, sagte er missmutig, und zu seiner Bestürzung tat Everett das wirklich.

Everett zog sich einen Stuhl heran und setzte sich zwischen Jody und Simon. Er sah Polly ein paar Tische weiter einem gut aussehenden jungen Mann gegenübersitzen und verspürte einen schmerzhaften und ärgerlichen Stich. Dann rief er sich ins Gedächtnis, dass er es ja nicht gewesen war, der ihr nachgestiegen war – *sie* war diejenige, die ihm ständig schöne Augen gemacht hatte. Mädchen waren hoffnungslos flatterhaft. Er wusste das. Er sollte sich besser an Gleichaltrige halten. Er dachte an seine Exfrau. Sie war auch mal jung gewesen. Sie hatte ihm auch mal schöne Augen gemacht. Als er sah, dass Jody und Simon schon Cocktails tranken, befand er es für unwahrscheinlich, dass sie zu Wein übergehen würden, und bestellte für sich selbst eine gute Flasche Pinot Noir.

George kam mit Wein. Während er einschenkte, sah er im trüben Kerzenlicht, dass Chris aufstand und sich anschickte zu gehen. Er hatte noch nicht mal bezahlt. Ich werde nie wieder mit Chris Pool spielen, entschied George. Denn als er das Entsetzen in Pollys Gesicht sah, konnte er sich denken, was passiert war – oder sich etwas denken, das dem, was passiert war, ziemlich nahekam. Sie sah im Kerzenlicht so zart und hübsch aus. George ging zu ihr hin und berührte sie an der Schulter.

»Er heiratet«, sagte sie. »Ich bin die Erste, die davon erfahren hat.«

»Es tut mir leid.«

»Du bist der Zweite, der davon erfahren hat«, sagte sie. »Glückwunsch.«

George bemerkte, dass Everett in ihre Richtung schaute. Er dachte an seine hübsche, verletzliche Schwester und den älteren Mann.

»Hör zu, Polly«, sagte er schnell, »ich muss nach Heidi sehen. Warum kommst du nicht einfach mit?«

»Nein.«

»Doch, komm. Das lenkt dich ein bisschen ab.«

»Nein.«

George kannte diesen Ton. Es war der Dampfwalzenton, das Nein, das alles, was sich ihm in den Weg stellte, in Grund und Boden trat, das Nein, das gegnerische Armeen zermalmte, das keinerlei Erbarmen kannte und keine Widersacher verschonte. Er setzte sich neben Polly und legte den Arm um sie. Er rang mit einem Ritterlichkeitskonflikt. Sollte er seine Schwester trösten, die sich andernfalls Everett dem Pädophilen an den Hals werfen könnte? Oder sollte er Heidi retten, die möglicherweise hilflos in ihrer dunklen, backofengleichen Wohnung auf dem Boden lag, während ihr Hund in panischer Angst winselte und ihr hilflos das Gesicht ableckte?

»Er hat gefragt, ob ich seinen iPod hätte. Als ob ich ihm seinen dämlichen iPod wegnehmen würde. Kannst du dir das vorstellen? Jetzt muss er ohne iPod heiraten. Ha!«

»Wenn ich gehe, versprichst du mir, dass du dich nicht von der Stelle rührst, bis ich wieder da bin? Ich mach mir wirklich Sorgen um sie.«

Polly fragte, wo zum Teufel sie jetzt wohl noch hinkönnte.

George fasste das als ein Ja auf. »Okay, dann spring kurz für mich an der Bar ein. Dauert nur eine Minute.« Wenn es ihm schon nicht gelang, sie Everetts verderblichem Einfluss zu entziehen, konnte er sie doch zumindest für die Dauer seiner Abwesenheit beschäftigen.

Polly zuckte die Achseln.

»Komm schon, Polly. Ich bin gleich wieder zurück.«

Polly zuckte noch einmal die Achseln. »Ich bin gerade ausgemustert worden.«

George küsste sie auf den Kopf. »Vielleicht kommt Chris ja noch mal zurück, und dann kannst du ihm Gift ins Glas tun.«

»Okay«, sagte sie, eine Spur heiterer.

»Apropos, kannst du überhaupt Drinks machen?«

»Klar. Long Island Iced Tea für alle.«

Everett kam es so vor, als läge die erfrischende Nachwirkung seiner Dusche schon Jahre zurück. Er war froh, dass es dunkel war, denn er hatte große Schweißflecken auf seinem Hemd. Der Kragen klebte ihm am Nacken. Er fühlte sich einsam und musste an den letzten Blackout denken. Da war er jung gewesen und hatte allein gewohnt. Jetzt war er alt und wohnte allein. Seine Frau würde bald einen anderen heiraten. Das klang eindeutig wie ein Songtext. *My wife is soon to wed another.* Vielleicht würde der jammernde Folksänger da hinten plötzlich anfangen, diese traurigen Worte in die Nacht zu trällern. Everett versuchte, sich die nächste Zeile auszudenken.

Jody betrachtete sein Gesicht im weichen, wechselnden Licht und bemerkte, wie unscheinbar er aussah, wenn er traurig war. Sie fand das anrührend, fand seine Unscheinbarkeit ebenso betörend wie seine Schönheit. Ihr gefiel das Hemd, das er anhatte – selbst bei der Hitze ordentlich in die Hose gestopft. Seine Hände lagen gefaltet auf dem Tisch. Es waren kantige, kräftige Hände. Abgesehen von seiner Weinbestellung hatte Everett bislang kein Wort von sich gegeben. Jody hatte den Wunsch, sich vorzubeugen und seine gefalteten Hände zu umfassen. Sie hatte den Wunsch, seine Stimme zu hören und seine Haut zu spüren.

Simon versuchte zu sprechen. Das Schweigen war unangenehm. »Everett schmollt, und Jody träumt«, sagte er, aber er war betrunken, und die Worte kamen als ein nörgeliges Genuschel heraus, das weder Everett noch Jody zu verstehen schienen.

»Bald heiratet mein Frauchen einen andern«, sang Everett leise, aber mit deutlich mehr Country-&-Western-Schmelz, als er eigentlich beabsichtigt hatte. »Sie hat all unsre Freunde eingelaaad'n …«

Simon schloss die Augen. Er mochte Everett nicht, und er würde einfach so tun, als wäre Everett nicht da.

»Ich schätz, ich kriege auch bald eine Karte«, sang Jody, von sich selbst überrascht, aber durchaus mit sich zufrieden. »Geschrieben statt mit Tinte mit Arsen.«

Everett lächelte sie an, und es war das breiteste und strahlendste Lächeln, das sie je gesehen hatte.

»Und sie fragten sich, von wem kam wohl das Aa-anthrax her …«, fuhr sie fort. Das ist der Refrain, sagte sie sich, um das neue Metrum zu rechtfertigen. »Yeah, sie rätselten, wer wohl der Una-bo-homber wär. Doch ich sagte, Boys, bleibt ruhig und ganz riie-läxt, das war kein Kerl, das war ja meine Ex!«

Doris sah aus dem Fenster. Es war wie ein Blick in einen grotesken Dritte-Welt-Slum. In der gruftartigen Schwärze konnte sie ein Lagerfeuer ausmachen, das in einem Holzkohlengrill loderte, und alte Frauen auf Küchenstühlen, die die Straße wie kalabrische Witwen säumten. Die Eingeborenen winselten irgendwelche Gesänge. Es wurde auf der Straße getrunken und, ja, getanzt. Mel hatte Wort gehalten und sich herumführen, sich die undisziplinierten Hunde und deren die Gesetze missachtende Halter zeigen lassen. Doch sie konnte sich des Gefühls nicht erwehren, dass im Kontext eines landesweiten Blackouts mit brennenden Lagerfeuern, schrammelnden Gitarren und Strömen von Tequila ihre kleine Vorführung von nicht ordnungsgemäß entsorgten Flaschen und nicht aufgekehrter Kacke eher dürftig abgeschnitten hatte.

»Komm ins Bett«, sagte Harvey.

»Es ist zu heiß.«

»Für alles andere ist es auch zu heiß. Und zu dunkel.«

»Ich setz mich ins Auto und mach die Klimaanlage an.«

Und Doris ging, eine Taschenlampe in der Hand, die Treppe hinunter, folgte dem Lichttrichter den nicht auszumachenden Bürgersteig entlang, kletterte in ihren Wagen und seufzte wonnevoll, als die eisige Luft über ihre Hände am Lenkrad strich und ihr gerötetes, lächelndes Gesicht erreichte. Harvey konnte sich über sie und ihren SUV so lustig machen, wie er wollte, aber sie wusste, was sie tat.

Als George Heidis Wohnung erreichte, begann Hobart hinter der verschlossenen Tür zu kläffen.

»Hör auf damit«, hörte er Heidi sagen. »Sei still, Hobart!«

Erleichtert darüber, dass sie am Leben war, und ein bisschen schuldbewusst, weil er gedacht hatte, sie wäre tot, drückte er auf die Klingel.

»Ich hab mir Ihretwegen Sorgen gemacht«, sagte er, als sie die Tür öffnete.

»Ach! Sie verwöhnen mich. Sie sollen mich nicht verwöhnen.«

Wie sich herausstellte, war Heidi schon unterwegs gewesen, aber wegen des ganzen Trubels war sie nicht am Restaurant vorbeigegangen. Nein, mit dem Treppensteigen hatte sie keine Schwierigkeiten. Ja, neun Treppen, neun Treppen, aber sie hielt sich ja am Geländer fest, und so war das überhaupt kein Problem, sie ging langsam, das war der ganze Trick dabei. Es war sehr liebenswürdig von George, Hobart noch Gassi führen zu wollen, aber bis zum nächsten Morgen war das nicht nötig. Mochte George vielleicht etwas trinken? Er musste doch erschöpft sein, nach den vielen Treppen. Also trat George in die Wohnung mit ihren Tischtüchern und Zierdeckchen und brennenden Kerzen in Kristallleuchtern, und er setzte sich auf ein Brokatsofa und trank mit Heidi Wein.

Simon wurde allmählich etwas nüchterner, und die Szene, die sich seinem zunehmend klareren Blick darbot, gefiel ihm gar nicht. Jody und Everett fuhren fort, sich gemeinsam Lieder auszudenken und sich anschließend über ihre eigenen Kompositionen vor Lachen auszuschütten.

»Hallo, Nachbar! Hühner glücklich? Meinen geht's eins a!«, sangen sie.

Simon schätzte, dass Everett mindestens zehn Jahre älter war als er. Ich würde mit ihm fertig werden, dachte Simon bei sich. Jederzeit, überall. Aber so aufrichtig es auch war, fühlte sich Simon irgendwie nicht wohl bei diesem Gefühl, so als steckte er in der Haut eines anderen. Der Haut eines seiner asozialen Kunden vielleicht. Einer grüblerischen Haut, die nichts zustande brachte.

»Die Lichter, sie sind alle aa-haus …«, sang Everett. »In deinem Herzen, ja, da herrscht Blackout …«

»Einst strahltest du, wenn du mich nur von fee-herne sahst«, erwiderte Jody. »Jetzt bist du kalt und schwarz und durchgebrannt!«

»Oh, Baby, Baby hatte Stromausfaa-hall … Ich steh im Dunkeln und bin nassgeschwitzt.«

»Ich rief das E-Werk an und schlug Krawa-hall, doch ich bin bei denen einfach abgeblitzt.«

»Wollt ihr hören, was sie sagten, Leute? *Well:* ›Zieh den Stecker raus, zieh den Stecker raus von Liebe, Herz und Sehnsucht!‹«

»›Dir nützen jetzt auch keine Batterie'n: Du bist hin …‹ – ich find keinen Reim, verflucht!«

Everett und Jody fanden den Song wahnsinnig komisch und beglückwünschten sich – was Simon extrem anwiderte – zu ihrem Gemeinschaftswerk.

»Bardame!«, sagte er zu Polly. »Noch eine Runde!«

Polly brachte jedem von ihnen ein weiteres Glas von der Mixtur, die sie zusammengebraut hatte. Sie wusste schon nicht mehr, was sie da eigentlich eingoss und in welchen Mengenverhältnissen, und es war ihr auch vollkommen egal. Von ihr aus konnten die alle verrecken. Vielleicht würde ihr Gemixe die Dinge ein wenig beschleunigen.

Simon verzog das Gesicht. »Was ist das?«

»Weiß ich nicht. Ist mir egal. Ich bin verzweifelt.«

Jody drehte sich nach ihrer Freundin um und sah, dass sie wirklich verzweifelt war. Polly weinte, lautlos, und die Tränen liefen ihr die Wangen hinunter. Jody wollte gerade

Pollys Hand nehmen, als sie eine andere Hand bemerkte, die ebenfalls ausgestreckt wurde. Es war Everetts Hand. Sie ergriff Pollys Hand. Everett stand auf. Er legte den Arm um Polly. Und als hätte Jody gar nicht existiert, als hätte Jody ihn nicht seit einer guten Stunde unterhalten und zum Lachen gebracht, ihm sein wunderschönes Lächeln entlockt, als hätte er Jody nicht immer und immer wieder mit diesem Lächeln angestrahlt, als hätte sich Jody nicht aufs Neue in ihn verliebt – ging Everett mit Polly weg, weg von Jody, fort in die Dunkelheit.

* * *

In dem Augenblick, als Polly und Everett das Restaurant verließen, wurden sie von einer so tiefen Dunkelheit umfangen, dass Polly das Gefühl hatte, darin zu ertrinken. Everett hielt sie im Arm. Dann hielt Everett sie in beiden Armen. Dann küsste Everett sie. Er schmeckte nach Alkohol, nach jeder Sorte Alkohol, die je destilliert worden war. Seine Lesebrille steckte in seiner Brusttasche, genau wie bei ihrem Vater, und sie spürte sie zwischen ihm und sich.

»Tut mir leid«, sagte er und rückte von ihr ab.

»Wo sind Sie?« Er war Polly plötzlich entschwunden, bloß einen Schritt von ihr entfernt und schon weg.

Er berührte ihren Arm. Sie fuhr zusammen, dann packte sie seine Hand, einen Anker in dunkler See.

»Das muss es nicht«, flüsterte sie.

»Ich nutze Sie aus. Ich nutze aus, dass Sie unglücklich sind.«

»Ja«, sagte Polly und zog ihn an sich und drückte die Lippen an seinen Hals. »Und ich bin sehr, sehr unglücklich, also haben Sie jede Menge auszunutzen.«

Everett ließ sich das durch den Kopf gehen, während er mit ihr auf sein Haus zuging. Sie war ein hübsches Mädchen, und er fühlte sich schon seit Monaten durch ihre Aufmerksamkeit geschmeichelt. Er war vielleicht alt genug, um vernünftig zu sein, aber es gefiel ihm nicht, alt genug zu sein, um vernünftig zu sein. Warum konnte er nicht jung genug sein, um Dummheiten zu machen? Nur für ein Weilchen? Polly schien zu wissen, was sie wollte, und auch wenn sie wegen ihres Exfreundes geweint hatte, hatte er den Eindruck, dass sie *ihn* wollte. Wenn er sie trösten konnte, warum sollte er das nicht tun?

Warum nagte aber dann dieses unangenehme Gefühl in seinem Herzen – dieses Gefühl, dass ihn dort, jenseits der heißen, nicht enden wollenden Dunkelheit, die Bredouille erwartete?

Sie kamen an einem großen SUV mit laufendem Motor vorbei.

Sie kamen an dem Folksänger vorbei.

Sie kamen an einer Frau vorbei, die, eine Sekunde lang von einem vorüberfahrenden Auto angestrahlt, einen Schnauzer in den Armen trug.

»Keine Angst, Rosie«, sagte die Frau. »Keine Angst.«

»Ich hab Howdy vergessen!«, sagte Polly. »Ich hab meinen Hund vergessen!«

Während sie zum Restaurant zurückhasteten, knurrte Polly sich selbst alle möglichen Verwünschungen zu, dieweil sich Everett in unausgesprochenen hundefeindlichen Gedanken erging.

Ich hoffe, er ist noch da, dachte Polly, der ihre Pläne für den Abend völlig entfallen waren. Ich verzeih es mir nie, wenn er weg ist.

Ich hoffe, er ist noch da, dachte Everett, der seine Pläne für den Abend in ernster Gefahr sah. Ich verzeih es ihm nie, wenn er weg ist.

Howdy *war* noch da, geduldig vor dem Tresen hingefläzt.

Polly atmete auf und umarmte den Hund freudestrahlend. Everett sah sich schuldbewusst um, stellte aber zu seiner Erleichterung fest, dass Jody gegangen war. Simon ebenso. Everett wusste, dass er den Tisch ein bisschen abrupt verlassen hatte. Er hoffte, die beiden würden sein Verhalten dem Alkohol zuschreiben.

Pollys Handy schien jetzt wieder zu funktionieren, denn er hörte sie telefonieren. »Ich geh mit dem Hund nach Haus. Gut, vielleicht nicht *richtig* nach Haus. Aber der Hund ist bei mir, also brauchst du dir um ihn keine Sorgen zu machen. Oder um mich.«

Es trat eine Pause ein, dann sagte Polly: »Geht dich das was an?«

Dann trat eine weitere Pause ein. »Ich weiß, ich weiß«, sagte Polly. »Ja. Ich bin nicht taub.« Und sie legte auf und steckte das Handy in ihre Handtasche.

»Alles okay?«, fragte Everett, obwohl es ein Blackout gab, Pollys Freund eine andere heiratete, ihr Bruder ihr offensichtlich gerade seine Meinung über Schwestern gesagt hatte, die zu unbekannten älteren Männern nach Haus gingen, und überhaupt alles ganz und gar nicht okay war.

»Manche Sprachforscher sind der Ansicht, dass das Wort ›okay‹ erstmals von der Anti-Bell-Ringing Society verwendet wurde, 1839 in Boston«, sagte sie. »Andere schreiben es den Choctaw-Indianern zu.«

Everett sah ihr fragend ins Gesicht, das im Licht der ringsum brennenden Kerzen gerade eben zu erkennen war.

»Ich bin Redakteurin bei einer Zeitschrift«, erklärte sie.

Er lächelte verlegen.

Polly sah ihn jetzt mit großem Interesse an und fasste ihn bei der Hand. »Es gibt auch noch die Mandingo-Theorie«, sagte sie. »Aber wen schert's?« Und sie führte ihn weg, mit Howdy im Schlepptau.

Während Everett und Polly, Hand in Hand und den Hund an der Leine, durch die dichte, dunkle Hitze heimwärts gingen, trank George Heidis Wein, vertraute ihr seine Sorgen wegen Polly an, versuchte sich von ihrer Bemerkung trösten zu lassen, jeder Mensch habe das Anrecht auf eine idiotische Liebesaffäre, fragte sich, warum er in niemanden verliebt war, weder idiotisch noch sonst wie, und sah sich mit Hilfe einer Taschenlampe Aquarelle an, die die alte Dame nachts malte, wenn sie nicht schlafen konnte. Doris ihrerseits betrachtete vergnügt die Instrumente am Armaturenbrett ihres klimatisierten Wagens, bis sich die Batterieanzeige dem roten Bereich näherte. Während Simon wiederum, zu seiner großen Überraschung und Freude, Jody nach Strich und Faden durchfickte.

14
War sie verliebt?

Es gibt, selbst in New York City, einen Augenblick, wo die Früchte an den Bäumen zu reifen beginnen. Eines Tages treten die Wildäpfel zum Vorschein, klein und grün wie Weintrauben. Die Früchte werden über Nacht größer und farbiger, und schon am nächsten Tag, so kommt's einem vor, sind die Äpfelchen karminrot. Müde, staubig und bleich weicht der Sommer, und an Sträuchern, von denen kein Mensch weiß, wie sie heißen – zumindest weiß *ich* nie, wie sie heißen –, hängen mit einem Mal Beeren: rot oder violett oder orange, oder, am Fuß der Treppe von der 76th Street hinunter in den Riverside Park, von einem überirdischen Lingerie-Lila.

Simon waren diese zunehmend bunteren Früchte normalerweise ein willkommener Anblick: Das erste Anzeichen dafür, dass die lange, jährlich wiederkehrende Lücke bald seinem wirklichen Leben weichen würde. Dieses Jahr aber sah Simon die Früchte mit Bestürzung. Virginia, die grünen welligen Weiden, die, wie er immer geglaubt hatte, seines Herzens Heimstatt waren, wie es in einem Lied von Stephen Foster hätte heißen können, lagen fernab von dem Ort, an dem sein Herz sich neuerdings heimisch zu fühlen schien, nämlich hier, in seiner Straße, bei Jody.

Nun war er, wie man einwenden könnte, ein bisschen zu lang im Geschäft, um sich derart maßlos und abgrundtief zu verlieben. Ja, man könnte argumentieren, dass er tatsächlich gleichzeitig zu alt und zu jung war – zu alt für eine selbstvergessene romantische erste Liebe, zu jung für eine verzweifelte Midlife-Vernarrtheit. Aber manchmal lügen Zahlen: Simon *war* verliebt. Er wachte mit Jodys unmelodischem Namen auf den Lippen auf. Ihre – durchaus melodische – Stimme echote lieblich in seinem Kopf.

Manchmal glaubte er, dass Jody ihn ebenfalls gernhatte. Die übrige Zeit hoffte er, es wäre so. Vor allem aber hielt er sich sein Glück vor Augen, und jedes Mal, wenn er sie sah, jedes Mal, wenn er sie berührte, jedes Mal, wenn sie sprach und er die Wärme und Süße ihres Atems spürte, war er von Dankbarkeit überwältigt. Geliebt hatte er auch schon andere Frauen, aber sie war die erste Frau, in die er sich verliebt hatte. Er hatte sie auf seine planlose Weise umworben. Und auf dieselbe planlose, zufällige Weise hatte er sie gewonnen. Der heiße Sommer war für Simon eine selige Zeit gewesen. Jetzt drohte der Herbst mit Ungewissheit.

Jody ihrerseits dachte durchaus über Simon nach, aber ihre Gedanken liefen in eine andere Richtung. Jody war, schlicht und einfach, von Simons sexueller Brillanz überrascht. Er wirkte wie jemand, der einen Blick auf die Uhr wirft und merkt, dass es 16:12 Uhr ist und dass er Frühstück und Mittagessen verschwitzt hat: Sein Appetit war enorm, seine Genussfähigkeit grenzenlos. Er schien sich in einem dauernden Zustand der Ekstase zu befinden, wie ein russisch-orthodoxer Gottesmann, wie ein Kind. Während des Blackouts hatte sie das pechschwarze Spielfeld der Nacht betreten, ohne viel zu erwarten und ohne sich irgendwas zu erhoffen. Sie hatte in dieser Nacht das Gefühl gehabt, schon verschwunden zu sein – verschwunden aus Everetts Bewusstsein und damit ein bisschen auch aus ihrem eigenen. Als Simon sie sanft zu seinem Bett führte, dachte Jody: Es ist mir egal, was ich tue. Hinterher dachte sie: Wie kann ich so wankelmütig sein? Dann sah sie den schlafenden Simon an und dachte: Ich bin auch nur ein Mensch.

Jetzt war sie sexuell verzaubert. Das Gefühl, das sie mit Simon verband, ließ sich nicht anders beschreiben. Manchen mag es unerklärlich, ja verwerflich erscheinen, dass sie ihr Interesse so rasch von einem Mann auf einen anderen übertragen konnte, und anfangs fand es Jody selbst unerklärlich und verwerflich. Du solltest dich schämen, dachte sie. Flitzt von einem Mann zum nächsten, reißt Männer auf, den nächstbesten Mann, von Jungfer zu Hure in nur einer Nacht!

Aber ich muss gestehen, dass ich Jody weniger streng beurteile, als sie es selbst tat. Da war sie in der Nacht des Blackouts plötzlich von dem Mann im Stich gelassen worden, den sie zu lieben glaubte. Und vor ihr war ein anderer Mann, ein betrunkener, wenig wortgewandter, dafür freundlicher und sie anhimmelnder Mann. Er hatte sie bei der Hand genommen und sie durch die Schwärze der Nacht zu seinem Bett geführt.

Simon brachte Opfer an ihrem Heiligtum dar, während ihr bis dahin noch niemals bewusst gewesen war, dass sie überhaupt ein Heiligtum besaß. In den darauf folgenden Tagen überwältigte sie dieser Ersatzliebhaber mit der Urgewalt seiner Gefühle, seiner Leidenschaft und seiner Aufmerksamkeit. Ist es da noch verwunderlich, wenn der Ersatz nach und nach den Platz des Originals einnahm?

Dann ging der Sommer zu Ende, und die Schule begann.

»Ist mit dir alles in Ordnung?«, fragte die Kunstlehrerin an ihrem ersten Unterrichtstag.

»Ja. Warum?«

»*Schläfst* du?«

Jody stutzte. Schlief sie? War das, was Simon und sie taten, »schlafen«? Andererseits wachte sie jeden Morgen auf, und dies setzte Schlafen voraus. Und wenn sie aufwachte, begrüßte der Tag sie gütig und freundlich, und sie sprang aus dem Bett, dankbar für die Nacht und dankbar für die Stunden, die vor ihr lagen, bis die nächste Nacht beginnen würde.

»Ja«, sagte sie. »Ja, tu ich anscheinend.«

Die Kunstlehrerin schüttelte den Kopf. »Es ist verwirrend, das ist alles.«

»Auch für mich«, sagte Jody, und als sie zum Lunch gingen, nahm sie, das Cafeteria-Sonnenscheinchen, den welken Salat oder den wässerigen Kaffee nicht länger in Schutz. Ganz im Gegenteil.

»Essensreste von Snowball?«, fragte sie und deutete auf den Salat. Snowball war das Kaninchen-Maskottchen der Vorschulklasse.

»Das schmeckt wie abgestandenes Badewasser«, sagte sie und nahm ihre Kaffeetasse angewidert vom Mund.

Die Kunstlehrerin starrte sie an, dann stellte sie die Thermoskanne, aus der sie sich hatte Kaffee einschenken wollen, wieder hin und nahm sich stattdessen einen Teebeutel.

Als sie das sah, verspürte Jody ein plötzliches Hochgefühl. Sie atmete tief durch. Wie köstlich ist es doch, ein Ekel zu sein!

»Weißt du, was ich glaube?«, sagte die Kunstlehrerin, während sie sich kochendes Wasser in die Tasse goss und den aufgequollenen Teebeutel hin und her zog. Sie sprach mit hoher, neckender Stimme. »Ich glaube, du bist verliebt.«

Jody sagte nichts. Sie trank schlückchenweise die Kaffeeplörre und dachte nach. War sie verliebt? Sie wusste es nicht. Was bedeutete das? Und was spielte das für eine Rolle? Sie fühlte sich wahnsinnig gut, und sie wurde geliebt. Was sollte man mehr verlangen?

* * *

Für George war der Herbst nicht anders als der Sommer. Er arbeitete im Go Go, er ging an seinen freien Abenden aus, er fühlte sich irgendwie schuldig und unausgefüllt. Die zwei größten Veränderungen bestanden darin, dass er keine Freundin hatte und dass er neuerdings noch einen Hund zusätzlich ausführte. Der Vorfall mit dem hübschen Mädchen und dem Rottweilermischling hatte zu einer kurzlebigen Romanze mit Laura, dem hübschen Mädchen, und der langfristigen Verpflichtung geführt, Kaiya, die hübsche Hündin, auszuführen und zu erziehen.

Der herbstblaue Himmel hatte Glanzlichter von leuchtend weißen Wolken, und der Wind war frisch und hellwach, als George, Howdy und Kaiya den Park erreichten. Die Hunde tanzten an den Enden ihrer Leinen und bellten rundbäuchige Eichhörnchen an, die geschäftig wie wohlhabende Bürger in prächtigen Pelzmänteln davonwuselten. George ließ die Hunde von der Leine. Erst standen sie absolut regungslos da, dann sprangen sie, so schien es, wie verrückt in sämtliche Richtungen gleichzeitig, wirbelten durch die Luft auf der Jagd nach Eichhörnchen, nach Blättern, nach dem Leben selbst. Ein Mann mittleren Alters mit einem Mops an der Leine blieb stehen und wechselte mit George ein paar Worte über das Wetter. Doch dann kam das junge Paar, das ebenfalls einen Mops hatte, und George war mit seinen großen Hunden zweifelhafter Abstammung abgeschrieben.

George fragte sich, ob er Laura vermisste und warum das mit ihr schiefgegangen war. Sie war ein hübsches, pralles, forderndes Mädchen, fast so ungeduldig wie seine Schwester. Waren alle Mädchen so wie seine Schwester? Und wenn nicht, warum nicht? Denn mal ehrlich, dachte er, Polly ist die Beste. Es überraschte ihn, wie viel Spaß sie miteinander hatten. Seine Freunde hatten anfangs gemeint (wie übrigens auch er selbst), er wäre verrückt, bei seiner Schwester einzuziehen. Aber sie hatten bald die Vorzüge einer bequemen Schlafstätte und einer bequemen guten Freundin eingesehen, denn als genau das hatte sich Polly erwiesen. Er konnte sich mit ihr unterhalten oder auch nicht, ganz nach Lust und Laune. Wenn er erkältet war, brachte sie ihm Orangensaft und wusste, welche rezeptfreien Medikamente ihm beim Einschlafen halfen. Sie war immer bereit, mit ihm ins Kino zu gehen oder mitten in der Nacht was beim Chinesen oder vom Pizzaservice zu bestellen. Im Wohnzimmer stritten sie sich um die Fernbedienung und den bequemsten Sessel. Es war so, als wären die beiden wieder zu Haus, als hätte es keine Scheidung gegeben und als wären ihre Eltern lediglich zu einem sehr, sehr langen Abendessen ausgegangen.

Andererseits – wenn Polly die Beste war, warum verplemperte sie dann ihre Zeit mit diesem vertrockneten alten Everett? Und selbst angenommen, sie *wäre* die Beste, was sie, dieser Überlegung zufolge möglicherweise doch nicht war – würde er, George, dann wirklich eine feste Beziehung mit jemandem wie Polly haben wollen? Wahrscheinlich nicht. Zumal er schon eine feste Beziehung mit jemandem wie Polly hatte: Polly.

Und der ganze Witz bei ihr war ja, dass sie nicht mehr brauchte als das, was er ihr sowieso schon immer geboten hatte: seine brüderliche Anwesenheit. Wenn er mit jemandem wie Polly, der nicht Polly war, was angefangen hätte, wäre er *damit* nie durchgekommen.

George fragte sich, ob sich alle über so etwas Gedanken machten. Er hoffte, nein. Er pfiff nach den Hunden, die ihn liebenswürdig in ihre Mitte nahmen, als er seinen Morgenlauf begann.

Doris sah sie vorbeitrotten, und auch wenn sie von der inoffiziellen, aber fest etablierten Regelung wusste, dass vor neun Uhr früh Hunde ohne Leine im Park laufen durften, blieb sie stehen, schnalzte mit der Zunge und warf Georges Rücken einen bitterbösen Blick zu, ehe sie ihr Power-Walking wieder aufnahm. Sie nahm mit Wohlgefallen ein paar Gärtner zur Kenntnis, die abgestorbene Pflanzen ausrissen. Am späten Vormittag hatte sie ein Gespräch mit dieser unsäglichen Margaret und deren reizendem Mann, Edward. Der Sohn der beiden, Nathan, steckte wieder einmal in Schwierigkeiten. Er hatte sein Schweizer Armeemesser mit in die Schule genommen. Dann gab es eine Lehrerkonferenz. Und dann gab es immer diese angeblichen Fälle von Fellatio auf den Schülerklos, mit denen man sich auseinandersetzen musste. Ihr Arbeitstag würde wie jeden Tag ein Gewaltmarsch bergauf sein – ein Gedanke, der sie mit dem leichtfüßigen, angenehmen Bewusstsein ihrer Unersetzlichkeit erfüllte und ihr einen Extraschub an Power für ihr Power-Walking schenkte. Harvey wurde allmählich richtig taub, was deprimierend war. Wenn in der Schule auch nur einer ihr wirkliches Alter gewusst hätte, wäre sie wahrscheinlich zwangsweise in Rente geschickt worden. Aber es war ein strahlender Tag, und die Straße, in der sie wohnte, bot, verwahrlost, wie sie war, zahllose Möglichkeiten der Verbesserung. Erst gestern hatte sie acht Bierdosen und sechs Wasserflaschen eingesammelt und eine Frau erwischt, die ihrem Jack-Russell-Terrier gestattete, an einen Baum zu urinieren. »Zügeln Sie Ihren Hund!«, hatte sie geschrien und auf ein am Baum befestigtes Schild gezeigt, ein Schild, das sie da selbst angenagelt hatte. Doris marschierte vergnügt und mit gesteigertem Elan den Reitweg entlang, wobei sie freudig einige gefährliche Löcher bemerkte, die zweifellos irgendein Hund gegraben hatte. Selbst diejenigen, die sie liebten, betrachteten Doris als einen negativen Menschen – umso mehr diejenigen, die sie nicht liebten. Aber wenn Negativität Verzweiflung meint, war Doris alles andere als negativ. Tatsächlich war die bedauernswert unzulängliche, vor sich hin stümpernde Welt der einzige Quell ihrer beträchtlichen Lebensfreude.

Auf dem asphaltierten Gehweg kam eine Frau mit Kinderwagen angeschoben, in dem ein großäugiger, plattgesichtiger Hund mit langem weißem Fell lag.

Doris blieb stehen, gefangen zwischen Empörung und schlichtem Ekel.

»Sie heißt Kissy«, sagte die Frau und tätschelte den Hund liebevoll.

Doris walkte weiter, noch schneller als zuvor, gestärkt und von Frieden erfüllt.

* * *

Jamie saß an seinem Tisch und begrüßte mit seinem gewohnten Lächeln Gäste. Der Abend war noch jung, und er hatte schon eine halbe Flasche Rotwein leer bekommen. Er würde ein bisschen langsamer machen müssen.

»Lois!«, sagte er und stand auf, um eine Frau auf die Wange zu küssen. »Probieren Sie den Rochen«, flüsterte er ihr zu. »Er ist neu auf der Karte. Sagen Sie mir, wie Sie ihn finden.«

Er ließ sich wieder auf seinen Stuhl sinken und wartete darauf, dass Noah kam. Noahs Eltern waren in der Stadt, und sie alle – Noah, seine Mutter, sein Vater und sämtliche Kinder – holten ihn zu irgendeinem schauderhaften Event ab, Zirkus, Schlittschuhlaufen oder Marionettentheater, was auch immer. Noahs Eltern konnten Jamie nicht ausstehen, jedenfalls kam es ihm so vor, aber er hatte das Gefühl, es ihnen irgendwie nicht verdenken zu können. Jeder hatte Träume für seine Kinder. Ein schwuler Restaurantbesitzer hatte offenbar nicht zu den ihrigen gehört.

Weitere Gäste kamen herein, und Jamie stand auf, um ihnen die Hand zu geben und ein paar freundliche Worte zu wechseln. Das war ein Aspekt seiner Arbeit, der ihm Spaß bereitete. Er war reine Routine und stellte kaum Anforderungen, aber das traf schließlich auf die meisten Jobs zu. Und Jamie hatte im Laufe der Jahre gemerkt, dass die Leute ihn mochten. In seiner Jugend war das manchmal ein Problem gewesen und hatte seinen vielen Verehrern nicht wenig Herzschmerz beschert. Hier aber, in seinem Restaurant, hatte er eine Möglichkeit gefunden, bewundert zu werden, ohne Leiden zu verursachen.

Er sah sich um und konnte nicht umhin, ein Aufflackern von Stolz zu verspüren. Er konnte Menschen glücklich machen. Einer seiner Hilfskellner, der halbwüchsige Sohn seines philippinischen Buchhalters, ließ einem Gast ein Stück Brot auf den Schoß fallen und warf Jamie einen entsetzten Blick zu. Jamie hob eine Augenbraue. Der Junge erlangte rasch seine Fassung und das Brot wieder und fuhr mit seiner Arbeit fort. Jamie fragte, ob es nötig werden würde, ihn zu feuern. Er hoffte, nicht. Er wusste, dass der Junge nächstes Jahr aufs College wollte und Geld brauchte. Vielleicht reichte es, wenn sie ihn in die Mittagsschicht verlegten.

Simon und Jody waren gerade hereingekommen, und er lächelte und nickte ihnen einen Gruß zu. Die beiden waren ein seltsames Paar. Sie nach außen Miss Strahlefrau Sonnenschein und er ein nervöses, verwildertes großformatiges Stück Mensch, ein orientierungsloser Einzelgänger. Er versuchte sich die beiden im Bett vorzustellen, aber es gelang ihm nicht. Sie wirkten auf ihn durch und durch asexuell. Um sich die Zeit zu vertreiben, stellte er sich andere Restaurantgäste zusammen vor: die zwei jungen Frauen, Mütter an ihrem freien Mädelsabend vermutlich, die miteinander tratschten und Margaritas tranken; das Paar mittleren Alters, das sein erstes Date zu haben schien; die Eltern eines wohlerzogenen und gut gekleideten kleinen Jungen samt ganz kleinem Schwesterchen – wahrscheinlich Europäer, er würde unauffällig an ihrem Tisch vorbeischlendern und feststellen, in welcher Sprache sie redeten. Das Restaurant war voll, und voll von amüsanten Paarkonstellationen. Seine Gedanken verweilten eine Zeit lang bei zwei Schwulen sehr unterschiedlichen Alters und kehrten dann zu Jody und Simon zurück. Sie waren beide so ernst. Vielleicht war es das, was die beiden verband: zwei einsame, ernste Seelen. Plötzlich kam er sich voyeuristisch und herzlos vor und wandte sich wieder seinem Glas Wein zu.

»Da seid ihr ja!«, rief er, als er sah, wie seine Brut durch die Tür geschleust wurde. Die Kleinsten saßen in ihrem sperrigen Zweisitzerbuggy. Die Vierjährigen rannten schnurstracks zum Tresen und kletterten auf die Barhocker. Jamies Tochter schmiss sich ihrem Papa auf den Schoß und verlangte nach Zabaglione. Die Hunde fingen an zu bellen und ihren eigenen Schwanz zu jagen. Die Babys weinten. Die Jungen spielten auf den Barhockern Karussell. Das Mädchen saß trübsinnig da und machte eine dicke schmollende Unterlippe.

Simon betrachtete fasziniert Jamies Familie. Mit Noah hatte er schon mal ein paar Worte gewechselt. Noah war sogar noch größer als er, und dadurch waren sie sich, wie er meinte, auf Anhieb sympathisch gewesen. Jetzt winkte er, aber Noah kniete gerade neben einem heulenden kleinen Jungen und sah ihn nicht.

Jamie bat George, seine Hunde nach Haus zu bringen. Er blieb bei seinen unterkühlten Schwiegereltern – obwohl *Schwierig*eltern wahrscheinlich die treffendere Bezeichnung gewesen wäre. Er bot ihnen ein Glas Wein an, und zu seiner Überraschung nahmen sie an. Sie setzten sich alle an den

Tresen, und Jamie bediente sie von der anderen Seite. Als seine und Noahs Blicke sich begegneten, ging ihm das Herz auf.

»Auf uns alle«, sagte er und hob sein Glas. »Auf uns alle.«

George ging mit den zwei kleinen Hunden die paar Schritte zu Jamies Haus. Eins der Kindermädchen war da und machte ihm auf. Sie war ein bisschen alt für ihn, aber sie sah wahnsinnig gut aus. Spielte das Alter wirklich eine so große Rolle? Dann dachte er an Polly und Everett, und da erinnerte er sich, dass es das durchaus tat. Er übergab die Hunde.

»Bye-bye, Hector. Bye-bye, Tillie«, sagte er.

Sie machten Sitz und winkten ihm mit der Pfote zu. Er hatte ihnen das beigebracht.

»Ich hab's ihnen beigebracht«, konnte er nicht umhin, dem hübschen Kindermädchen, das entzückt in die Hände klatschte, zu verraten.

Er kehrte ins Restaurant zurück und sah Jamie und seine Lieben, die aufgereiht vor ihm am Tresen saßen. Genau wie eine richtige Familie, sagte er zu sich.

»Mann«, sagte er dann laut, um seinen politisch unkorrekten Gedanken zu überspielen, »was für eine tolle Familie!«

Auch Jody betrachtete gerade Jamies Familie und sagte sich, es sei doch merkwürdig, heutzutage und hierzulande so viele Kinder zu haben. Na ja, fiel ihr dann wieder ein, künstliche Befruchtung, Leihmütter, dadurch kamen ja die vielen Zwillinge zustande, nicht? Sie fragte sich, ob sie zu alt sei, um noch Kinder zu bekommen. Ganz bestimmt nicht fünf, aber ein oder zwei …? Es überraschte sie noch immer, fast täglich, dass sie keine Kinder hatte. Dann fingen die Kleinen in ihrem Doppelbuggy wieder an zu plärren, und sie wandte sich ab und fragte sich entsetzt, ob sie möglicherweise doch keine Kinder wollte, nicht mal ein einziges.

»Manchmal reagiere ich auf anderer Leute Kinder etwas gereizt«, sagte sie zu Simon in der Hoffnung, dass dies ihre Gedanken nachvollziehbarer erscheinen lassen würde.

»Na ja, bei den ganzen Kindern in der Schule …«

»Oh, nein«, sagte sie schnell. »Die meine ich nicht. Das sind *meine*!«

Jamie und Noah und die Kinder und Großeltern verließen das Lokal, und sofort trat Stille ein. Dann fingen die Gläser und Gabeln und Teller wieder an zu klimpern, und Stimmen begannen zu murmeln und zu summen. Simon beglich die Rechnung, das ließ er sich nie nehmen. Jody protestierte zwar immer lautstark, aber insgeheim genoss sie es, eingeladen zu werden. Jody hatte Beatrice zu Haus gelassen, und jetzt gingen sie bei ihr vorbei, um sie zu holen. Simon war noch nie in Jodys Wohnung gewesen. Sie gingen immer in seine.

»Wart hier grad«, sagte sie zu ihm auf der Vortreppe. »Wir sind gleich unten.«

Sie wollte ihn nicht dahaben, in ihrem einen kleinen Zimmer. Sie hätte nicht genau sagen können, warum. Aber er wartete gefügig, und sie lief die Treppe hinauf.

In Wirklichkeit alles andere als gefügig, sah Simon ihr mit einem fast panischen Gefühl nach. Er hielt es nicht aus, von ihr getrennt zu sein. Er versuchte sich im Zaum zu halten. Er sagte Jody nie etwas davon, er wollte sie nicht erschrecken, aber selbst eine so kurze Trennung wie diese erfüllte ihn mit Sehnsucht nach ihr. Er klopfte mit dem Fuß auf den Beton. Er fuhr sich mit der Hand durch die Haare. Er seufzte. Er drehte sich um und sah zu ihrem Fenster hoch. Er drehte sich um und sah die Straße entlang. Als sie endlich erschien, zitterte er schon fast vor Ungeduld.

»Beatrice!«, sagte er und stürzte sich auf die Hündin, um seinen Zustand zu verbergen.

Beatrice leckte ihm das Gesicht ab und wedelte mit dem Schwanz, und Jody sah mit einem Lächeln zu, das, wie Simon befürchtete, nichts weiter als wohlwollende Belustigung zum Ausdruck brachte.

Es war ein warmer, angenehmer Abend. Zwei große Golden Retriever stolzierten vorbei. Keine Halsbänder. Keine Leinen. Frauchen folgte im Abstand von einem halben Block: eine hochmütig aussehende Frau in eleganter *Field-&-Stream*-Outdoorkluft. Ich brech zusammen, dachte Jody.

»Angeberin«, knurrte sie in sich hinein.

Während sie die Straße entlangschlenderten, sah sie, ohne es zu wollen, hinauf zu Everetts Fenstern. Abgesehen vom flackernden blauen Licht eines Fernsehers waren sie dunkel. Sie fragte sich, ob Simon bemerkt hatte, dass sie zu den Fenstern hochgeschaut hatte. Es wäre ihr sehr unangenehm gewesen, Simon zu verletzen. Sie hatte ihn mit der Zeit richtig lieb gewonnen. Er war ihr gegenüber nach wie vor schüchtern, außer wenn sie im Bett waren, was sie reizend fand.

»Ist es nicht schön?«, sagte sie, um Simons Aufmerksamkeit von ihrem Blick zu Everetts Fenstern abzulenken. »Ich liebe diese Zeit des Jahres.«

Simon antwortete mit seiner leisen Murmelstimme.

»Was?« Sie hatte sich immer noch nicht an sein unhörbares Sprechen gewöhnt und reagierte darauf deutlich gereizt, was sie anschließend sofort bereute.

»Hab ich früher auch«, sagte er etwas lauter.

Jetzt war sie verwirrt. »Früher was auch?«, fragte sie, diesmal bemüht, freundlich zu klingen.

»Früher habe ich diese Zeit des Jahres auch geliebt.«

»Aber jetzt …?«

»Jetzt …«

»Jetzt?«

»Hat sich mein ganzes Leben verändert.«

Jody versuchte sich über diese Aussage nicht aufzuregen. Es war unfair und unfreundlich, sich aufzuregen, wenn jemand einem seine Liebe erklärte, und wenn auch auf diese unbeholfene Weise – *ganz besonders* auf diese unbeholfene Weise. Aber sie merkte, dass sie sich aufregte. War es denn nicht möglich, eine sexuell beglückende Beziehung zu haben, ohne die Sache zu verkomplizieren? Verdirb nicht alles, hätte sie am liebsten gesagt.

»Ich kann nicht fahren«, sagte er.

Virginia, wieder mal.

»Komm schon, Simon. Das ist doch nicht dein Ernst.«

»Komm mit«, sagte er.

Sie gab keine Antwort. Sie wusste, dass das nicht sein Ernst sein konnte.

Er blieb stehen, zog sie an sich und riss dabei versehentlich an Beatrices Leine.

»Hey …«, sagte sie.

»Ich liebe dich«, sagte Simon. »Ich möchte dich heiraten.«

15

»Nur für ein Weilchen«

Unmittelbar bevor Emily aus Italien heimkehrte, wurde Everett bewusst, dass er mit Polly reden musste.

»Du verstehst das sicher«, sagte er. »Ich meine, dass wir uns schlecht treffen können, solange …« Er verstummte. Es war ihm unmöglich, Emilys Namen in diesem Kontext auszusprechen. Die ganze Sache kam ihm plötzlich richtig schmutzig vor.

Polly sah ihn skeptisch an, als ob sie nur allzu gut verstünde. »Deine Tochter soll nicht erfahren, dass du auf kleine Mädchen stehst?«

»Genau«, sagte Everett. Warum um den heißen Brei herumreden? Wenn Polly alt genug war, um eine Affäre zu haben, dann war sie doch wohl auch alt genug, um sich diskret zu verhalten. Hoffte er.

Es hatte bereits einen peinlichen Zwischenfall gegeben. Er war mit Polly unterwegs gewesen, als er eine Frau gesehen hatte, die er von Emilys Schule her kannte, die Mutter einer von Emilys Freundinnen – von welcher, konnte er nicht sagen. Die kleinen Mädchen mit den langen seidigen Haaren und den kleinen Kapuzensweatshirts hatten für ihn alle gleich ausgesehen. Ebenso wenig erinnerte er sich an den Namen der Mutter. Aber er erkannte sie wieder, und sie ihn offenbar auch.

»Na, das ist doch nicht Emily, oder?«, hatte sie gesagt, was Everett wie eine viel zu deutliche Aufforderung zu mehr

Informationen vorgekommen war. »Ich habe Sie von der anderen Straßenseite aus gesehen und für einen Augenblick gedacht, Sie wären es.«

Polly war rot geworden, eher vor Ärger, wie Everett glaubte, als vor Verlegenheit. Everett selbst war vermutlich ebenfalls rot geworden. Aber da war nichts zu machen. Er hatte der Frau lediglich beigepflichtet, dass es in der Tat nicht Emily sei, Emily würde erst in ein paar Wochen zurückkommen. Um sie von Polly abzulenken, hatte er sie dann gefragt, was ihre Tochter denn so mache, und es hatte besser als erhofft funktioniert: Die Frau wusste ausführlichst über das Volontariat ihrer Tochter in einer Sportredaktion zu berichten.

»Komm, Paps«, hatte Polly gesagt, als die Frau endlich weitergegangen war. Sie hatte gelacht – ein bisschen boshaft, wie er fand –, aber sie hatte den Zwischenfall nie wieder erwähnt.

»Du verstehst das sicher«, sagte er zu Polly, kurz bevor Emily zurückkehrte, und es waren keine weiteren Erklärungen nötig.

Die zwei Wochen mit Emily waren glückselig und qualvoll zugleich. Sie war, wie erwartet, wegen der Katze wütend auf ihre Mutter, was Everett mehrere Augenblicke inniger Befriedigung verschaffte. Aber sie war wegen der Katze auch auf Everett wütend, womit er nicht gerechnet hatte. In Italien hatte sie Wein schätzen gelernt und trank bei den (eher seltenen) gemeinsamen Abendessen ein Glas mit ihm. Sie behauptete, es bereite ihr kein Vergnügen mehr, sich literweise Budweiser durch einen Trichter einflößen zu lassen. Was Letzteres anging, war sich Everett zwar nicht so sicher, aber es war immerhin ein Fortschritt, dass sie das Gefühl hatte, das behaupten zu müssen. Sie hatte viel zu erzählen: über Mode (unendlich viel weniger schick in den Staaten) und Politik (gleichermaßen dumm in Italien wie in den Staaten) und das affektierte Mädchen in ihrer Gruppe, das um ein Haar die ganze Reise ruiniert hätte. Sehr wenig, fiel ihm auf, hatte sie über Kunst zu erzählen oder die vielen Museen, die sie nach eigenen Angaben besucht hatte. Aber sie trank Espresso wie ein Profi, und Everett hatte den Eindruck, dass der Auslandsaufenthalt alles in allem ein Erfolg gewesen war.

Sie sprach so missbilligend von der bevorstehenden Heirat ihrer Mutter, dass Everett tatsächlich Mitleid mit Alison verspürte und sie wider Willen in Schutz nahm.

»Die beiden sind wirklich nicht die ersten Menschen auf der Welt, die heiraten, Emily. Ich weiß, es ist für dich schwer zu akzeptieren, aber es ändert nichts an deiner Beziehung zu deiner Mutter.«

»*Darum* mach ich mir doch keine Sorgen!« Sie bedachte ihn mit einem verächtlichen Blick, als sei er verrückt – oder zumindest einfältig – zu unterstellen, ein beliebiger Mann könnte zwischen sie und ihre Mutter treten. »Es ist bloß so *peinlich*!«

Dann schnaubte sie angewidert, und Everett betete darum, sie möge nicht von Polly erfahren.

Während dieser zwei Wochen ging er Polly sorgsam aus dem Weg und sagte kaum hallo, wenn sie sich in der Eingangshalle sahen, und Polly ging ihm ihrerseits so pflichtbewusst aus dem Weg, dass er sich bald wünschte, sie würde aus der Rolle fallen, nur ein bisschen, gerade so viel, dass er es mitbekäme – ein flüchtiger liebevoller Blick, ein heimliches wehmütiges Lächeln, ein nächtlicher Anruf. Aber sie schien alle etwaigen Gefühlsregungen vollkommen unter Kontrolle zu haben. Trotzdem schien Emily zu argwöhnen, dass etwas los war, und instinktiv zu ahnen, dass dieses Etwas mit Polly zu tun hatte.

»Du bist ja nicht besonders nett zu dem Mädchen«, sagte

sie eines Abends, als sie auf der Straße an Polly und Howdy vorbeigegangen waren.

»Was für ein Mädchen?«

»Unsere Nachbarin mit dem Hund, der dich liebt.«

»Kein Hund liebt mich.«

»Jeder liebt dich, Daddy«, hatte sie gesagt und ihn aufmerksam angesehen.

Er hatte nicht geantwortet, aber bei ihrer nächsten Begegnung mit Polly hatte er darauf geachtet, sie betont beiläufig freundlich zu grüßen.

Jetzt war Emily wieder auf dem College und Polly wieder in seinem Bett, und er war dazu abkommandiert worden, den großen rabaukigen Hundejungen auszuführen und bei der Gelegenheit etwas Eis zu kaufen. Everett zog sich Schuhe und Jackett an und folgte Howdy ein paarmal um den Couchtisch, ehe der Hund sich an die Leine nehmen ließ. Er war bis dahin noch nie gebeten worden, den Hund auszuführen, und er hatte sich zunächst geweigert. Dann, als er unwillig eingewilligt hatte, hatte Polly ihn gebeten, ihr von den Koreanern Eis mitzubringen.

»Was? Mit dem Hund?«

»Die haben nichts dagegen, Everett. Ich mach's dauernd.«

Warum machst du's dann nicht auch heut Abend?, dachte er. Und er ging, während sie sich eine dieser nervigen TV-Serien, die sie so mochte, ansah, einen krud gezeichneten Zeichentrickfilm um unausstehliche, unflätige Kinder.

Doch im Aufzug wurde Everett milder gestimmt. Polly war müde. Was ihr gutes Recht war. Und er erschauderte vor Vergnügen, als er sich ins Gedächtnis rief, welchen Anstrengungen sie sich in seinem Interesse unterzogen hatte. Polly. Sie hatte ein bisschen Eiscreme verdient.

Ein kleiner runder Mond schwebte hoch über den Häusern. Beim koreanischen Minimarkt angelangt, führte Everett mit Unbehagen den Hund hinein, hielt die Leine dabei straff und den Hund bei Fuß, als wollte er ihn verstecken. An der Kühltheke zögerte er, entschied sich dann für Häagen-Dazs Erdbeere. Er genierte sich wegen des Hundes, der an der Leine zerrte und jedem an den Schuhen zu schnüffeln versuchte. Das erinnerte Everett daran, dass er noch immer ein bisschen böse auf Polly war, weil sie ihn mit dem Hund auf die Straße geschickt hatte, und das wiederum bereitete ihm Schuldgefühle. Er ging vor die Tür und wählte ein paar gelbe Tulpen aus. Dann erinnerte er sich, dass er schon vergangenen Frühling Tulpen gekauft und Jody geschenkt hatte, und er tauschte die Tulpen rasch gegen Rosen aus, rosafarbene, obwohl sie teurer waren.

Als er in seine Wohnung zurückkam, nahm Everett den schwachen Geruch von abgestandenem Zigarettenrauch wahr. Polly rauchte nie im Haus, soweit er wusste, aber ihre Sachen hatten manchmal den Tabakgestank an sich, den Everett mit Studentenwohnheimzimmern assoziierte. Vielleicht wegen der Blumen musste er wieder an Jody denken, an ihre Zigarette unter dem Schirm im Regen, an ihren frischen Geruch nach Seife. Polly lag auf seinem Bett und sah sich einen Film an. Er nahm leicht verärgert zur Kenntnis, dass sie sich eines seiner sauberen gebügelten weißen Hemden angezogen hatte. Obwohl er zugeben musste, dass sie darin sexy aussah.

»Dieser Film ist total irre«, sagte sie, ohne den Blick vom Bildschirm zu wenden.

»*Der Stadtneurotiker*? Der zieht noch immer?«

»Würd ich sagen. Ist todkomisch.«

»Gott«, sagte er lachend, als er Diane Keaton als Annie Hall in ihrem Schlapphut und Schlips sah. Er setzte sich auf die Bettkante. »Der Annie-Hall-Look. Erinnerst du dich?«

»Nein«, sagte Polly.

Da wurde Everett bewusst, dass Polly, als *Der Stadtneurotiker* gedreht wurde, noch gar nicht auf der Welt gewesen war.

Er stöhnte.

»Was ist los?«, fragte sie und sah ihn an.

Everett schüttelte den Kopf.

»Hey!«, sagte Polly. »Erdbeereis! *Und* Blumen! Du bist ein Schatz.« Und sie umarmte und küsste ihn. Von der allgemeinen Aufregung mitgerissen, sprang Howdy zu Polly und Everett aufs Bett.

»Ab!«, sagte Everett zu dem Hund.

»Ach, komm schon«, sagte Polly, zog Howdy an ihre Brust und küsste ihn auf den Kopf.

Everett ging in die Küche, um das Eis in Schälchen zu füllen und die Blumen ins Wasser zu stellen. Er hörte sich an, wie sie über den Film lachte, wie ihre Stimme schwerelos durch die dunkle Wohnung schwebte.

Polly aß ihr Eis, zog sich dann an, gab Everett einen Abschiedskuss und ging, mit Howdy, aber ohne die Blumen.

»Pass auf, dass die Tür nicht knallt«, hörte sie ihn noch rufen, bevor die Tür hinter ihr zuknallte.

Sie warf einen schuldbewussten Blick über die Schulter und folgte dann Howdy die Treppe hinunter. Sie mochte Everett. Er war ein bisschen kalt, ein bisschen gehemmt, ein bisschen öde vielleicht, aber mit ein bisschen Phantasie konnte man ihn für einen Mann mit einem trockenen Humor halten, und Polly hatte jede Menge Phantasie. Ja, sein Humor war dermaßen trocken, dass sich Polly im Vergleich zu ihm herrlich lebendig fühlte, wie das personifizierte Leben geradezu. Er ging mit ihr in gute Restaurants und gab ihr teuren Wein zu trinken. Er war zuvorkommend und stellte keine hohen Ansprüche. Sie kam sich vor wie im

Urlaub, und die Beziehung war der Urlaub und der Strand, auf dem sie sich aalte, und die Karibikinsel, auf der sie urlaubte.

Zu Hause duschte sie in aller Ruhe und gratulierte sich dazu, nach dem großen Kummer mit Chris eine so erholsame Beziehung zu führen. Nachdem sie sich abgetrocknet hatte, kramte sie im Wandschrank nach einer Flasche Feuchtigkeitslotion. Sie öffnete eine Sporttasche. Da war die Flasche. Dann sah Polly neben der schlanken weißen Plastikflasche ein weiteres schlankes weißes Objekt. Es war ein iPod. Ich habe keinen iPod, dachte sie und nahm ihn in die Hand. Aber da war doch was mit einem iPod gewesen … Chris hatte doch seinen iPod verloren, oder? Doch, ja, hatte er, und er hatte davon gesprochen, als er seine bevorstehende Heirat bekannt gegeben hatte. Chris heiratete und hatte seinen iPod verloren. Und Polly hatte ihn gefunden.

* * *

Die nächsten paar Wochen lang hörte sich Polly die Stücke auf Chris' iPod an und versuchte, daraus irgendwie zu schließen, woran er unmittelbar vor ihrer Trennung gedacht hatte. Sie entdeckte nichts außer dass er offenbar eine bedauerliche Vorliebe für Billy Joel gehabt hatte. Sie wusste, dass sie ihn hätte anrufen und ihm sagen sollen, dass sie seinen iPod gefunden hatte, und mehrere Male setzte sie sich im Bett auf und griff nach dem Telefon, um dann zu befinden, es sei dazu zu spät in der Nacht oder zu früh am Morgen. Er hätte sowieso nur gedacht, dass sie ihm nachstellte, wie eine Stalkerin. Und warum sollte sie Chris den iPod überhaupt zurückgeben? Mittlerweile hatte er sich wahrscheinlich sowieso einen neuen gekauft. Und selbst wenn nicht, konnte sie sich das Ding doch wohl für ein paar Tage ausleihen, bevor sie es ihm wieder zurückgab, oder? Und so wurden aus den Tagen Wochen, und Polly hatte noch immer Chris' iPod.

»Wann hast du dir den denn gekauft?«, fragte George eines Tages, als sie von der Arbeit heimkam und noch immer die kleinen weißen Knöpfe in den Ohren hatte.

»Ich hab ihn gefunden.«

»Polly …«

»Ehrlich. In einer Tasche im Wandschrank. Der gehört wohl Chris.«

»Tut er wohl«, sagte George lachend.

»Ich meine, ich sollte den behalten, so als 'ne Art Unterhaltszahlung.«

»Und was meint Chris?«

»Ich weiß nicht. Ich kann ihn nicht anrufen. Er würde bloß denken, ich bin eine Stalkerin.«

Sie stellte den Ton lauter und hörte sich einen Song von Billy Joel an, den sie zu Grundschulzeiten gemocht hatte. »Roy Cohn, Juan Perón, Toscanini, Dacron …« Chris' Musikgeschmack war für sie eine Offenbarung, und keine angenehme. Wie konnte es sein, dass sie mit ihm zusammengelebt hatte, ohne je seine Vorliebe für pubertären, prätentiösen Pop zu bemerken? War ihre ganze Beziehung eine einzige Lüge gewesen? Der iPod behauptete »ja«, und ehe sie sichs versah, ließ sie das Ding zu jeder Gelegenheit laufen.

Als sie an dem Abend zusammen mit Everett Howdy ausführte, fragte Everett sie, ob sie nicht so nett sein könnte, die Ohrhörer rauszunehmen.

»Es ist ein bisschen unhöflich, Polly«, sagte er. »Es ist fast beleidigend.«

Polly, der bei ihrem neuen Boyfriend in letzter Zeit eine gewisse Tendenz aufgefallen war, ihr kleine Vorträge zu halten, die eher einem Vater zu Gesicht gestanden hätten, steckte den iPod mit den langsamen, schmollenden Bewegungen einer Tochter in die Handtasche. Sie war gerade mitten im »Thong Song« gewesen, fasziniert davon, dass Chris das Stück ausgewählt hatte, und durchaus angetan.

Sie gingen schweigend weiter, bis sie den Park erreichten, wo eine Frau, die zwei winzige Kinder in einem gigantischen Hightech-Doppelbuggy vor sich herschob, stehen blieb, um Howdy zu streicheln.

»Ach, was ist sie wunderschön!«, sagte die Frau und rollte dann ihr großes Gefährt an ihnen vorbei.

»Ich kann nicht glauben, dass sie Howdy für ein Weibchen gehalten hat«, sagte Polly beleidigt.

Everett lachte. »Das passierte bei Emily früher andauernd, bloß umgekehrt.«

Dann schlug er vor, Howdy sollte Blau tragen, aber Polly hörte nicht mehr zu. Sie fragte sich, warum er ständig über seine Tochter reden musste. Das war nicht normal.

Derweil sah Everett Howdy an und dachte an Emily, während der Hund, der seine Leine ins Maul genommen hatte, munter vor Polly herumtollte. Noch immer von Emily träumend, verspürte Everett auf einmal ein wirres Gefühl von Zärtlichkeit.

»Howdy!«, rief er.

Der Hund blieb völlig regungslos stehen. Er legte den Kopf schief. Dann bellte er und wedelte mit seinem buschigen Schwanz und bellte und bellte, bis Everett sich hinunterbeugte und ihn streichelte. Auf dem Heimweg ging Howdy an Everetts Seite. Wann immer Everett zu dem Hund hinuntersah, stellte er fest, dass der Hund zu ihm aufschaute.

Anfangs hatte Polly den Hund nicht oft mit in Everetts Wohnung genommen, denn Everett war unentspannt und scheuchte Howdy ständig von seinen Möbeln weg, was Polly grausam und spießig fand. Sie fühlte sich in letzter Zeit zunehmend aufsässiger. Vorige Nacht beispielsweise hatte Everett sie gebeten, nicht nackt auf seinem Saarinen Womb Chair zu sitzen, auch wenn der Sessel so hieß, und sie hatte es ihm übel genommen.

Als sie heimkamen, verschwand Polly im Schlafzimmer, um fernzusehen. Everett mixte sich einen Martini und setzte sich mit der Zeitung ins Wohnzimmer. Ihm wurde bewusst, dass er ein einsames Leben führte, trotz seiner jungen und sehr vorzeigbaren Freundin. Polly begrüßte ihn und schwatzte mit ihm und küsste ihn und schlief mit ihm mit jugendlicher Energie und Begeisterung, aber es war so, als täte sie all das über eine große Kluft hinweg.

Der Hund war ihm ins Zimmer gefolgt. Jetzt schob er das Gesicht zwischen Everett und die Zeitung und legte ihm die Schnauze behaglich aufs Bein. Everett war in dem Moment zu traurig, um den Hund auszuschimpfen. Er rührte sich nicht. Der Hund rührte sich nicht. Ein sanfter Frieden rieselte herab. Everett wurde bewusst, dass sich Howdys Kopf auf seinem Oberschenkel gut anfühlte, die Wärme und Nähe eines Lebewesens, das nichts verlangte, einfach bloß da war. Er tätschelte Howdy mit der einen Hand und hielt in der anderen das Martiniglas. Der Hund hatte so seidige Ohren, so ein goldenes, seidiges Gesicht. Er lauschte der rhythmischen Ruhe seiner Atmung.

»Howdy«, sagte er leise.

Howdy schaute auf, legte den Kopf schief, sah ihn mit dunklen und irgendwie beruhigenden Augen an.

Da empfand Everett ein ungewohntes Gefühl. Er sah dem Hund in die Augen, und mit einem Mal war er sich aufs Eindringlichste seiner Umgebung bewusst, der sanften Anordnung seiner Möbel und seines Lebens, der sanften Ordnung draußen, wo der Tag allmählich in die Nacht überging, des gedämpften Tons des Fernsehers und der kalten

Feuchtigkeit des Martiniglases, des leicht tintenschmierigen Zeitungspapiers unter seinen Fingern; aber am deutlichsten war er sich einer tiefen Freude bewusst – der wilden, unbändigen Freude, am Leben zu sein.

»Howdy«, flüsterte er. »Howdy.« Howdy klopfte mit dem Schwanz auf den Fußboden, und die beiden sahen sich unverwandt in die Augen, wie Liebende.

Als Howdy in dieser Nacht auf Everetts Bett sprang, sagte Polly: »Ab!«

Aber anstatt hinunterzuspringen, drehte sich Howdy um und sah Everett an, als erwartete er weitere Instruktionen.

Everett kannte keinerlei Hundekommandos. »Nur für ein Weilchen«, sagte er, wie er es früher zu Emily gesagt hatte, aber Howdy schien ihn einwandfrei zu verstehen und legte sich mit einem behaglichen Seufzer hin.

»Das sind ja ganz neue Töne«, sagte Polly.

»Ich bin auch nur ein Mensch«, sagte er.

16

Das glückliche Paar

George war auf der Arbeit und träumte, wie er nachher mit seinem Rad am Fluss entlangfahren würde. Dann fragte er sich, ob er wohl ein guter Barkeeper oder, allgemeiner, ob er überhaupt in irgendetwas gut war. Es wäre schön gewesen, gut in seinem Job zu sein. Aber er befürchtete, dass er das nicht war. Er konnte Drinks mixen, es gab nie irgendwelche Klagen, noch nie hatte jemand was zurückgehen lassen. Aber er redete nicht gern mit den Gästen. Und das wurde bestimmt von einem erwartet, dass man sich mit den Gästen unterhielt. Jeder Barkeeperwitz, jeder Barkeepercartoon im *New Yorker*, jede Barkeeperszene in einem Film war auf der Idee aufgebaut, dass der Barkeeper mit seinen Gästen plauderte oder ihnen zumindest zuhörte. George war sicher, dass er gegen irgendein ungeschriebenes Barkeepergesetz verstieß, seinem Barkeeperpotenzial nicht gerecht wurde. Er wünschte sich, er säße schon auf seinem Fahrrad und sauste den spiegelglatten Fluss entlang.

Jamie kam und setzte sich an die Bar. George schenkte ihm ein Glas Wein ein.

»Wir haben diese Woche Vorstellungsgespräche«, sagte Jamie. »Für den Kindergarten. Als ich in den Kindergarten ging, gab es keine Vorstellungsgespräche. Wir gingen hin, wir machten ein Nickerchen, dann kriegten wir einen Vollkornkeks.«

George nickte. Er wünschte sich, er könnte ein Nickerchen machen und einen Vollkornkeks kriegen. Damals hatte er auf der blauen Matte, die die Kindergärtnerin ausbreitete, gelegen und gezappelt und verzweifelt darauf gewartet, dass die verfluchte Ruhepause endlich zu Ende ging. Jetzt hätte er ein Nickerchen zu schätzen gewusst. Es stimmte wirklich: Die Jugend war an der Jugend vergeudet.

»Bin ich ein guter Barkeeper?«, fragte George.

Jamie dachte darüber nach.

»Sie sprechen Englisch«, sagte er endlich. »Und Sie nehmen nicht zu viel Vermouth.«

Georges Handy klingelte.

»Schon okay, nehmen Sie ab«, sagte Jamie, als George ganz überrascht tat, als wäre er sich eigentlich sicher gewesen, sein Handy vor Arbeitsbeginn ausgeschaltet zu haben.

Es war seine Mutter.

»Mama, ich arbeite gerade.«

»Das nennst du Arbeit? Geht's Polly gut? Sie ist nie zu Haus. Hat sie einen Freund? Sie erzählt mir nie was. Und wie steht's mit dir? Du erzählst mir nie was. Kein Mensch erzählt mir je was.«

»Ich hab keinen Freund«, sagte er.

»*Noch* keinen«, flüsterte Jamie vergnügt.

»Sehr witzig«, sagte Georges Mutter. »Jetzt hör zu, ich möchte, dass du und Polly zu meinem sechzigsten Geburtstag heimkommt. Der fällt auf ein Wochenende. Und nehmt euch vorher und nachher noch ein paar Tage frei. Ich zahle. Man bekommt heutzutage wunderbare Billigtarife.«

»Mama ...«

»Sag's Polly.«

George willigte ein. Er hatte keine andere Wahl, aber er hatte auch eigentlich nichts dagegen. Seine Mutter hatte ein komfortables Haus, sie würde sie beide verwöhnen, in

Kalifornien war immer schönes Wetter, und es würde nur für ein paar Tage sein.

»Wo kommen Sie her?«, fragte er Jamie.

»Pittsburgh.«

»Fahren Sie da manchmal hin?«

»In den Ferien manchmal. Meine Eltern wohnen noch dort.«

»Sagen Sie dann, dass Sie ›heimfahren‹?«

»Ich wohne schon seit zwanzig Jahren hier, aber, tja, ich sag das wohl.«

George mixte ein paar Gimlets für eine Tischrunde von aufgeregten jungen Frauen. Eine von ihnen lächelte ihm zu. Er lächelte zurück. Er würde nach Kalifornien heimfahren. Dann würde er von daheim wieder heimkehren, heim nach New York.

* * *

An dem Abend war Polly mit Laura, der Besitzerin der rabaukigen Rottweiler-Mischlingsdame, ins Kino gegangen. Wenn George und eine seiner Freundinnen sich trennten, trauerte ihr Polly normalerweise nach und wartete auf die Nachfolgerin – nicht anders als George. Aber da Kaiya jetzt Teil von Georges täglicher Routine war, kam Laura, trotz ihres Status als Ex, jeden Morgen vorbei, um die Hündin abzuliefern, und Polly hatte sich angewöhnt, ihr jedes Mal eine Tasse Kaffee anzubieten. Irgendwann begannen sie, ab und an miteinander essen oder ins Kino zu gehen. Es hatte sie überrascht, dass Laura schwarz war. George hatte das nie erwähnt. Sie fragte sich, ob ihm das nicht aufgefallen war, ob er das für nicht weiter erwähnenswert gehalten hatte oder ob er gedacht hatte, er dürfte es nicht für erwähnenswert halten.

Sie und Laura redeten oft über George. Polly redete

schrecklich gern über ihn. Sie war stolz darauf, wie lieb er war, wie witzig er war, und wie gut er aussah. Und sie ärgerte sich furchtbar über seinen vollkommenen Mangel an Ehrgeiz. Laura ging es ähnlich. Sie betete George geradezu an, weil es ihm so gut gelungen war, ihre rastlose Hündin zu beruhigen. Und sie hatte keinerlei Verständnis für seine halbherzige Lebensführung. Insofern hatten sie und Polly jede Menge Gesprächsstoff.

»Es stimmt schon, er hat kein Ziel im Leben«, sagte Polly, als sie einmal nach dem Kino in eine ruhige kleine Bar gegangen waren. »Aber wenigstens lässt ihm das Raum für … irgendwas.« Sie dachte an Everett. Er war nicht ziellos. Er war festgefahren.

»Aber genau deswegen frustriert er einen so, findest du nicht?«

Polly wollte George schon aus reiner Gewohnheit in Schutz nehmen, obwohl sie ganz Lauras Meinung war, als Laura hinzufügte: »Aber dann kann er plötzlich so richtig ritterlich sein, weißt du?«

Und ob das Polly wusste.

»Ich werde wahrscheinlich mit irgend so einem strebsamen Arschloch enden, genau wie ich eins bin«, sagte Laura.

»Oder einem *gestrebten*. Wie Everett.«

Sie lachten.

»Gestrebt«, wiederholte Polly und freute sich an ihrer Wortschöpfung.

»Er ist ein bisschen alt«, sagte Laura. Sie hatte Everett zwar noch nie gesehen, aber George hatte ihr von ihm erzählt und dabei den Eindruck erweckt, als wäre er ein tatteriger, unter der Last seiner Jahre gebeugter Greis.

»Ach, das ist es gar nicht«, sagte Polly. »Es ist einfach sein ganzes …« Sie dachte kurz nach. »Leben«, sagte sie schließlich.

Laura nickte wissend, und die Mädchen bestellten vergnügt zwei weitere Drinks.

Am nächsten Morgen stand George schon zur Frühstückszeit auf, um eine Tasse Kaffee zu trinken und Polly die Einladung ihrer Mutter auszurichten.

»Eine Vorladung«, sagte er. »Wie zum Verkehrsgericht. Bringen wir es eben hinter uns.«

»Damit wir keine weiteren Knöllchen kriegen?«

Er nickte.

Polly zuckte die Achseln. Sie hatte noch ein paar Urlaubstage. Es war zwar jammerschade, sie für Familienzwecke zu vergeuden, aber andererseits würde es Spaß machen, die Leute aus der Highschool wiederzusehen, die in Kalifornien geblieben waren. Dann durchzuckte sie ein Gedanke.

»Der Hund!«, sagte sie.

George guckte fassungslos.

»Ich hatte ihn völlig vergessen«, sagte er und warf einen schuldbewussten Blick auf den haarigen Haufen, der in der Ecke schlief.

Das Problem löste sich auf eine für beide völlig unerwartete Weise. Everett bot sich an, Howdy während ihrer Abwesenheit zu versorgen. Polly freute sich und war mächtig stolz, dass sie einen so ergebenen Freund hatte. Andererseits war sie ein bisschen enttäuscht darüber, dass Everett die bevorstehende Trennung nicht das Geringste auszumachen schien.

»Ich bin ja nur ein paar Tage weg«, sagte sie, damit er protestierte. Er nickte aber bloß und sagte, das wäre nicht gerade viel Zeit für Howdy und ihn, um sich kennenzulernen, aber es wäre immerhin ein Anfang.

Everett andererseits konnte sein Glück gar nicht fassen. Howdy würde zu ihm kommen und durch seine leere Wohnung stapfen. Howdys dicker buschiger Schwanz würde über den Couchtisch fegen. Howdy würde sich auf seinem Bett, seiner Couch, seinem Teppich lümmeln. Er fing augenblicklich an, Bilder an der Wand gerade zu rücken und Kissen aufzuschütteln, als wäre Howdy ein anspruchsvoller Gast.

George behagte die Vorstellung, den Hund bei Everett zu lassen, ganz und gar nicht, aber er sah keine andere Möglichkeit. Er hatte Jamie gegenüber klare Andeutungen gemacht, aber Jamie hatte lediglich mit demonstrativer Verständnislosigkeit reagiert. Also sammelte er am Freitagnachmittag Howdys Spielsachen und Futter zusammen. Er würde sich mit Polly am Flughafen treffen, nachdem er den Hund zu Everett gebracht hätte.

Everett hatte früher Feierabend gemacht, um rechtzeitig für die Übergabe zu Haus zu sein, und als George klingelte, machte er auf, hockte sich hin und bot Howdy sein Gesicht zur Begrüßung dar. George sah ihm mit widerwilliger Anerkennung zu.

»Hier ist das Futter«, sagte er und reichte Everett eine Einkaufstasche mit Trockenfutter und mehreren Dosen.

Everett sah in die Tasche, die außerdem noch Howdys Spielsachen, eine Schachtel Leckerlis und eine detaillierte Liste seiner Gassigeh- und Futterzeiten enthielt. Dann zeigte Everett seine eigene Einkaufstasche und deren Inhalt vor: einen neuen blauen Gummiball, einen Quietsche-Plüschigel und einen Keramikhundenapf mit lindgrünen Streifen.

»Jonathan Adler«, sagte er und drückte George den Napf in die Hand.

George guckte ratlos.

»Von ihm entworfen«, sagte Everett. »Das ist ein Designer.«

George gab Everett den Napf zurück.

»Sie können gern anrufen, um sich nach Howdy zu erkundigen«, sagte Everett. »Möchten Sie auch meine Handynummer?«

So freundlich hatte George Everett noch nie erlebt.

»Howdy«, sagte Everett derweil leise. »Howdy, Howdy, Howdy.« Er klopfte sich auf die Brust, und Howdy legte sofort seine Pfote auf die Stelle. Dann hockten sie beide da und starrten sich unverwandt in die Augen.

George konnte ein Lächeln nicht unterdrücken.

Everett sah das Lächeln und lächelte zurück. Mit einem Mal empfand George ein tiefes Glücksgefühl, als wäre die Sonne herausgekommen. Ach so, sagte er zu sich. Jetzt kapier ich's. Das also ist Polly passiert. Everetts Lächeln.

»Es ist unheimlich nett von Ihnen, dass Sie den Hund nehmen«, sagte er. Er meinte es inzwischen sogar fast. Er sah zu, wie Howdy mit dem Schwanz wedelte, und ihm kam eine plötzliche Erkenntnis. Er sah Howdy an, der jetzt auf dem Rücken lag, dann Everett, der jetzt den Bauch des Hundes kraulte, und er dachte: Ich bin eifersüchtig auf den Freund meiner Schwester. Und nicht etwa, weil Everett der Freund seiner Schwester war, sondern weil der Freund seiner Schwester den Hund seiner Schwester in Pension nahm.

Ach, was soll's, dachte er, als er das glückliche Paar verließ. Ich bin auch nur ein Mensch.

Ein paar Minuten später knipste Everett die Leine an Howdys Halsband und führte den Hund zu einem feierlichen Premieren-Gassigang die Straße entlang. Beim Immobilienmakler Ecke Columbus blieb er, wie so oft, stehen und sah sich die Angebote mit verführerischen Fotos von loftartigen Kleinodien und weitläufigen, sonnendurchfluteten Schnäppchen an. Aber er stellte fest, dass ihn die weniger interessierten als sonst, und führte Howdy zu einem flauschigen weißen Hündchen, das von dessen Frauchen als Lola vorgestellt wurde, und sah friedvoll zu, wie sich die zwei Hunde in eine charmante Untersuchung ihrer jeweiligen Genitalien vertieften.

17
»Es ist dringend!«

Wie jeder, der einen erlebt hat, weiß, ist ein Oktobermorgen in New York schon für sich genommen ein hinlänglich guter Grund, in dieser Stadt zu leben. Im Osten zeigt sich zwischen den Gebäuden eine Ahnung von Tageslicht, dann zieht sich über der Silhouette der Dächer eine niedrige silbrige Wolkenbank sanft zusammen, und darüber hängt ein blasses, milchiges, zartes Scheibchen Mond. Nach Westen zu ist der Himmel tiefer, kraftvoller. Die Luft ist kalt und klar. Die Fenster sind überall noch dunkel. Die Straßenlaternen glühen gelb. Die Natur, die in der Stadt so oft in den Hintergrund tritt, scheint jetzt, machtvoll und gütig, die Oberhand zu haben. Als Jody aus dem Haus trat und den Oktobermorgen erblickte, erging sie sich zwar nicht in derlei poetischen Wendungen, wohl aber hielt sie inne, sah sich um und nahm einen tiefen Atemzug frischer Herbstluft, bemerkte, dass der Himmel die Farbe von blauem Seetang hatte, und empfand es als Privileg, am Leben zu sein. Sie hatte einen Geschmack von Sauerstoffperoxid im Mund, da sie beschlossen hatte, ihre Zähne, die ihr ziemlich schmuddelig vorgekommen waren, zu bleichen. Und so hatte sie, bevor sie mit Beatrice zu ihrem Morgenlauf aufgebrochen war, zwei pappige imprägnierte Klebestreifen vorsichtig aus ihrer Hülle gepult und sie sich an die obere und die untere Zahnreihe gedrückt. Um sechs Uhr früh war die Wahrscheinlichkeit, jemanden zu treffen, mit dem sie würde reden müssen, eher gering, und sie sog zufrieden an den Whitestrips, während sie in Richtung Park ging. Vielleicht war es eitel von ihr, sich Gedanken über die Weißheit ihrer Zähne zu machen. Andererseits lächelte sie so viel, dabei oft reflexartig und unbewusst, dass es unhöflich erschien, seinen Mitmenschen ein nicht nur unaufrichtiges, sondern dazu noch mattes graues Lächeln zuzumuten. So legte sie sich jedenfalls den Sachverhalt zurecht, während sie, mit Beatrice an ihrer Seite, die Columbus überquerte.

Sie hatte Simon noch immer keine Antwort gegeben. Hätte er ihr doch bloß keinen Heiratsantrag gemacht! Hätte ihre Freundschaft doch ungestört und ungeprüft so weitergehen können! Jody hatte noch nie einen Heiratsantrag bekommen, und so konnte sie sich jetzt, wo ihr die mögliche Erfüllung des angeblichen Mädchentraums zuteil geworden war, eines Triumphgefühls nicht ganz erwehren. Sie wusste, dass sie Simon heiraten konnte. Sie mochte ihn. Sie schlief unheimlich gern mit ihm. Er hatte sich durch viele kleine Dinge ihre Zuneigung erworben. Er hatte kein Geld, aber das hatte sie auch nicht, also würde es keine finanziellen Abstimmungsschwierigkeiten geben. Sie waren beide nicht mehr jung, was eine weitere Gemeinsamkeit war. Sie könnte in seine Wohnung ziehen und ihre eigene als Atelier behalten oder auch kündigen und Geld sparen. Simon war lieb zu Beatrice. Und er war lieb zu Jody. Wenn er sie berührte, zitterte sie, zitterte buchstäblich vor Verlangen. Angesichts dieser Argumente schien ihr Weg klar vorgezeichnet zu sein.

Aber es gab auch Argumente, die gegen eine Heirat sprachen, an erster Stelle ihre Gefühle – denn sie musste feststellen, dass sie trotz all dem, was für diese Ehe sprach, Simon nicht heiraten wollte. Vielleicht wollte sie überhaupt nicht heiraten. Vielleicht misstraute sie der Verlässlichkeit von Simons Verliebtheit. Vielleicht liebte sie Simon ganz einfach nicht.

Ihre Eltern wären überglücklich gewesen, wenn sie Simon geheiratet hätte. Für sie war sie nicht die »gute alte Jody«, wie ihre Kollegen sie nannten, sondern die »arme Jody«. Simon nannte sie »Liebling«. Ihr Weg war also wirklich mehr als klar vorgezeichnet.

Sie und Beatrice gingen an der Stelle vorbei, wo der Baum umgefallen war. Sie gingen an der Bank vorbei, auf der Simon immer auf sie gewartet hatte. Sie joggten den Philosopher's Walk entlang, unter einem Baldachin von flüsterndem Orangenlaub. Beatrice legte bei ihren morgendlichen Läufen neuerdings ein langsameres Tempo vor. Jetzt fiel Jody auf, dass sie ein bisschen hinkte, und sie blieb stehen und sah sich die Pfote an. Sie schlang die Arme um Beatrice und presste das Gesicht an den Hals der Hündin.

Dich liebe ich, sagte sie stumm zu Beatrice.

Beatrice hielt ihr linkes Hinterbein hoch und stieß einen kurzen Schmerzlaut aus. Besorgt führte Jody sie langsam zurück nach Haus. Sie würde den Tierarzt anrufen und Beatrice am Nachmittag, nach der Schule, hinbringen. Sie würde das Stück von Vivaldi spielen, das Beatrice so liebte, das, bei dem sie mit dem Schwanz auf den Fußboden klopfte und Jody liebevoll anstarrte. Sie würde zu Citarella gehen und ihr ein Filetsteak kaufen.

Doch als sie die Columbus erreichte, hatte sich Jody so sehr in ihre Ängste hineingesteigert, dass sie sicher war: Beatrice musste sofort zum Tierarzt. Sie würde sich in der Schule krankmelden.

Als die Ampel dann auf Grün schaltete und sie über die Kreuzung ging, sah sie Everett, genau so wie sie ihn am Tag des Schneesturms gesehen hatte, bloß dass er diesmal ebenfalls einen Hund an der Leine hatte – Pollys Hund, Howdy.

Er blieb mitten auf der Straße stehen und lächelte, golden wie ein Gott im Sonnenschein, den goldenen jugendlichen Hund an seiner Seite.

»Ich hundesitte«, sagte er stolz.

Jody fragte sich, ob er sich wohl an ihre erste Begegnung erinnerte. Dank Polly, die einen gewissen Trost aus Everett zu schöpfen schien, aber weiterhin regelmäßig von ihrem Exfreund redete, war sie hinsichtlich ihrer Beziehung bestens informiert. Polly war, wie Jody zugeben musste, ein liebes und einnehmendes Mädchen. Sie fragte sich, ob das liebe und einnehmende Mädchen den älteren Mann glücklich machte. Er sah jedenfalls glücklich aus, wie er in seinem dunklen Anzug dastand und die zwei Hunde streichelte, der eine zappelnd vor jugendlicher Energie, der andere angespannt vor Schmerz.

Jody fühlte sich plötzlich alt und traurig.

»Ich muss Beatrice zum Tierarzt bringen. Sie hinkt.«

Während sie sprach, spürte Jody, wie sich die Whitestrips langsam von ihren Zähnen lösten. Da ging sie eilig weiter, freudlos unter dem betäubend blauen Himmel.

Everett ging mit Howdy heim, gab ihm zu essen und lauschte dem Geräusch hastigen, gierigen Schlingens mit der gleichen zärtlichen Befriedigung, die ihm einst Emilys Babyschmatzlaute bereitet hatten. Er machte sich um Beatrices Gesundheitszustand keine allzu großen Gedanken. Sie war eine alte Hündin. Wahrscheinlich ein bisschen Arthritis. Aber daran, wie er Jody und Beatrice auf der verschneiten Straße zum ersten Mal begegnet war, erinnerte er sich durchaus. Er erinnerte sich an die attraktive Frau und den gespenstisch weißen Hund. Wie viel hatte sich seit diesem stürmischen Nachmittag doch verändert! Er war an diesem Tag heimgekommen und hatte erfahren, dass ein Nachbar, mit dem er nie ein Wort gewechselt hatte, sich erhängt hatte. Jetzt schlief er mit der neuen Nachbarin, die in die Wohnung des Toten eingezogen war. Er ging mit dem Hund dieser Nachbarin Gassi. Everett war ein Mann mittleren Alters gewesen, den seine Arbeit und seine Freundin langweilten. Jetzt war er ein Mann mittleren Alters, den seine Arbeit langweilte. Und seine neue Freundin? Langweilte sie ihn auch?

Everett marschierte niedergeschlagen in Richtung U-Bahn. Er wünschte sich, er hätte kehrtmachen und den Tag mit dem Hund verbringen können, zuschauen, wie Howdy neben dem Heizungsrohr in der Küche schlief. Ihm graute schon vor dem Tag, an dem Polly zurückkehren und den Hund wieder abholen, ihm den Hund vom Herzen reißen würde (wie er das Ereignis für sich umschrieb). Er schämte sich dieser Gedanken. Er verdrängte sie aus seinem Kopf, stieg die Treppe hinunter und ging auf den Bahnsteig, spürte den seltsamen leblosen Luftzug, als der Zug einfuhr, drängelte sich in den überfüllten Waggon und kam an seinen Arbeitsplatz, wo er sich mit einem Gefühl großer Erleichterung an die dringliche Aufgabe machte, seine jüngeren Kollegen einzuschüchtern.

In der Tierarztpraxis, die gerade um die Ecke lag, beschnupperte Beatrice die Praxiskatze und legte sich dann hin, während Jody im kleinen Wartezimmer auf und ab ging, bis die Tierarzthelferin kam und die beiden in ein Behandlungszimmer führte. Jody hob Beatrice mit einiger Mühe auf den stählernen Tisch, und sie empfand diese Mühe als tröstlich, als bedeutete die körperliche Anstrengung, dass sie wirklich etwas tat, um ihrer Hündin zu helfen. Der Tierarzt, ein sympathisch aussehender junger Mann, bedankte sich dafür, dass sie Polly und ihren Hund an ihn verwiesen hatte.

»Ach so«, sagte Jody. »Die beiden. Ja.« Sein Patientenbestand war ihr egal. Sie empfand es als taktlos von ihm, in dieser Krisensituation darauf zu sprechen zu kommen. »Geht's ihr gut? Wird sie wieder gesund?«

Der Tierarzt gab ihr für Beatrice eine entzündungshemmende Salbe mit und sagte, wenn sie in ein paar Tagen weiterhin hinken sollte, müsste sie zum Röntgen wiederkommen. Jody trug Beatrice die Treppe hinauf zu ihrer Wohnung. Sie gab ihr etwas Erdnussbutter zum Naschen und spielte ihr Vivaldi vor. Als es Zeit für den nächsten Gassigang wurde, ließ sie sie aus eigener Kraft die Treppe hinuntersteigen, und es kam ihr so vor, als ob sie weniger hinkte. Am Abend teilten sie sich ein Steak, legten sich dann ins Bett und sahen sich *Antiques Roadshow* an.

Simon hatte gehofft, mit Jody zu Abend zu essen, um seine Werbung energischer weiterzubetreiben, denn er wurde allmählich ungeduldig. Er hatte bis dahin noch um niemandes Hand angehalten, konnte also auf keinerlei persönliche Erfahrungen zurückgreifen, aber durch die Romane, die er gelesen, und die Filme, die er gesehen hatte, war er zu dem Schluss gelangt, dass er eine rasche und entschiedene Antwort erwarten durfte, mochte sie nun ja oder nein lauten. Die Ungewissheit zermürbte ihn. Und sie ließ außerdem die Frage in ihm aufkeimen, wie wohl erst das Eheleben werden würde. Würden sämtliche Entscheidungen von nun an gemeinsam gefällt werden müssen und sich dermaßen in die Länge ziehen? Würde er fortan dazu verurteilt sein, zu warten und zu warten und in banger Erwartung zu verharren, während seine Gattin sich darüber eine Meinung bildete, ob sie eine Kapital- oder lieber eine Risikolebensversicherung abschließen sollten? Ob sie Bücherregale zimmern sollten? Ob – und nicht etwa wann – er nach Virginia fahren sollte? Und welche Seite des Bettes würde ihm zustehen? In ihrer eigenen Wohnung, wenn sie ihn ausnahmsweise mal da hineinließ, bevorzugte Jody die linke Seite. In seiner wählte sie die rechte. Würde sie, wenn sie erst verheiratet wären, ständig hin und her wechseln? Ihm war es gleich, auf welcher Seite er schlief, wohl aber legte er Wert auf Beständigkeit, und genau die sah er bedroht. Und wenn er schon beim Thema Ärgernisse war, musste er zugeben, dass Jodys Bestand an Toilettenartikeln besonders demoralisierend auf ihn wirkte. So viele Flaschen, so viele Tuben, so viele Bürsten und Pinsel und Töpfchen und Reißverschlusstäschchen! Er mochte die Gerüche, die aus Jodys Badezimmer drangen – den frischen Duft, den er mit ihr verband. Aber der Aufmarsch von Plastikbehältern auf dem Rand und in sämtlichen Ecken der Badewanne war doch nun wirklich übertrieben!

Trotzdem fehlte sie ihm, wenn er nicht mit ihr zusammen war. Er wünschte, er hätte sie ohne ihre ganzen Flaschen haben können, ohne ihre Vorliebe für dunkles Fleisch (das er nicht aß), ohne ihre gelegentliche Zigarette, ohne ihr Bedürfnis, täglich mehrere Stunden lang Geige zu üben, was ihm ebenso lange ihre Aufmerksamkeit entzog. Aber trotz all dieser Nachteile wollte er sie haben, und er war recht sicher, dass er sie auch bekommen würde.

An diesem Abend saß er im Dunkeln in seinem Ledersessel und ärgerte sich darüber, dass Jody es abgelehnt hatte, mit ihm essen zu gehen. Ein paar Wochen zuvor hatte er seinen Sattel wieder in sein Fach verstaut, seine Reitstiefel zurück in ihre Filzfutterale gesteckt und sie ganz nach hinten in seinen Schlafzimmerschrank gestellt. Außerdem hielt er seinen Freund Garden in Virginia die ganze Zeit mit irgendwelchen vagen Ausreden hin. Aber vielleicht sollte er einfach seinen Sattel und seine Stiefel aus ihren unwürdigen Verstecken hervorkramen und noch heute Nacht in eine Maschine nach Virginia steigen. Schließlich hielt ihn nichts zurück. Und vielleicht hielt ihn auch *niemand* zurück. Er dachte an das Häuschen, in dem er jeden November seinen Urlaub als Gast seines College-Freundes Garden verlebte. Das Gästehäuschen stand klein und unberührt inmitten von sanften grünen Hügeln, schmucken Holzzäunen, lodernden Sonnenuntergängen und einem Gitter von duftenden Herbstrosen neben der Hintertür des Gestüts. Jetzt schwelgte er in der Erinnerung an die Geräusche der Pferde, ihr erregtes Schnauben, das Trommeln ihrer Hufe auf dem begrasten Boden, das knarrende Leder von aberdutzenden von Sätteln und Stiefeln und Zäumen, das frenetische Gebell der Hundemeute, das Knacken von Ästen, das Pfeifen der schnellen, schneidend kalten Luft. Simon war ein Romantiker. Er trottete jeden Tag zu einer Arbeit, die ihm keinen Spaß machte, und trottete jeden Abend wieder heim. Auf die laute, geschäftige Welt reagierte er mit einem schüchternen Murmeln. Aber sein Herz war von einer leuchtenden, aufflammenden Erwartung erfüllt. Was erwartete er denn?, werden Sie vielleicht fragen. Und ich würde mit einer Gegenfrage antworten: Spielt das wirklich eine Rolle? Für Simon jedenfalls spielte es keine. Diese verborgene, gespannte Erregung blieb vage, sie war ein bisschen etwas wie Sehnsucht, ein bisschen etwas wie Hoffnung, ein bisschen etwas wie stille selige Zufriedenheit. Im Dunkeln, in seinem Sessel, eingesponnen in seinen Traum vom gedämpften Aufprall, mit dem die Hufe seines Pferdes jenseits einer Feldsteinmauer, eines Zauns oder eines eisigen Bachs aufsetzten, seufzte Simon beglückt auf.

Er blieb lange Zeit so sitzen und träumte von den Freuden, die er sich versagte, um neuen Freuden nachzujagen, bis ihm irgendwann bewusst wurde, dass er Hunger hatte, und er sich zu einem späten Abendessen zum Restaurant an der Ecke begab.

Er war überrascht, Everett dort allein mit dem großen Hund des Barkeepers und einer Flasche Rotwein an einem Tisch sitzen zu sehen. Noch überraschter war er, als Everett ihn zu sich heranwinkte.

»Nehmen Sie doch Platz«, sagte Everett und deutete auf einen Stuhl. Der Hund, der bis dahin auf dem Boden gelegen hatte, schnappte das letzte Wort auf und setzte sich augenblicklich aufrecht hin. »Nicht du«, sagte Everett liebevoll zu dem Hund. »Sie.« Und er lächelte Simon an.

Simon setzte sich wortlos hin. Plötzlich schien Everett ein ganz anständiger Kerl zu sein. Simon hatte ihn bislang für einen stocksteifen Langweiler gehalten, aber jetzt bedachte ihn Everett mit einem richtig warmen Lächeln, und er hatte sogar schon ein weiteres Glas organisiert und angefangen, Simon Wein einzuschenken. Everett war möglicherweise ein bisschen beschwipst, aber er hatte was mit dieser jungen Polly und stellte somit keine Gefahr für Simon dar. Simon entschied deshalb, dass er – da er sonst niemanden hatte, mit dem er an dem Abend hätte zusammen essen können, und da er gegenwärtig eine Enttäuschung, oder zumindest einen Aufschub, in der Liebe erlebte – das Angebot seines neuen Freundes Everett gern annehmen würde.

»Was tun Sie hier ganz allein?«, fragte Simon.

»Was?«, fragte Everett, wie das viele taten, wenn Simon etwas sagte. Simon war allerdings aufgefallen, dass er meist nur ein bisschen zu warten brauchte und die Leute seine Worte in der Regel dann schon verarbeiteten, so als bräuchten die Schallwellen seiner leisen Stimme mehr Zeit, um die Strecke zu seinem Gegenüber zurückzulegen, als es bei den Stimmen anderer Menschen der Fall war. »Ach so«, sagte Everett. »Ich bin nicht allein. Howdy ist da.« Als er seinen Namen hörte, sah der Hund auf. »Und Sie sind da. Essen Sie ein Steak. Wir essen Steak, Howdy und ich.«

Simon erwähnte nicht, dass er niemals dunkles Fleisch aß. Er hasste es, die daraufhin stets erforderlichen Erklärungen abgeben zu müssen. Ist es aus gesundheitlichen oder aus ethischen Gründen?, fragten die Leute dann immer. Essen Sie Hühnchen? Und was ist mit Fisch? Macht's Ihnen nichts aus, auf Bacon verzichten zu müssen? Simon bestellte Pasta. Er trank ein Glas Wein. Er fühlte sich allmählich besser.

»Normalerweise verreise ich im November«, sagte er.

Everett hatte sich schon beim ersten Wort vorgebeugt und hörte konzentriert zu. »Polly ist zur Zeit nicht da. Mit ihrem Bruder verreist. Mit George. Ich passe auf den Hund auf«, sagte er und streckte die Hand nach unten aus und berührte Howdys Kopf.

Simon bemühte sich um einen mitfühlenden Blick. Also wirklich, dachte er, was die Leute immer mit ihren Hunden hatten! Führt doch mal euer eigenes Leben! Dann bemerkte er, wie ein gut aussehendes Mädchen mit windzerzaustem Haar und rosigen Wangen das Lokal betrat. Wie hübsch sie war, umgeben von diesem Schwall von Welt!

»Wie geht's der armen alten Beatrice?«, fragte Everett.

»Beatrice?« Simon hatte keine Ahnung, wie es Beatrice ging. Er konnte nur annehmen, dass es Beatrice so ging, wie es Beatrice immer ging: wie es einem würdevollen Hund mit der Neigung, einen ständig anzuspringen und tief in die Augen zu blicken, eben so ging.

»Na ja, Jody war so besorgt. Ich habe sie heute Morgen getroffen. *Wir* haben sie heute getroffen, nicht wahr, Howdy?«

Er redet mit dem Hund, dachte Simon. Mit dieser grässlichen Babystimme, die alle immer benutzen. Simon sah zu, wie sich das hübsche Mädchen den Schal vom Hals wickelte. Erst dann registrierte er, was Everett gesagt hatte. Heute Morgen, wiederholte er sich. Everett hatte heute Morgen Jody gesehen. Das kam ihm irgendwie ungerecht vor.

»Sie kam wohl gerade vom Park zurück«, redete Everett inzwischen weiter. »Die Hündin humpelte. Jody wollte mit ihr zum Tierarzt.«

»Mit ihr ist alles in Ordnung«, sagte Simon. Ihm gegenüber hatte Jody nichts von Beatrice gesagt. Sie hatte nichts davon gesagt, dass sie besorgt wäre oder dass der Hund hinkte, oder dass sie zum Tierarzt wollte. Er hatte keine Ahnung, wie es Beatrice ging. Sie konnte genauso gut tot, an diesem Nachmittag eingeschläfert worden sein – ein Ereignis wie so viele andere, über die er nur mutmaßen konnte, da man ihn nicht für würdig befand, über derlei intime Fakten informiert zu werden. Da es ihm missfiel, über den Hund seiner Freundin weniger zu wissen als Everett, sagte Simon: »Beatrice geht's gut.«

Das hübsche Mädchen war auf der Suche nach George.

»Sind Sie George?«, fragte sie Jamie, der George während seiner Abwesenheit hinterm Tresen vertrat.

»Da sei Gott vor«, sagte Jamie.

Das Mädchen ließ den Blick durch den Raum schweifen.

Jamie war plötzlich verunsichert, als schätze sie seinen Betrieb ab. Es ist ein flauer Montagabend, und es ist spät, hätte er am liebsten gesagt. Was erwarten Sie da?

»George ist verreist«, sagte er stattdessen.

Das Mädchen guckte furchtbar im Stich gelassen. Simon sah das selbst auf die Entfernung. Hilflose Enttäuschung erkannte er immer sofort. Er verspürte eine selbstmitleidige Wahlverwandtschaft und rief: »Das hier ist Georges *Hund.*«

Everett sah ihn alarmiert an. »Das trifft aber nicht so ganz zu!«

Das Mädchen kam an ihren Tisch. »Dann kennen Sie George also? Ich muss ihn finden. Es ist dringend.«

Aus dem Gebaren des Mädchens hätte Simon normalerweise geschlossen, dass sie schwanger war und George, den künftigen Kindesvater, zur Rede stellen wollte, aber sie hatte noch nicht einmal gewusst, wie George aussah. Sie hatte Jamie, einen vierzigjährigen Schwulen, für George gehalten. Selbst eine der vielen Exfreundinnen hätte George mit Sicherheit erkannt oder hätte zumindest den Unterschied zwischen dem jungen dunkelhaarigen George und dem deutlich kleineren Mann mit ergrauendem Stoppelschnitt, der hinter dem Tresen stand, gesehen. Simons Interesse war geweckt. Ein hübsches Mädchen in Not.

Das Mädchen hatte sich hingehockt und streichelte Howdy.

»Ich hundesitte«, sagte Everett rechtfertigend. Er zog den Hund ein Stückchen näher zu sich heran.

»Ich habe einen Hund«, sagte das Mädchen. Dann brach sie in Tränen aus.

Jamie eilte zur Stätte der Ruhestörung und hoffte, es würde nicht nötig sein, die Polizei zu rufen. Ein paar Monate vorher war ein Mann gekommen und hatte sich auf der Herrentoilette vollständig ausgezogen. Fast vollständig. Seine irischgrünen Socken und seine Turnschuhe hatte er anbehalten. Er war herausgetanzt gekommen und hatte sich rücklings auf die gerade erst neu bezogene Sitzbank in einer der Nischen geschmissen. Jamie hatte die 911 gewählt, und ein Rettungswagen war gekommen, und die Sanitäter hatten den freundlich lächelnden Mann auf eine Trage geschnallt und abtransportiert. Dieses Mädchen aber hatte glücklicherweise nicht angefangen, sich auszuziehen. *Noch* nicht.

Voll Entsetzen sah Everett das Mädchen an, das inzwischen ihre Tränen unter Kontrolle gebracht hatte und jammervoll schniefend auf dem Boden kauerte. Er dachte sehnsüchtig an seine stille Wohnung, dunkel und kühl und von keinen weiblichen Gefühlsausbrüchen gestört. Es hatte schon gewisse Vorteile, allein zu leben, dachte er. Aber wenn er ehrlich war, musste er sich eingestehen, dass seine Wohnung, wenn Polly da war, ganz genauso still und von keinerlei Gefühlsausbrüchen gestört war. Es war nicht gerade so, dass sein Leben zu voll von weiblicher Gefühlsduselei gewesen wäre. Es war vielmehr so, dass sein Leben leer war.

Everett sah auf das weinende Mädchen hinunter. Und er sah auf Howdy hinunter. Er streckte die Hand aus und tätschelte den Hund. »Na, na«, sagte er zu niemandem im Besonderen.

Simon schlüpfte müde in seine Rolle des Sozialarbeiters und half dem Mädchen auf die Beine und auf einen Stuhl. Sie wischte sich die Augen mit einer Serviette ab, die Jamie ihr anbot. Sie lächelte mitleiderregend.

»George ist morgen wieder da«, sagte Jamie zu dem Mädchen.

Morgen, dachte Everett. Morgen würde er Polly wiedersehen, eine Aussicht, bei der sein Herz eigentlich vor Glück und Vorfreude hätte aufhüpfen müssen. Aber morgen würde Howdy ihn verlassen, genauso wie seine Frau, genauso wie seine Tochter ihn verlassen hatten. Er empfand mit einem Mal ein übermächtiges, tief empfundenes Selbstmitleid. Er würde fortan keinen Vorwand mehr haben, in der Abenddämmerung in den Park zu gehen und Wildgänse hoch oben am Himmel einander zurufen zu hören. Die alte Dame in Schwarz, die sich mühselig die Straße entlangschleppte, würde nie wieder stehen bleiben und dem Hund irgendetwas auf Italienisch zurufen, das unweigerlich auf »Tschi-tschi, tschi-tschi« auslautete, während sie sich wackelig bückte, um Howdys seidenweichen Kopf zu streicheln. Everett würde nie wieder zusehen können, wie der Chihuahua Howdys Bein erklomm, während dessen Herrchen, ein gepflegter alter Herr mit Strohhut, ihn in zärtlichem

Spanisch ermahnte. Die Französin würde ihn nicht mehr grüßen, die alte Frau aus Deutschland, die den Holocaust überlebt hatte, würde keinen Vorwand mehr dafür haben, ihn anzuhalten, und er würde keinen Vorwand mehr dafür haben, sie zu ermuntern, ihm ihre Lebensgeschichte zu erzählen. Die Irin mit den nüchternen Schuhen und dem übergewichtigen Boston-Terrier, der schneidige Belgier mit dem Griffon Bruxellois, der Tätowierte mit den Zwergpudeln, der elfjährige Junge mit dem Schäferhundmischling – alle diese Nachbarn würden ihn nicht einmal mehr wahrnehmen. Die an ihren rumpelnden grünen Lastwagen hängenden Müllmänner würden ihm nicht mehr jeden Morgen zuwinken. Der tänzelnde muskulöse Boxer, der zierliche Zwergpinscher, der herumtollende Labradoodle-Welpe – keiner von ihnen würde je wieder zwischen Howdys und Everetts Beinen herumwuseln und ein heilloses Hundeleinendurcheinander erzeugen. Das alles würde mit Pollys Heimkehr enden.

Everett erschien das fast unbegreiflich. Er hatte mit diesem Hund fünf Tage zusammen verlebt. In fünf Tagen war sein Dasein zum Leben erwacht. Seine Straße war voller Menschen, und seine Stadt war voller Straßen. Sein Park, einst nicht mehr als ein einziger riesiger Trimm-dich-Pfad, war jetzt eine Landschaft, ein Rasen, ein Garten, ein Dickicht, ein Findling, ein Sumpf.

Das geheimnisvolle Mädchen stand auf und wandte sich zur Tür. »Na, na«, sagte Everett wieder sanft, halb zu sich selbst.

18

»Mein übliches Pech«

Als Simon heimging, war er in nachdenklicher Stimmung. Er konnte auf Dramatik in seinem Leben dankend verzichten. Er bekam auf der Arbeit genug davon mit. Seit langem verband er heftige Gefühlsregungen mit Asozialität und Geisteskrankheit. Das Mädchen aus dem Restaurant tat ihm leid, aber er tat sich ebenfalls leid. Er war mit übler Laune gekommen, und er war mit gleichermaßen übler Laune wieder gegangen. Es war sein übliches Pech, von einem hysterischen Frauenzimmer angesprochen zu werden. Sie hatte sich die Augen getrocknet, sich auf eine wahrhaftig bewegende Weise entschuldigt und das Restaurant hastig verlassen. Simon wünschte ihr nur das Beste, aber die Begegnung, ja der ganze Abend hatte ihn bedrückt und ein unbehagliches Gefühl in ihm hinterlassen. Warum hatte Jody ihm nichts von Beatrice gesagt?

Sobald er zu Haus war, rief er sie an, vorgeblich, um sich nach Beatrices Zustand zu erkundigen, in Wirklichkeit aber, damit sie ein schlechtes Gewissen bekam, weil sie ihn nicht ins Vertrauen gezogen hatte, und um sie, nach Möglichkeit, aus dem Schlaf zu reißen.

»Warum ich es dir nicht gesagt habe? Wahrscheinlich habe ich angenommen, dass es dich nicht interessieren würde«, sagte sie.

Also, das war unfair, und er sagte ihr das mit einer Stimme, die selbst in seinen Ohren gereizt klang, aber er konnte nicht anders. Ihn interessiere jeder Aspekt von Jodys Leben, sagte er. Er fragte sie immer nach ihren Schülern, nach ihren Lehrerkonferenzen, nach einer schwierigen Passage, die sie gerade einübte.

»Du hast recht«, sagte Jody. »Es tut mir leid.«

Simon hätte die Auseinandersetzung gern fortgeführt, aber er musste sich damit abfinden, sie gewonnen zu haben. Er wünschte ihr gute Nacht und saß dann noch weitere zwanzig Minuten schmollend in seinem Sessel, bevor er ins Bett ging. Selbst ich kann nicht ewig warten, Jody, dachte er. Ich bin auch nur ein Mensch.

Während Everett Howdy ein Kissen unter den Kopf legte und, einen Arm um den Hund gelegt, einschlief, und Simon in seinem Sessel saß und brütete, und Jody, von Simons Anruf geweckt und außerstande, wieder einzuschlafen, aufrecht im Bett saß und einen Zeitschriftenartikel über den geheimnisvollen Tod eines Sherlock-Holmes-Forschers las, lag Doris im Bett neben ihrem Mann und frohlockte. Am nächsten Abend fand die Stadtratssitzung statt, bei der sie ihre Petition einreichen würde, zusätzliche Beamte der Parkpolizei dazu abzustellen, die Gesetzesverächter und deren kotende, unangeleinte Kaniden mit gebührenpflichtigen Verwarnungen zu belegen. Zusätzlich – und dies erfüllte sie mit besonders freudiger Erregung – hatte sie beschlossen, den Antrag zu stellen (falls so etwas bei einer Stadtratssitzung möglich war), den Park – außer während der Zeit zwischen Mitternacht und sechs Uhr früh – vollständig kanidenfrei zu machen; während dieser, mehr als ausreichenden, Nachtstunden konnten die Kaniden von ihr aus in hellen Scharen und mit schäumenden Mäulern herumtollen. Das, fand Doris, war ein Geniestreich. Das würde, was die Kanidenpest betraf, ihr Vermächtnis sein. Mittlerweile nannte sie Hunde nur noch »Kaniden«. Kaniden waren sie nach den Buchstaben des Gesetzes, und den Buchstaben des Gesetzes sollten sie nun alle zu spüren bekommen.

»Das ist ein recht unpopulärer Standpunkt«, hatte Mel zu bedenken gegeben. »Ich kann Sie darin nicht unterstützen.«

»Oh, ich verstehe, dass Sie mich nicht *öffentlich* unterstützen können. Das wäre politischer Selbstmord«, hatte Doris gesagt und den vertraulichen Charakter des Gesprächs genossen. »Es wird mir genügen zu wissen, dass Sie mich in Ihrem Herzen unterstützen.«

Mel hatte darauf nicht direkt geantwortet, aber sie begriff, dass er sich schützen musste. Man konnte nie wissen, wer gerade mithörte. Also hatte sie seine unausgesprochene Billigung akzeptiert.

»Es gibt einen Halter, der nicht einmal sein Haus verlässt«, sagte sie. »Er bleibt im Flur stehen, lässt den Kaniden auf die Straße, stößt ungefähr zehn Minuten später einen Schrei aus, und der Kanide kommt mit unvorstellbarer Unverfrorenheit zurück und hinterlässt … nun, was Kaniden eben zu hinterlassen pflegen …«

»Folgsamer Hund, was?«

»Darum dürfte es doch wohl kaum gehen«, sagte Doris.

»Nein, natürlich nicht«, sagte Mel hastig.

Doris suchte ihn in letzter Zeit oft in seinem Büro auf. Mel war selbst zu einem ihrer Nachbarschaftsprojekte geworden, und er schien erfreuliche Fortschritte zu machen. Oft lobte er ihr großes bürgerschaftliches Engagement, und dies in Tönen, die ihr fast Ausdruck von Ehrfurcht zu sein schienen. Ich möchte allerdings nicht beschwören, dass er ganz so erfreut über ihre Beteiligung an der Lokalpolitik war, wie sie annahm, denn seine eloquentesten Lobpreisungen erfolgten immer dann, wenn er sie aus seinem Büro geleitete. Doch Doris war zufrieden, und sie drehte sich im Bett um, schmiegte sich an Harveys warme, vertraute, unförmige Gestalt und schlief ein, während Infrastrukturverbesserungen und Gesetzesnovellen wie Traumgesichte in ihrem Kopf herumtanzten.

⋆ ⋆ ⋆

Der Heimaturlaub in Kalifornien war genau das gewesen, was George erwartet hatte: eine liebevolle Verbindung von schlechtem Gewissen und Verhätscheltwerden. Polly hatte ihn wie eh und je zwischen ihren seit langem geschiedenen und noch immer zankenden Eltern hin und her geschleppt. Sie hatten Mutter, in Santa Monica mit unausstehlichem Freund, wie Vater, in Encino mit harmloser Frau, abgearbeitet. George und Polly waren gemästet und verwöhnt worden und hatten dann, ein Spürchen traurig und sehr, sehr erleichtert, das Weite gesucht.

Während des Rückflugs nach New York fragte Polly ihren Bruder, warum er Everett nicht mochte. Da er die eigentlichen Gründe – Everett war zu alt für Polly; sie benutzte ihn als Ausrede dafür, dass sie kein wirkliches Leben führte; er war überheblich und unhöflich – nicht ansprechen wollte, und da er sich erinnerte, wie lieb Everett zu Howdy gewesen war, brummelte George nur, er wäre wegen des Hundes eifersüchtig. Polly lachte laut los, und der Mann neben ihr schreckte mit einem Ruck aus dem Schlaf.

⋆ ⋆ ⋆

»So. Du bist wieder da«, sagte Everett, als Polly vor seiner Tür stand. »Liebling«, fügte er noch hinzu und gab ihr einen Kuss auf die Wange.

Polly registrierte eine gewisse Kühle auf Seiten Everetts, aber der lautstarke Wirbel von Howdys Begrüßung umfing sie, und sie dachte nicht mehr daran.

»Und, habt ihr beide euch gut amüsiert?«, fragte sie. Sie hatte die Frage an Howdy gerichtet, aber Everett antwortete mit plötzlicher Lebhaftigkeit. Er erzählte Polly von Howdys erfreulichen Begegnungen mit Eichhörnchen und Enten und Schulkindern. Er schilderte Howdys akrobatische Kunststücke bei der Verfolgung von Frisbees und Baseballbällen. Er ließ sich ausführlich über die jeweilige Menge Hundehaar aus, die er täglich von den verschiedenen Bürsten geerntet hatte. Und zuletzt sagte er schlicht: »Er wird mir ganz furchtbar fehlen«, übergab Polly die Einkaufstasche mit dem verbliebenen Futter und den neuen Spielsachen, drehte sich abrupt um und machte die Tür zu.

Howdy winselte verwirrt, starrte auf die geschlossene Tür, folgte dann Polly die Treppe hinunter zu ihrer Wohnung. Polly fragte sich, ob Everett betrunken war. Sein Verhalten war wirklich merkwürdig gewesen, erst mürrisch und dann fast manisch. Sie sah dem Hund zu, wie er die Möbel beschnupperte. Sie füllte Howdys Wassernapf und sah ihm beim Trinken zu, einer Prozedur, die sie angesichts der dabei angewandten Technik und des lautstarken Geschlappers immer wieder faszinierte. Dann ging sie mit Howdy aus dem Haus. Sie machten einen langen Spaziergang, bei dem sie entlang des Sees Schlammspuren hinterließen, dann standen sie Seite an Seite da und betrachteten die untergehende Sonne, die in den Fenstern der Hochhäuser an der East Side blitzte. Ein Habicht schwebte hoch oben am Himmel. Ein Schwarm Goldzeisige flog, grell und unwirklich, vorüber. Im leuchtend bunten gefallenen Laub raschelte es. Howdy knurrte. Polly schaute hinunter und erwartete, einen Vogel zu sehen, der im Unterholz wühlte, oder ein geschäftiges Eichhörnchen. Stattdessen sah sie einen langen dünnen Rattenschwanz unter dem Laub weghuschen und dann verschwinden. Sie lächelte. Sie war wieder zu Haus.

Als George an dem Abend ins Restaurant kam, nahm ihn Jamie beiseite und erzählte ihm von den dramatischen Ereignissen der vorigen Nacht.

»Aber wer war sie?«, fragte George.

»Keine Ahnung, sie war völlig außer sich.«

»Wie sah sie aus?«

»Groß, blond, irgendwie ziemlich umwerfend.«

Georges Gesicht hellte sich auf. Das klang gar nicht so übel. Aber was wollte sie von ihm?

»Sie hat Sie für mich gehalten?«

Jamie nickte und verdrehte die Augen. »Dann ist sie da rübergegangen und hat Howdy gesehen und angefangen, hysterisch zu heulen.«

George dachte nach. Das Mädchen kannte ihn nicht, so viel war klar. Aber sie wusste seinen Namen und wo er arbeitete. Und etwas, das er getan hatte, hatte sie in Hysterie und Verzweiflung gestürzt.

»Der Hund hat sie zum Weinen gebracht?«

Wieder nickte Jamie.

George kam ein erschreckender Gedanke. Was, wenn sie mit dem Mann verwandt war, der sich das Leben genommen hatte? Was, wenn sie gekommen war, um Howdy einzufordern?

»Ich glaube wirklich nicht, dass ich diese Person treffen möchte«, sagte er.

»Vielleicht sind Sie ihr Samenspender.«

»Sie sind derjenige mit dem Haufen Kinder«, sagte George. »Nicht ich.«

Er ging hinter den Tresen und fing an, Limonen zu schneiden. Die geheimnisvolle blonde Frau wollte Howdy haben. Das klang geradezu unheilkündend. Was, wenn Howdy heimlich in Korea geklont worden war und die Frau als Agentin für die Regierung arbeitete? Welche Regierung? Die CIA … Oder vielleicht *war* Howdy gar nicht geklont. Und er war auch keine Promenadenmischung. Er war eine sehr, sehr seltene Züchtung, ein Vermögen wert, und die blonde Frau wollte ihn zurückfordern, als den einzigen Nachlass ihres … Vaters? Onkels? Eines entfernten Cousins …?

Er holte sein Handy raus und rief Polly an.

»Der Mann in deiner Wohnung? Der Tote? Der hatte doch keine Verwandten, oder? War er, na, so, Wissenschaftler? War er Koreaner?«

»Warum fängst du jetzt damit an? Warum fängst du ständig damit an?«

In diesem Moment kam eine große blonde Frau herein, und George wusste sofort, dass sie die Blonde war, die vergangenen Abend nach ihm gesucht hatte.

»Schon gut«, sagte er und legte auf.

Während George die Blonde ansah, die auf den Tresen zukam, saß Everett an seinem Küchentisch, wo er durch einen Anruf von Emily bei der Zubereitung eines Martinis unterbrochen worden war.

»Ich komm nächsten Monat heim«, sagte Emily.

»Ja, ich weiß.«

»Wegen Mommys Hochzeit.«

»Genau.«

»Ich fänd's schön, wenn du mitkommen würdest.«

»Meinst du nicht, das würde ein bisschen peinlich werden?«, sagte Everett.

»Ich meine, die *ganze Angelegenheit* ist peinlich. Ich meine, sie sollten in Sünde zusammenleben.«

Everett legte auf, stellte die Flasche Gin weg und begab sich wegen eines Drinks und des Abendessens auf die andere Straßenseite, in der Hoffnung, im Restaurant vielleicht Howdy anzutreffen. Polly hatte angerufen und gesagt, sie wäre müde und hätte einen Jetlag und würde sich ins Bett legen. Sie hatte gereizt und aufsässig geklungen, und Everett hatte sich nicht mit ihr angelegt, obwohl es ja nun wirklich ein kurzer Flug gewesen war, nicht etwa so, als wenn sie aus Hongkong gekommen wäre. Und er vermisste Howdy schon jetzt. Vielleicht hatte George den Hund mit auf die Arbeit genommen.

Simon und Jody waren ebenfalls auf dem Weg ins Restaurant. Beatrice war allerdings zu Haus geblieben, denn ihr Bein machte ihr weiterhin zu schaffen. Simon hatte festgestellt, dass er sie weniger bemitleidet hatte, als er es normalerweise getan hätte, und zwar einfach deswegen, weil man ihn nicht unverzüglich über ihre Erkrankung informiert hatte.

»Sie wird schon wieder«, sagte er, als sie gehen wollten und Jody sich nicht von ihrer Hündin trennen mochte. Sie verabreichte ihm einen solchen Blick, dass er sich wünschte, er hätte den Mund gehalten. Er beugte sich hinunter und gab Beatrice einen Abschiedskuss, um seine Gefühlskälte wiedergutzumachen. Da lächelte Jody, und Simon gab auch ihr einen Kuss.

»Ich hab viel über deinen …« Jody stockte, offensichtlich verlegen. »Über deinen … *Vorschlag* nachgedacht.«

Wie merkwürdig das klang, so formuliert, ein »Vorschlag«, ein bescheidener Vorschlag, als hätte er – wie Swift mit seinem »Modest Proposal« – angeregt, dass Jody ihre Kinder verspeisen sollte.

»Irgendwie gefällt's mir so, wie es jetzt ist«, sagte sie. »Fürs Erste.«

Manchmal hatte Simon ebenfalls den Eindruck, dass es ihm so gefiel, wie es jetzt war. Manchmal hatte er sich gefragt, was er tun würde, wenn Jody tatsächlich seinen Antrag angenommen hätte. Praktisch seit dem Tag, an dem er sie gebeten hatte, ihn zu heiraten, waren ihm Dinge aufgefallen, die ihn mit Sicherheit gestört hätten, wenn sie erst einmal verheiratet gewesen wären – Dinge, die er bis dahin nicht einmal registriert hatte. Dass sie immer ihren Mantel auf dem Sessel liegen ließ, die Toastkrümel in der Butter, ihre Vorliebe für alte Musik. Doch wenn er jetzt, wo sie die Straße entlanggingen, zu ihr hinunterschaute, ihre raschen Schritte sah, ihr windzerzaustes Haar, wenn sie zu ihm aufsah und unsicher lächelte, schließlich seine Hand nahm, dann verspürte er den Wunsch, jeden Augenblick mit ihr zusammen zu sein, dann war er bereit, *selbst* Toastkrümel in die Butter zu tun, ganze Scheiben Toast, ganze Toastbrote, wenn es erforderlich gewesen wäre.

»Gehen wir nach Haus«, sagte er, plötzlich von Verlangen übermannt.

Jody antwortete ihm mit einem ganz besonderen Lächeln, einem, das er kannte und liebte. Ohne ein weiteres Wort machten sie kehrt und gingen wieder zurück.

* * *

Jody lag in der Dunkelheit neben Simon, der in einen leichten Schlaf gefallen war. Sie war glücklich, und sie war hungrig. Wie nett, so unzweideutige Empfindungen zu haben: Glück, Hunger. Beatrice lag auf dem Bettvorleger und schlief ebenfalls. Warum sollte es nicht immer so bleiben? Eine Heirat würde alles kaputtmachen, zu viel Gewicht auf das zarte, luftige Gewebe ihres Lebens mit Simon legen, es in dürftige Fetzchen reißen. Jody war sich da ganz sicher. Aber warum? Sie hatte immer geglaubt, sie *wollte* heiraten. Sie hatte mit Sicherheit Kinder haben wollen. Aber jetzt, wo es ernst wurde, wollte sie irgendwie eigentlich nichts anderes, als einfach nur so in der Dunkelheit liegen, mit Simon an ihrer Seite. War das *so verkehrt?*

Vielleicht ist es nicht verkehrt, dachte Jody nach einer Weile, aber jetzt kann ich vor Sorgen nicht einschlafen. Sie machte sich Sorgen, dass sie Simons Gefühle verletzt haben könnte. Sie machte sich Sorgen, dass sie schlicht und einfach drauf und dran sein könnte, einen Fehler zu begehen. Sie machte sich Sorgen, weil sie Hunger hatte, und sie machte sich Sorgen, möglicherweise dick zu werden. Sie sorgte sich und wälzte sich hin und her, und dann sorgte sie sich, dass sie Simon aufwecken könnte. Sie schlüpfte vorsichtig aus dem Bett und ging mit dem Telefon ins Badezimmer. Sie rief den billigen mexikanischen Imbiss an und bestellte Hähnchen-Fajitas. Simon mochte die gern. Und es würde was für morgen übrig bleiben. Als sie auflegte und im Wohnschlafzimmer kein Licht machen konnte, ohne die Schlafenden zu stören, dachte sie sich, dass sie genauso gut ein Bad nehmen könnte.

Sie streute Badesalz in die Wanne, während das Wasser einlief, und freute sich an dem Dampf. Sie ließ sich ins Wasser gleiten, schloss die Augen und dachte: Ja, sie wollte, dass alles so blieb, wie es war.

Simon war in dem Augenblick aufgewacht, als sie das Bett verlassen hatte, aber er blieb regungslos liegen und kostete die Stille des fremden Hauses aus. Sie war anders als die Stille in seiner eigenen Wohnung. Er hörte das Badewasser einlaufen. Er stellte sich die untergetauchte Jody vor, von der nur der Kopf und die Spitzen der Knie über dem milchigen Wasser zu sehen wären. Der Geruch des Badesalzes drang ins Zimmer. Wie geheimnisvoll Frauen doch waren! Duftend, stur und unergründlich. Sie war so schön, so weich, so hartherzig. Er war zornig und verletzt, und er war befriedigt und von Liebe erfüllt, und das alles auf einmal.

Sie hatte ihn zurückgewiesen. Er versuchte, sich ihre Worte so zurechtzulegen, dass er Grund zur Hoffnung hätte.

Lassen wir alles so, wie es ist. Fürs Erste. Das ließ vielleicht gewisse Möglichkeiten offen, war aber bestimmt nicht das enthusiastische Ja, das er sich erhofft hatte. Warum wollte sie ihn nicht heiraten? Was konnte sich dadurch für sie schon groß ändern? Sie würde weiterhin ihren Job und ihren Hund haben. Sie würde weiterhin jede Nacht neben ihm liegen, weiterhin mit ihm schlafen, weiterhin Geige spielen. Er begriff einfach nicht, was sie von ihm abhielt, und er wurde zunehmend zorniger.

Er spielte mit dem Gedanken, seinen College-Freund in Virginia anzurufen. Er konnte noch immer runterfahren. Es war schließlich nur für einen Monat. Wenn er zurückkam, würde Jody da sein, wo sie immer war, in ihrem kleinen Apartment mit ihrem großen Hund und ihren Duftseifen. Vielleicht würde sie bis dahin ihre Meinung geändert haben. Vielleicht wäre ihr »fürs Erste« dann vorbei.

Jody schloss die Augen und legte den Kopf zurück an die kühle Emaille. Sie wünschte sich, Simon würde aufwachen und kommen und sich zu ihr setzen. Das wäre romantisch. Sie stellte sich vor, wie er die Tür öffnete und der Dampf sich um seinen nackten Körper kräuselte. Er würde in die Wanne steigen, sich ins Wasser niedersinken lassen … und dann wär kein Platz mehr für mich, dachte Jody und sah förmlich, wie das Wasser überfloss und auf den Boden platschte, sah das große Gewirr von Knien und Ellbogen und verkanteten glitschigen Gliedmaßen. Und sie fragte sich, ob die Ehe genau darauf hinauslaufen würde: zwei Nackte in einer Badewanne, in der das Wasser nach und nach kalt und trübe wird.

Simon klopfte an die Tür.

»Ich muss gehen«, sagte er leise.

Jody stieß mit dem Fuß die Tür auf. Er war angezogen. Er beugte sich hinunter und gab ihr einen Kuss.

»Mach dir keine Sorgen«, sagte sie, ohne selbst zu wissen, warum.

»Sorgen? Nein. Nein, ich mach mir keine Sorgen.«

Die Haustürklingel summte, und Simon wartete an der Wohnungstür, während der Junge vom Taco-Service die Treppe heraufkam. Der Anblick Jodys in der Badewanne hatte Simons Herz erweicht.

»In meiner Handtasche ist Geld«, rief Jody aus dem Bad, während sie sich rasch abtrocknete.

»Das geht auf meine Rechnung«, sagte Simon in gespielt protzigem Ton.

Sie zog ihren Bademantel an, und als sie herauskam, standen die Pappbehälter schon ordentlich auf dem Tisch. Er hatte für sie gedeckt: Plastikgabel und -messer jeweils auf der richtigen Seite des Papptellers, unter der Gabel die dünne Papierserviette.

»Bleibst du nicht?«, fragte sie, während sie sich setzte und sich bediente, ohne seine Antwort abzuwarten.

Simon blieb. Der Geruch der frischen, heißen Tortillas war einfach zu verführerisch. Er aß dankbar mehrere Fajitas und ging dann ebenso dankbar heim, zu seinem eigenen Bett und seiner eigenen vertrauten Stille.

* * *

Anders als Jody und Simon schaffte es Everett bis zum Restaurant, und er sah sofort, dass Howdy nirgendwo zu erblicken war. Dafür war, fast so interessant wie Howdy, das Mädchen wieder da, das vorigen Abend so mitleiderregend geweint hatte. Sie stand, noch im Mantel, an der Tür neben der Küche und starrte George an. George, so knallrot im Gesicht, dass man es schon vom Eingang aus sehen konnte, starrte zurück.

Was hatte George diesem armen Mädel bloß angetan?

Polly beklagte sich ständig darüber, was für ein Schürzenjäger er wäre. Aber wie kann man einem Mädchen die Schürze abjagen, ohne dass sie anschließend wenigstens eine gewisse Vorstellung hat, wie man aussieht? Vielleicht belästigte er sie ja im Internet. Everett ging näher heran und setzte sich an den Tresen in der Hoffnung, etwas mitzubekommen.

»*George*?«, sagte das Mädchen mit erschütterter Stimme.

»Alexandra«, sagte George, denn da war sie, Alexandra, seine ehemalige Chefin, so einschüchternd wie eh und je.

Sie sahen sich mit nahezu gleich entsetzten Mienen an.

»Mein übliches Pech«, sagte Alexandra da und brach in Tränen aus.

19

»Er beißt«

Als Alexandra anfing zu weinen, drückte George ihr eine Serviette in die Hand. Er wusste nicht, was er sonst hätte tun können. Es kam ihm fast unmöglich vor, dass seine mächtige ehemalige Vorgesetzte zu derlei fähig sein sollte.

»Tut mir leid«, sagte sie hinter der riesigen weißen Serviette.

»Oh«, sagte George. »Wirklich?«

»Laura meinte …«

»Sie kennen Laura?«

»Wir haben uns auf dem College ein Zimmer geteilt. Sie meinte, da wär so ein Typ, mit dem sie eine Zeit lang zusammen gewesen war …«

O Gott, dachte George, was kann ich bloß angestellt haben?

»Und sie meinte, er wäre wirklich toll …«

Laura hatte gesagt, er wäre wirklich toll? Er grinste.

»… mit ihrer Hündin klargekommen«, fuhr Alexandra fort. »Sie hat so eine Hündin, Kaiya …«

Georges Grinsen wurde ein wenig schmaler. Alexandra fing wieder an zu weinen, und George schenkte ihr ein Glas Wasser, dann ein Glas Wein ein. Er gab ihr beide, und sie stand so da, in jeder Hand ein Glas, und schniefte. George lotste sie zum Tresen. Sie setzte sich neben Everett. George wünschte, sie hätte sich einen anderen Platz ausgesucht, aber wenigstens saß sie jetzt und trank das Wasser in kleinen, den

Wein in großen Schlucken. Und Everett schien wie immer im Geist ganz woanders zu sein und würdigte sie nicht einmal eines Blicks.

»Möchten Sie etwas essen?«, fragte George sanft.

Alexandra schüttelte den Kopf.

»Es tut mir wirklich leid«, sagte sie. »Es ist bloß, dass ich einen Hundeerzieher zu finden hoffte, und stattdessen waren Sie das.«

Es gefiel George nicht übermäßig, wie sie »Sie« gesagt hatte. So mitleiderregend sie mit ihrem tränenüberströmten Gesicht auch aussah, hatte sie doch durch ihre Betonung des Wortes »Sie« ein inakzeptables Maß an Geringschätzung verraten.

Alexandra stieß einen tiefen Seufzer aus. »So ein dummes Durcheinander! Es tut mir leid, Ihnen Umstände zu machen. Ich suche nach diesem Typen, von dem mir Laura erzählt hat, und der soll so unglaublich gut mit Tieren können, und ich habe einen Hund …« Ihre Stimme verebbte, und sie starrte, ein Bild des Jammers, in ihr leeres Weinglas.

Da erkannte George, dass er ihr die verächtliche Betonung des Wortes »Sie« nachsehen musste. Er begriff, dass sie nicht gekommen war, um ihm irgendetwas vorzuwerfen. Sie war da, weil sie seine Hilfe brauchte, und sofort schaltete sich seine ritterliche Gesinnung ein. Er setzte sich neben sie und fragte sie leise nach dem Hund aus.

Es war eine Promenadenmischung, ein Tierheimhund, ein bisschen Chihuahua, ein bisschen Mops, ein wenig Beagle, ein wenig Terrier. Er war der süßeste Hund auf der ganzen Welt. Die Leute hielten sie auf der Straße an und fragten, was für eine Sorte Hund das sei – *so süß* war er!

»Das ist wunderbar«, sagte George.

»Nein. Nein, das ist furchtbar. Sie bleiben stehen und fragen, was für eine Sorte Hund er ist, und dann bücken sie sich, um ihn zu streicheln und … und er geht auf sie los.« Sie senkte beschämt den Blick. »Er beißt«, flüsterte sie. »Er beißt … auch mich.« Sie sah ihn plötzlich an. »Aber dann tut es ihm immer furchtbar leid«, fügte sie hastig hinzu. »Er winselt und leckt mir das Gesicht ab …«

»Wie heißt er denn?«

»Jolly. Ach, was soll's. Ich dachte bloß, als letzte Hoffnung, dass dieser Typ …«

»Aber das bin *ich*. *Ich* bin der Typ. Ich habe Laura bei ihrer Hündin geholfen.«

Alexandra legte den Kopf schief, wie Howdy das immer tat, wenn er verwirrt war. »Sie?«

Es gefiel ihm zwar immer noch nicht, wie sie »Sie« sagte, aber seine Ritterlichkeit gewann die Oberhand, und er sagte: »Ja. Ich.«

* * *

Everett hatte alles mitbekommen und sagte sich, dass das Geheimnis damit wenigstens zum Teil gelüftet war. Eine Vaterschaftssache war es jedenfalls nicht, wenngleich es seine Gründe haben musste, dass Alexandra nicht viel von George hielt. Er erwog, sich in das Gespräch einzumischen und Georges Behauptung, er sei der Hundetrainer, durch seine Zeugenaussage zu untermauern. Aber er mochte nicht zugeben, dass er gelauscht hatte, also aß er schweigend weiter.

»Ich führe Kaiya jeden Morgen aus«, sagte George weiter.

»Wirklich?«

»Gott, ich dachte, Sie wären eine Verwandte des Typen, der sich in meiner Wohnung umgebracht hat!«

»Was?«

»Ich dachte, Sie wollten meinen Hund haben.«

»Sie haben einen Hund?«

»Eigentlich nicht.«

Alexandra stand auf. »Ach, was soll's«, sagte sie.

»Er gehört meiner Schwester«, sagte George.

»Haben Sie sie erzogen?«

Für einen Moment dachte George, sie meine seine Schwester. Dann sagte er: »Es ist ein Rüde.«

Alexandra sagte: »Ich will ihn ganz gewiss nicht haben. Wollen *Sie* ihn denn nicht? Beißt er auch?«

»Nein, natürlich nicht!«

Alexandra bedachte ihn mit einem bitterbösen, trotzigen Blick.

»Er ist noch ein Welpe«, sagte George, bemüht, seine Taktlosigkeit wiedergutzumachen. »Und ja, ich hab ihn wohl erzogen.«

»Und Lauras Hund haben Sie auch erzogen?«

George überlegte. Erzogen? Er hatte das Gefühl, dass Kaiya sich schlicht und einfach beruhigt hatte, von sich aus. Sie war folgsamer geworden, genauso wie Howdy größer wurde: unmerklich, jeden Tag ein bisschen. Es war irgendwie einfach passiert. Oder doch nicht? Zugegeben, George hatte sich in letzter Zeit angewöhnt, alles über Tierverhalten und Hundeerziehung zu lesen, was er in die Finger bekam, und zu dem Zweck verbrachte er Stunden bei Barnes & Noble auf der 66th Street und weitere Stunden in der Leihbücherei und im Internet. Er las Bücher einer autistischen Frau, die artgerechte Rampen für Rinder auf dem Weg zum Schlachtraum entwarf; er sah sich DVDs mit Mönchen an, die über raureifige Wiesen liefen, während die von ihnen ausgebildeten Deutschen Schäferhunde ihnen mit prächtigen abschüssigen Schultern und großen, sicheren Schritten elegant folgten. Er hatte ein Lehrbuch der Verhaltensforschung und Virginia Woolfs fiktive Biographie von Elizabeth Barrett Brownings Hund Flush studiert. Er hatte Elizabeth von Arnim und J. R. Ackerley und Cesar Millan gelesen. Er hatte leise auf Kaiya eingesprochen, und er hatte Kaiya zugehört, und er hatte Kaiya beobachtet und auf Kaiya reagiert und sie belohnt und sie ignoriert, und Kaiya hatte sich beruhigt.

»Ja«, sagte er schließlich. »Ich habe Lauras Hündin erzogen.«

Alexandra setzte sich hin und sah ihn kläglich an.

Sie ist todunglücklich, dachte George, und das bloße Wort »todunglücklich« machte ihn traurig und erweckte in ihm den Wunsch, ihr zu helfen. Außerdem musste George zugeben, dass es ihm gefiel, von seiner ehemaligen Chefin um Hilfe angefleht zu werden. Er wartete deshalb gerade ein Spürchen länger, als es eigentlich nötig gewesen wäre, und kostete dieses ungewohnte Gefühl der Überlegenheit und Macht aus. Doch dann fühlte er sich genötigt, Alexandra zu erklären, dass er zwar bei Lauras Hündin hatte helfen können, aber schlicht und einfach kein richtiger Hundeerzieher war.

»Ich habe allerdings keinerlei Erfahrung und keinerlei Diplome.«

»Das ist mir egal. Ich hab's schon mit drei Hundeerziehern probiert. Mit Erfahrung und Diplomen.«

»Ich könnte Ihnen vielleicht helfen, jemand Passendes zu finden.«

Alexandra stand auf und wickelte sich den Schal um. Ihren Mantel hatte sie gar nicht erst ausgezogen.

»Was soll's«, sagte sie. »Der Tierarzt meinte, ich sollte ihn einschläfern lassen. Ich dachte, unternehm ich noch diesen letzten Versuch.«

Mit seiner Vorliebe für ritterliche Gesten – Gesten, die oft genug nur er selbst als solche wahrnahm – hörte George jetzt den unmissverständlichen Posaunenton, der ihn in die

Schranken rief, und er lechzte danach, ihm Folge zu leisten. Arme, holde Alexandra. Er nahm ihre Hand.

Während er das tat, erkannte er in ihren Augen, dass die Not der armen, holden Alexandra viel zu real war für seine Ritterphantasien. Das war kein mittelalterlicher Tjost mit sich tummelnden Pferden. Das war keine Frage von Gesten und Artigkeiten. Das war Herzeleid und Schmerz, und George erkannte, dass einer Dame Herzeleid und Schmerz ihn weit weniger lockten als die Gelegenheit, einer Dame die Tür aufzuhalten oder ein Glas Wein zu holen.

Dann war da noch Alexandra selbst: eine kalte, harte Dame, wie sie im Buche stand, eine Frau, der es anscheinend Spaß bereitet hatte, ihm das Leben schwer zu machen, eine Frau, die ihn bei jeder sich bietenden Gelegenheit gedemütigt hatte. Doch jetzt bettelte sie ihn praktisch an.

Sie wirkte so traurig und so verletzlich, wie sie sich die Augen mit einer Cocktailserviette trocknete. George spürte, wie seine Beschützerinstinkte erwachten, die gewöhnlich Polly vorbehalten waren.

Der Gedanke an Polly bewirkte, dass er sich wieder an Everett erinnerte. Er drehte sich nach ihm um, aber Everett war mit seinen Tortellini beschäftigt, ja in sie versunken.

»Bleiben Sie«, sagte George zu Alexandra und nahm auch ihre andere Hand. »Bleiben Sie und essen Sie etwas. Dann kann ich später vielleicht Jollys Bekanntschaft machen. Wie wär's, wenn ich Ihnen mit Jolly ein bisschen helfen würde, während wir uns nach einem richtigen Hundeerzieher umschauen?«

Obwohl Everett weiterhin pflichtbewusst in seinen Teller starrte, entging ihm der Blick nicht, mit dem Alexandra George daraufhin bedachte: einem nackten, unverstellten Blick neu geborener Hoffnung. Stell dir vor, jemand würde *dich* so ansehen, dachte er mit einem gewissen Neid.

Everett hörte, wie Alexandra den Brotpudding bestellte. Gute Wahl, hätte er ihr am liebsten gesagt. Der Brotpudding war zugleich köstlich und herzerwärmend.

»Ich hab schon in der Stadt gegessen«, sagte sie derweil zu George.

»Arbeiten Sie da immer noch?«

Sie nickte, dann platzte sie heraus: »Es tut mir leid, dass ich so ein Miststück war, aber Sie waren wirklich ein mieser Kellner, und was hätte ich machen sollen?«

Hier konnte sich Everett nicht mehr beherrschen und warf George einen Seitenblick zu. George sah so unerschütterlich aus, als hätte Alexandra lediglich um ein weiteres Glas Wein gebeten, und tatsächlich schenkte er ihr gerade nach.

»Mit Tieren können Sie vermutlich besser«, fügte Alexandra unsicher hinzu.

20

»Aber was ich eigentlich meinte, war Liebe«

Vielleicht fragen Sie sich, was aus Doris und ihren Plänen für eine Kanidenreform wurde. Nun, die Stadtratssitzung verlief nicht ganz so erfolgreich, wie Doris gehofft hatte. Es gab tatsächlich einige, die sie nach einem ungläubigen Nach-Luft-Schnappen mit einem (wie sie fand) ungesunden, ja fast manischen verbalen Sperrfeuer belegten. Sie waren zweifellos sehr laut, diese Mitbürgerinnen und Mitbürger, aber Doris blieb hoch erhobenen Hauptes stehen, bis die Versammlung zur Ordnung gerufen wurde und der Tumult sich gelegt hatte. »Ein Hilferuf«, murmelte sie dann und schüttelte betrübt den Kopf über das rüpelhafte Verhalten. Dann, lauter, bestimmt: »Irgendjemand *muss* Grenzen setzen.« Stadtverordneter Mel blieb stumm wie ein Grab, was sie ihm angesichts der Reaktion der übrigen Anwesenden kaum verdenken konnte. Politik ist Politik, dachte sie; aber Bürgerpflicht war auch Bürgerpflicht, und mit gestrafften Schultern (sie hatte sich für ein Vintage-Kostüm von Chanel entschieden, und momentan fühlte sie sich vom schlichten, eleganten Schnitt des marineblauen Zweiteilers wie von einem Aufwind getragen) lächelte sie geduldig und zwinkerte Mel unauffällig zu. Sie schloss ihre Präsentation mit der Erklärung, eine Petition dürfte nicht einfach ignoriert werden, die Menschen verlangten Gehör, und sie würde mit genügend Unterschriften von ebendiesen Menschen wiederkommen, um die Mächtigen von ihren selbstgefälligen Podesten aus Ignoranz und Vorurteilen zu stürzen.

»Wir sind hier nicht in Paris!«, verkündete Doris, als sie sich wieder setzte und dabei mit erhobener Faust den mit Kanidenkot besudelten Straßen der Stadt den Kampf ansagte, und es gab nicht einen Menschen im Raum, der ihr da hätte widersprechen können.

Sie hatte außerdem eine kleine, aber existente Anhängerschaft in ihrer Straße. Es dürfte nur wenige Bürger geben, die sich aktiv *gegen* saubere Bürgersteige und *für* Exkremente auf den Straßen einsetzen würden. Selbst die Hundebesitzer unter ihnen, die gelegentlich anzutreffende Haufen den professionellen Hundeausführern in die Schuhe schoben, sympathisierten mit Doris' Forderung nach einer Verschärfung der Gesetzgebung zur Entsorgung von Hundekot. Ihre persönlichen Anstrengungen um die Reinigung der Straße waren bemerkt und gewürdigt worden. Wenn ihre Anhänger auch nichts von ihren extremeren Vorschlägen ahnten, sagte sich Doris, so hatten sie doch angefangen, sie dankbar zu grüßen, wenn sie sie auf ihren Patrouillengängen sahen. Und so hatte Doris selbst nach der erfolglosen und unerfreulichen Versammlung das sichere Gefühl, dass ihr Tag schon noch kommen würde.

Unnötig zu sagen, dass Jody, die immer streng darauf achtete, hinter ihrer Hündin herzuputzen, *nicht* zu Doris' Anhängerschaft gehörte. Jody empfand das orangefarbene Gesicht und die drohende Faust und den großen weißen SUV als feindselig und befremdlich – als ständig wiederkehrende furchterregende Erscheinungen in ihrer ansonsten netten, freundlichen Straße. Und *was* für eine freundliche Straße das war! dachte Jody eines Nachmittags, während sie ihren Taktstock auf und ab, auf und ab schwenkte und den vor ihr aufgereihten singenden Vorschulkindern zuhörte.

Das waren keine besonders begabten Gruppen, diese Kinder, aber sie waren aufrichtig, und ihre Gesichtchen auf eine fast komische Weise ausdrucksvoll. Die ersten Kindergartenkinder, die sie überhaupt unterrichtet hatte, standen jetzt kurz vor ihrem College-Abschluss. Sie machte das mittlerweile seit siebzehn Jahren. Das war ein beunruhigender Gedanke. Aber warum eigentlich? Sie war schließlich eine neununddreißigjährige Frau. Bis zu ihrem vierzigsten Geburtstag war es nur noch eine Woche hin. Dann würde sie wirklich eine alte Jungfer sein. Wann, fragte sie sich, würde sie aufhören, sich als eine Siebzehnjährige zu betrachten, und endlich akzeptieren, dass sie nicht nur erwachsen war, sondern dies auch schon lang genug, um bereits siebzehn Jahre Berufserfahrung, bereits ein ganzes Leben hinter sich zu haben?

»*I've got a mule, her name is Sal …*«, sang sie zusammen mit den Kindern und übertrieb dabei bewusst ihre Lippenbewegungen, um ihnen zu helfen, sich an den Text zu erinnern.

Und auch kein besonders glanzvolles Leben. Sie war keine erfolgreiche Musikerin, jedenfalls verdiente sie sich nicht mit Musizieren ihren Lebensunterhalt. Aber das hatte sie bislang noch nie gestört. Solange sie die Möglichkeit gehabt hatte, Musik zu machen, war sie glücklich gewesen. Und Unterrichten machte durchaus Spaß. Es hatte schon einiges für sich, angehimmelt zu werden. Die Kinder hatten sie schon immer angehimmelt. Jetzt himmelte auch noch Simon sie an.

»Gut gemacht!«, sagte sie fröhlich.

Die Kinder verließen, zum Teil hüpfend, das Musikzimmer, und eins von ihnen, ein kleiner Junge mit dunkelroten Locken, blieb stehen, um ihr die Hand zu küssen, bevor er seinen Freunden hinterherrannte.

Natürlich gefiel es ihr, Verehrer zu haben. Wem von uns gefiele das nicht? Aber musste sie Simon deswegen gleich heiraten? Sie rückte die Stühle gerade, sammelte die Notenblätter ein und steckte sie in ihre Handtasche. Obwohl sie Simon ihre Antwort schon gegeben hatte, hörte sie nicht auf, sich die Frage immer und immer wieder zu stellen. Sie wusste, dass sie, sollte sie überhaupt heiraten wollen, keinen besseren Mann hätte finden können. Er war liebenswürdig und ehrlich. Und leidenschaftlich. Ordentlich war er auch, vielleicht ein bisschen *zu* ordentlich, und auch ein bisschen zu sehr daran gewöhnt, allein zu leben. Was andererseits auch für sie galt. Aber das könnten sie bestimmt auf die Reihe bekommen. Zwei Einzelkinder im Zentrum ihrer eigenen Welt. Sie versuchte sich vorzustellen, mit Simon in dessen Apartment zusammenzuwohnen. Er würde in seinem Ledersessel sitzen. Sie und Beatrice würden … auf dem Boden zu seinen Füßen liegen?

»Du kannst ja einen Sessel von zu Haus mitnehmen«, sagte sie sich, ohne daran zu denken, dass in dem Fall Simons Wohnung ihr Zuhause gewesen wäre.

Als sie in dieser Nacht neben Simon lag, sah sie ihm beim Schlafen zu. Neuerdings litt sie wieder unter Schlaflosigkeit, und sie hatte noch nicht raus, wie sie damit umgehen konnte, wenn sie bei Simon war. Das Fenster war zu, wie Simon es gern hatte, und im Zimmer war es zu warm. Die Laken fühlten sich rau und knitterig an. Licht machen und lesen konnte sie nicht, weil sie ihn dann geweckt hätte. Aber Simon sah so friedlich aus, und das rührte sie, obwohl jeder Mensch, wie sie sich ins Gedächtnis rief, im Schlaf friedlich aussah, selbst Unmenschen. Stalin hatte im Schlaf wahrscheinlich wie ein Engelchen ausgesehen, vorausgesetzt, Engelchen hätten dichte schwarze Schnauzbärte gehabt, was vermutlich eher nicht der Fall war.

Sie streckte die Hand aus und streichelte Simons Kopf. Sie hatte sich noch immer nicht an das wohlige, das beruhigende Gefühl gewöhnt, diesen Mann neben sich zu haben.

»Ich sollte dich wirklich heiraten«, flüsterte sie.

Simon regte sich.

»Wie spät ist es?«, fragte er.

»Drei.«

»Warum schläfst du nicht?«

»Ich hab nachgedacht«, sagte sie, wie so oft selbst von ihrem munteren Tonfall überrascht.

»Aha …« Und schon schlief er wieder.

Am nächsten Morgen sah Jody ihn aufmerksam an und erinnerte sich an diesen nächtlichen Augenblick, in dem sie gewusst hatte, dass sie seinen Heiratsantrag annehmen sollte.

»Denkst du noch immer ans Heiraten?«, fragte sie. »In letzter Zeit?«

Simon, der dabei gewesen war, die Zeitung umzublättern, hielt in der Bewegung inne. Er hielt die Zeitung in der Luft ausgebreitet, wie ein Mann, der eine Landkarte hält, dachte Jody, wie ein Mann, der sich verlaufen hat.

Er hatte tatsächlich ans Heiraten gedacht. Gerade in diesem Augenblick hatte er daran gedacht, aber was er gedacht hatte, war, dass Jody letztlich vielleicht doch recht hatte. Sie hatten eine phantastische Nacht miteinander gehabt. Sie würden kameradschaftlich miteinander frühstücken. Dann würden sie und ihr riesiger Hund (der momentan mit unwillkommenem Interesse an seinen Füßen schnüffelte) heimgehen und ihn sich selbst und seinen einsamen, männlichen Sit-ups, seiner Dusche, seiner Rasur überlassen. Simon genoss diese Aktivitäten, und wie ihm bewusst wurde, bestand ein Teil des Genusses gerade darin, sie für sich selbst zu haben. Wären sie verheiratet, würde sie dabei sein, wenn er seine Sit-ups machte, und lächeln und ihn anfeuern. Sie würde mit geduldiger Heiterkeit darauf warten, dass Dusche und Waschbecken frei wären. Sie würde in jeglicher Hinsicht liebevoll und freundlich und nett sein, aber sie würde da sein: ein Fremdkörper.

»Ein bisschen«, sagte er und zog die Zeitung straff, um seine Verwirrung zu bemänteln.

»Ich auch.«

Jody rückte ihren Stuhl näher an seinen heran. Simon bemerkte ihren frischen Seifenduft. Wie hübsch sie war, selbst am frühen Morgen! Dann kratzte sie sich ziemlich heftig am Kopf, was Simon an Beatrice erinnerte, die jetzt auf seinen Füßen lag. Jody rutschte rüber und setzte sich ihm auf den Schoß. Jetzt konnte er ihren Kaffeeatem riechen, und die muffigen, sauren Gerüche der Nacht. Ihm war unangenehm warm. Die Heizkörper knallten. Wie konnten die bloß die Heizung schon anstellen? Es war doch erst ... November.

»November«, sagte er laut.

»November«, wiederholte Jody, nicht ganz bei der Sache. Sie starrte auf die Zeitung, las einen Artikel über die globale Erwärmung.

»Es ist furchtbar heiß«, sagte er und streckte die Arme zu beiden Seiten von ihr nach vorn aus und krempelte sich sehr umständlich und mühsam die Ärmel hoch. Er mochte es gern warm in seiner Wohnung, aber *das* war eine Zumutung. Er würde mit dem Vermieter reden müssen. »Es ist einfach zu heiß.«

Jody nickte bloß und sagte: »Bald werden alle Fische sterben.«

Simon merkte, dass er schlecht Luft bekam. Er versuchte, einen tiefen Atemzug zu machen. Er fing an zu husten.

»Willst du einen Schluck Wasser?«, sagte Jody. Sie schien keine Antwort zu erwarten.

Er schob sie sanft von seinem Schoß. Sie zog die Zeitung mit.

»Tut mir leid«, sagte er.

»Mmhmmm«, machte Jody, noch immer in ihren Artikel versunken.

Simon stand auf.

Während sie las, strich Jody geistesabwesend mit einem Finger über ihren Teller und sammelte Toastkrümel ein. Beatrice hob den Kopf und schien Simon mit einem Ausdruck trauriger Bestürzung zu fixieren. Simon wandte schuldbewusst den Blick ab.

»Warum ist es bloß so heiß?«, fragte er.

Er kämpfte mit dem Küchenfenster, das sich mit seinen dicken, uralten Lackschichten sträubte und sperrte, zerrte heftig daran, bis es endlich aufging und einen Schwall kühler Herbstluft hereinließ.

»Schon besser«, sagte er und starrte hinaus in den braunen, kahlen Garten.

* * *

Ein paar Tage später waren Jody und Polly mit ihren Hunden auf dem Weg in den Central Park. Beatrice hinkte noch immer ein bisschen. Jody beobachtete sie mit einiger Besorgnis.

»Sie sieht prächtig aus«, sagte Polly. »Schau sie dir an! Du musst doch zugeben, dass es ihr jetzt besser geht.«

Auch wenn Pollys Bemerkung, wie gewohnt, wie ein Befehl geklungen hatte, und auch wenn dies ein Befehl war, dem Jody nur zu gern Folge geleistet hätte, bemerkte sie doch, dass Beatrice ihren Hinterfuß schonte. Sie sagte nichts, aber ihr wurde das Herz schwer, und die frische Luft und die verspielte Brise schienen sich in nichts aufzulösen. Sie konnte den Gedanken, dass Beatrice litt, nicht ertragen.

Howdy tollte neben der alten weißen Hündin her, rannte ein Stückchen voraus, wirbelte dann herum und bellte, um sie zum Spielen aufzufordern. Beatrice ging düster am großen Hundejungen vorbei. Jody begriff, dass etwas nicht stimmte.

Weiter vorn war eine ältere Frau zu sehen, die in einem ganz und gar unpassenden kurzen schwarzen Abendmantel aus Taft, einen dazu passenden schwarzen Müllsack hinter sich herziehend, den Blick starr zu Boden gerichtet, den Bürgersteig entlangging. Irgendetwas an ihr kam Jody irgendwie bekannt vor. Ihr widernatürlich pfirsich-mandarinenfarbenes Haar vielleicht.

»Polly«, flüsterte sie. »Ich glaube, das ist die Alte, die uns nachstellt.«

Sie schauten zu, wie die Frau sich nach einer Bierflasche bückte, den Rest ihres Inhalts ausgoss und sie dann eifrig in einer Tragetasche verstaute.

»Krass«, sagte Polly. »Was treibt sie denn da?«

Jody bedeutete Polly, ihr zu folgen, überquerte die Straße und schlich sich von der Orangenfrau fort in den Schutz des Parks.

»Chris heiratet in zwei Wochen«, sagte Polly, als sie durch den Eingang traten. »Und Everetts Ex ebenfalls. Am selben Tag!«

»Wirklich? Da könnt ihr euch ja gegenseitig trösten.«

»Everett ist leicht stinkig, glaub ich. Er sagt es nicht ausdrücklich, aber du weißt schon, das merkt man irgendwie.«

»Und was ist mit dir? Wegen Chris?«

»Och, ich wünsch ihm die Beulenpest an den Hals, das ist alles.«

»Das ist alles.«

»Er hat mich zur Hochzeit eingeladen. Kannst du dir das vorstellen?«

»Ehrlich gesagt, nein.«

»Hat er aber.«

Sie gingen schweigend weiter. Das Laub raschelte um ihre Füße herum.

»Ja. Er hat mich eingeladen«, sagte Polly schließlich.

»Gehst du hin?«

»Ja.«

Jody lachte. »Polly, das sollte ein Witz sein …«

»Ist mir egal«, sagte Polly. »Ich geh hin.«

Die Hunde schnüffelten und pinkelten nacheinander an einer Ecke des Standbilds eines Bürgerkriegssoldaten. Es war hirnrissig von Polly, zu Chris' Hochzeit zu gehen. Jody kramte hastig in ihrem Reservoir von ungeniert optimistischen Gemeinplätzen nach einer möglichen Entgegnung, brachte aber nichts anderes zustande als ein »Aber …«.

»Ich nehm George mit.«

»Nicht Everett?«

Polly verzog das Gesicht. »Ich weiß nicht«, sagte sie. »Everett ist so …«

Unterkühlt humorvoll?, dachte Jody, als sie sich an seine Bemerkung über den schwimmenden Unrat am ersten Tag des Tauwetters erinnerte. Bissig witzig? Sie erinnerte sich an die Countrysongs, die sie während des Blackouts zusammen gesungen hatten. Gut aussehend? Dieses Lächeln. Zärtlich? Sie hatte das Bild vor Augen, wie er Hand in Hand mit seiner Tochter die Straße entlangging und wie er Howdy stolz zum Park führte.

»… alt«, sagte Polly endlich.

Sie machten sich wieder auf den Heimweg. Verglichen mit Polly war Everett alt, das ließ sich nicht bestreiten, dennoch war Jody stark versucht, die Behauptung anzufechten.

»Vielleicht würde er sich da auch unwohl fühlen«, sagte sie – diplomatisch, wie sie fand.

»Och, die Leute halten ihn immer für meinen Vater. Daran dürfte er sich also inzwischen gewöhnt haben.«

»Hast *du* dich denn daran gewöhnt?«

Polly überlegte. »Ich würde sagen, es hängt mir ein bisschen zum Hals raus.«

»Nicht ganz das Gleiche wie sich daran gewöhnt haben. Vielleicht hängt's ihm ja auch zum Hals raus«, sagte Jody.

»Vielleicht«, sagte Polly. »So hatte ich das noch nicht betrachtet.«

Beatrice hinkte jetzt unbestreitbar, und Jody verlor jegliches Interesse an Polly und an Chris' Hochzeit und sogar an Everett. Beatrice blieb stehen und winselte. Sie hielt ihr linkes Hinterbein hoch. Jody kniete sich neben die Hündin hin und nahm die zitternde Pfote sanft in die Hand.

»Beatrice«, sagte sie leise. »O Gott, Beatrice.«

Die Hündin beschnupperte ihre Wange und winselte wieder.

Polly sagte was von Taxi, aber Jody versuchte gar nicht erst, ihr zu erklären, dass kein Fahrer anhalten würde, um einen achtzig Pfund schweren Pitbull aufzulesen, also las sie die Hündin selbst auf und trug sie die zwei Blocks weit bis zum Tierarzt.

»Kann ich helfen?«, fragte Polly, die ihr folgte und gelegentlich die Hand ausstreckte, als könnte sie irgendetwas tun.

Jody hörte sie kaum. Sie spürte, dass sie nicht stehen bleiben durfte, weil sie sonst niemals die Kraft wiedergefunden hätte, Beatrice so weit zu tragen.

»Ich weiß was!«, sagte Polly. »Ich hol Everett.« Und sie machte kehrt und zerrte Howdy hinter sich her.

Sie beeilte sich, nach Haus zu kommen. Die Vorstellung, wie die kleine, feminine Jody den schlapp herunterhängenden Riesenhund schleppte, machte sie ganz fertig. Ihre eigene Hilflosigkeit deprimierte sie. Sie musste irgendetwas tun. Die Idee mit dem Taxi war gut gewesen. Und typisch, keiner hatte auf sie gehört. Es ist schwierig, Leute zu retten, wenn sie nicht gehorchen. Polly war frustriert, aber sie war ungebrochen. Sie marschierte voran. Howdy tobte neben ihr her, sah sich nervigerweise immer wieder nach Jody und Beatrice um, stampfte mit den Pfoten, winselte.

»Komm schon!«, sagte sie mit barscher, lauter Stimme und riss an der Leine, und ein Passant, ein süßer Typ etwa ihres Alters, sah sie missbilligend an.

Kümmer dich um deinen eigenen Dreck, dachte sie giftig.

»Gehen wir, Howdy«, sagte sie mit freundlicherer Stimme, aber sobald der Typ es nicht mehr sehen konnte, riss sie heimlich noch einmal, wenn auch sanfter, an der Leine.

Everett, dachte sie, musste mittlerweile zu Hause sein, und er würde schon wissen, was zu tun war. Wie sie inzwischen herausgefunden hatte, hatte er einen unerschöpflichen Schatz an Binsenweisheiten parat. Er würde mit Sicherheit auch was für einen kranken Hund auf Lager haben.

Doch er sagte nichts weiter als »Arme Jody« und flitzte los, während Polly sich daranmachte, Howdy zum ersten Mal seit Wochen wieder zu bürsten, ohne sich um die Haarbüschel zu kümmern, die in der Brise, die durch das offene Fenster hereinstrich, über Everetts Teppich rollten. Nachdem sie jeweils ein Bein fertig gebürstet hatte, massierte sie es sanft, als könnte sie ihren Hund auf diese Weise davor bewahren, vom gleichen elenden Schicksal wie Beatrice ereilt zu werden.

Während Polly bürstete, schweiften ihre Gedanken von Beatrice und Jody zu der Frage ab, was sie auf Chris' Hochzeit tragen sollte. Sie entschied sich für ein Kleid, das sie in einem Schaufenster in SoHo gesehen hatte. George, ihr

Begleiter, hatte natürlich keinen Anzug, klar. Ebenso wenig hatte sie ihm gegenüber erwähnt, dass er sie begleiten würde oder, um die Wahrheit zu sagen, auch nur, dass sie selbst hinging. Vielleicht sollte sie doch lieber Everett mitnehmen. Er würde ihr zwar ebenfalls eine Predigt wegen ihrer Verrücktheit halten, aber er sah in einem Anzug (wovon er viele besaß) wie in seinem Element aus, was man in Bezug auf sein einziges, schlecht sitzendes und unmodisches Paar Jeans weniger sagen konnte. Sie hatte ihm ein traumhaftes Poloshirt gekauft, aber er trug nie etwas anderes als Golf Shirts, die er sich stramm in die Hose steckte. Vielleicht sollte sie denn doch lieber mit George gehen.

Sie stand auf, stapfte im Zimmer auf und ab und fragte sich, was mit Jodys armer alter Hündin wohl gerade passieren mochte. Es war richtig nett von Everett gewesen, wie er den Hilfsauftrag angenommen hatte. Er war ohne weitere Fragen losgelaufen – wie ein Held, sagte sie sich. Und dennoch gelang es ihr nicht, ihn sich als Helden vorzustellen. Sie rief sich sein Bild wieder vor Augen. Er trug einen gut geschnittenen dunklen Anzug und stand neben ihr, während sie ihn mit ihrem Exfreund bekannt machte. Und in diesem Moment wusste sie mit vollkommener Gewissheit, dass sie Everett niemals, nie und nimmer, auf Chris' Hochzeit mitnehmen konnte.

Everett war unterdessen aus dem Haus gestürzt, ohne die leiseste Ahnung zu haben, was er tun könnte, um Jody zu helfen, ja ohne die leiseste Ahnung, ob seine Hilfe überhaupt willkommen sein würde. Als er sich dem Broadway näherte, sah er, dass sich vor dem Go Go Grill eine kleine Menschenmenge eingefunden hatte. Sangen die Leute nicht etwas? Vielleicht waren sie der Chor der Kirche weiter die Straße runter. Er hatte keine Zeit, stehen zu bleiben und sich Gewissheit zu verschaffen, und eilte gerade weiter auf seiner zweifelhaften Mission, als jemand aus der Gruppe, eine ältere Betschwester in einem dünnen schicken schwarzen Mantel, die Straße überquerte, um ihm ein Flugblatt in die Hand zu drücken.

Religiöse Flugblätter. Everett schauderte. Kaum war er außer Sichtweite der Frau, warf er den zusammengefalteten Wisch in den Müll. Aber wie Sie sich vielleicht schon gedacht haben, hatte der Flyer nicht das Geringste mit Religion zu tun, er enthielt vielmehr eine Petition – genau die Petition, die Doris auf der unglücklich verlaufenen Stadtratssitzung dem City Council angedroht hatte. »SOS« war sie überschrieben – »Save Our Street«. Darunter war, in großen, fetten Buchstaben, die Forderung nach einer strengeren Anwendung des Gesetzes zur Entsorgung von Hundekot zu lesen. In kleinerer Schrift folgte die – wie Doris fand, geschickt formulierte – Bitte, Hunden zu gestatten, frei und ungehindert, wie die Natur es wollte, durch den Park zu schweifen, allerdings nur (dies in noch kleinerer Schrift) zwischen Mitternacht und 6:00 Uhr früh.

»Wir sind hier nicht in Paris!«, skandierte die kleine Schar von Demonstranten vor Jamies Restaurant.

Jamie bot der – einschließlich Doris – zehnköpfigen Gruppe Trinkwasser in Flaschen an.

»Wir sind nicht hier, um zu speisen«, sagte Doris und scheuchte ihn mit einer Handbewegung fort, obgleich mehrere ihrer Anhänger die Spende annahmen. Es war typisch für Jamie, dachte sie empört, die eigenen Feinde gedankenlos mit Proviant zu versorgen. Er kannte wirklich keine Grenzen. Das war genau der Grund, weswegen sie den Bürgersteig vor dem Restaurant als Schauplatz ihrer Kundgebung ausgewählt hatte: Jamies völliger Mangel an Grenzen, seine Duldung von Hunden, wo Hunde nicht geduldet werden durften – sowie die Tatsache, dass hier ständig Leute ein und aus gingen, ganz zu schweigen davon, dass Jamie sie erst letzten Vormittag ausgelacht hatte, da war sie sich ganz sicher, als sie mit ihrem Sack voll weggeworfener Flaschen vorbeigekommen war und ihm höflich ein Flugblatt in die Hand gedrückt hatte. Er hatte mit seinen zwei Hunden (die, als sie vorüberging, losgekläfft hatten) auf dem Bürgersteig gestanden, und Doris hatte ihn ganz deutlich sagen hören: »Schhh. Lasst die alte Katze in Ruhe. Die ist harmlos.« Als sie sich umgedreht und keine Katze, ja niemand außer den vor sich hin schmunzelnden Jamie gesehen hatte, sah sich Doris zu dem Schluss genötigt, dass die fragliche harmlose alte Katze niemand anders als sie selbst war; und dies hatte sie, wie sie sich eingestehen musste, verletzt, und seelische Verletzungen – dies wusste sie schon seit langem – konnten nicht entschuldigt, sondern nur geahndet werden. Sie mochte es nicht, als Katze bezeichnet zu werden, erst recht nicht als alt, und am allerwenigsten als harmlos. Außerdem war dieser Mann, dieser selbstgefällig lächelnde Mann, doch eigentlich ein Verbrecher, oder? Da war nicht dran zu deuteln und zu rütteln. Er verstieß Tag für Tag, Stunde für Stunde gegen das Gesetz, indem er sein Restaurant mittels illegaler Kaniden verunreinigte. Und obgleich Doris wusste, dass ihr die köstliche Erbsensuppe, wenigstens an diesem Sonntag, fehlen würde, hatte sie umgehend die Demonstration organisiert.

Jetzt wandte sie sich von Everetts sich entfernender Gestalt ab und dem Mann zu, der den fatalen Fehler begangen hatte, sie für harmlos zu halten, und starrte dann aus drohenden Augenschlitzen ein verdattertes Paar an, das zu einem frühen Abendessen ins Go Go wollte.

* * *

Als Everett in der Tierarztpraxis ankam, waren Jody und Beatrice noch im Behandlungszimmer. Er setzte sich hin und versuchte, während er wartete, eine graue Katze davon abzuhalten, sich an seinen Beinen zu reiben. Er fragte sich, ob es wohl nötig sein würde, dass er Beatrice nach Haus trug. Vielleicht konnten er und Jody jeweils ein Ende nehmen, so wie er und Emily einmal zusammen einen Weihnachtsbaum nach Haus getragen hatten.

Jody kam bleich und bedrückt und ohne Beatrice heraus.

»Ach, hallo«, sagte sie ohne jede Überraschung oder Wärme.

Everett kam sich wie ein Idiot vor. Was tat er hier? Polly war verrückt. Jody brauchte keinen Zeugen ihres Leids. Kummer sehnte sich nach Einsamkeit, nicht nach Gesellschaft. Er wusste das, er hielt es in seinem Leben auch nicht anders, und trotzdem stand er jetzt da, wie ein gefühlloser Gaffer bei einem Verkehrsunfall.

»Brauchen Sie Hilfe, um Beatrice nach Haus zu schaffen?«, fragte er.

»Sie wird gerade geröntgt.« Sie blieb vor einem Stuhl stehen, setzte sich aber nicht. »Sie hat furchtbare Schmerzen …«

Everett stand neben ihr, befangen wie ein Junge vor seinem ersten Tanz. »Polly dachte, dass es vielleicht …«

Ihm direkt in die Augen blickend, als hätte sie ihn erst in diesem Moment bemerkt, sagte Jody: »Danke. Sie sind beide sehr aufmerksam.«

Everett fand, dass das sehr seltsam klang, so als bildeten er und Polly eine Einheit. Er hätte Jody am liebsten korrigiert und gesagt: Nein, *wir* sind überhaupt nicht aufmerksam. *Polly* hat mit ihrer speziellen Art von Aufmerksamkeit reagiert, weil sie impulsiv und jung und leicht größenwahnsinnig ist, und *ich* mit meiner, weil ich alt und ein Pessimist bin. In diesem Augenblick spürte er den Abstand zwischen sich und Polly noch deutlicher als gewöhnlich.

Jody hatte jetzt Tränen in den Augen. »Entschuldigen Sie meine Rührseligkeit«, sagte sie. »Ich weiß, sie ist bloß ein Hund. Aber …«

»Ich weiß«, sagte Everett. Er hätte ihr am liebsten den Arm um die Schultern gelegt, um sie zu trösten, aber er zögerte. Diskretion, ermahnte er sich. Diskretion gegenüber der Trauer. »Ich weiß es wirklich«, fügte er hinzu und dachte dabei an Howdy.

»Irgendwie kommt es mir so vor, als wäre sie die Einzige, die mich versteht«, sagte Jody. »Wissen Sie, was ich meine?«

Everett nickte. Er dachte an die Momente, in denen Howdy ihm in die Augen starrte oder die Nase gegen seine Hand stieß, oder ihm einfach geduldig zu Füßen saß.

»Albern, nicht?«, sagte Jody.

Everett wollte gerade sagen, es sei ganz und gar nicht albern, es sei beinahe mystisch, als der Tierarzt herauskam. Er war jünger, als Everett erwartet hatte, und sah recht gut aus. Er trug keinen weißen Kittel, was Everett unprofessionell fand.

»Es ist die Hüfte, wie wir vermutet hatten. Das kommt bei so großen Hunden schon mal vor«, sagte er. »Ich habe ihr noch eine Spritze gegeben, und wir werden über eine OP nachdenken müssen, Jody.«

Everett war es nicht gewohnt, von Ärzten beim Vornamen genannt zu werden. Und er hatte noch nie über die Frage nachgedacht, ob es einem *Tier*arzt zustünde, jemanden so informell anzureden. Er rückte beschützend ein Stück näher an Jody heran.

»Sie sollte es eigentlich bis nach Haus schaffen. Sie wird wohl ein bisschen langsam gehen …«, meinte der Tierarzt.

»Und schafft sie es auch die Treppe hoch?«

Der Tierarzt seufzte. »Vielleicht sollten Sie sie besser über Nacht hierlassen.«

»Nehmen Sie meine Wohnung«, sagte Everett. »Im Haus ist ein Fahrstuhl. Ich kann bei Polly übernachten …«

Er versuchte, sich in diese studentenbudenartige Wohnung zu projizieren, zu George und seinen Freundinnen, der Spüle voller Geschirr, der mit Pizzaschachteln vollgestapelten Arbeitsfläche, den von leeren Corona-Flaschen mit vor sich hin gammelnden Limettenschnitzen im Hals übersäten Tischen. Gesehen hatte er die Wohnung zwar nur ein einziges Mal in diesem Zustand, nach einer Party, aber die Erinnerung daran wirkte mächtig nach. Trotzdem, man konnte Beatrice unmöglich in einer Gitterbox beim Tierarzt lassen.

»Sie sind *wirklich* nett«, sagte Jody in seine Gedanken hinein, und ihr leicht überraschter Ton legte die Vermutung nahe, dass gerade dieser Punkt irgendwo und irgendwann in Frage gestanden hatte, ja ausdrücklich angezweifelt worden war. »Wirklich, richtig nett. Ich bin ehrlich gerührt.«

Everett lächelte, zufrieden mit sich selbst, auch wenn ihm gleichzeitig vor der Aussicht graute, auf einem Futon zu schlafen, in einem Zimmer, an dessen Decke lediglich eine nackte Glühbirne hing.

»Aber Beatrice und ich können bei Simon schlafen«, fuhr Jody fort. »Seine Wohnung liegt im Parterre. Wir sind's gewohnt, dort zu übernachten.«

Everett sagte: »Natürlich.« Wie dumm von ihm. Sie waren's gewohnt, dort zu übernachten. Simon wohnte im Parterre. Everett schob die graue Katze mit dem Fuß weg und stand dann verlegen herum, bis Beatrice erschien und die horrende Rechnung beglichen wurde.

Auf dem Weg nach Haus blieb er stehen und wartete zusammen mit Jody, während Beatrice an einem Laternenmast schnüffelte.

»Als Emily klein war, hat sie ihre Sorgen immer einem kleinen Stoffhund anvertraut.«

»Das ist in diesem Fall wohl auch nicht viel anders, wie?«, sagte Jody und zog sanft an der Leine, bis Beatrice sich vorsichtig wieder in Bewegung setzte.

»Alles eine einzige Projektion?«

»Na ja, ja. Aber was ich eigentlich meinte, war Liebe.«

Everett stellte erleichtert fest, dass die Kirchengruppe verschwunden war, verabschiedete sich von Jody und Beatrice an Simons Haustür und überquerte nachdenklich die Straße. Liebe. Projektion. Wer konnte schon sagen, ob das nicht ein und dasselbe war?

Howdy empfing ihn an der Tür mit einem Quietsche-Gummiball, den er beharrlich vor Everetts Füßen dotzen ließ. Everett spürte, wie sein Herz einen Hüpfer tat. Nicht im bildlichen Sinne, sondern tatsächlich vor Freude aufhüpfte.

»Howdy!«, sagte er und kickte den Ball, nachdem er ein paarmal wie ein Fußballprofi angetäuscht hatte.

»Everett«, sagte Polly und trat einen Schritt zur Seite, um nicht vom Hund umgerannt zu werden. »Wir müssen uns unterhalten.«

21

»Wir müssen uns unterhalten«

Kurz nach ihrer Begegnung im Go Go fuhr George raus zu Alexandra nach Brooklyn Heights, um ihren Hund, Jolly, kennenzulernen. In der U-Bahn war es heiß, aber still, und als er an der Clark Street wieder herauskam, schien die Sonne. Ein kleiner Hund, eine attraktive Frau, ein schöner Tag, dachte er, als er ihre ruhige kleine Straße erreichte. Er hatte keine einschlägige Ausbildung, er hatte keine Zeugnisse, aber als er das Brownstone betrat, in dem Alexandra und Jolly wohnten, war er davon überzeugt, dass es ihm gelingen würde, Alexandra und ihrem gestörten Hündchen zu helfen.

Er stieg die drei Treppen hinauf und klingelte. Jolly bellte nicht. Das war ein gutes Zeichen. Oder?

Alexandra machte ihm auf. Sie lächelte leicht und gab ihm die Hand.

»Danke«, sagte sie.

George fand, dass sie sehr vornehm aussah – groß und ernst. Ihr vom Duschen noch etwas feuchtes Haar war dunkelblond. Die Wohnung war von Sonnenlicht durchflutet. Zu seinem Erstaunen sah er durch das Fenster die Freiheitsstatue.

»Machen Sie Witze?«, sagte er und ging ans Fenster. »Das ist ja absolut irre.«

Es war ein Studio-Apartment, kleiner als sein Zimmer in Pollys Wohnung, wie er sein Zuhause noch immer nannte. Die Wände waren in einem sanften Rosa gestrichen.

»Es ist wunderschön hier«, sagte er. In seiner Begeisterung über die Aussicht hatte er den Hund fast vergessen. Aber dann sah er ihn. »Jolly« war vielleicht nicht der passendste Name, da die runzlige Stirn dem Hund eher ein melancholisches Aussehen verlieh. Aber Jolly war tatsächlich sehr süß. Er sah mit runden dunklen Augen voll unendlicher Neugier und Offenheit zu George auf und wedelte mit seinem unverhältnismäßig langen Schwanz, der sich wie der eines Schweines absurd einrollte. Er wackelte mit seinem kräftigen, muskulösen Körper und stieß einen lieblichen musikalischen Jodler voller Sehnsucht aus.

»Alexandra«, sagte George. »Er ist so unglaublich … süß!«

»Ja«, sagte Alexandra traurig.

»Ich muss ihn zunächst ignorieren, damit er Gelegenheit hat, sich an mich zu gewöhnen. Wir können uns hinsetzen und so tun, als würden wir uns unterhalten oder so.«

»Oder wir können uns hinsetzen und uns wirklich unterhalten.«

»Stimmt«, sagte George. Sie hatte es in einem freundlichen Ton gesagt, aber nachdem er als ihr Untergebener so viele Abende unter dem Damoklesschwert ihres Sarkasmus und ihrer Missbilligung hatte leben müssen, war er ihr gegenüber immer noch misstrauisch. Er musste sich ins Gedächtnis rufen, dass er hier der Experte war (oder zumindest der Pseudoexperte) und vor dem Glanz Alexandras nicht den Schwanz einzukneifen brauchte. »Genau. Unterhalten wir uns.«

Und das taten sie dann auch, mehrere Stunden lang, und George sah zu, wie die Sonne hinter der Freiheitsstatue unterging. Sie redeten über Behaviorismus und Konditionierung und Hunderudel und Dominanz und Wölfe und Hundefutter und Antidepressiva. Alexandra kochte ihm einen

Kaffee und bot ihm ein Stück Zitronenkuchen an. Anfangs beäugte ihn der Hund argwöhnisch, dann legte er sich mit einem Grunzer neben Alexandra hin und schlief ein.

George kam sich vor wie im Urlaub. Das warme Herbstlicht des Sonnenuntergangs, die nur von gelegentlichem Vogelgezwitscher unterbrochene Stille, die hübsche Wohnung mit ihrer schlicht-eleganten Einrichtung – Manhattan schien ganz weit weg.

Er sah hinunter zu dem schlafenden Hund. Sobald er sich mit Jolly ein bisschen angefreundet hatte, würde er sich zunächst dem Hund nähern, so wie es ein Passant auf der Straße tun mochte. Dann würde er Alexandra ein paar Übungen zeigen, durch die sich Jolly daran gewöhnen könnte, dass Menschen sich ihm näherten, und lernen, dass eine Hand, die sich nach ihm ausstreckte, nicht zwangsläufig eine Hand war, die ihn schlagen wollte. Zu diesem Zweck hatte George einen alten Lederhandschuh und einen Holzlöffel mitgebracht. Jollys Flanke hob und senkte sich im Rhythmus seines Atems. Ein Ohr hing ihm weich über das Auge. Wie lieb er aussieht, dachte George.

Als wollte er diesen Eindruck richtigstellen, machte Jolly in dem Moment einen Satz nach seinem eigenen Schwanz und jagte los, wirbelnd und kreiselnd, ein Strudel von unmenschlichem Geknurre und Gebelfer, ein Dämon, eintausend Dämonen, die eintausend weiteren Dämonen, da auf dem Teppich, eine Schlacht lieferten. George saß vor Schreck wie gelähmt da. Blut spritzte ihm auf die Hose.

Dann hörte Jolly ebenso abrupt wieder auf. Er wimmerte. Er zitterte, keuchte. Alexandra nahm ihn hoch und redete leise auf ihn ein, streichelte ihm den Kopf, während sie ihn ins Bad trug. George folgte ihr. Sie reichte ihm einen Waschlappen, und er befeuchtete ihn und wollte damit Jollys Pfote abwischen. Jolly sah ihn an und kräuselte die Lippen.

George riss die Hand gerade noch rechtzeitig zurück, bevor Jollys Zähne zuschnappten.

»Verdammte Scheiße«, sagte George.

»Glauben Sie, dass er vielleicht Albträume hat?«

Ich glaube, er *ist* ein Albtraum, dachte George.

Aber Alexandra hielt den Hund so liebevoll in den Armen. Jetzt erst sah George, dass ihre Hände zerkratzt und zerbissen waren.

»Alexandra …«

»Ich weiß.« Sie setzte sich mit Jolly hin und betupfte seine Pfote mit einem Wattebausch, den sie in Hamamelistinktur getunkt hatte. »Ich weiß.«

* * *

»Wir müssen uns unterhalten«, sagte Polly, und Everett ging zum Kühlschrank. Howdy folgte ihm mit dem Ball und ließ ihn vor seine Füße fallen.

»Aus!«, sagte Everett mit ungeduldiger und lauter Stimme, und Howdy schlich sich davon, woraufhin Everett sich wie ein Schwein fühlte. Er holte sich ein Bier heraus und machte es auf. Der Kronkorken flog auf den Boden. Everett bückte sich danach. Der Rücken tat ihm weh. Er kam nur mühsam wieder hoch.

Polly war ihm in die Küche gefolgt.

»Ich glaube, wir sollten aufhören, uns zu treffen«, sagte sie.

Everett wartete auf das entmutigende, Übelkeit erregende Gefühl des Zurückgewiesenwerdens, das sich denn auch prompt einstellte. Dann folgte Panik. Howdy, dachte er. Was wird mit Howdy? Er setzte sich an den Küchentisch.

»Warum?«, fragte er. Natürlich wusste er, warum. Sie passten so ganz und gar nicht zusammen. Sie hatten einander herzlich satt. Er war zu alt, um ihr Interesse längerfristig aufrechterhalten zu können, und sie war zu jung, um ihn auf die Dauer interessieren zu können. Sie waren einander peinlich. Ja, man konnte fast sagen, dass sie einander nicht mochten. »Warum?«, fragte er noch einmal.

»Es tut mir leid.« Polly setzte sich ihm gegenüber hin und legte die Hand auf seine.

Everett trank schweigend sein Bier.

»Du weißt, dass es das Beste ist«, sagte Polly.

Everett zog die Hand weg. Er brachte in seinem Jammer nichts heraus. Polly war eine Zerstreuung, und auch wenn sie ihm in letzter Zeit zunehmend auf die Nerven ging, war sie ein liebes Mädchen, und er würde sie wahrscheinlich vermissen. Aber Howdy … Howdy war seine neu entdeckte große Liebe. Howdy war das, woran er den ganzen Tag dachte, ein Spaziergang mit Howdy war das, was ihn für einen langen langweiligen Arbeitstag entschädigte.

»Wir können ja trotzdem Freunde bleiben«, sagte Polly. Sie wusste zwar nicht recht, wie sie Freunde hätten bleiben können, wo sie doch nie Freunde gewesen waren, aber Everett sah schrecklich verzweifelt aus. Sie war überrascht und ziemlich erfreut. Sie hatte keine Ahnung gehabt, dass sie ihm so viel bedeutete.

Everett sah jetzt auf, und seine Augen waren voller Hoffnung.

Armer Kerl, dachte Polly. Klar, in seinem Alter wird er so leicht keine andere finden. Und selbst mit einer Freundin ist und bleibt er ein einsamer alter Kauz. Ohne mich wird er verzweifeln. Dies passte zwar nicht so ganz zu dem selbstgenügsamen und unabhängigen Mann, als den sie Everett erlebt hatte, aber in dem Moment leuchtete ihr das völlig ein, und sie tätschelte ihm nachsichtig die Hand.

»Wir können ja zusammen den Hund ausführen«, sagte sie.

»Wirklich?«, sagte Everett begierig.

»Klar. Wann immer du möchtest.«

Und Polly ging mit dem angenehmen Gefühl, mit Everett so elegant und nonchalant Schluss gemacht zu haben, wie es keinem anderen Mädchen je mit einem Mann gelungen war. Sie erlaubte Everett sogar, Howdy an dem Tag Gassi zu führen, und hoffte, dass diese Tätigkeit ihn wenigstens vorübergehend von seinem schmerzlichen Verlust ablenken würde – eine Hoffnung, die, wie wir annehmen dürfen, nicht ganz unbegründet war.

Am Abend desselben Tages zog Jody bei Simon ein – nicht als Präludium zur Hochzeit, sondern einzig und allein wegen Beatrice. Das Thema Heirat hing durchaus im Raum, aber eher wie eine Wolke oder vielleicht wie Küchengerüche als wie eine reale Möglichkeit. Die Wochen vergingen, und Jody dachte nur an die Hündin, deren Zustand sich zunehmend verschlechterte. Simon dachte nur an Virginia. Sie lächelten und reichten sich höflich das Salz und schliefen leidenschaftlich miteinander, aber durch die räumliche Nähe schienen sie nur noch weiter auseinanderzutreiben, als sie jemals auseinander gewesen waren.

An ihrem vierzigsten Geburtstag schenkte Simon Jody rote Rosen. Sie stellte sie in eine Vase und erinnerte sich an die unerwarteten leuchtend gelben Tulpen, die Everett ihr auf der Straße überreicht hatte. Was war doch Everett für ein seltsamer Mensch! In letzter Zeit hatte sie ihn nur selten zu Gesicht bekommen – vielleicht weil sie mit Beatrice nur noch ganz kurze Spaziergänge unternahm.

»Ich habe von meinem Freund Garden eine E-Mail bekommen«, sagte Simon beim Abendessen. Er hatte darauf bestanden, sie in ein teures Restaurant im Village auszuführen, obwohl sie ihn förmlich angefleht hatte, ihren Geburtstag weniger weit weg von Beatrice feiern zu dürfen. Aber er sagte, sie müsste wenigstens einmal abschalten, und sie hatte ihn nicht enttäuschen wollen.

»Garden«, sagte Jody und lachte, wie sie es immer tat, wenn sie den Namen dieses Freundes der Fuchsjagd hörte.

»Was?«, fragte Simon.

»Bloß sein Name. Es ist ein komischer Vorname.«

Simon runzelte die Stirn.

»Was wollte Garden denn?«, fragte sie gutmütig. Sie neigte von Natur aus nicht zum Spott, erfreute sich aber an den kleinen Absurditäten des Lebens, und der Vorname »Garden« schien ihr unter diese Kategorie zu fallen. *Ihr* Vorname war natürlich auch nicht gerade berühmt, aber zumindest war er auch nichts, was andere Leute hinterm Haus hatten – das sagte sie sich jedenfalls, als Simon eine Flasche Sekt bestellte.

»Danke«, sagte sie lächelnd.

»Man wird nicht jeden Tag vierzig«, sagte er.

Dann schwiegen sie, Simon in die Speisekarte versunken und Jody innerlich taumelnd bei dem Wort »vierzig«, bis der Kellner zurückkam und den Sekt einschenkte. Es war ein guter Sekt, wie Jody nicht anders erwartet hatte. Simon hatte kein Geld, aber er hatte sich in Virginia bei denen, die welches hatten, einiges abgeschaut. Jody nippte an ihrem Glas und dachte an Beatrice, die zu Haus in Simons Wohnung auf dem Teppich schlief. Der Tierarzt hatte einen Termin für ihre Hüftoperation festgesetzt. Nächste Woche würde es so weit sein.

»Er hat mich für Dezember eingeladen.«

Als sie die Stimme hörte, wandte sich Jody wieder Simon zu. Sie hatte fast vergessen, dass er da war. Dezember. Im Dezember würde Beatrice rekonvaleszent sein.

Simon betrachtete sie aufmerksam. Er fand sie reizend, wie sie ihn so etwas geistesabwesend ansah, während das

Kerzenlicht sie noch weicher und hübscher aussehen ließ. Dann strahlte sie ihm pflichtbewusst ihr fröhliches Lächeln entgegen, das Lächeln, das sie dazu nutzte, sich die Welt vom Leib zu halten; und Simon wurde böse. Verstand sie eigentlich, was er sagte? Sie schien gar nicht zuzuhören, noch viel weniger zu verstehen. Es hatte eine – gar nicht lang zurückliegende – Zeit gegeben, da er ihre Unaufmerksamkeit als erfrischend empfunden hatte. Jody setzte ihn nie unter Druck, ließ ihm Zeit, sich ihr in seinem eigenen Tempo, seinem eigenen langsamen Rhythmus anzunähern. Wie lieb war sie ihm erschienen, wie geduldig und nachsichtig! Jetzt erkannte er, dass sie ganz und gar nicht geduldig und nachsichtig gewesen war. Sie war einfach … in Gedanken woanders gewesen.

»Also, was hältst du davon?«, fragte er.

»Wovon?«

»Jody, in Herrgotts Namen …«

»Ach so. Dezember?«

»Möchtest du mitkommen?«

Jody lehnte den Kopf zurück und schloss die Augen. Interessant, dass er gesagt hatte: Möchtest du mitkommen? Er hatte nicht gefragt: Wollen wir hinfahren? Ebenso wenig hatte er ausgerufen: Lass uns fahren! Er hatte gesagt: Möchtest du mitkommen? *Er* fuhr, und sie konnte mitkommen oder es bleiben lassen, ganz wie es ihr passte – *das* bedeutete seine Frage.

»Ich muss arbeiten«, sagte sie.

»Stimmt, ja.«

Jody öffnete die Augen und sah ihn an. Sie hatte im Dezember drei Wochen Urlaub. Er wusste das. In dem Moment begriff sie, dass Simon gar nicht wollte, dass sie mit nach Virginia kam.

»*Wow*«, sagte sie.

Simon hatte von ihr genug. So vieles sprach dafür. Wenn sie im Wohnzimmer war, ging er ins Schlafzimmer. Wenn sie im Schlafzimmer war, ging er ins Wohnzimmer. Wenn sie von Beatrices kurzen, qualvollen Spaziergängen zurückkam, sah er von seiner jeweiligen Beschäftigung mit einer Miene auf, die irgendwo zwischen Gleichgültigkeit und Schrecken lag.

Jetzt kratzte er sich am Kinn und starrte unbestimmt in die Ferne.

»*Wow*«, sagte sie noch einmal und schüttelte den Kopf. Sie konnte es kaum glauben. Wann war diese Verwandlung eingetreten? Als sie gerade nicht aufgepasst hatte?

»Was meinst du damit?«, fragte er kalt. »Es gibt nichts zu *wow*-en. Garden hat mich gefragt, ob ich im Dezember zu ihm runterkomme. Punkt.«

»Simon«, sagte sie, plötzlich zärtlich und voller Liebe, »es muss furchtbar schwierig sein, zwei Dauergäste wie uns im Haus zu haben.«

»Was hat der Hund jetzt damit zu tun, Jody? Darüber rede ich überhaupt nicht. Und das weißt du auch.«

Er winkte dem Kellner. Ihm war furchtbar heiß, wie vor ein paar Tagen beim Frühstück. Er musste raus.

»Es ist furchtbar heiß«, sagte er und fächelte sich, nicht sehr wirkungsvoll, mit der Rechnung Luft zu.

»Du kommst anscheinend in die Wechseljahre«, sagte sie und lachte kurz und gezwungen.

Doch Simon lachte nicht mit.

»Ach, Schatz«, sagte sie, griff über den Tisch nach seinen Händen und führte sie sich an die Lippen.

Simon versuchte zu lächeln. Er wollte ihr das Geburtstagsessen nicht verderben. Aber wie ihm mit erschreckender Klarheit bewusst wurde, wäre er am liebsten ganz woanders gewesen.

»Simon«, sagte sie, »bitte gib mich nicht auf.«

»Sei nicht albern.«

Als sie an dem Abend heimkamen, kniete sich Jody sofort neben Beatrice hin und küsste sie, streichelte sie, flüsterte ihr beruhigende Worte zu. Gleichzeitig beobachtete sie Simon, der im kleinen überfüllten Zimmer auf und ab ging. Er war so liebenswürdig. Er war so aufmerksam. Er liebte sie so sehr. Das waren die Argumente, die sie sich oft vorbetete, um sich dazu zu überreden, ihn zu heiraten. Als sie sich aber jetzt ihre Litanei wiederholte, dachte sie: Er ist weiterhin liebenswürdig, er ist weiterhin relativ aufmerksam, jedenfalls so aufmerksam, wie man sein kann, wenn man sich dermaßen auf der Pelle hockt – aber er liebt mich nicht mehr.

Simon liebte sie nicht mehr. Als sie diesen Gedanken dachte, spürte sie, wie ihr Herz vor Liebe zu ihm mehr und mehr anschwoll, bis sie fast keine Luft mehr bekam. Was hatte sie nur getan? Wie hatte sie das zulassen können? Der liebenswürdigste, sanfteste, leidenschaftlichste Mann der Welt hatte sie angebetet, hatte sie gebeten, ihn zu heiraten. Sie hatte gezögert, und jetzt war alles aus.

Sie hielt ihr Gesicht ganz nah an das Gesicht der Hündin, sprach aber zu Simon. »Wir werden es wiedergutmachen, Simon«, sagte sie. »Nicht wahr, Beatrice?«

Beatrice klopfte mit dem Schwanz, ohne auch nur den Kopf zu heben.

»Du und dieser Hund!«, sagte Simon bitter und klang jetzt ganz und gar nicht mehr wie der liebenswürdigste und sanfteste Mann der Welt.

Jody starrte stumm auf den abgetretenen Teppich.

Simon goss sich ein Glas Bourbon ein, ohne Jody eines anzubieten. Nicht dass ich eins gewollt hätte, dachte sie müßig. Aber es ist mein Geburtstag. Ihr war übel, fast schwindlig.

»Es tut mir leid, dass du nicht nach Virginia mitfahren kannst«, sagte er, »aber ich werde mir diese Gelegenheit nicht entgehen lassen. Ich fahre. Natürlich kannst du, während ich weg bin, mit der Hündin hier wohnen bleiben, wenn sie noch immer Schwierigkeiten mit dem Gehen hat.«

»Dürfen wir, ja?« Es gelang ihr nicht zu lächeln. »Danke«, sagte sie matt.

Sichtlich verwirrt durch den weinerlichen Ton in ihrer Stimme sagte Simon: »Oder auch wenn sie keine Schwierigkeiten mehr haben sollte.« Dann trank er aus und goss sich einen weiteren Drink ein.

22

Die Jungfer

Während ihre Nachbarn ihre privaten Dramen hinter den Backstein- und Sandsteinmauern ihrer Häuser ausagierten, ging Doris mehr und mehr in ihrem eigenen Abenteuer auf, das mehr und mehr öffentlicher Natur war. Sie hatte jetzt offiziell eine »Einsatzgruppe für Nachbarschaftshilfe« gegründet. Da sie ihr Flaschenpfandgeld schon für den Druck der Petition ausgegeben hatte, griff sie jetzt auf ihre eigenen Reserven zurück, um neue Flugblätter zu finanzieren, die sie und ihre Mitstreiter dann an den Haustüren und in den Hausfluren des Blocks gleich stapelweise auslegten. Die auf cremefarbenem Papier gedruckten, offiziell aussehenden Flugblätter erläuterten die von diesem neuen beratenden Bürgergremium gefassten Beschlüsse und schilderten die Fortschritte der SOS-Kampagne »zur Schaffung kanidenfreier Menschenzeiten« im Park. Professionelle Hundeausführer wurden unter Androhung von Verwarnungsgeldern und öffentlicher Ächtung dazu aufgefordert, die Hinterlassenschaften ihrer temporären Schutzbefohlenen einzusammeln. Hundebesitzende Anwohner wurden aufs Neue mit der städtischen Leinenverordnung bekannt gemacht und an ihre Bürgerpflicht erinnert, ihre Hunde zu zügeln und zu disziplinieren. Pitbulls fanden wegen ihres ausnahmslos aggressiven Verhaltens gesonderte Erwähnung, und das Gesetz, das ihre Haltung in Toronto kategorisch untersagte, wurde im vollen Wortlaut zitiert. Restaurantbesitzer wurden an die Verordnungen des städtischen Gesundheitsamtes erinnert, die den Zutritt von Tieren zu ihren Geschäftsräumen verboten. Die Leser wurden angewiesen, sich daran zu erinnern, dass sie nicht in Paris waren, und informiert, dass eine Brigade von betroffenen Bürgern demnächst anfangen würde, wenn nötig zivile Festnahmen durchzuführen. Etwaige Fragen oder Beschwerden sollten an den City Council gerichtet werden. Das Motto – graphisch in Anlehnung an die revolutionäre Gadsden-Flagge gestaltet, komplett mit Schlange – lautete URINIER MICH NICHT AN.

Doris' Flugblätter lösten schon bald nach ihrem ersten Auftauchen heftige Diskussionen aus. Manche behaupteten, ein in der betreffenden Straße wohnhafter mysteriöser alter Mann mit rot gefärbten Haaren würde Rattengift auf den Bürgersteigen verteilen, um alle Hunde der Nachbarschaft auszurotten. Andere sagten, der Giftattentäter sei vielmehr eine Frau mittleren Alters aus Greenwich, die auf dem Weg zu einer Trauung in der katholischen Kirche in einen Hundehaufen getreten sei und nun pauschal Rache an sämtlichen Hunden des Viertels üben wolle. Wieder andere, die der Giftgeschichte mit Skepsis begegneten, waren davon überzeugt, dass hinter dieser »die Bürgerrechte untergrabenden Aktion« kein anderer als der Bürgermeister von New York steckte. Ein paar Leute waren auch beleidigt, weil man sie nicht persönlich aufgefordert hatte, der Nachbarschaftshilfsorganisation beizutreten, während andere sich darüber empörten, dass Flugblätter auf ihre Vortreppe gelegt worden waren, obwohl neben der Haustür angebrachte Schilder unmissverständlich untersagten, Papiererzeugnisse jeglicher Art dort zu deponieren. Insgesamt wurde dem geheimnisvollen Auftauchen der Mitteilungen große, aufgeregte Aufmerksamkeit geschenkt – weit mehr, wie ich leider sagen muss, als dem eigentlichen Inhalt derselben. Doris' Anhänger versuchten, die Verwirrung aufzuklären, woraufhin mehrere kurzlebige Nachbarschaftsfehden ausbrachen und wenigstens ein Ehepaar für die Dauer von drei Tagen nicht mehr miteinander redete.

Jody begriff sofort, dass die »Einsatzgruppe« in Wirklichkeit niemand anders war als die Frau, die sie immer von dem weißen SUV aus beobachtete. Selbst wenn sie es nicht gleich erraten hätte, wäre ein am Fenster des SUV befestigtes Edikt, gedruckt auf demselben cremefarbenen Papier wie die Flugblätter, möglicherweise ein ausreichender Hinweis gewesen. Darauf stand zu lesen: BITTE HALTEN SIE IHREN KANIDEN DAVON AB, MEINEN WAGEN ANZUURINIEREN. SCHLIESSLICH URINIERT MEIN WAGEN AUCH NICHT IHREN KANIDEN AN.

Ebenso wenig war Jody die ausdrückliche Erwähnung von Pitbulls entgangen, und so hörte sie nicht auf, ihre große weiße Hündin zum großen weißen SUV zu führen, damit sie ihn anurinierte – im Gegenteil, ihre Besuche wurden sogar noch häufiger. Sie gingen spätnachts oder vor Morgengrauen hin. Bald wurde der Wagen zu Beatrices Lieblingspinkelstelle. Wo immer er auch auf der Straße parkte – Beatrice steuerte unfehlbar auf ihn zu und ging dann in die Hocke. Jody brachte ihr bei, immer nur auf der Fahrerseite zu pinkeln und dort eine blinkende, stinkende Pfütze zu hinterlassen, ein Ritual, das zu den ganz wenigen Dingen gehörte, die Jody jetzt noch glücklich machen konnten. Beatrice konnte kaum mehr laufen. Der Tierarzt hatte mit dem Eingriff begonnen, nur um feststellen zu müssen, dass sie buchstäblich voller Metastasen war. Eine OP wäre sinnlos gewesen. Beatrices Tage waren gezählt, und die Zahl war klein.

Jody und Beatrice wohnten weiterhin in Simons Erdgeschossapartment, und Jody war dafür dankbar. Doch Simon selbst war nicht anwesend. Er war nun schon Ende November nach Virginia gefahren, und Beatrice durfte ihre letzten Tage mit dem einzigen Menschen verbringen, der ihr wirklich etwas bedeutete. In der ersten Nacht nach Simons Abreise hatte es Momente gegeben, da Jody meinte, Beatrice wäre umgekehrt das Einzige, was für sie zählte, dann gab es aber auch Augenblicke, in denen sie sich an bestimmte Abende oder bestimmte Nächte mit Simon erinnerte, oder daran, wie er sie am Morgen ansah, wenn das Sonnenlicht sich durch das Fenster auf das Bett ergoss, und dann wusste sie, dass auch Simon ihr etwas bedeutete. Und jetzt war er fort.

Sie ertrug es nicht, von der Hündin getrennt zu sein, und kehrte von der Schule immer so schnell wie möglich nach Haus zurück. Am Nachmittag des vierten Tages nach Simons Abreise unternahm Jody mit Beatrice das, was noch an Gassigehen möglich war. Sie schafften es bis auf die Straße, sie schlurften den Bürgersteig entlang bis zu dem weißen SUV, dann tat Beatrice das, was sie tun musste, und sie schleppten sich unter Qualen wieder heim, wo Beatrice sich auf den Fußboden plumpsen ließ und einschlief. Jody entschied, dass dies eine gute Gelegenheit war, um kurz zu sich zu gehen und nach der Post zu schauen und ein paar saubere Sachen und anständige Bettwäsche zu holen. Es war ein schöner Herbsttag, die Luft war hell und klar, aber sie war froh, in die Dunkelheit ihres Hausflurs zu treten. Die Sonne deprimierte sie in letzter Zeit. Man hatte ihr immer gesagt, sie hätte ein sonniges Gemüt. Aber seit Beatrice krank war und Simon sich nach Virginia verzogen hatte, hasste sie die grelle, spöttische Sonne beinah.

Als sie den kleinen Schlüssel herumdrehte und das Metalltürchen ihres Briefkastens öffnete, sah sie, dass Simon ihr geschrieben hatte. Es heiterte sie immer auf, richtige Post zu bekommen. Und Simon fehlte ihr, sogar noch mehr, als sie erwartet hatte. Sie fragte sich, warum er ihr nicht an seine Adresse geschrieben hatte. Sie hielt den Brief zärtlich in der Hand. Es war ihr erster Brief von ihm überhaupt. Sie stieg die Treppe hinauf und trat in ihre winzige Wohnung. Es ist schön, zu Haus zu sein, dachte sie und setzte sich aufs Bett. Ganz schön stickig war es allerdings auch. Sie stand auf und öffnete ein Fenster. Sie lehnte sich hinaus und erinnerte sich, wie sie dagesessen und gestrickt und nach Everett Ausschau gehalten hatte. Dann machte sie Simons Brief auf.

Eine ganze Menge über die Jagd. Ein paar Passagen über das prachtvolle Wetter. Zwei Anekdoten über reiche, unerfahrene Reiter, die mit ihren Pferden nicht zurechtkamen. Ein Absatz, in dem nach Beatrices Gesundheitszustand gefragt und über die Erfahrung eines Jagdfreundes berichtet wurde, dessen Hund eine Chemotherapie gemacht und davon sehr profitiert hätte.

Dann, endlich, auf der vorletzten Seite, als hätte es dazu erst dieser langen Vorrede bedurft, schrieb Simon, dass sie ihm fehlte. Er schrieb, er liebe sie sehr, sein Leben hätte sich durch sie sehr verändert, seine Existenz wäre viel reicher geworden, seit er Jody an seiner Seite hätte.

An dieser Stelle angelangt, lächelte Jody und stellte sich Simon in seinen hohen schwarzen Stiefeln und seiner taillierten Reitjacke vor. Welcher? Der schwarzen mit den besonderen Knöpfen? Oder der hellroten, die er sich vor kurzem gebraucht gekauft hatte? Er war auf beide gleichermaßen stolz.

Sein Leben war reicher, fuhr Simon fort, aber bedeutete das auch, dass er glücklicher war? Er war zu dem Schluss gelangt, dass dem nicht so war. Vielleicht war es ihm nicht bestimmt, ein emotional so reiches Leben zu führen. Er war von jeher ein Einzelgänger gewesen. Er war nicht jung, und es war schwierig, alte Gewohnheiten abzulegen, einem alten Hund neue Tricks beizubringen.

Als sie das las, dachte Jody unwillkürlich an Beatrice. Beatrice hatte als alte Hündin noch sehr viel gelernt. Oder doch nicht? Vielleicht hatte sie das alles schon gewusst, und Jody hatte sie lediglich daran erinnert, dass sie kommen sollte, wenn sie gerufen wurde, und was »Platz« und »Bleib« bedeutete und wie man Pfötchen gab.

Jody war so voller Leben, schrieb Simon weiter. Aber ihm war während der letzten paar Wochen, während sie zusammengewohnt hatten, etwas klar geworden.

»Ich bin ein alter Junggeselle«, schrieb Simon. »Ich bin ein pedantischer, unduldsamer alter Junggeselle. Ich bin eine alte Jungfer, und ich bin es gern.«

Jungfer, dachte Jody. Plötzlich hasste sie dieses Wort. Es war kein stilles, behagliches Wort, wie sie immer gemeint hatte. Es war ein selbstsüchtiges, verkniffenes und hässliches Wort. Simon hatte sich ihr Wort geschnappt und es umgedeutet. Und sie hatte es zugelassen.

Weiter schrieb er, es täte ihm furchtbar leid, wenn er ihr wehgetan hätte, aber er hätte den Eindruck, dass ihre Beziehung sich zu schnell entwickelt hätte, zu schnell zu intensiv geworden wäre.

»Und wer ist daran schuld?«, sagte Jody laut, und heiser, denn sie weinte.

Deswegen, schrieb Simon, war er der Meinung, dass sie es etwas langsamer angehen sollten. Mit »langsamer angehen«, so wurde Jody klar, als sie weiterlas, meinte er, überhaupt aufhören, sich zu sehen.

Tatsächlich, schrieb Simon, plane er, in Virginia zu bleiben. Garden hatte ihm eine Stelle als Personalchef in seiner Anwaltskanzlei angeboten. Er bekäme viel mehr als bei seinem jetzigen Job, das Leben war in Virginia billiger, und er hätte die Möglichkeit, während der ganzen Saison zu jagen – besonders da Garden ihm einen Zweijahresmietvertrag für das Gästehäuschen angeboten hatte. Dann berichtete er weitschweifig über die Rückenverletzung von Gardens Frau – Gott sei Dank war es nichts Ernstes, schrieb er; Gott sei Dank, dachte Jody geistesabwesend – und ihre großzügige Aufforderung, in dieser Saison ihre Stute für sie zu reiten. Dann schien ihm wieder einzufallen, was der eigentliche Zweck des Briefes gewesen war, und er schrieb, Jody würde mit Sicherheit verstehen, dass er diese Chance unmöglich fahren lassen konnte. Er würde Jody nie vergessen. Sie hatte sein Leben verändert, und sie hatte ihm den Mut geschenkt, es noch weiter zu verändern.

Unterschrieben war der Brief: »Mit freundlichen Grüßen, Simon.«

Benommen vor Wut ging Jody zurück zu Simons Apartment. Ihr fiel ein, dass sie bei sich das Fenster offen gelassen hatte, aber sie kehrte nicht um. Was spielte das schon für eine Rolle? Regen oder Wind oder Schnee oder Einbrecher – mochten sie ruhig kommen. Sie hatte den einzigen Mann, den sie je fast hatte heiraten wollen, verjagt.

⋆ ⋆ ⋆

Polly ging tatsächlich zu Chris' Hochzeit, aber ohne George und ohne Everett, da sie zu dem Schluss gelangt war, dass dies eine Prüfung war, der sie sich allein unterziehen musste – wie ein Indianerjunge, der, einen Dorn durch jede Brustwarze, daran je eine Schnur, die an einen Pfahl gebunden war, die ganze Nacht lang tanzen und singen musste. Sie zog ihr sexystes Kleid an, mit dem man sich noch auf einer Hochzeit blicken lassen konnte, ließ sich die Nägel machen, stieg in den Zug und stellte, kaum angekommen, fest, dass diese Hochzeit genauso langweilig war wie jede andere, auf der sie bis dahin gewesen war. Die einzige Hochzeit, auf der man Spaß hat, ist die eigene, hatte sie jedes Mal zu Chris gesagt, wenn sie mal wieder in einem grauenhaften Kleid die Brautjungfer spielen musste, und sie war sich sehr gescheit vorgekommen. Sie kam sich weiterhin sehr gescheit vor, aber das half ihr nicht, die Ödnis fremden Glücks zu ertragen, insbesondere, wenn der Fremde Chris war. Chris sah gut aus, was ihr seinen Verlust umso schmerzlicher vor Augen führte. Die Brautjungfern trugen Violett, was ihnen ihr tiefstes Mitgefühl einbrachte. Sie war ein Fremdkörper, was immer unangenehm war. Gemeinsame Freunde von früher waren nur ein, zwei da, und die waren, wie Polly bewusst wurde, eigentlich Chris' Freunde, nicht ihre. Sie zeigten sich verwundert, sie zu sehen, und forderten sie zum Tanzen auf, um danach wieder zu verschwinden. Sie war in der Tat eine Fremde. Aber wenigstens bin ich eine Fremde in einem befremdlichen Land, dachte sie, denn der eine Teil der Hochzeitsgesellschaft schien aus umwerfenden einsachtzig großen Frauen in knappen Kleidchen zu bestehen, der andere aus blässlichen Männern mit schütteren Bärten und schwarzen Hüten. Als Polly dies einem der Gäste gegenüber, einem guten alten Burschenschaftler, den sie immer ganz gern gemocht hatte, zur Sprache brachte, sagte der: »Ja, stimmt. Die Schwester? Die ist Model. Und dann sind da noch ein paar Juden von wo auch immer.« Dann sah er einen anderen jungen Mann, der zwei Zigarren schwenkte, und zog ab, um mit ihm draußen unter den Bäumen eine zu rauchen. Wessen Schwester?, fragte sich Polly. Wessen Juden?

Sie hatte aus Neugier hingehen wollen, und ihre Neugier war befriedigt worden. Aber sie hatte auch das Gefühl gehabt, auf diese Hochzeit gehen zu *müssen*, und wenn auch nur, um sich zu vergewissern, dass sie wirklich stattfand.

Außerdem bereitete Seelenschmerz einen narzisstischen Genuss. Alle diese Gründe waren ihr bewusst gewesen. Ein weiterer war ihr vielleicht nicht ganz so bewusst gewesen, und zwar, dass sie Chris sehen wollte, ihn einfach sehen. Keiner dieser Gründe war etwas, worauf man hätte stolz sein können, und doch war sie stolz, als hätte sie einen Gipfel erklommen oder wäre unter Haifischen geschwommen. Sie hatte sich mit Sorgfalt angezogen, und sie konnte sich selbst inmitten der amazonenhaften Models, die genauso gelangweilt guckten, wie sie sich fühlte, hoch erhobenen Hauptes bewegen. Es wurden während der eigentlichen Trauungszeremonie Reden gehalten, was Polly merkwürdig vorkam, zumal es so klang, als würden lediglich die Lebensläufe von Braut und Bräutigam verlesen werden. Das Ganze fand in einem Countryclub in Connecticut statt, in der Stadt, in der Chris' Eltern wohnten. Sie wiederzusehen war ein höchst widerliches Erlebnis, denn sie hatten Polly nie gemocht, und so waren sie jetzt, wo Polly keine Gefahr mehr darstellte, zum ersten Mal freundlich zu ihr. Aber die Begegnung mit Chris war, als sie endlich den Mut dazu aufbrachte, alles in allem ein Erfolg. Er kam auf sie zu und reichte ihr die Hand, als wäre sie eine entfernte Cousine, und sie sah ihn an – das Haar tadellos geschnitten, der Smoking elegant und wie angegossen – und dachte: Ich habe dich verloren, und das macht mich traurig. Dann schüttelte sie ihm die Hand und wünschte ihm alles Gute.

»Ich bin froh, dass du gekommen bist«, sagte er.

»Wirklich? Warum?«

Es war eine ernst gemeinte Frage. Sie wusste, warum sie gekommen war, aber ihr war nicht klar, warum er sie eingeladen hatte.

Chris zuckte die Achseln. »Ich weiß nicht«, sagte er und guckte verlegen.

Polly lachte, dann griff sie in ihre Handtasche, zog Chris' iPod hervor und zielte damit auf ihn.

»*Peng*«, sagte sie.

Chris nahm ihr den iPod aus der Hand. »Du hast ihn gefunden.«

Polly fing an, einen der Billy-Joel-Songs zu singen.

»Hey, ich hab keine Ahnung, wie das da draufgekommen ist, Mann.«

Polly sang weiter und weidete sich boshaft an seiner Verlegenheit. Irgendwie machte das alle Unannehmlichkeiten der Hochzeit, die Befangenheit, die Mauerblümchenmomente, die schauderhaften Eltern, sogar Chris' Verlust, wieder wett.

»Ist ja gut, ist ja gut«, sagte er immer wieder. Er gab ihr den iPod zurück. Wie sich herausstellte, wollte er ihn doch nicht wiederhaben, denn Diana hatte ihm einen neuen geschenkt, mit doppelt so viel Gigabytes.

»Also kannst du ihn behalten«, sagte er.

»Ja«, sagte sie vergnügt. »Als Andenken an dich.«

⋆ ⋆ ⋆

Jody ging jetzt nirgendwo mehr hin, es sei denn, sie konnte Beatrice mitnehmen, und schon in den wenigen Tagen seit Simons Abreise waren sie zu vertrauten Gestalten im Go Go geworden. Am Tag von Chris' Hochzeit, während Polly auf die Gesundheit des glücklichen Paars trank, ging Jody wie gewohnt ins Restaurant. Jamie bemerkte die Frau mit dem kurzen wuscheligen blonden Haar und dem weißen Pitbull und fand, dass beide sehr einsam aussahen. Natürlich waren sie schon sehr oft im Restaurant gewesen, aber immer zusammen mit Simon. Jamie wurde bewusst, dass er sich nicht mal an den Namen der Frau erinnerte. Die Hündin, klar, natürlich, das war Beatrice. Aber wer war diese Frau, die immer so munter gewirkt hatte und jetzt so verhärmt und verlassen aussah?

»Darf ich mich ein bisschen zu Ihnen setzen?«, fragte er.

Jody sah überrascht auf. Sie schenkte ihm ein mattes Lächeln.

Jamie setzte sich, und sogleich stand eine Flasche Wein mit zwei Gläsern vor ihnen.

»Oh. Danke«, sagte Jody, als er ihr einschenkte.

»Ich bin richtig froh, dass Sie hier Hunde reinlassen«, fügte sie einen Moment später hinzu. »Ich kann sie unmöglich allein lassen.« Und dann hörte sie sich ihm die ganze Geschichte, hastig und wirr, erzählen. Sie hörte mit Entsetzen, wie sie diesem Mann, den sie gar nicht kannte, von Beatrices Hinken erzählte, von der OP, vom Krebs, und dann von Simon, seinem Heiratsantrag, seiner Jagdleidenschaft, ihrer Ablehnung, ihrer Ungewissheit, seinem Brief, ihrem Kummer, ihrem ganz schrecklichen Kummer. Sie hasste sich selbst dafür, dass sie ihre intimsten Gedanken und Gefühle so vor ihm ausbreitete. Sie verabscheute den Klang ihrer Stimme.

Endlich verstummte sie, von Grauen erfüllt, und starrte Jamie an.

»Darf ich Beatrice einen Steakknochen ausgeben?«, war alles, was er sagte. Er winkte den gut aussehenden Kellner an den Tisch und sagte etwas zu ihm in einer unverständlichen Sprache, die irgendwie skandinavisch klang, und bald wurde ein großer roher Knochen gebracht. Beatrice hielt ihn zwischen ihren großen Pfoten fest und benagte ihn mit offensichtlichem Genuss. Jody sah ihr liebevoll zu. Als sie den Blick hob, war Jamie verschwunden, aber die Flasche Wein hatte er dagelassen, und ehe der Abend zu Ende war und Jody aufstand, hatte sie sie ausgetrunken. Als sie schließlich heimging, fühlte sie sich so gut wie seit langem nicht mehr.

Sie legte sich ins Bett, und obwohl Simon nicht da war, spürte sie, dass die Welt ein einziges warmes Willkommen war, und dann schlief sie ein.

* * *

Die Freude, Howdy spazieren zu führen, wurde Everett nicht ganz so leicht und so häufig zuteil, wie er gehofft hatte. Polly erwies sich dem Hund gegenüber als weit besitzergreifender, als es an dem Tag, an dem sie Everett den Laufpass gegeben hatte, den Anschein gehabt hatte. Und George ebenso – wenn er nicht gerade mit dem Hund der hysterischen Blonden unterwegs war, wich er Howdy nicht von der Seite. Nicht mal heute, wo Polly auf einer Hochzeit irgendwo auswärts war, wurde Howdy Everett anvertraut. Es war so, als hätten sich alle dazu verschworen, Everett und Howdy voneinander getrennt zu halten. Wie Romeo und Julia, dachte er. Manchmal ging er ohne Howdy spazieren, aber es war nicht das Gleiche. Bald ertappte er sich dabei, dass er Passanten anhielt, um ihre Hunde zu streicheln, was ihm eine momentane Ablenkung von seiner Einsamkeit verschaffte, aber auch das Gefühl, exzentrisch zu sein. Und wenn der Hund und die jeweilige Begleitperson weitergingen und ihn allein mitten auf dem Bürgersteig zurückließen, ging es ihm noch elender als zuvor. Auf der Arbeit war er unerträglich geworden, sogar sich selbst. Statt wie bis dahin bärbeißig und bissig zu sein, war er jetzt schlicht und einfach widerlich. Er spottete öffentlich über Fehler seiner Kollegen, er ließ keine Gelegenheit aus, seine Untergebenen zu demütigen, er zwang alle, unbezahlte Überstunden zu machen, und warf ihnen Beleidigungen an den Kopf.

Zu Hause trank er seine Martinis in völliger Stille, ohne auch nur den Fernseher einzuschalten. Gelegentlich ging er ins Go Go, aber das laute gesellige Durcheinander, ganz zu schweigen vom Anblick Georges und, nicht selten, Pollys, war ihm alles andere als willkommen. Nun ließ er sich meistens was vom Chinesen kommen und aß im Bett – was er früher stets missbilligt hatte –, während er sich *Animal Planet* ansah.

Alison heiratet heute, dachte er, während eine Lamastute vor seinen Augen niederkam und er gebratenen Reis löffelte, und er fühlte sich noch mehr als sonst wie ein Exmann.

23

Er war wegen der Hunde gekommen

Die trüben Tage, die noch nicht ganz Winter waren, die Tage, die entschlossen kürzer und kürzer wurden, so als ob sie nie wieder länger werden wollten, vergingen für Jody nur langsam. Sie verbrachte weniger Zeit in der Schule als jemals zuvor, ärgerte sich, wenn sie aufgefordert wurde, auf der Fünftklässlerparty die Anstandsdame zu spielen und die Spendenaktion zu organisieren. Sie hatte bereits angefangen, mit den unteren Klassen die Lieder für das Winterfest einzuüben, streng darauf achtend, dass sie Anspielungen auf Chanukka, Weihnachten und Kwanzaa enthielten, aber keine auf Jesus oder Gott. Doch mit dem Herzen war sie nicht bei der Sache. Ihr Herz war gebrochen, und die Scherben lagen zu Hause bei ihrer leidenden Freundin, ihrer sterbenden Hündin, ihrer Beatrice.

Eines Abends lief ihr Everett über den Weg, aber nicht einmal das heiterte sie auf. Wer war er denn schon? Ein Nachbar, ein Fremder, ein Mann, in den sie früher einmal wie ein Schulmädchen verknallt gewesen war, der lächerliche zurückgewiesene Liebhaber eines absurd jungen Mädchens.

»Simon ist in Virginia«, sagte sie auf seine Frage hin. »Er zieht runter.«

Everett sah überrascht aus. Nicht so überrascht wie ich, dachte sie.

»Es tut mir leid, dass es Beatrice so schlecht geht«, sagte er. »Wenn ich irgendwie helfen kann …«

Aber sie hatte lediglich den Kopf geschüttelt und war langsam mit der alten weißen Hündin weitergegangen.

Seit diesem Abend stellte Everett fest, dass er häufiger an Jodys Haus vorbeiging, als er dies bislang für nötig gehalten hatte. Manchmal blieb er zögernd vor ihrer Haustür stehen und fragte sich, ob er klingeln sollte für den unwahrscheinlichen Fall, sie wäre zu Haus und hätte Lust auf einen Spaziergang. Er tat es dann nie, wohl aber sah er sie im Go Go, sie und die arme Beatrice. Er bat sie um ihre Handynummer, da er sie irgendwie nicht auf Simons Telefon anrufen mochte. Und er rief sie auf ihrem Handy an und sagte, er könnte irgendwann bei sich zu Haus etwas kochen.

Sie kam, an einem nieseligen Abend, die langsame, knochige weiße Hündin an der Leine, und Everett musste plötzlich daran denken, wie die beiden vor fast einem Jahr, bei ihrer ersten Begegnung, durch einen Schleier von Schnee auf ihn zugekommen waren, Jody mit rosigen Wangen, die Hündin muskulös und geschmeidig. Everett goss für Beatrice Wasser in den Jonathan-Adler-Hundenapf. Der Napf und das Schlabbergeräusch der trinkenden Beatrice erinnerten ihn schmerzlich an Howdy.

Er hatte zum ersten Mal seit Jahren gekocht und war hinsichtlich des Ergebnisses ziemlich nervös, obwohl es nur Brathähnchen mit Röstkartoffeln und Salat gab. Aber er wollte, dass der Abend ein Erfolg wurde. Er fragte sich, was er mit »Erfolg« meinte. Jody ins Bett kriegen? Oder wollte er ihr lediglich zu essen geben und es ihr gemütlich machen, wie er es bei einem verletzten Tier, wie er es bei Beatrice getan hätte?

»Heute habe ich im Park ein Eichhörnchen ein Croissant fressen sehen«, sagte er. »Ein großes, dickes Croissant. Das Eichhörnchen konnte es mit seinen kleinen Pfoten kaum festhalten.«

Da musste Jody lächeln, und Everett fand, dass sie sehr, sehr hübsch aussah.

»Was haben Sie denn im Park gemacht?«, fragte sie. »Bei diesem Wetter?«

»Mir eingebildet, ich hätte einen Hund.«

Jody lächelte wieder, und es war insgesamt ein netter Abend geworden. Das Hähnchen war gut, ein bisschen ölig zwar, wie er fand, aber lecker, und sie war mehrere Stunden geblieben und hatte geredet und den hervorragenden Wein getrunken, den er gekauft hatte. Er hatte nicht versucht, sie ins Bett zu kriegen. Sie wirkte einfach zu verletzlich und gleichzeitig zu einschüchternd.

Ich tue ihm leid, dachte Jody, als er sie dann ein zweites Mal zu sich auf ein Brathähnchen einlud. Was nur recht und billig ist.

»Sie sind sehr lieb«, sagte sie, aber tatsächlich meinte sie: Was ändert das noch? Es ist zu spät. Es ist für alles zu spät. Wie rührselig sie geworden war! Sie versuchte, sich zu konzentrieren, aber sie merkte, dass es ihr schwerfiel, sich auf Everett zu konzentrieren – Everett, dem sie einst in ihrer Vorstellung so treu hinterhergetrottet war. Jetzt schien ihre Vorstellungskraft mit Simon nach Virginia gezogen zu sein.

»Sollen wir heute Abend ausgehen?«, sagte Everett.

»Ausgehen?« Es war ein dunkler, ungemütlicher Abend. War es ihm peinlich, noch einmal Brathuhn aufzutischen? »Aber ich mag Brathuhn unheimlich gern«, beruhigte sie ihn.

»Tja, also, das Hähnchen ist aber, um ehrlich zu sein, nicht aufgetaut …«

Warum hat er es überhaupt erst eingefroren?, fragte sie sich. Beatrice war mühsam über die Straße und in den Fahrstuhl gehumpelt. Jetzt lag die Hündin schlafend neben Everett. Es war ja wohl nicht schwieriger, am Tag des Essens einzukaufen als eine Woche im Voraus, dachte Jody. Sie hoffte, das erste tiefgefrorene Hähnchen war ohne Antibiotika gewesen. Aber vielleicht sahen Chemiker solche Dinge nicht so eng.

»Ja, gern, das wird bestimmt lustig«, sagte sie, obwohl für jemanden, der sich so sehr bemitleidete wie sie, natürlich nichts je wieder lustig sein würde, und sie tranken ihren Martini aus und verließen Everetts saubere und wirtliche Wohnung, gingen hinaus in die feuchte Nacht und in das Restaurant auf der anderen Straßenseite.

Everett sah zu, wie Jody der Hündin half, sich zu ihren Füßen zu setzen. Wie sanft und geduldig sie mit dem großen kranken Tier umging! Er schenkte ihr Wein ein und hielt ihr dann das Glas hin, als wäre sie eine Invalidin: »Trinken Sie.«

Jamie beobachtete die beiden neugierig, wandte sich dann einer großen Frauengruppe zu – einem Lesekreis, wie er vermutete – und führte sie an den runden Tisch am Fenster. Er empfahl einen Wein. Er lächelte. Sie lächelten zurück. Bewundernswert, ein Lesekreis. Oder war es ein Meeting der Weight Watchers? Nein, die würden sich kaum in einem Restaurant treffen. Und sie waren alle recht schlank.

»Schaut euch diese hinreißenden Hündchen an!«, sagte eine der Frauen und zeigte auf Jamies Hunde, die hinter dem Tresen hervorgekommen waren.

Er überlegte sich gerade, was er den netten belesenen Damen nach dem Essen ausgeben könnte – Grappa? Calvados? –, als die Eingangstür mit einem lauten, dramatischen Windstoß kalter, feuchter Luft aufflog. Und da, von der Tür eingerahmt, die Hände in die Hüften gestemmt, das Gesicht zur grimmigen Maske verzerrt, in einen langen Pelzmantel gehüllt, stand Doris.

Sie trat gemessen, theatralisch zur Seite. Hinter ihr wurde, wie ein verlängerter spätnachmittäglicher Schatten, ein muskelbepackter Mann mit kantiger Kinnlade und einem unpassend violetten Klemmbrett sichtbar.

»Da!«, sagte Doris. Sie zeigte auf Jamie.

Der schreckenerregende Schatten schritt vorwärts. Er reckte Jamie das Kinn entgegen – eine Art Gruß, wie Jamie vermutete. Jamie reichte ihm die Hand und wollte sich schon vorstellen, als der Schatten (der mittlerweile gut beleuchtet war) eine Dienstmarke aus der Tasche zog und mit ausgestrecktem Arm vorzeigte, als wollte er Jamie von sich abwehren.

»›Städtisches Amt für Gesundheit‹«, las Jamie laut ab, »›und psychische Hygiene‹.«

»Das«, sagt Doris, die Stimme schrill vor Erregung, »ist eine Razzia!«

»Inspektion«, korrigierte sie der Mann mit ausdruckslos-unheilvoller Stimme.

Ende, sagte sich Jamie im artikelfreien Sprechstil des Mannes.

»Knöpfen Sie ihn sich vor!«, sagte Doris.

Psychische Hygiene, dachte Jamie. Seltsam. Aus dem Augenwinkel sah er seine Angestellten schlagartig aktiv werden. Sie würden Schilder in den Toiletten anbringen, Dinge in den Kühlschrank schmeißen, was immer sie für nötig hielten, um dem Inspektor jeweils einen Schritt voraus zu bleiben. Aber Jamie wusste, dass das alles nutzlos war. Der Inspektor war nicht gekommen, um zu überprüfen, ob die vorgeschriebenen Schilder angebracht waren, die die Kellner daran erinnerten, sich die Hände zu waschen. Er war wegen der Hunde gekommen.

Jamie winkte George zu. »Bitte zeigen Sie dem Inspektor …«

»*Hygieniker*«, korrigierte ihn der Mann.

Jamie starrte ihn an. Der Hygieniker starrte zurück.

»Bitte zeigen Sie dem Hygieniker, was immer er sehen möchte«, sagte Jamie schließlich.

George kam hinter dem Tresen hervor. Vielleicht waren Hygieniker so was wie Sanguiniker – heitere, lebensbejahende Menschen, die keiner Fliege was zuleide taten.

Doris blickte stolz auf die Szene, die sich ihr darbot. Sie hatte so lange und so hart auf diesen Augenblick hingearbeitet! Sie hatte so oft beim Gesundheitsamt angerufen, dass sie schon gar nicht mehr wusste, wie oft, und hatte erklärt, der Inspektor müsste am späten Abend kommen, um Jamie auch sicher in flagranti, sozusagen, zu ertappen, bis sie endlich, endlich einen verständnisvollen Beamten gefunden hatte. Aber ohne harte Arbeit, rief sie sich ins Gedächtnis, kommt nichts Wertvolles zustande. Sie hatte Müll eingesammelt, ihre Mitbürger erzogen und ihre demokratischen Rechte wahrgenommen. Und jetzt hatte sie zu guter Letzt etwas erreicht, etwas bewegt. Sie stand triumphierend vor ihrem besiegten Feind. Er wich ihrem Blick aus. Er kehrte ihr den Rücken zu. Er ging. Dies verletzte Doris. Sie fühlte sich ungerecht behandelt. Aber keine gute Tat blieb ungestraft, so hieß es doch, und eines Tages würde Jamie ihr dafür danken, dass sie ihn wieder auf den rechten Weg gebracht hatte. Wie viele Leute gingen nicht zum Essen ins Go Go, weil man da auf Schritt und Tritt auf Hunde trat? Sie wusste es nicht, aber es war mit Sicherheit eine beträchtliche Zahl.

»Aha!«, rief Doris aus und zeigte auf Tillie und Hector, die in dem Moment auf sie zugetrottet kamen.

Der Hygieniker knurrte etwas Unverständliches, aber eindeutig Einsilbiges.

»Sie wollten gerade gehen«, sagte George und eilte den Hunden hinterher.

Aber die beiden hatten sich schon vor den schweren Stiefeln des Hygienikers auf den Rücken geworfen und strampelten mit den Füßchen.

Der Hygieniker stupste einen mit seinem Stiefel an.

»*Warum* liebkosen Sie die Verstöße?«, sagte Doris.

Jamie war ein sanftmütiger Mensch. Er war ein ausgeglichener Mensch. Sein Leben lang hatte er einzig danach gestrebt, andere Menschen glücklich zu machen, ohne sich dabei selbst mehr als unbedingt nötig anzustrengen. Aber jetzt spürte er, wie etwas in ihm aufstieg, etwas, das er als seine Galle zu erkennen glaubte, wie auch immer eine Galle sich anfühlen mochte. Trugen Hygieniker Schusswaffen?, fragte er sich. Vielleicht neigten Hygieniker zu Ausbrüchen sinnloser Gewalt, genau wie Briefträger. Vielleicht würde dieser Hygieniker jetzt seine Schusswaffe ziehen und seine widerwärtige Kundin abknallen, und Jamie würde zusehen, wie sie zu Boden fiel, blutend und hilflos nach Luft schnappend.

»Da!«, sagte die Kundin unterdessen. »*Noch* ein Verstoß.« Doris hatte Beatrice ausgemacht. Sie näherte sich dem alten schlafenden Pitbull. »In Toronto«, sagte sie, »würde man dich einschläfern.«

»Wir sind hier nicht in Toronto«, sagte Jamie bestimmt.

»New York«, sagte der Hygieniker, um die Sache endgültig klarzustellen.

Er hatte angefangen, mit einem Bleistift auf seinem violetten Klemmbrett zu schreiben. Bleistift, dachte Jamie. Bleistift, Bleistift … Bleistift lässt sich wegradieren. Vielleicht würde seine Vorladung, oder was immer da gerade mit Bleistift zu Papier gebracht wurde, irgendwie wegradiert werden. Das war das, was Noah mit resignierter Verachtung »Jamies magisches Denken« nannte. Na und? Etwas anderes würde jetzt auch nicht mehr helfen. Das wäre seine zweite Vorladung wegen der Hunde. Er würde von Glück sagen können, wenn er mit einer Geldstrafe davonkam und man ihm den Laden nicht dichtmachte. Er würde nie wieder einen Hund ins Lokal lassen können. Er würde sich das Risiko nicht mehr leisten können. *Wenn* das Restaurant überhaupt aufbleiben durfte. Magisches Denken? Ja. Warum auch nicht? Das Gebet des Atheisten.

Die Gäste hatten gemerkt, dass irgendetwas vor sich ging, und waren ganz leise geworden. Beim Wort »einschläfern« hatte Everett Jodys Hand ergriffen. Natürlich war es unerhört, dass Jamie Hunde ins Restaurant ließ. Es war ein Wunder, dass man ihm das nicht schon längst untersagt hatte. Aber ernsthaft, welchen Schaden richtete Beatrice, eine alte Hundedame, die tief und fest schlief und nur ein ganz winziges bisschen schnarchte, schon an? Welchen Schaden richteten die lustigen Terrier an?

Jody war knallrot geworden. Sie zog die Hand zurück und fuhr sich damit durch die Haare, die ihr anschließend seltsam zu Berge standen. »Diese Frau«, sagte sie. »Dieses Ungeheuer, dieses Monstrum von einer Frau …«

»Jetzt kommen Sie schon«, sagte Doris währenddessen zum Inspektor. »Stellen Sie Ihre Strafzettel aus. Oder was immer Sie sonst so tun.«

Der Hygieniker maß sie mit so kalter Abneigung, dass Jamie einen Augenblick, einen seligen Augenblick lang glaubte, der Hygieniker könnte vielleicht die ganze Sache vergessen und die empörte Bürgerin, die ihn hierhergeschleppt hatte, stehen lassen; er könnte lächeln und Howdy, der gerade aus der Küche gekommen war und ihm die Pfote anbot, die Hand geben, er könnte Jamie freundlich zunicken, aus dem Lokal gehen, einen geschönten Bericht einreichen und heimgehen zu seiner zweifellos glücklichen, sich liebenden Familie und einem üppigen, lukullischen Abendessen, obgleich bei Tisch wahrscheinlich nicht allzu viel geplaudert werden würde; aber trotzdem, die Menschen kommunizierten auf so viele verschiedene Weisen miteinander …

Jamies Traum fand ein jähes Ende.

»*Ver-stoß*«, sagte Doris, an Howdy gerichtet, der zu ihr geschlendert war, um an ihrem Pelzmantel zu schnuppern.

Der Hygieniker wandte sich zu Jamie. »Vier«, sagte er mit seiner tonlosen Stimme. Und fügte dann in plötzlicher Erregung hinzu: »Was zum Teufel glauben Sie eigentlich, wo Sie sind, Mann? In *Paris*?«

24
Thanksgiving

Everett freute sich auf Thanksgiving, da Emily dann heimkommen würde. Als es schließlich aber so weit war, konnte nicht einmal sie ihn aufheitern. Sie versuchte es, und er merkte das und war gerührt. Aber Emily hatte ihr eigenes Leben. Das sagte er sich, während er ihr am Mittwochabend dabei zusah, wie sie sich zum Ausgehen fertig machte. Er verstand das Gefühl der Leere, das er dabei verspürte, und er tadelte sich deswegen. Er verstand *nicht*, warum er das gleiche Gefühl der Leere, des Ennui verspürt hatte, als er vorher am Abend gesehen hatte, wie sich Emily und deren Freunde auf seinen Polstermöbeln herumfläzten. Es hatte ihm zwar geschmeichelt, dass sie ihm gegenüber so unbefangen waren, seine Wohnung wie eine Invasionsarmee zu besetzen. Dennoch hatte er in sich hineingeseufzt und sich allein gefühlt.

Dieses Jahr war Alison dran – Emily würde bei ihr Thanksgiving feiern –, und als es Donnerstagabend wurde, lud sich Everett ziemlich verschämt ins Go Go ein. Leute, die an Thanksgiving im Restaurant aßen, ganz allein mit ihrem trockenen Truthahn, hatten ihm schon immer leid getan. Aber er brachte es einfach nicht über sich, zu Haus zu bleiben und sich irgendwas kommen zu lassen. Es wäre nicht nur beschämend, es wäre auch feige gewesen.

Auch Jody verbrachte ihren Thanksgiving-Abend im Go Go, aber nicht allein. Jamie hatte sie eingeladen, mit ihm, seinen Kindern, seinem Partner, seinem Personal und, vor allem, seinen Hunden zu Abend zu essen.

»Und Beatrice kommt natürlich auch«, hatte er gesagt.

»Und was, wenn diese grässliche Frau auftaucht? Und dieser Mann?«

»An Thanksgiving?«

»Wohl nicht«, hatte Jody gesagt.

»Wissen Sie was?«, sagte er, mit einem Mal ernst, mit einem Mal wütend. »Die hätten mir fast den Laden dichtgemacht.«

Er atmete tief durch. Dann lachte er und sah wieder fast wie er selbst aus.

»Nur noch einmal mit den Hunden«, sagte er. »Zum Spaß.«

»Zum Spaß«, erwiderte Jody, aber sie sah Jamie an, wie sehr ihn die Razzia (»Inspektion«, hörte sie noch den Hygieniker richtigstellen) mitgenommen hatte. Den unerschütterlichen, in sich ruhenden Jamie. Seit dem Abend, an dem er ihrer Hündin einen Knochen spendiert hatte und ihr selbst einen metaphorischen Knochen in Form einer Flasche Wein, waren sie miteinander warm geworden. Sie war damals glücklich nach Haus gegangen, und anders als das flüchtige Glücksgefühl selbst, hatte sie das Gefühl, dass Glück *möglich* war, seither nicht wieder verlassen. Sie spürte, dass sie einen Freund gewonnen hatte. Wegen der Hündin konnte sie zu Thanksgiving nicht zu ihren Eltern nach Florida fliegen, und sie war zu deprimiert, um mit irgendwelchen Kolleginnen oder Kollegen zu feiern, aber die Aussicht auf die illegale Thanksgiving-Versammlung bei Jamie versetzte sie beinah in freudige Erregung.

Sie kam um Punkt sieben, als hätte sie einen Tisch reserviert. Als sie mit Jamies Freund, Noah, den sie schon unzählige Male auf der Straße und im Restaurant gesehen hatte, bekannt gemacht wurde, ging ihr erst auf, dass er Amerikaner war, und sie war überrascht. Er war zudem knapp zwei Meter groß. Jody fragte sich, wie oft er wohl gefragt wurde, ob er Basketball spielte, denn sie war selbst kurz davor gewesen, ihm diese Frage zu stellen. Das muss einem ganz fürchterlich auf die Nerven gehen, dachte sie, und sie verspürte den ganzen Abend lang ein solches Mitgefühl mit ihm, dass es ihr so vorkam, als wären sie und Noah dicke Freunde geworden, obwohl sie während des Essens kaum zwei Worte miteinander wechselten.

Jamie, stellte Jody fest, war ein bisschen beschwipst. Er kniete sich hin und sah Beatrice direkt ins Gesicht. »*We shall overcome*«, sagte er glücklich. »Nicht?«

Er legte irgendwelche steinalte Discomusik auf und fing an mit seinen Kindern zu tanzen, bis Noah einem der Exe einen Wink gab und dieser stattdessen Stephin Merritt reinschob.

»Was?«, sagte Jamie und wandte sich zu Noah. »Was ist an Donna Summer auszusetzen?«

»Beruhig dich, Liebling.«

»Das ist eine Feier. Eine Feier der Unschuld.«

»Ach ja, diese unschuldigen Siebzigerjahre«, sagte Noah lächelnd. Er nahm Jamie bei der Hand und zog ihn zu sich heran. »Ist ja gut«, sagte er sanft. »Alles ist gut.«

Jody wandte sich schnell ab und sah, dass Everett gerade durch die Tür kam, und ihr wurde das Herz schwer. Vielleicht sollte sie besser nach Hause gehen, weg von diesen Männern, diesen um den Tisch herumgaloppierenden Kindern, dieser Familie, dieser ganzen Intimität. Weg von Everett, einer ihrer gescheiterten Intimitäten.

Als Everett hereinkam, sah er Jody im Kreis der vergnügt krawalligen Gruppe von Ausländern sitzen, und ihm wurde die eigene Isolation umso eindringlicher bewusst. Um ein Haar hätte er auf der Stelle kehrtgemacht und wäre wieder hinausgegangen, aber Jamie hatte ihn gesehen und rief ihn lauthals an den Tisch, stand dabei von seinem Platz am Kopfende auf und winkte ihm so enthusiastisch zu, dass Everett der Verdacht kam, dass der Wein wohl schon seit geraumer Zeit fließen musste. Unbeholfen kam er zum Tisch herüber, befangen, von der beschämenden Erkenntnis durchdrungen, seinerseits weder in festlicher Stimmung noch auch nur betrunken zu sein.

Jamie machte ihn mit Noah bekannt, der aufstand und Everett mit einem Gruß aus luftiger Höhe erschreckte. Dann wurden die Kinder vorgestellt. Es gab furchtbar viele davon, und furchtbar viele davon sahen sich zum Verwechseln ähnlich. Auf eine Vorstellung der am Tisch sitzenden Angestellten verzichtete Jamie. Er forderte lediglich einen von ihnen auf, sich umzusetzen und Everett Platz zu machen.

»Nein, nein, bitte, ich möchte niemandem Umstände machen«, sagte Everett, aber es half nichts. Der junge Mann war schon aufgestanden, wechselte das Gedeck und verfügte sich zum anderen Ende der Tafel.

Everett sah, dass Jody ihm gegenübersaß, und er lächelte sie an, obwohl er sich fragte, was sie da zu suchen hatte, und ihr ihre so unerwartete Anwesenheit fast übel nahm. Er hatte sich innerlich auf einen tristen, einsamen Abend gefasst gemacht, und das brachte ihn jetzt aus dem Konzept. Er war verlegen.

»Beatrice!«, sagte er und beugte sich hinunter, um die Hündin zu streicheln, die unter dem Tisch lag. Ihr Schwanz klopfte auf seinen Schuh. »Du bist hier!«

Jody nickte.

»Lang lebe die Revolution!«, sagte er, als er die Cairn-Terrier sah, und lächelte erneut. Es freute ihn, die Hunde zu sehen, aber wie leichtsinnig Jamie doch war! Nun, das war nicht Everetts Problem, obwohl andererseits doch, wenn das Go Go geschlossen werden sollte. Am nächsten Thanksgiving würde er nirgendwo mehr hinkönnen! Ha! Was bist du doch witzig, sagte er sarkastisch zu sich. Dann wandte er seine Aufmerksamkeit wieder Jody zu. »Wie geht's Beatrice?«, fragte er.

Jody schüttelte langsam, traurig den Kopf.

Everett fragte sich, was mit Jody los sein mochte. Hatte sie ein Gelübde abgelegt zu schweigen, bis die Hündin genesen wäre? Er zuckte leicht verärgert die Achseln und versuchte, Noah in ein Gespräch über die Wichtigkeit von Nachmittagslicht für die zirkadianen Rhythmen des Kindes zu verwickeln – ein Thema, über das er gerade erst einen Artikel gelesen hatte.

Jody hatte natürlich kein Schweigegelübde abgelegt, aber als Everett sie anlächelte, erlebte sie noch einmal dieses Aufwallen von Freude, das sie bei ihrer ersten Begegnung mit ihm, vor so vielen Monaten, im Schneegestöber auf der Straße verspürt hatte, und es verschlug ihr für einen Moment die Sprache. Jetzt erinnere ich mich, dachte sie verwirrt, fast verschämt. Ich erinnere mich. Bevor man mir das Herz brach, sehnte sich mein Herz nach dir.

»Sie haben eine wunderbare Familie«, sagte Everett währenddessen zu Jamie.

»Ich betrachte sie eher als eine Art Sekte«, erwiderte Jamie, errötete aber erfreut und lächelte, ganz der stolze Paterfamilias, wie Everett fand. Hector und Tillie saßen reglos wie Statuen, die sehnsüchtigen Blicke fest auf ihn und den Truthahn geheftet, den er gerade tranchierte. Jamies Kinder – deren Namen sich Everett nicht merken konnte, wenngleich er sich bezüglich eines Dylan und einer Isabella halbwegs sicher war – lagen, krochen oder rannten herum, jeweils entsprechend ihrem Alter. Seine Angestellten waren betrunken. Sein Freund war reich und gütig, wenn auch ungewöhnlich langwüchsig. Jamie war ein beneidenswerter Mann, und Everett beneidete ihn.

»Wo ist Ihre Tochter?«, fragte Jody, als sie endlich ihre Stimme wiederfand.

Everett wandte sich zu ihr, jetzt nicht mehr lächelnd. »Bei ihrer Mutter«, sagte er trocken.

Jody sah auf ihren Teller hinunter. Wie gewohnt hatte sie genau das Falsche gesagt.

»Simon in Virginia?«, fragte Everett, ziemlich grausam, wie er selbst fand, und jetzt sah Jody noch trauriger aus als zuvor.

»Noch immer in Virginia«, sagte sie.

»Stimmt. Verzeihung. Er zieht ja dorthin.«

»Und ich übernehme seine Wohnung!«, sagte Jamie äußerst vergnügt.

»Tja, hier sind wir nun also«, sagte Everett zu Jody.

»Ja«, sagte Jody. »Hier sind wir.«

Danach sagten sie sich eine ganze Weile nichts mehr. Jody fühlte Beatrices schweren Kopf auf ihrem Fuß, trank zu viel Wein und dachte an Everett, der ihr gegenübersaß, und an Simon, der noch immer in Virginia war. Sie fragte sich, wie Thanksgiving verlaufen wäre, wenn Simon sich nicht abgesetzt hätte. Vielleicht ein ruhiges Abendessen bei ihr. Vielleicht wären sie zusammen hergekommen. Hatte Simon überhaupt Verwandte in der näheren Umgebung? Ihr ging auf, dass sie das gar nicht wusste. Er war ein Einzelkind, und seine Eltern wohnten an der Westküste, aber vielleicht hätte man irgendeinen Cousin oder eine Tante zum Einladen gefunden. Sie spürte Beatrices Atem an ihrem Knöchel.

Everett beobachtete Jody. Sie wirkte so niedergeschlagen. Neuerdings sah sie ständig traurig aus. Er erinnerte sich, wie sie damals ausgesehen hatte, als er ihr auf der Straße wie ein Idiot die gelben Tulpen in die Hand gedrückt hatte.

Er mochte es nicht, wenn sie traurig aussah. Sie war eine fröhliche, muntere Frau und sollte auch entsprechend aussehen. Wenn sie so ein bekümmertes Gesicht machte, war es, als sähe man einen deprimierten Vogel. Vögel konnten nicht traurig sein. Das war wider ihre Natur. Dann erinnerte er sich aber, dass es traurige Gedichte aus der Romantik gab, in denen Vögel eine zentrale Rolle spielten. Und was war mit Poes »Rabe«? Wohl kaum ein fröhliches Gedicht.

Nach dem Essen brachte Jamie, betrunken, aber triumphierend, einen Toast auf kanide Verstöße weltweit aus. Everett begleitete Jody und Beatrice heim. Sie wohnte noch immer in Simons Apartment.

»Nicht mehr lange«, sagte sie. Sie sah die Hündin verzweifelt an. »Es ist bloß wegen Beatrice, und bald …«

Everett legte den Arm um sie. Er führte sie hinein und brühte ihr eine Kanne Kräutertee. Sie saßen in Simons Wohnzimmer, er auf dem gepolsterten Fußschemel, sie im Ledersessel, und tranken ihren Tee, die alte, schwer atmende Hündin zwischen sich auf dem Boden.

* * *

Polly und George feierten Thanksgiving bei sich zu Haus. Das Problem mit den geschiedenen Eltern hatten sie dadurch gelöst, dass sie einfach beide eingeladen hatten, in der festen Zuversicht, dass beide nicht kommen würden. Alexandra und Laura waren ebenfalls eingeladen worden, und *sie* kamen durchaus, mitsamt ihren Hunden. Kaiya galoppierte, von einem völlig überdrehten Howdy verfolgt, durch die Wohnung, während Jolly in Georges Zimmer verbannt wurde und in kurzen Abständen Knurrlaute vernehmen ließ. Der Truthahn, den Polly unbedingt selbst hatte braten wollen, wurde in allerletzter Minute, fix und fertig gebraten, bei Fresh Direct bestellt. Als das Essen vorbei war und sie vom Tisch zwei Schritte weiter auf die Couch und die Sessel übersiedelten, ließ Polly den Blick voller Stolz über ihr kleines Reich schweifen. Sie hatte eine Wohnung, in der man an Thanksgiving Gäste empfangen konnte. Das war *ihre* Wohnung, mit Ausnahme von Georges Zimmer, und das zählte ja kaum, da sie ihn da ja überhaupt erst einquartiert hatte. Ihr Blick schweifte durch den nicht weiter bemerkenswerten Raum, und ihr Herz schwoll triumphierend angesichts ihrer eigenen vier Wände. Sie sah hinüber zum Fenster, wo die IKEA-Votivkerze für den armen Vormieter brannte, und es bekümmerte sie, dass er in dieser Wohnung, die sie inzwischen so lieb gewonnen hatte, so unglücklich gewesen war.

Auf Georges Empfehlung hin führte Alexandra Buch über Jollys Verhalten, und sie setzte sich jetzt mit dem Notizbuch zu ihm auf die Couch, wo er gerade ein Stück Apfelkuchen aß, das sie mitgebracht hatte.

»Wo haben Sie den gekauft?«, fragte er. »Der ist wirklich gut.«

»Hab ich selbst gebacken.«

Sie öffnete das Notizbuch.

»Der ist wirklich gut«, sagte er noch einmal. Alexandra hatte immer köstliches Gebäck im Haus. Es war so, als wäre man bei Oma – Muffins und Kuchen und Torten. Er war nie auf die Idee gekommen, dass Alexandra die selbst gebacken haben könnte. Seine Großmutter jedenfalls hatte das nie getan.

Er las die aufgeschlagene Seite:

Mittwoch
6:00 wacht knurrend auf
8:00 Spaziergang – springt Jogger an; sitzt auf Befehl, als Radfahrer vorbeikommt; knurrt Kind an, springt es nicht an

8:30 frisst, attackiert Schwanz (2 Min.); schläft auf Teppich in der Sonne

10:15 wacht auf, attackiert Wäschesack, den ich ins Bad trage, kleine Bisswunde am Handgelenk

10:30–12:00 schläft auf Hundebett; 4 Umdrehungen auf Hundebett (gegen Uhrzeigersinn; 4 Min., 2 Min., 1 Min., 3 Min.)

12:00–13:00 Spaziergang (schnappt nach Skateboarder, nach Rollstuhlfahrer nicht!), vergnügt sich danach mit seinen Spielsachen

13:00–14:00 übe mit ihm »ab!« und »bleib!«; schnappt nach meiner Hand (rechte Hand, kam von oben – kein Blut!!!)

14:00–15:00 schläft unterm Schreibtisch – zwei Umdrehungen (Uhrzeigersinn; 2 Min., 3 Min.)

15:00 sehr verschmust

15:30 versuche ihn zu bürsten, schnappt nach mir

16:00 springt aufs Bett; auf Befehl wieder runter; knurrt unter periodischen Umdrehungen, linke Hinterpfote blutig, bis 16:40

16:50 Spaziergang, keine Zwischenfälle, gehe zur Arbeit

2:30 nachts auf dem Bett, knurrt und winselt rd. 1 ½ Stunden lang

»Und, was denken Sie?«, fragte Alexandra mit leicht unsicherer, aber dennoch hoffnungsvoller Stimme.

George dachte, dass »Umdrehungen« eine interessante Umschreibung für das war, was Jolly veranstaltete. Das Wort erweckte den Eindruck, als ob der Hund in Strumpfhose und Tutu auf der Fußspitze Pirouetten drehte. Tatsächlich war das, was Alexandra als »Umdrehungen« bezeichnete, eine Art Tobsuchtsanfall, die kläffende Gewalteruption, die George bei seinem ersten Besuch in Alexandras Wohnung in Brooklyn miterlebt hatte. Er betrachtete Alexandras Protokoll von Jollys Verhalten, und es war zum Heulen.

»Tja …«

»Schauen Sie«, sagte sie eifrig und tippte auf die Seite. »Einen Spaziergang hat er ohne Probleme geschafft. Und er hat weniger Umdrehungen als am Tag davor gemacht.«

Sie gingen die Aufzeichnungen sorgfältig durch, notierten sich, wie sich der Hund jeweils am Vormittag, am Nachmittag und nachts verhalten hatte. War Nahrungsaufnahme der Auslöser? Schlaf? Körperliche Bewegung? Es waren keine eindeutigen Muster zu erkennen, und George verlor allmählich den Mut. Aber er wollte Alexandra nicht hängen lassen. Ihre Notizen waren so akribisch wie diejenigen Darwins über das Wachstum von Kletterpflanzen. Wie hätte er Alexandras Hund aufgeben können?

In den vergangenen paar Wochen hatte er Jolly fast jede freie Minute gewidmet. Er hatte dem Hund beigebracht, sich vom Handschuh am Ende des Holzlöffels und dann von seiner sich langsam nähernden Hand streicheln zu lassen, wenn sich ein Rollstuhl näherte, »Sitz« zu machen, anstatt die darin befindliche Person anzugreifen, und allein in einem Zimmer zu bleiben, ohne sich selbst die Haut vom Leib zu reißen. Aber sobald er Jolly eine Sache beigebracht, sobald er ihn gegen einen obskuren Auslöser seiner besinnungslosen Aggressionen sich und anderen gegenüber desensibilisiert hatte, kam Jolly mit einem neuen Einfall. Jetzt attackierte er Spaziergänger und Jogger. Wenn Leute auf der Straße ihn zu streicheln versuchten, ging er nicht mehr auf ihre Hände, sondern auf ihr Gesicht los. Das Brutzeln von Schweinekoteletts in der Pfanne veranlasste ihn zu einer bösartigen Attacke auf seine eigenen Beine, das Gleiche galt für Reggaemusik und das Rauschen einer Dusche. Nachdem Jolly Alexandras Parterrenachbarn gebissen hatte, der zwei

Chihuahuas besaß und ganz außerordentlich verständnisvoll war, versuchte George, den Hund an einen weichen Maulkorb zu gewöhnen. Aber Jolly konnte ihn nicht länger als ein paar Sekunden ertragen, ohne sich wie ein Tobsüchtiger mit schäumenden Lefzen und grauenerregende Knurren auf sich selbst zu stürzen.

George hatte sich ganz in den Dienst dieses Hundes gestellt – dieser Töle, wie Polly ihn nannte – und damit in den Dienst Alexandras. Er sah sie jeden Tag, selbst wenn er Jolly nicht sah. Er hatte nie den Vorschlag gemacht, dass sie miteinander ausgehen könnten, oder sie angefasst, oder auch nur mit ihr geflirtet. Aber der Versuch, Jolly zu helfen, war fast zu einer Umwerbung Alexandras geworden.

»Ich werde diesem Typen in Cornell, von dem ich Ihnen erzählt hab, eine Mail schicken«, sagte George. »Er meint, dass der Tierarzt recht hat – es klingt nicht nach Epilepsie. Aber er hat mir ein paar Untersuchungen über Autismus geschickt, die ziemlich interessant sind.« Er seufzte. Er war am Ende seines Lateins. »Wir könnten es ja immer noch mit einem Hundemedium probieren«, sagte er verbittert.

»Armer George«, sagte Alexandra und legte ihre Hand auf die seine.

Polly war in der Küche und kämpfte mit der Truthahnkarkasse. Aber sie war nah genug, um zu hören, was ihr Bruder und Alexandra miteinander redeten.

Armer George?, dachte sie. Alexandra wohnte mit einem tobsüchtigen psychotischen Hund zusammen, und sie sagte »armer George«? Dann lächelte Polly und fragte sich, ob ihre Bemühungen, ein passendes Mädchen für ihren Bruder zu finden, nicht möglicherweise zeitweilig eingestellt werden könnten.

* * *

Doris und Harvey waren zum Thanksgiving-Essen bei Doris' Schwester Natalie in Bedford, und es war eine bombastische Angelegenheit, wimmelnd von Nachbarinnen, die ihre kunstvollen Beiträge für das Büfett überreichten. Köstliche Düfte und ein aufgeregtes Köchinnen-Stimmengewirr verliehen dem Haus eine festliche Atmosphäre. Der Beitrag, mit dem Doris in der kulinarischen Konkurrenz antrat, war eine üppige Farce aus Nüssen und Austern und Bourbon und vielerlei Biobrotsorten. Ihre Schwester empfing sie und Harvey an der Tür in einer sauberen, gestärkten Toile-Schürze. Doris übergab Natalie ihre Auflaufform und legte darauf eines der Flugblätter der Einsatzgruppe für Nachbarschaftshilfe. Sie konnte es kaum erwarten, Natalie von dem großen Sieg zu berichten, den sie über die Hunde des Go Go Grills errungen hatte – mit Hilfe dieses sehr tüchtigen Hygienikers natürlich.

»Das Rezept?«, sagte Natalie, als sie das Flugblatt sah.

»Nein, bloß …«

Aber Natalie hatte die Auflaufform schon hingestellt und angefangen, das Flugblatt zu lesen. Sie besaß zwar nicht den surrealen Orange-Teint ihrer Schwester, wohl aber pflegte ihre Gesichtsfarbe, wenn sie sich in irgendeiner Weise erregte, gegen ein tiefes Rot zu streben, und Doris, die diesen Farbton und dessen Bedeutung schon seit ihrer Kindheit kannte, beobachtete mit wachsender Besorgnis, wie ihrer Schwester das Blut vom Hals bis hinauf in die Stirn stieg.

»Das ist empörend!«, sagte Natalie in dem volltönenden Ton, den sie für die allerschlimmsten Delikte verwandte. »Gütiger Himmel …«

»Ja, das fand ich auch, und …«

Aber Doris hatte kaum angefangen zu sprechen, als ihre Schwester in die Tasche ihrer Schürze griff und einen kleinen pelzigen Ball hervorholte.

»Ist das nicht empörend, Fredericka?«, sagte sie zu dem Ball. »Und vulgär dazu. ›Urinier mich nicht an‹, also wirklich!«

Der Ball, der zwei kleine schwarze Knopfaugen auf Doris gerichtet hatte, erschauderte lediglich zur Antwort.

»Das ist meine Schwester«, sagte Natalie zu dem Ball. »Und das«, sagte sie und hielt Doris die Hand voll Flausch entgegen, »ist meine Fredericka.«

Doris wich zurück. Was war das? Ein Lemur?

Fredericka bellte: ein hohes, überraschend lautes Quieken von einem Bellen.

Doris sah vom jetzt als solcher identifizierten Hund zu ihrer Schwester, zum Hund und wieder zu ihrer Schwester zurück und streckte, da sie intuitiv erahnte, was von ihr erwartet wurde, zaghaft die Hand aus und berührte den flauschigen Körper des Tieres. Es quiekte sie an, und sie nahm die Hand weg, aber schon bei dieser kurzen Berührung hatte sie das weiche Fell gefühlt, und den Körper, der wie ein Vogel darunter zitterte und bebte.

»Ist ihm kalt?«, fragte sie. »Er fröstelt.«

»Gütiger Himmel«, sagte Natalie noch einmal und sah wieder auf das Flugblatt. »Wie kann ein Mensch nur so grausam sein? ›*Kaniden*‹? Und auch noch den armen Schätzchen *drohen*! Natürlich hast du das diesem Verordneten gezeigt, mit dem du befreundet bist.«

»Oh, ja«, sagte Doris kleinlaut.

Harvey hatte die ganze Zeit schweigend neben ihr gestanden. Jetzt aber sagte er: »Doris hat sich dieser Sache mit ganzer Kraft angenommen«, grinste seiner Frau zu, drückte ihr beruhigend den Arm und ging ins Haus, um die Lage zu checken.

Doris sah ihm nach, während Natalie ihr Fredericka in die Hand drückte und erklärte, die Hündin sei ein Teacup-

Zwergspitz und passe tatsächlich in eine Teetasse – zwar nicht in eine traditionelle, aber mit Sicherheit in einen dieser Caffè-Latte-Kübel, die die Leute heutzutage so verwendeten.

Doris hörte ihr kaum zu. Sie war noch immer von dem schrecklichen Missverständnis erschüttert, das um ein Haar richtig verstanden worden wäre. Harvey hatte sie beschützt. Wie ein Ritter war er für ihre Ehre eingetreten und hatte ihr Geheimnis gehütet.

Natalie nieste und steckte Fredericka wieder in die Tasche ihrer Schürze, aus der sie dafür ein Kleenex zog.

»Sieht Harvey heute Abend nicht richtig gut aus?«, sagte Doris, während sich ihr nicht mehr sonderlich dicht behaarter Gatte mit seinem gewohnten gebeugt-schlurfenden Gang entfernte.

»Harvey?«, sagte ihre Schwester leicht überrascht, während sie ins Taschentuch schnaubte.

»Ja«, sagte Doris leise, fast ehrfürchtig. »Harvey.«

25

»Ich meine nicht bloß den Hund«

Die Sonne schien es fast völlig aufgegeben zu haben, als wäre es bei den kurzen Wintertagen nicht der Mühe wert. An diesem besonders kurzen Wintersamstag eilten Polly und Laura von einer Shoppingtour in der Lower East Side unter dem traurigen, bleiernen grauen Himmel nach Hause. Die Luft war kalt, wirkte aber nicht belebend. Anonyme vermummte Gestalten huschten in schattenhafter Eile aneinander vorbei.

»So wäre die Hölle, wenn die Hölle nicht heiß wäre«, sagte Polly. »Oder eisig. Wenn die Hölle einfach … unangenehm wäre.«

Laura hielt es nicht für nötig zu antworten, aber das störte Polly nicht. Sie freute sich über ihr Bonmot und lächelte in sich hinein – was der Grund dafür gewesen sein könnte, dass sie an Jody vorbeiging, ohne sie zu bemerken.

Jody hatte ihre junge Freundin schon aus einem halben Block Entfernung gesehen und war im Begriff gewesen, sie zu grüßen, ja hatte sogar schon die Augen aufgerissen und den Mund geöffnet, wie man das eben so macht, bevor man »Hallo!« ruft. Doch als sie sah, dass Polly sie nicht bemerkt hatte, entspannte sie sich, klappte den Mund wieder zu und ging weiter ihres Weges. Sie hatte zum Konzert einer Cellistin gehen müssen, mit der sie seit Jahren befreundet war, und jetzt eilte sie schuldbewusst heim zu Beatrice.

Noch bevor sie die Tür öffnete, wusste sie, dass die Hündin tot war. Irgendetwas fehlte, als sie den Schlüssel herumdrehte: ein Schlurfen von müden Pfoten, ein Klimpern von Hundemarken – ein Willkommen. Beatrice lag auf ihrem neuen Hundebett, den großen Kopf auf den gefalteten Vorderpfoten. Ihre Augen waren geschlossen. Jody legte sich neben sie auf den Fußboden und schluchzte.

Danach ging sie tagelang nicht aus der Wohnung. Der Tierarzt schickte jemanden vorbei, der Beatrices Leichnam mitnahm, aber Jody blieb da. Everett rief mehrmals an, um sich nach Beatrice zu erkundigen, aber sie nahm nicht ab und ließ ihn auf den Anrufbeantworter sprechen. Ihre Eltern riefen an, und sie zwang sich, mit gelassener, freundlicher Stimme mit ihnen zu reden, damit sie ja nicht die Notwendigkeit verspürten, sich in absehbarer Zeit wieder zu melden. Tagelang kauerte sie in Simons Sessel und versuchte, die zermürbenden Töne der Klavierstunden im Stockwerk über ihr zu ignorieren, während sie in den trostlosen winterlichen Garten hinaussah. Sie schlief in Simons Bett, versuchte es jedenfalls, wälzte und verhedderte sich in den Laken, starrte an die dunkle Zimmerdecke, drückte sich Kissen aufs Gesicht, um das Geräusch ihres Weinens zu dämpfen, denn sie weinte so häufig und so heftig, dass es sie allmählich selbst beunruhigte. Sie ließ sich ihre Mahlzeiten vom Coffeeshop kommen, und dann brachte sie nichts herunter. Der Schule erzählte sie, sie hätte die Grippe, denn wie, dachte sie, könnte ich denen sagen, dass ich um meine Hündin trauern muss?

Nach einer Woche wagte sie sich wieder hinaus und ging die Wege, die sie einst mit Beatrice gegangen war, streunte durch den kahlen matschigen Park, saß auf kalten Parkbänken. Der See war glanzlos, graubraun und beklemmend, die Bäume triefend nass und düster. Selbst die Vögel, nur ein paar Krähen, kamen Jody mit ihren schwarzen Silhouetten und heiseren Schreien richtig *gothic* vor, fast friedhofshaft. Sie schleppte sich in die Wohnung zurück, legte sich auf den Boden und versuchte sich vorzustellen, was Beatrices letzte Gedanken gewesen sein mochten. Aber sie wusste ja nicht einmal, was Hunde am schönsten Tag ihres Lebens dachten. Ja, sie hatte eigentlich nie eine Ahnung, was überhaupt irgendjemand dachte. Sie legte das Gesicht auf das Hundebett, das sie extra angeschafft hatte, um Beatrice die letzten Lebenstage etwas zu erleichtern, und das sie einfach nicht hatte wegräumen können. Nach ein paar Minuten stand sie auf und sah sich in dem Zimmer um, in dem sie so viel Zeit verbracht hatte. Am nächsten Tag würde sie wieder zu sich ziehen, und sie dachte, dass sie besser anfangen sollte, die vielen Dinge zusammenzupacken, die im Laufe der letzten paar Monate unmerklich in Simons Wohnung hinübergewandert waren. Sie überlegte, ob sie das Hundebett mit nach Haus nehmen sollte. Es bestand aus einer mit rosa-braun gestreiftem Stoff bezogenen Schaummatratze. Natürlich würde sie es mitnehmen. Es war Beatrices Bett. Sie konnte es unmöglich dalassen. Und wegwerfen konnte sie es erst recht nicht. Würden das andere merkwürdig finden: ein großes rosa-braun gestreiftes Hundebett in einer Wohnung ohne Hund?

Es gibt niemanden, der was auch immer wie auch immer finden könnte, dachte sie, und fing an, Beatrices Spielzeug sorgfältig in einem kleinen Matchbeutel zu verstauen.

Im selben Moment beeilte sich George gerade, von der U-Bahn-Station zum Restaurant zu kommen. Er war in Westchester gewesen, wo er den Tag über mit einer Wheaten-Terrier-Hündin gearbeitet hatte, die einer Freundin von Alexandras Mutter gehörte. In ihrem umzäunten Garten gelangweilt und unterfordert, war sie zu den seltenen Gelegenheiten, da sie Gassi geführt wurde, gleichermaßen aufsässig wie schreckhaft. Die Vorstädte waren selbst für Hunde eine schwierige und unnatürliche Umgebung, dachte George.

Er ging mit schnellem Schritt den Broadway entlang, atmete die dünne, raue Luft ein. Am Himmel war das Schmutziggrau des Tages einem traurigen Winterdunkel gewichen. Die Menschen schnauften, in ihre griesegrauen unförmigen Mäntel eingehüllt, und knurrten vor sich hin. Und George war glücklich. Am Morgen war er dem Haushundeerzieherverband beigetreten. Er hatte sich für ein Seminar mit dem Titel »Die Entwicklung zum Hundeerzieher« eingeschrieben. Ich werde Haushundeerzieher, dachte er und schüttelte ungläubig den Kopf, zog sich dann die Wollmütze tiefer über die Ohren. Und im Tierheim, wo er seit einiger Zeit ehrenamtlich arbeitete, hatte ihm die Hundeerzieherin, der er zur Hand ging, eine feste Teilzeitstelle angeboten: ihm, George, dem unbrauchbaren Kellner und mittelmäßigen Barkeeper, dem Tagträumer, dem heimlichen Wunderkind ohne Portefeuille.

»Weil ich glaube, George«, hatte sie gesagt, »tja, also, ich glaube, Sie sind … begabt.«

Endlich, dachte George, fast verlegen, und sah hinunter auf seine Füße, während er über die Straße schlurfte, deren Asphalt unverhofft glitzerte. Endlich, endlich.

Er kam zwanzig Minuten zu spät zur Arbeit, und Jamie warf ihm einen verzweifelten Blick zu, sagte aber nichts. George hoffte, diesen Job bald aufgeben zu können, aber sich rausschmeißen lassen wollte er auf keinen Fall. Er nahm sich fest vor, seine Termine als freischaffender Hundeerzieher künftig mit mehr Bedacht zu legen, und bemühte sich, einen besonders beschäftigten Eindruck zu machen: stellte Gläser säuberlich in eine Reihe und wischte den Tresen mit großer Energie ab. Gerade als er anfing, eine Zitrone in

Scheiben zu schneiden, kam Jody herein. Er hatte sie seit Wochen nicht gesehen. Sie sah entsetzlich aus, mager und blass, mit dunklen Ringen unter den Augen. Er wollte sie fragen, ob sie krank gewesen war, befürchtete aber, es könnte so sein, wie wenn man eine Frau fragte, ob sie schwanger sei, während sie in Wirklichkeit einfach nur fett war.

Jody setzte sich an die Bar und bestellte, Simon zum Gedächtnis, Jack Daniel's und, ihm zum Trotz, Lammkoteletts.

»Beatrice ist gestorben«, sagte sie zu George. »Meine Beatrice.«

George sah hinunter auf den Boden, wo Howdy früher immer gelegen hatte, und dachte, dass dieser entsetzliche Besuch des Hygienikers wenigstens ein Gutes bewirkt hatte: Es gab jetzt keinen quicklebendigen, jungen Hund mehr, der wie der leibhaftige Affront gegen Jodys Kummer dagelegen hätte. Selbst Jamies Hunde, denen es nicht mehr gestattet war, faul neben Georges Füßen zu schnarchen, hätten – wenngleich weniger gefährlich, da, in Georges Augen, weniger schön – Jodys Elend verschlimmern können.

»Es tut mir furchtbar leid«, sagte er.

Jody dankte ihm für seine Anteilnahme, aber sie schien nicht zum Reden aufgelegt zu sein, also wandte sich George wieder seinen Barkeeperpflichten zu, die nunmehr darin bestanden, Limetten in kleine Stückchen zu schneiden. Der Duft der Limetten machte ihn, trotz Jody, froh. Er konnte nichts dagegen tun: Er war froh. Gestern war er nach Brooklyn gefahren, um Jolly beizubringen, durch einen gelben Hula-Hoop-Reifen zu springen, den er – zum bewundernden Erstaunen eines kleinen Jungen, der ihm gegenübersaß – im Zug mitgenommen hatte. Heute war er so überdreht, dass er das Gefühl hatte, selbst durch Reifen springen zu können.

»Ich weiß nicht, was ich ohne Sie tun würde«, hatte Alexandra zu ihm gesagt, als die Unterrichtsstunde vorbei gewesen war und Jolly sich auf den Teppich geschmissen hatte.

»Ich hab gar nichts getan«, sagte George, der sich fragte, wie lange der arme Hund es wohl schaffen würde, sich so entspannt auszuruhen. Eine Stunde? Drei Stunden? Eine Viertelstunde? Vielleicht hatte das Reifenspringen ihn so ermüdet, dass er die ganze Nacht durchschlafen würde. Vielleicht auch nicht.

»Ich meine nicht den Hund«, hatte sie gesagt. »Ich meine nicht nur den Hund.«

Und da hatte er sie umarmt und sie geküsst, wie er es sich schon seit Monaten gewünscht hatte, und sie hatte seinen Kuss erwidert.

Heute nach Dienstschluss würde er sie in Downtown von ihrem Restaurant abholen, und sie würden zusammen mit der U-Bahn nach Brooklyn fahren. Morgen konnten sie den ganzen Tag miteinander verbringen, im Bett unterm Fenster, das die Freiheitsstatue einrahmte.

Doris stand mit einem Ausdruck leichter Missbilligung im Eingang des Restaurants. Dieser Barkeeper träumte wie üblich vor sich hin. Jamie sollte wirklich ein strengeres Regiment führen. Sie hatte getan, was sie konnte, um ihn dazu anzuspornen, sein Haus zu bestellen, aber der Rest war natürlich seine Sache.

Sie bemerkte die Frau an der Bar, die ihr entfernt bekannt vorkam, und auch wenn Doris sie nicht unterbringen konnte, so hatte sie doch das dumpfe Gefühl, ihr nicht trauen zu können. Trotzdem konnte sie ja versuchen, sie für ihren Wahlkampf zu gewinnen. Stadtverordnete. Das klang gut. Natürlich war Mel nicht erfreut, und vielleicht war es tatsächlich ein bisschen treulos von ihr nach all dem, was er für sie getan hatte. Andererseits ließ sich der Fortschritt nun mal nicht aufhalten, und als die Schulleitung vorgeschlagen hatte, sie könnte sich so langsam Gedanken über ihren wohlverdienten Ruhestand machen, war ihr die Idee gekommen, für ein politisches Amt zu kandidieren, und sie war sie einfach nicht wieder losgeworden.

»Guten Abend!«, sagte sie zu der Frau, einer armen, traurigen Seele. Doris hatte sie wohl erschreckt, denn die Frau zuckte fast ängstlich zurück. »Sie wohnen doch hier in der Straße, nicht?«, fuhr Doris fort, und während sie auf die Suppe zum Mitnehmen für sich und Harvey wartete, erzählte sie der schweigsamen Frau von der bevorstehenden Wahl und überreichte ihr ein Flugblatt mit ihrem Programm.

Jody starrte sie ungläubig an. Das war die Frau im weißen SUV, die Einschläferin von Pitbulls, der eiserne Restaurant-Besen, die spitzelnde Hygiene-Petze, der Albtraum ihrer schlaflosen Nächte, ihre erklärte Feindin, und dennoch plapperte und lächelte Doris jetzt auf sie ein und warb um ihr Interesse an irgendeiner lokalpolitischen Wahl. Sie dachte daran, wie oft Beatrice an die Reifen des großen Wagens gepinkelt hatte. Was war Beatrice doch für eine gute Hündin gewesen, wie sie immer unfehlbar, gleichsam instinktiv, das Auto angesteuert hatte! Jody starrte Doris, ohne auf ihre Worte zu hören, in grauengebannter Faszination an. Das Gesicht, klementinenorange; kleine, argwöhnische Augen; ein belehrend erhobener Finger; und dann … tauchte plötzlich aus ihrem Mantel, zwischen zwei Knöpfen, in einer Höhe, in der man normalerweise mit Fug und Recht den Busen hätte erwarten dürfen, ein kleiner pelziger Kopf auf.

»Fredericka!«, sagte Doris. Sie streichelte den kleinen Kopf. »Wird's dir zu stickig da drin?«

Fredericka kläffte einmal spitz.

Jody konnte ein Lachen nicht unterdrücken. Es war das erste Mal seit langem, dass sie lachte.

»Meine Schwester hat sie mir geschenkt. Ist sie nicht absolut allerliebst? Natalie war gegen sie allergisch. Wie kann man bloß gegen die kleine Fredericka allergisch sein? Bevor meine Fredericka bei mir eingezogen ist, habe ich für die lieben Hündchen nie was übriggehabt, nicht wahr, Fredericka? Nein, hatte ich nicht. Das arme, arme Tantchen Doris hatte einfach kein …«

»Hunde sind hier nicht erlaubt«, sagte Jody mit, wie sie hoffte, von Sarkasmus triefender Stimme. »Nicht *mehr*«, fügte sie pointiert hinzu.

»Ich habe sie auch in die Schule mitgenommen, und der Direktor wollte dich da auch nicht haben, nicht wahr, Fredericka? Aber wir haben uns um den bösen Onkel nicht gekümmert, nein, überhaupt nicht gekümmert.«

Jody starrte die Frau an, die auf den in ihrem Mantel untergebrachten Minizwergspitz wie auf ein Baby einplapperte. Vielleicht wollte sie testen, inwieweit sich Jamie an die gesundheitspolizeilichen Vorschriften hielt. Oder war sie einfach nur geistesgestört?

»Keine Hunde«, sagte George von jenseits des Tresens müde.

»Hunde?«, entgegnete Doris unschuldig und schob das kleine Pelzgesicht in den Pelzmantel zurück. »*Hunde*?«

⋆ ⋆ ⋆

Jody sah erleichtert zu, wie ihre Feindin und der Pelzmantel ihrer Feindin und der illegale rattengroße Hund, der sich in Letzterem verbarg, das Restaurant verließen, und beendete dann schweigend ihre Mahlzeit, während sie wehmütig an Beatrice und zärtlich an die Entweihung des SUV zurückdachte.

Everett sah sie mit einem versonnenen Ausdruck dasitzen und zögerte, ehe er sich zu ihr an den Tresen setzte. Jody hatte seine Anrufe nicht beantwortet, und so hatte er umso mehr an sie denken müssen. Tatsächlich war er außerstande gewesen, nicht an sie zu denken. Am Thanksgiving-Abend hatte er ihr gegenüber einen so starken Beschützerinstinkt verspürt … Ihre Verletzlichkeit hatte ihn zugleich traurig gemacht und angezogen. Jodys sonst so freundliche und gefällige Art war mit einem Mal wie umgewandelt gewesen, und er hatte mit ihr gefühlt, denn auch er hatte einen geliebten Menschen und einen Hund verloren.

Und da war sie jetzt, noch immer verletzlich, noch immer einschüchternd in ihrer Verletzlichkeit, aber die zahllosen unbeantworteten Anrufe der letzten Woche hatten ihn in seinem Entschluss gefestigt. Er setzte sich neben sie. Er küsste sie auf die Wange.

»Himmel, ist es schön, Sie zu sehen!«, sagte er.

Jody sah überrascht, aber erfreut aus.

»Ich habe viel an Sie gedacht«, sagte er. »An Sie und Beatrice. Eigentlich ununterbrochen.«

»Sie ist gestorben«, sagte Jody.

»Das hatte ich befürchtet. Ich meine, als Sie nie ans Telefon gegangen sind …«

Ich hätte ja auch einfach nicht da sein können, dachte Jody. Auf einer Reise, fügte sie trotzig hinzu. Aber sie wusste, dass das absurd war, und Everett hatte an sie gedacht. An sie und Beatrice.

»Es tut mir leid«, sagte sie. »Ich hätte zurückrufen sollen. Es ist bloß …«

»Ich weiß«, sagte Everett.

Jody sah Everett an. Er lächelte nicht. Er war nicht schön. Er war keine Rose, und er war kein Gott. Er war ernst, er war zärtlich, und er hielt ihre Hand.

»Ja«, sagte sie, und wieder wirkte sie überrascht. »Ja, ich glaube, das stimmt.«

Epilog

Jody wartete noch ein paar Wochen, ehe sie Everett den blauen Pullover schenkte, den sie vor vielen, vielen Monaten für ihn gestrickt hatte. Gelegentlich kam ihr der Verdacht, dass Everett kein so guter Mensch war wie Simon. Er war mit Sicherheit kein so guter Liebhaber wie er, aber es machte ihr eigentlich nichts aus, denn sie war in ihn verliebt. Es freut mich, berichten zu können, dass sie im Juli geheiratet und eine Hündin adoptiert haben, eine gertenschlanke Promenadenmischung, die sie Clio getauft haben und die jetzt zwischen ihnen auf dem Bett schläft. Simon ist endgültig in das reizende Häuschen mit dem noch reizenderen Garten in Virginia eingezogen und ist mittlerweile eines der beliebtesten und aktivsten Mitglieder des Jagdklubs. George wohnt inzwischen, was Sie kaum überraschen wird, bei Alexandra, unter den gütigen Augen der Freiheitsstatue. Er hat im Go Go gekündigt und arbeitet nur noch als Hundeerzieher, womit er, wie ich mir habe sagen lassen, sein gutes Auskommen hat. Sein wichtigster, zeitraubendster und frustrierendster Zögling ist nach wie vor Jolly. Jamies Zwillinge sind nach einer großzügigen Spende in den Kindergarten ihrer Wahl aufgenommen worden. Doris allerdings hat es nicht zu einem Sitz im Stadtrat gebracht. Um sie zu trösten, hat Harvey ihr einen weiteren Minizwergspitz gekauft, einen Rüden namens Franklin, und sie hat beschlossen zu züchten. Vom ersten Wurf hat sie ein Kleines verkauft und das andere behalten. Polly hat sich von ihrem Kummer wegen Chris erholt, hat aber, soweit ich weiß, bislang noch keinen Nachfolger gefunden, obwohl George nach wie vor Blind Dates für sie organisiert. Polly wohnt weiterhin in ihrem Apartment, wo ihre Freundin Laura Georges Zimmer und Mietanteil übernommen hat, und an fast jedem Morgen und zu jeder Jahreszeit kann man die zwei hübschen Mädchen dabei beobachten, wie sie zusammen ihre großen tanzenden Hunde unter den majestätischen Bäumen des Central Park ausführen.

Danksagung

Ich möchte meiner Freundin und Lektorin Sarah Crichton und meiner Freundin und Agentin Molly Friedrich für ihre Sorgfalt, ihr Können und für ihren Humor danken. Meinem Sohn Tommy Denby möchte ich ebenfalls danken, für den Titel der amerikanischen Originalausgabe.